T0243793

La bahía

ALLIE REYNOLDS

LA
BAHÍA

TRADUCCIÓN DE
MARINA RODIL PARRA

Primera edición: octubre de 2022
Título original: *The Bay*

© Allie Reynolds, 2022
© de la traducción, Marina Rodil Parra, 2022
© de esta edición, Futurbox Project, S. L., 2022
Todos los derechos reservados, incluido el derecho de reproducción total o parcial de
la obra.

Diseño de cubierta: Taller de los Libros
Imagen de cubierta: Unsplash - Shifaaz Shamoon - Lachlan Dempsey

Publicado por Principal de los Libros
C/ Aragó, n.º 287, 2.º 1.ª
08009, Barcelona
info@principaldeloslibros.com
www.principaldeloslibros.com

ISBN: 978-84-18216-54-1
THEMA: FHX
Depósito legal: B 18806-2022
Preimpresión: Taller de los Libros
Impresión y encuadernación: Liberdúplex
Impreso en España — *Printed in Spain*

Para mis chicos: Daniel y Lucas.
Os quiero muchísimo.

Prólogo

La marea está subiendo. Cada ola parece acercarse un poco más hasta borrar, poco a poco, mis pasos.

Colocar un pie delante del otro, hundiendo los dedos en la arena, produce cierta paz. La tormenta de anoche hace que ahora floten toda clase de cosas en la superficie: hojas, vainas de semillas, flores de frangipani. Una naranja que se aplasta cuando la piso y que resulta estar rellena esencialmente de agua de mar.

Los demás siguen durmiendo; al menos, eso espero. He borrado mis huellas antes de entrar en la playa, pero si alguno de ellos apareciera en este momento, lo vería: la señal de que se ha arrastrado algo hasta el agua. Quizá también les extrañaría verme aquí tan temprano sin mi tabla de surf.

Aunque hoy no hace buen día para surfear. El mar es un verdadero remolino; sus aguas están oscuras a causa de la arena que ha revuelto la tormenta, y el viento sigue ululando. Las gaviotas se adentran en él con los ojos entrecerrados y las plumas erizadas. Una de ellas trota delante de mí, con la parte posterior convertida en una boa de plumas por el aire.

Recorro la orilla. Observo, espero.

Los tiburones todavía no han encontrado el cuerpo… Pero lo harán.

Capítulo 1

Kenna

—¡Eh, tú! —Una mujer rubia agita un panfleto en mi dirección—. ¡Coge uno, por favor!

Tiene un ligero acento: holandés, sueco o algo parecido.

Parpadeo, cegada por la luz del sol tras salir de la oscuridad de la estación de tren. ¿Por qué hay tanta claridad? Para mi cuerpo es como si estuviera en plena noche.

—¡La mejor comida tailandesa! —grita un joven.

—¿Buscas habitación? —pregunta en voz alta una chica con varios *piercings* en la cara.

Los promotores callejeros defienden su terreno, o al menos lo intentan, entre los ríos de personas que salen de la estación. Puede que Sídney se encuentre en la otra punta del mundo, pero, de momento, aterrizar aquí no parece muy diferente a hacerlo en Londres o en París.

Me cuesta mantener el equilibrio por el peso de la mochila. El chico del restaurante tailandés intenta darme un folleto, pero llevo la tarjeta del transporte en una mano y una mochila pequeña en la otra, así que me encojo de hombros a modo de disculpa y lo esquivo.

—¡*Happy hour!* —grita otra voz—. *Schooners* a seis dólares.

Mientras me pregunto qué será un *schooner,*[*] una mano me agarra de la muñeca: es la mujer holandesa de antes. Tiene unos cincuenta años, el pelo rubio ceniza y los ojos azul claro. Es guapa, o lo sería si sonriera y su rostro no estuviera tan ten-

---

[*] Vaso de 425 ml de capacidad que en Australia suele emplearse para servir cerveza. (*N. de la T.*)

so. Quiero zafarme de ella y seguir andando, ignorarla como hacen los demás, pero la desesperación de sus ojos me detiene. Bajo la mirada hacia sus folletos.

«Desaparecida: Elke Hartmann, nacionalidad alemana».

La fotografía muestra a una chica sonriente y rubia que sostiene una tabla de surf.

—Mi hija. —Su voz suena cruda.

No es holandesa, pues. Los acentos se me dan fatal. La marea de gente se dispersa y se mezcla a nuestro alrededor mientras echo un vistazo al panfleto. Elke tiene veintinueve años —uno menos que yo— y lleva seis meses desaparecida. Dedico una sonrisa tensa de comprensión a la mujer. Espero que la parada del autobús no esté lejos, porque la mochila me pesa una barbaridad.

Un maletín choca contra mi gemelo. Miro el reloj de la pared y veo que son las cinco y media: la hora punta de la tarde. Al darme cuenta, se me agudiza el dolor de cabeza. Nunca he sido capaz de dormir en los aviones, así que llevo dos días enteros despierta.

—¿Alguna vez has perdido a un ser querido? —me pregunta la mujer.

Le doy la espalda porque sí, he perdido a un ser querido.

—Había venido de mochilera. —La mujer señala mi equipaje—. Como tú.

Quiero decirle que no vengo de mochilera, pero no me da ocasión de hacerlo.

—Vienen a un país extranjero y no conocen a nadie. Si desaparecen, pasan días hasta que alguien se da cuenta. Son un blanco fácil.

Con las dos últimas palabras, su voz se quiebra. Agacha la cabeza, le tiemblan los hombros. La abrazo con torpeza porque tengo las palmas de las manos húmedas y no quiero estropearle la blusa. Tengo que irme, pero no me atrevo a dejarla en este estado. ¿Debería llevarla a algún sitio? ¿Invitarla a una taza de té? Pero quiero llegar a casa de Mikki antes de que oscurezca. Le daré un minuto con la esperanza de que se desahogue llorando.

Junto a nosotras desfilan empleados de oficina. Parece que las mujeres de aquí van más arregladas que las británicas: cabello brillante, piernas bronceadas, tacones y faldas cortas. Los hombres llevan las camisas arremangadas y con dos botones sin abrochar, las chaquetas colgando del hombro y no hay rastro de corbatas.

Tengo las axilas empapadas de sudor. Es la humedad pegajosa de la que Mikki siempre se quejaba: «Casi tan horrible como en Japón». Estamos en marzo, en el otoño australiano, pero no me imaginaba que fuera a hacer tanto calor.

Observo a los promotores callejeros repartir sus folletos. El chico del restaurante tailandés se los da a cualquiera, pero parece que los demás se concentran en los mochileros. Con sus enormes macutos y extremidades blancas como la leche o abrasadas por el sol, destacan a kilómetros de distancia. *Blancos fáciles.*

La madre de Elke sorbe por la nariz.

—Perdón.

Revuelve en su bolso y saca unos pañuelos de papel.

—No pasa nada —digo—. ¿Se encuentra bien?

Se seca los ojos suavemente, como si estuviera avergonzada.

—Ya está, puedes irte. Pero ten cuidado, ¿vale?

—Lo tendré. Y no se preocupe por mí, no soy mochilera. He venido a visitar a una amiga que se va a casar.

—Oh, siento haberte entretenido. Te estará esperando.

—Sí —digo.

Pero no es así.

Capítulo 2

Kenna

—¡Te voy a matar! —dice Mikki.

Estoy en el umbral de su puerta, encorvada bajo el peso de la mochila.

—Sabía que te ibas a enfadar.

Las pecas inundan las mejillas y la frente de Mikki. Su pelo largo, antes brillante y negro, ahora es castaño mate debido al efecto del sol australiano. El floreciente árbol que hay junto a su puerta principal perfuma la brisa nocturna con un olor exótico que resalta el hecho de que me hallo en el otro extremo del mundo.

Me contempla como si no supiera si está contenta o no de verme.

—¿Por qué no me dijiste que ibas a venir?

«Porque me advertiste que no lo hiciera». Pero no entremos en esa parte todavía.

—Intenté llamarte, pero no contestaste.

—Ya te dije que no hay cobertura en la playa a la que vamos.

Su top blanco de la marca Roxy deja a la vista sus firmes bíceps y su bronceado. Tan discretamente como puedo, busco moratones, pero no los encuentro, así que dejo de contener un poco la respiración. Aquí está y, aparentemente, sana y salva. Mi mejor amiga.

Una sonrisa aparece en su rostro.

—¡Madre mía, Kenna! ¡Estás aquí de verdad!

Yo también sonrío. «¡Madre mía!» es su expresión favorita y no recuerdo la cantidad de veces que la habrá pronunciado;

normalmente suele ser como consecuencia de la última locura que se me ha ocurrido perpetrar.

Me abraza.

«¿Lo ves? No pasa nada». Las mejores amigas hacen cosas como esta: si tus intenciones son buenas, puedes pasarte un poco de la raya.

¿Qué es la amistad, sino una suma de los recuerdos del tiempo que pasaste con alguien? Y cuanto mejores sean esos recuerdos, mejor será la amistad. Los que comparto con Mikki son: las dos desnudas haciendo surf una noche mientras estábamos borrachas; yo empujando su antiguo Escarabajo por la estrecha carretera de Cornualles sobre un acantilado para ver si lo arrancábamos; una vez que fuimos de acampada y se le olvidó coger la tienda, por lo que nos camelamos a los campistas de al lado y terminamos echándolos de las suyas.

La cantidad de cosas divertidas que habíamos hecho. Y esta se incluiría en nuestra historia compartida: la vez que volé hasta Australia para hacerle una visita sorpresa. Al menos, eso es lo que trato de decirme a mí misma. Por su pelo pringado de sal, hoy ha debido de hacer surf. Me aparto un mechón de la boca y me separo para mirarla.

—No me creo que hayas venido hasta aquí —dice—. ¿Y si no hubiera estado en casa?

Ese pensamiento ya se me había pasado por la cabeza.

—Habría buscado un hotel.

Hay cierta frialdad entre las dos. Podría deberse a que hace más de un año que no nos vemos, pero, aun así, parece que hay algo más.

—Entra —dice.

Me quito los zapatos antes de pasar. Mikki vivió en Japón hasta los seis años, y, aunque ha pasado mucho tiempo desde entonces, adquirió unas cuantas costumbres niponas de sus padres. Dejo la mochila en el suelo y miro a mi alrededor. Los suelos son de tarima y los muebles, de tiendas de segunda mano. No sé si su prometido está en casa, pero espero que no.

—¿Tienes hambre? —pregunta.

—Pues no lo sé.

Se ríe.

—Tengo el reloj interno hecho un lío. ¿Qué hora es?

Mira su reloj de muñeca.

—Casi las siete.

—¿En serio? —Me pongo a calcular—. Son las ocho de la mañana en Inglaterra.

—Estoy preparando *nikujaga* en cantidades industriales.

La sigo hasta la cocina, donde un rico aroma a carne inunda el ambiente, y me doy cuenta de que sí, estoy hambrienta. Tengo la piel empapada por el sudor; a pesar de que las ventanas y la puerta trasera están abiertas, la corriente que entra a través de la mosquitera es tan cálida como el aire de la propia habitación, y el ventilador del techo se limita a desplazarlo de un lado a otro.

Mikki se abanica la cara mientras remueve el contenido de la sartén al fuego. Ahora que se ha repuesto de la sorpresa, parece contenta de verme, pero con Mikki nunca se sabe. Yo, por mi parte, tengo uno de esos rostros que revelan todas mis emociones, de modo que mantengo la vista fija en lo que me rodea.

Los platos se amontonan y sobresalen del fregadero; las hormigas trepan por la encimera. Qué extraño... Mikki es una maniática de la limpieza —o solía serlo— y la casa que compartíamos en Cornualles siempre estaba impoluta. Se percata de lo que estoy mirando y aplasta unas hormigas con el dedo.

La cabeza me estalla por una mezcla de deshidratación, cansancio y *jet lag*.

—¿Me das un poco de agua?

Llena un vaso en el dispensador de la nevera y, por las prisas de tragármela cuanto antes, me echo un poco de agua helada sobre los dedos y la camiseta, aunque es tan agradable que me dan ganas de tirármela toda por encima.

Mikki se seca el sudor de la frente. Está más delgada y fuerte que nunca, incluso que cuando competía. Bajo sus pantalones vaqueros cortos, va descalza, y lleva las uñas pintadas de un negro brillante.

—Tienes muy buen aspecto —digo.

—Gracias, tú también.

—No mientas, y mucho menos después de semejante vuelo. No me extraña que no quieras volver a Reino Unido. ¿Quién querría volver a hacer un viaje como este? —Hago todo lo posible por rebajar la tensión, pero sigue siendo palpable.

—Tu pelo. —Alarga un brazo para tocarlo—. Es tan…

—¿Aburrido? —Desde que nos conocimos en el último curso de primaria, he llevado el pelo de todos los colores del arcoíris salvo de mi apagado castaño natural.

—Iba a decir normal —ríe.

Yo también me río, aunque «normal» probablemente no sea un cumplido viniendo de ella… o de mí.

Mikki sirve el guiso con un cucharón en los platos y, mientras los coloca en la barra de la cocina, veo que tiene un tatuaje en el reverso de la muñeca.

—¿Qué es eso? —le pregunto.

Lo mira como si no fuera nada.

Cuando hablamos sobre tatuajes antes de que yo me hiciera el mío —un pájaro volando que ella diseñó para mí y que me tatué en el omóplato—, le dije que debería hacerse uno.

«Ni de broma», me dijo. «Mis padres me matarían. Muchos japoneses piensan que los tatuajes son de mal gusto. No puedes ir al gimnasio o a la piscina pública si tienes uno».

«¿Todavía?».

«Sí. Eso, o te los tienes que tapar. Muchas empresas no te contratan si llevas algún tatuaje, no es bueno para su imagen».

Por lo que distinguir aquel tatuaje en su muñeca no podría haberme sorprendido más.

—Déjame verlo —le pido.

Mikki inclina el brazo para mostrármelo. Es una mariposa en tonos negros y marrones con un cuerpo rechoncho a rayas y con antenas. Debería decirle algo… Que me gusta, por ejemplo, pero… la verdad es que me parece horrendo.

Nos sentamos en los taburetes. Me gustaría preguntarle tantas cosas… pero todavía no ha llegado el momento. No quiero cargarme el buen rollo de golpe.

Me resulta raro comer *nikujaga* en una cocina tan diminuta y en la que hace tanto calor. Lo habíamos hecho millones de veces en nuestra gélida y aireada cocina de Cornualles, tiritando de frío después de volver de hacer surf.

—¿Qué tal va todo por la gran ciudad? —pregunta.

Cumplí los treinta hace poco y mi cumpleaños pasó casi sin pena ni gloria. Mis compañeros nuevos no sabían que lo era y yo no se lo dije. Mi madre me envió una tarjeta y unos cuantos amigos me mandaron algún mensaje o me llamaron, pero eso fue todo.

—Me encanta. Ya he conocido a un montón de gente agradable.

—¿Y el trabajo? ¿Qué tal?

—Bien también, muy ocupada. Mis pacientes se pegan unas buenas palizas bastante a menudo.

Pone cara de incredulidad.

—¿En Londres?

—Sí. *Rugby,* clases de yoga, cosas así. —Al menos esto es verdad. Le hablo de las lesiones que he tratado últimamente, pero parece que no me está escuchando del todo—. ¿Y tú, qué? ¿Sigues trabajando en el club nocturno?

—No, hace siglos que lo dejé.

Mikki debió de heredar una pequeña fortuna cuando su abuelo murió, porque ha mencionado que quiere comprarse una casa aquí.

—¿Qué haces, entonces? —le pregunto.

—Oh, un poco de todo. —Coge un panfleto de la mesa («Tablas de surf McMorris: tablas hechas a mano para los que saben apreciar la diferencia») y se abanica con él—. Joder, qué calor hace.

—¿Desde cuándo dices tacos?

—Es culpa de los australianos —responde con una sonrisa.

Yo también sonrío, y lo hago con los dientes tan apretados que me duele la mandíbula.

Todas las cosas que quiero contarle se agolpan en mi garganta y amenazan con salir despedidas.

Capítulo 3

Kenna

«¿Es violento contigo, Mikki? ¿Te hace daño?».

Espero equivocarme, pero en nuestras llamadas aparecían tantas señales de alerta… ¿Cómo saco el tema? ¿Se lo digo sin más? Podría ponerse a la defensiva y negarlo, así que espero a que se presente la oportunidad mientras hablamos sobre nuestros amigos en común, nuestros padres y la brasileña Maya Gabeira, la mujer que ha surfeado la ola más grande.

Se oye el tintineo de unas llaves y entra un chico alto, rubio y de constitución atlética.

Parece que Mikki se pone nerviosa.

—Esto… Él es Jack. Jack, esta es Kenna.

Me pongo en alerta de inmediato. O sea que es él. Lo había visto brevemente durante algunas de nuestras videollamadas por FaceTime y había escuchado su voz de fondo, pero nunca le había visto la cara como Dios manda.

Me estrecha la mano con una sonrisa cargada de confianza.

—He oído hablar mucho de ti.

La intensidad con la que me mira me hace sonrojar. Asimilo su fuerte constitución, lo estudio. Nadie amenaza a mi mejor amiga y se sale con la suya. «Cálmate, Kenna, no sabes si eso es verdad». Pero no pararé hasta descubrirlo.

Le dedica una mirada divertida a Mikki.

—¿Sabías que iba a venir?

—No. —La sonrisa de Mikki parece forzada.

Jack se vuelve hacia mí.

—¿Es tu primera vez en Australia?

—Sí. —No quiero que este tipo me guste bajo ninguna circunstancia, pero es tan atractivo que resulta ridículo. Su piel bronceada y la forma en que su pelo parece casi blanco en algunas partes evidencian que pasa mucho tiempo al aire libre. Con su mandíbula firme bien afeitada, un hoyuelo en la barbilla y unos hombros anchos que sobresalen abultados bajo una camiseta de la marca Quiksilver, podría haberse escapado del plató de *Home and Away,* la telenovela australiana.

—Nunca he estado en Inglaterra —comenta—. Hace demasiado frío y tal. Uno de mis colegas estuvo allí durante un año y pasó una rasca de cojones. Imagínate tener que surfear con guantes y pasamontañas, ¡y eso en verano!

—¿Qué tal el trabajo? —le pregunta Mikki.

—Bien. —Jack se sirve un plato del guiso. No ha besado a Mikki al llegar ni la ha abrazado, aunque ¿quién soy yo para juzgar la forma en que se saludan las parejas que llevan mucho tiempo juntas?

—Has salido pronto. —Hay cierto tono acusador en la voz de Mikki que añado a mi lista de puntos en contra de Jack.

—Pues sí. —Jack se quita la camiseta, que lanza hacia una esquina, y después coge una cerveza de la nevera—. ¿Quieres una, Kenna?

Lucho conmigo misma para mantener la vista fija en su cara, no en su torso.

—Creo que no; de lo contrario, me quedaré dormida. —Y necesito mantenerme centrada.

Jack se sienta a mi lado y da un buen trago. No logro decidirme: por un lado, lo odio, y por otro, me cae bien. No puedo negar que hacen buena pareja. Él, rubio y atlético; ella, morena y al menos una cabeza más bajita. Y, además, tienen un importante interés en común: el surf. Pero en nuestras llamadas, Mikki apenas lo nombraba. Si tanto le gusta, estoy segura de que no habría parado de hablar de él.

Nada más conocerse, se fueron a vivir juntos, y ella pagaba el alquiler íntegro cuando él se quedaba sin trabajo. Se comprometieron tan rápido que cualquiera pensaría que estaba loca por él. Pero, viéndolos ahora, no acabo de verlo claro. Ella parece ligeramente exasperada con él y él, por su parte, parece tolerarla amigablemente. A la hora de mostrar sus sentimientos, Mikki siempre ha sido reservada; además, llevan juntos casi un año, por lo que el fuego ardiente puede haberse convertido en una llama lenta y estable. Pero sus evasivas con respecto a él sugieren que algo no va bien.

Lo poco que sé de su chico se lo he tenido que sacar con pinzas. No trabaja mucho —tiene problemas de espalda—, de modo que ella «lo ayuda» con el alquiler y ha abandonado sus planes de recorrer Australia porque Jack ya le ha enseñado «la mejor playa de todas». A mi entender, suena demasiado controlador y no me gusta.

El anuncio de su boda se le escapó la semana pasada mientras hablábamos, como si no tuviera intención de contármelo. Aquello fue la gota que colmó el vaso.

—Voy para allá —le dije de inmediato.

—No, no. No queremos montar un espectáculo; no es un acontecimiento tan importante. —Su tono era de resignación y cansancio, casi de tristeza.

—¿Estás embarazada?

Balbuceó.

—¡No!

Entonces, ¿por qué? Pero no quiso darme ninguna explicación. Me preocupaba tanto que compré un billete de avión en cuanto colgamos. Tendría que tomarme un mes libre, lo que no resultaba precisamente ideal, pero, puesto que trabajo para mí misma, podía disfrutar de vacaciones cuando quisiera. Además, en los últimos dieciocho meses no había hecho otra cosa más que trabajar y había sido una amiga pésima, enfrascada desde hacía tiempo en mis propios problemas. Mikki había estado a mi lado cuando la había necesitado, dos años antes, así que ahora me tocaba ayudarla a mí.

Antes de salir, llamé a sus padres para contarles que iba a ir a verla y para tantearlos. No dije nada sobre la boda y ellos tampoco, lo que sugería que no lo sabían: otra bandera roja.

Me preocupa que Jack la esté presionando para que se casen porque va tras su dinero. No sería la primera vez que se aprovechan de ella. Mikki se deja arrastrar por todas las tragedias, sobre todo las del tipo: gente que te pide dinero en la calle porque han perdido la cartera y necesitan dos libras con cincuenta para volver a casa en autobús, y a la que al día siguiente ves haciendo exactamente lo mismo. Pues Mikki les da el importe todos los puñeteros días. Es la persona más bondadosa que conozco, pero nunca parece completamente preparada para el mundo adulto.

¿Sabe Jack que su familia es propietaria de una exitosa cadena de tiendas de surf? Aunque ella no se lo haya contado, incluso podría haberla buscado en internet.

Jack agarra el antebrazo de Mikki con su gran mano.

—¿Has terminado con el papeleo?

Me tenso de inmediato.

—Sí —responde Mikki.

No hay signos de temor en su lenguaje corporal, pero eso no significa que no lo sienta.

—Dos semanas a partir de hoy, ¿verdad? —dice Jack.

Joder, deben de referirse a la boda. No tenía ni idea de que fuera a celebrarse tan pronto… O sea, que tengo catorce días para hacer que cambie de opinión. Le miro los dedos en busca de un anillo de compromiso, pero no lleva ninguno, lo que no debería sorprenderme si Jack realmente está a dos velas. Pero no creo que a Mikki le moleste lo del anillo. Aunque es una persona pudiente, también es la menos materialista que uno podría imaginar.

Observo a Jack mientras come. Su prometido… Aún no me he hecho a la idea. Desde que nos conocemos, Mikki nunca ha tenido un novio serio. Salió fugazmente con un tío en el instituto, y con unos cuantos más desde entonces, pero nunca duraron demasiado. Hubo un tiempo en que me pregunté si preferiría a las mujeres, pero tampoco parecían interesarle. A lo mejor el surf era suficiente para ella, su verdadera y única pasión.

Jack no se parece en nada a los chicos con los que salió en el pasado: sobre todo tipos creativos con barba, pelo largo y ropa *hippie*. Jack es más… saludable y atlético. Está más bueno («no ayudas, Kenna», me digo).

Sus tatuajes también me parecen inquietantes. Está cubierto de ellos: ornamentadas criaturas marinas y bestias místicas, una serpiente que se enrosca alrededor de su muñeca como una pulsera. ¿Por eso Mikki no le ha dicho a sus padres que va a casarse? ¿Porque no lo aprobarían?

Jack, que me mira fijamente otra vez y me está acojonando, recoge los platos vacíos; al menos tiene modales. Necesito quedarme a solas con Mikki para descubrir más cosas sobre él. Mientras friega los platos, abro mi macuto y saco varios regalos: paquetes de Minstrels y Revel, las chocolatinas inglesas que Mikki mencionó que echaba de menos; libros; un bonito par de chanclas Havaianas con el dibujo manga de una chica japonesa en ellas.

—¡Oh, me encantan! —dice mientras se las pone.

—Y... —Avergonzada, saco los productos de maquillaje de todas las marcas que le encantaba usar cuando vivíamos juntas—. No sabía si aquí podías encontrarlos o no, o si seguías utilizándolos.

Le quita la tapa a una barra de labios y se dirige al espejo de la zona de estar para aplicarse un poco.

—Sí, sí que se encuentran por aquí, pero gracias.

Con los labios rosa brillante, Mikki me da otro abrazo y vuelve a sentarse. Sigue habiendo cierta tensión extraña entre nosotras, pero al menos ahora parece más ella misma.

—¿Qué tal está Tim? —pregunta.

Me sorprende que incluso recuerde su nombre.

—Solo salimos unas veces y rompí con él hace una eternidad, ¿no te lo conté?

—Menos mal, porque parecía un pelmazo.

Me río; me conoce muy bien.

—¿Y por qué no me lo dijiste entonces? —exijo.

—Quería hacerlo —responde, riéndose también.

Por un instante, es como en los viejos tiempos: ella y yo, mejores amigas para siempre. No tengo hermanas, solo un hermano mayor con el que no tengo una relación muy cercana, de modo que Mikki es lo más parecido a una hermana.

—¿Era demasiado simpático? —pregunta.

—No exactamente. —Le doy vueltas a la pregunta que me ha hecho. ¿Tendrá algo que ver con ella y con Jack?—. En realidad, no me interesaba tanto.

—¿Entonces no sales con nadie?

Jack me mira por encima del hombro y me siento cohibida.

—No.

Tras secarse las manos con un trapo, se acerca a nosotras.

—Qué suerte que hayas venido justo ahora, Kenna, porque mañana nos marchamos hacia la costa.

Deslizo la mirada hacia Mikki en busca de confirmación y la expresión avergonzada de su rostro me deja helada. ¿He volado hasta aquí para verla solo durante unas horas?

—¿Tienes planes? —me pregunta Jack.

—Pues… —Quedar con mi mejor amiga, descubrirlo todo sobre el inestable australiano con el que pretende casarse, hacerla entrar en razón y llevármela de vuelta a casa…—. En realidad, no.

—Deberías venir con nosotros —propone Jack.

Mikki abre exageradamente los ojos, pero Jack no se da cuenta. Mi amiga transmite unas vibraciones muy raras. Cuando se percata de que la estoy mirando, cambia su expresión.

—Sí, claro, ven.

—No quiero molestaros si vais a iros solos —comento.

—Qué va, seremos seis personas —dice Jack.

Me tenso. Mikki no me ha hablado mucho del grupo con el que sale a surfear, pero no me gusta lo que he oído. Intento ganar tiempo.

—¿A dónde vais?

—A la playa. —Jack sonríe, pero no entiendo el chiste.

Me vuelvo hacia Mikki.

—¿Es la playa para hacer surf de la que me hablaste? ¿A la que apenas iba gente?

—Sí. —Mikki y Jack se miran por algún motivo y ella se sonroja.

—¿Cuánto tiempo pensáis quedaros allí? —pregunto.

—Todo lo que podamos —responde Jack—. ¿A que sí, Mikki?

Me quedo a la espera de que cualquiera de los dos mencione la boda, pero no lo hacen.

—¿Y vais a acampar?

—Eso es —dice Jack—. Tú también surfeas, ¿verdad?

—Antes sí, pero ya no.

—¿Y eso?

No me apetece hablar de ello, así que respondo:

—Lo dejé.

Jack frunce el ceño.

—¿Cómo puede uno dejar de hacer surf?

Porque, después de lo que ocurrió, no soportaba ver el mar.

—Me mudé lejos de la playa por trabajo.

—Pero aquí no estás trabajando, ¿a que no?

—No, pero tampoco tengo tabla.

—¿Qué tabla solías utilizar? ¿Una *longboard* o una *shortboard*?*

Son muchas preguntas.

—Pues… una *shortboard*.

—Espera un segundo. —Y, entonces, se marcha de la habitación.

Me giro hacia Mikki.

—Si no quieres que vaya con vosotros, solo tienes que decirlo.

Mikki se sobresalta.

—¿Eh? ¡No!

La rapidez con la que ha contestado es sospechosa.

—No parece que te apetezca.

—No, en absoluto. Es solo que me ha sorprendido verte. —Mira hacia la puerta—. Y ha habido algunos malos rollos en la Tribu.

—¿La qué?

—Es el nombre que nos hemos puesto a nosotros mismos. Pero claro que deberías venir, sería la leche.

Ahora se está pasando de entusiasmo. ¿En qué lío anda metida? Me recorre un sentimiento de pánico.

—Ya me di cuenta de lo de los malos rollos cuando me llamabas, por eso decidí venir a Australia. Quiero que vengas conmigo a casa.

* La tabla *shortboard* es la más utilizada y mide entre 1,50 y 2,10 metros. La tabla *longboard* es más grande, por lo que el surfista puede desplazarse por ella si quiere, tiene la punta redondeada y es fácil de utilizar. *(N. de la T.)*

—No, yo…

Jack vuelve como si nada, agarrando una *shortboard* por uno de los cantos. «Mierda…». La coloca de pie junto a mí. La superficie superior está encerada, pero, a juzgar por lo prístina que se encuentra, apenas la han utilizado. Me da una palmada en el hombro y salto ante ese contacto inesperado. La ira se agolpa en mi interior mientras Jack me empuja para que me coloque junto a la tabla.

Alterna la mirada entre mi cabeza y la tabla.

—¿Qué te parece? Es de ciento ochenta centímetros.

Me alejo mientras lo fulmino con la mirada. Pero no parece darse cuenta; está mirando a Mikki.

—Si esta no te parece bien, Mikki tiene unas cuantas.

Mikki siempre había tenido todas las tablas que quería gracias a las tiendas de surf de sus padres. La semana anterior a mi vigésimo primer cumpleaños, partí la única tabla que tenía y no podía permitirme comprar una nueva, así que me regaló una maravillosamente envuelta. Mikki siempre me había dado más de lo que yo podía ofrecerle a ella, otra de las razones por las que ahora estoy decidida a quedarme.

Mikki asiente con energía.

—Tienes muchas para elegir.

—En cuanto veas las olas del sitio al que vamos, querrás surfearlas, créeme —dice Jack—. Además, nos sobra una tienda y tenemos de todo para ti, así que ¿vienes con nosotros?

Su entusiasmo es como el de un niño pequeño.

—Pues… —Dirijo la mirada de nuevo hacia Mikki. Sería muy incómodo que me fuera con ellos cuando claramente ella no quiere, pero es evidente que anda metida en algún lío. Tengo que hacer lo que sea para ponerla a salvo y llevarla a casa.

Capítulo 4

Kenna

El coche de Jack es tan grande que, básicamente, es como un camión pequeño. Negro y cromado y con una matrícula personalizada —«Jack0»—, se eleva bastante del suelo sobre unas ruedas descomunales. ¿Cómo puede permitirse un vehículo así si no tiene un duro? ¿O lo ha pagado Mikki?

La radio pregona: «¡Va a hacer un calor abrasador! Si hoy vais a la playa, hay oleaje del sur de un metro y vientos ligeros desde el oeste».

El *jet lag* me despertó a las dos de la mañana. Me quedé tumbada, completamente despejada y planeando cómo sacarle más información a Mikki, pero, para cuando se levantó, Jack ya estaba en pie, llevando las cosas al coche, y no conseguí quedarme a solas con ella. Aun así, esta mañana no es más que sonrisas y ahora sí que parece contenta de que vaya con ellos.

Jack dobla una esquina.

—La playa de Bondi —dice, señalando por la ventanilla.

Los huecos entre las edificaciones revelan un brillante océano azul que envuelve una playa con forma de herradura. Aunque es temprano, la gente se agolpa sobre la arena blanca: corredores solitarios que van descalzos, socorristas con gorras rojas y amarillas que montan guardia… La luz del sol es cegadora, y los colores son tan vívidos que tengo que protegerme los ojos con las manos. Si colocáramos una foto de esta playa junto a una de una inglesa, cualquiera pensaría que a la inglesa le hacía falta el *flash*.

Cerca de un centenar de surfistas flotan en el mar, persiguiendo cada una de las olas que pasan. Veo a tres personas surfeando la misma cresta: una con una *longboard,* otra con una *shortboard* y, medio escondida entre la espuma, otra con una *bodyboard.* La de la *shortboard* se acerca, gesticulando enfadada, junto a la de la *longboard.* Tras ellas, la de la *bodyboard* sale disparada como si intentara meterse por el medio. La ola se cierra y las lanza en un revoltijo de extremidades, tablas y espuma. Contengo la respiración hasta que las tres salen a la superficie.

—¿Por qué vamos por este camino? —pregunta Mikki desde el asiento del copiloto.

—He pensado que podíamos hacerle un *tour* a Kenna —responde Jack—. Por si acaso no vuelve por aquí.

—¿Qué quieres decir? —pregunto—. Mi vuelo sale desde aquí, así que claro que volveré.

Jack me mira por encima del hombro, con los ojos ocultos tras unas gafas de sol polarizadas.

—¿Quién sabe? Quizá te guste tanto el sitio al que vamos que nunca quieras irte. —La sombra de una sonrisa aparece en sus labios.

A pesar del calor sofocante del coche, me recorre un escalofrío.

Jack se detiene junto a un supermercado.

—Recordadme que coja un cartucho de gas.

Mikki y él se dirigen hacia la tienda y cada uno se hace con un carrito; los sigo. Jack coge paquetes de pasta y arroz, latas de verduras y pescado y cuatro enormes bidones de agua. Mikki va tachándolo todo de una lista.

—¿Brócoli o judías verdes? —pregunta Jack.

—El brócoli aguantará más tiempo —responde ella.

Jack levanta una gran pieza de fruta amarilla que no reconozco.

—Puaj, no —dice Mikki, y él la vuelve a dejar en su sitio.

Señalo algo brillante, rosa y con escamas.

—¿Qué es eso?

—Es pitahaya; seguro que te encanta.

Una de las cosas que más me gusta hacer cuando estoy en un país nuevo es probar su chocolate, pero, para mi decepción, Mikki y Jack dejan atrás ese pasillo. Por suerte, hay un surtido junto a las cajas en el que reconozco algunas marcas. Cojo un par mientras Mikki y Jack ponen las cosas en la cinta. Jack me guiña un ojo y me siento como una niña pequeña que mete dulces a escondidas en el carro de sus padres.

Jack se aleja con la compra y deja pagar a Mikki. Ni siquiera lo han debatido, lo que sugiere que es un hábito que viene de lejos: otro punto en su contra.

—Toma. —Le ofrezco doscientos dólares de los quinientos que saqué en el aeropuerto.

Mikki los rechaza con un gesto de la mano.

—¡Ni hablar! A lo mejor solo te quedas un día o dos.

Se marcha con el carrito antes de que pueda insistir.

Jack ha abierto la parte trasera de la camioneta; hay una nevera enorme que llenamos con leche, queso y carne. Los restos del guiso de Mikki también están ahí dentro. Levanto una bolsa de hielo del carrito que pesa más de lo que esperaba y me tambaleo hacia un lado.

Jack coloca sus manos sobre las mías.

—¡Lo tengo! —dice mientras lleva una de sus rodillas descubiertas bajo la bolsa para aguantar el peso.

Ante su contacto corporal, un calor me inunda. Suelto la bolsa y él la levanta y la mete en la nevera con facilidad.

Se vuelve hacia Mikki.

—¿Qué tal tu azúcar? ¿Quieres un plátano?

—No, estoy bien —responde.

En mi interior, me alucina que se lo haya preguntado; Mikki siempre ha tenido problemas con sus niveles de azúcar y necesita comer con regularidad o se desmaya.

Jack saca un plátano de una bolsa, lo pela y le da un mordisco.

—¿Quieres uno, Kenna?

—Ahora no, gracias.

En el coche hace un calor asfixiante. Me siento, pero salto como un resorte porque el cuero está ardiendo.

—El aire acondicionado está roto, lo siento —se excusa Jack.

El olor a césped recién cortado se mezcla con el del humo de la gasolina mientras atravesamos las afueras. Dejamos atrás campos de *cricket* y de *rugby*. Hay algunas estampas de vida australiana cada vez que nos paramos en un semáforo: un hombre con un sombrero de paja se encuentra en la vereda de un río, con una caña de pescar echada; una familia de cuatro miembros arrastra una enorme nevera de un lado a otro de la carretera. Cada vehículo parece llevar alguna clase de embarcación en su interior, encima o detrás en un remolque: una moto de agua, tablas de surf, lanchas o piraguas.

—Vosotras dos os conocéis desde primaria, ¿no? —pregunta Jack.

—Sí —respondo—. Mi familia se mudó desde Escocia cuando mi padre perdió el trabajo. El hermano de mi madre tenía una granja en Cornualles y necesitaba ayuda, así que llegué al colegio en mitad del curso. Era la niña nueva con el acento raro de Escocia. La profesora me acompañó a clase y vi a una niña con las mismas playeras que yo.

—¿Las mismas qué? —pregunta Jack.

—Deportivas. —Mikki me dedica una sonrisa por encima del hombro—. Se supone que los australianos hablan el mismo idioma que nosotros, pero en realidad no es así.

Eran unas Adidas, negras con franjas blancas.

«Cómo mola tu nombre», me dijo Mikki mientras me sentaba a su lado.

«Es un diminutivo de McKenzie», le expliqué. «Me gustan tus zapas».

Y eso fue todo. La vida es tan sencilla a esas edades… Ojalá lo siguiera siendo.

Veo a una mujer con un bikini atando su *longboard* a lo alto de su coche y me trae recuerdos de los veranos en Cornualles —bien avanzada la adolescencia—, cuando el techo del Escarabajo de Mikki se hundía con el peso de nuestras tablas.

El tráfico se intensifica a medida que nos acercamos al centro de la ciudad.

—¡Vamos! ¡Muévete! —Jack menea las rodillas bajo el volante—. Qué ganas tengo de estar ya en el agua.

—Yo también —dice Mikki.

Dejamos atrás las altas edificaciones que proyectan sombras sobre la calzada. Una mujer con un burka lleva una bandeja de *sushi* mientras cruza un paso de cebra; una chica japonesa va con una bolsa del McDonald's. Podría ser cualquier ciudad de Inglaterra hasta que uno se fija en los hombres y mujeres mayores, con pantalones cortos y gorras con logotipos de marcas de surf, y con las piernas al descubierto y sandalias, respectivamente, en lugar de con gruesas medias marrones y anodinos zapatos de cordones.

Un cartel en una parada de autobús llama mi atención: «Desaparecida: mujer de nacionalidad francesa». La fotografía muestra a una chica sonriente de pelo oscuro. El autobús se aleja y deja a la vista una pared con otro cartel de persona desaparecida, y otro más.

—¡Vaya! ¡Sí que hay mochileros desaparecidos! —Pienso en la madre de Elke y en sus ojos apenados.

Mikki agita los dedos.

—Australia es un país grande. Desaparecen treinta mil personas cada año.

Vuelvo a contemplar los carteles mientras Jack avanza: tres mujeres jóvenes.

—¡Mirad! —Jack señala.

A través de los rascacielos atisbo las brillantes velas blancas que coronan la Ópera de Sídney, pero ahora mismo me interesan más las mochileras desaparecidas.

—¿Y a dónde van?

Mikki se estira sobre su asiento para mirarme. El entramado del puente de la bahía dibuja complejos diseños sobre su rostro.

—Quién sabe. Se pierden, o son ellas mismas las que quieren desaparecer. La mayoría suelen regresar con el tiempo.

Capítulo 5

Kenna

Cuando el tráfico empieza a despejarse, Jack acelera y una brisa más que bienvenida se cuela a través de las ventanillas bajadas. Unos peñascos color cobre se elevan a ambos lados, y el trazado de la carretera corta la roca por la mitad. A Australia se la conoce como «el país afortunado», pero dudo que las personas que construyeron esta carretera se sintieran así.

—La playa de la que habláis, ¿a qué distancia está? —Tengo que gritar sobre la corriente de aire para que me oigan.

—A cuatro o cinco horas —responde Jack—. Depende del tráfico.

—Caray, está bastante lejos. —Supongo que podré coger un autobús o un tren para volver, si lo necesito.

—No te preocupes, merece la pena.

—Merece mucho la pena —coincide Mikki, asintiendo.

Su entusiasmo es contagioso. Una playa… No he estado en una desde que me marché de Cornualles hace dieciocho meses.

—¿Y tiene nombre?

—Bahía de Sorrow —responde Jack—. Pero nosotros simplemente la llamamos la Bahía.

La carretera empieza a ascender. Profundos barrancos se bifurcan por todas partes entre franjas de bosque.

—Tiene un promontorio rocoso en el extremo sur —explica Jack—. Y la desembocadura de un río en el norte. Hay una pequeña comunidad en uno de los márgenes, pero en nuestro lado no hay nada. Está a una hora de la autopista y hace falta un todoterreno para llegar a ella, porque hay un camino de arena, pero está lleno de baches. Tienes que saber que existe; de lo contrario, ni te molestarías en ir.

Cojo el móvil y busco en Google Earth «bahía de Sorrow», ¡allá vamos! La diminuta playa está protegida por una amplia extensión verde de parque nacional. Y también veo el río.

—¿Arroyo Shark? ¿Hay tiburones? —pregunto.

Jack mira a Mikki como si no estuviera seguro de si debería contármelo o no.

—Ha habido algunos ataques a lo largo de los años, pero eso juega a nuestro favor porque ahuyenta a la gente.

—¿A qué te refieres con ataques?

—Bueno, principalmente se trata de grandes tiburones blancos. No es fácil sobrevivir a algo así, de manera que las multitudes no se acercan. Antes era un sitio muy popular para acampar, pero ahora somos los únicos que hacemos surf allí.

Trago saliva.

—Menos mal que no tengo intención de meterme en el agua.

—Espera a que lleguemos y la veas.

Los surfistas procuran no pensar en los tiburones. En Cornualles no teníamos que preocuparnos por ellos, pero Mikki y yo hemos surfeado en lugares donde el avistamiento de tiburones era algo habitual y, simplemente, tienes que aceptarlo como un riesgo intrínseco al deporte, igual que las avalanchas y los esquiadores que hacen *snowboard*.

Mikki está encorvada sobre su teléfono. De modo que se ha dedicado a esto…, a nadar con tiburones. No debería sorprenderme; desde que la conozco, el surf siempre ha sido su vida. Y también lo fue la mía durante muchos años, pero Mikki fue más allá que yo al convertirse en monitora y tirarse todo el día, todos los días, en el agua.

Contengo un bostezo. El *jet lag* me está afectando y, una vez más, tengo la sensación de encontrarme en plena noche a pesar del sol cegador. Mando un correo electrónico a mis padres y me entretengo con las redes sociales. Cuando vuelvo a mirar por la ventanilla, casi me imagino que estamos en Cornualles. Hay campos ligeramente inclinados salpicados de dientes de león y vacas que pastan junto a gansos blancos como la nieve. Las viejas palmeras son lo único que rompe la ilusión, además del aspecto reseco de la vegetación, como si alguien hubiera puesto el horno a máxima temperatura y se hubiera olvidado de apagarlo.

Pasamos de largo las señales rápidamente: arroyo Swan, arroyo Heron... Para mí, un arroyo es una acequia embarrada, pero la mayoría de los que dejamos atrás son lo bastante grandes como para considerarlos ríos. Arroyo Muddy, arroyo Eight Mile...

Mikki sigue con el teléfono.

Me inclino hacia delante y le doy unos golpecitos en el hombro.

—¿Estás bien?

—Sí, ¿por?

—Estás muy callada. —Apenas ha pronunciado palabra desde que hemos salido de Sídney.

—Todavía no se ha tomado un café. —Jack le da un ligero codazo—. ¿Verdad, Mikki? Pararemos en el área de servicio antes de desviarnos.

De nuevo, me sorprende lo bien que la conoce. A veces, Mikki puede tener muy mal humor, sobre todo cuando necesita cafeína. Vuelvo la vista hacia la ventanilla. Grassy Plains, bahía de Sorrow... Me gusta lo directos que son los nombres de los lugares por aquí. Lo que ves es lo que hay: arroyo Cow —¿se habrá quedado una vaca atorada en él alguna vez?—, arroyo Mosquito —no me gustaría caer en él—, arroyo Rattle —y en este tampoco.*

En la estación de servicio, Mikki y yo vamos al baño mientras Jack echa gasolina. Cuando salgo, Mikki está mirando algo en un tablón de corcho. Está cubierto con pedazos de papel que se agitan con el aire acondicionado: partes meteorológicos y excursiones por el campo, clases de yoga y un grupo para hombres de...

«Desaparecida: mujer de nacionalidad alemana. Vista por última vez en la playa de Bondi el 2 de septiembre».

---

* Se refiere a la traducción literal de las palabras: Grassy Plains (llanura herbosa), bahía de Sorrow (bahía de la tristeza), arroyo Cow (arroyo vaca), arroyo Rattle (arroyo serpiente de cascabel). *(N. de la T.)*

Unos ojos familiares me contemplan desde el cartel: Elke. Me recorre una extraña sensación. Es como si me persiguiera.

Mikki se sobresalta cuando me ve y me conduce hacia el mostrador del café.

—¿Qué quieres? —pregunta.

—Un *cappuccino* —respondo—. Pero pago yo.

—No, da igual. —Parece distraída.

Jack se acerca a la ventana y Mikki le hace una señal con la mano para que vuelva al coche.

—¡Pago yo! —le grita, y da un paso adelante para pedir.

Sus ojos vuelven a desviarse hacia el cartel mientras esperamos los cafés.

Intento pagar, pero, de nuevo, Mikki me lo impide.

—Gracias —digo, y doy un sorbo.

Fuera, Jack está hablando con un par de mujeres junto a un llamativo Jeep amarillo con tablas de surf en el techo. En uno de los laterales se lee: «Alquile un Jeep».

—La bahía de Bumble está al norte —les dice Jack—. Es un sitio muy bueno.

—A ver, espera —comenta una de las mujeres mientras rebusca en una pequeña guía de surf de bolsillo—. Ah, vale, encontrada.

Me obligo a no pensar en las mochileras desaparecidas, de momento.

—¡Hola! ¿Sois estadounidenses?

—Canadienses —responde la otra mujer.

—Vaya, perdonad, se me dan fatal los acentos —digo.

Con su café en las manos, Jack se pone detrás de la más alta de las dos.

—No te muevas.

Los ojos de la mujer se abren como platos. Es pelirroja, guapa y va vestida con un mono corto vaquero.

Jack coloca una mano sobre su hombro.

—Un mosquito. ¡Lo tengo!

—¡Gracias! Los mosquitos son odiosos —ríe ella.

—¡Espera! —dice Jack—. ¡Tienes otro!

Se abalanza sobre ella, aunque yo no estoy nada convencida de que haya ningún mosquito. Creo que es una excusa para tocarla. Miro a Mikki, sintiéndome avergonzada por ella, pero no reacciona. Es como si esto pasara a menudo.

—Mi mujer tiene la sangre muy dulce —dice la chica de pelo oscuro.

—¿Les has hablado de la bahía de Sorrow? —le pregunto a Jack.

—¡Vaya, pero si tenemos que irnos! —dice él.

La mujer consulta su guía.

—¿La bahía de Sorrow, has dicho? Aquí no aparece.

Pero Jack se aleja a zancadas. Un instante está flirteando con ellas descaradamente y, en cuanto escucha las palabras «mi mujer», tiene que marcharse. Como si no fuera suficientemente grave que coquetee delante de su prometida, ¿además es homófobo?

—Probablemente sea demasiado pequeña como para que aparezca —digo.

—Vámonos, Kenna —dice Mikki.

¿Ella también? Quiero demostrar a estas mujeres que no soy como ellos.

—Tiene una zona para acampar, ahí es a donde nos dirigimos.

—¡Kenna! —Mikki me tira del brazo con fuerza.

La mujer saca su teléfono.

—Voy a buscarlo en Google.

Jack toca el claxon y Mikki está a punto de sacarme el brazo del hombro.

—Por Dios, Kenna, ¡vámonos!

—Disculpad —digo—. Será mejor que nos vayamos. ¡Que tengáis un buen viaje!

—¡Vosotros también! —responde la mujer en voz alta.

Hay silencio en la parte delantera del coche mientras Jack se reincorpora a la autopista.

—Mirad los árboles —dice Jack—. Sopla viento del sur y esos capullos se están quedando con todas las olas.

Imbécil. «Pasa del tema», me digo a mí misma.

Jack le da un pequeño codazo a Mikki.

—¿Quieres comprobar el tiempo antes de que nos desviemos?

Mikki saca el teléfono. Recuerdo los carteles de los mochileros desaparecidos y hago lo mismo. Hay varios artículos, así que selecciono el primero: «Ocho mochileros desaparecidos, y siguen en aumento…». Me fijo en las fotografías. La mayoría de los desaparecidos son mujeres. Los dos hombres no podrían tener un aspecto más distinto el uno del otro: uno va vestido con un traje de neopreno y tiene el pelo rubio mojado a ambos lados de la cara, y el otro lleva un traje con corbata tan pulcro que no tiene, en absoluto, aspecto de mochilero. Hay una mezcla de nacionalidades: estadounidense, sueca, irlandesa… Un par de ellos sujetan unas tablas de surf. El café no me ha hecho ningún efecto y empiezo a desconectar a pesar de que hago todo lo posible por mantenerme despierta.

—Hoy son de un metro a un metro veinte —dice Mikki—. Y mañana descenderán más.

—¡Mierda! —dice Jack.

Me agarro al asiento cuando tomamos el desvío.

Un cartel pasa de largo fugazmente: «Bienvenidos al Parque Nacional de Sorrow». Ahora vamos por un camino de gravilla de un solo sentido. Entre los árboles, distingo una extensión de agua oscura. El arroyo Shark, imagino, aunque parece un río perfectamente formado.

Otro cartel: «Carretera susceptible a inundaciones».

—¿Y el viento? —pregunta Jack.

Mikki consulta el teléfono.

—Del sur por la mañana y del norte por la tarde.

Bostezando, pincho en otro artículo. Otra mochilera vista por última vez en Bondi, al igual que Elke. Pero, claro, es probable que la mayoría de ellos visiten esa playa.

—Será mejor que te des prisa —dice Jack cuando me ve con el teléfono—. La cobertura está a punto de desaparecer.

—¿En serio? —pregunto.

—No hay nadie por aquí —responde—. Bueno, salvo nosotros.

Empiezo a arrepentirme de todo esto.

—Joder, ¿entonces no hay internet, ni cobertura, ni nada?

No consigo que el artículo se cargue; como acaba de pronosticar, no hay señal. Normalmente suelo estar conectada a internet a todas horas. Los pacientes solicitan sus citas a través de mi página web y, aunque puse un aviso de que estaría fuera durante un mes entero, si alguno de los habituales se hace daño, lo más probable es que me escriban. ¿Y qué pasa si quiero irme? Sin el teléfono no puedo llamar a un taxi o a un Uber; dependo de un tipo al que apenas conozco.

Los párpados me pesan tanto que hasta me duele mantenerlos abiertos. No puedo seguir luchando contra el *jet lag*. Hay una sudadera negra con capucha tirada en el espacio para las piernas. La recojo, hago una bola con ella y la coloco contra la ventanilla para que me sirva de almohada. Cierro los ojos y, mientras me quedo dormida, escucho la voz de Mikki.

—Se ha dormido —dice con voz acusadora—. No habrás sido capaz, ¿no?

—¡No! —responde Jack—. ¡Claro que no! ¡Es tu amiga!

Vagamente, me pregunto de qué estarán hablando. Pero estoy demasiado cansada como para que me importe.

Capítulo 6

Kenna

Abro los ojos repentinamente cuando salgo despedida hacia delante. El coche se ha detenido de golpe. Una capa de hojas oculta el cielo y sume la carretera en sombras (si es que se la puede llamar carretera, pues solo es barro y gravilla).

Una barrera bloquea el camino: «¡Peligro! Desprendimientos. Carretera cerrada».

Mikki abre la puerta, se baja de un salto y aparta la barrera. Cuando Jack avanza, las piedrecitas crujen bajo los neumáticos. Completamente despierta ahora, me entra el pánico y estiro la cabeza para buscar a Mikki. Jack pisa el freno y Mikki vuelve a montarse, dejando, tras ella, la barrera en su sitio. Seguimos avanzando por el camino de tierra.

Miro a través del parabrisas mientras vamos dando botes arriba y abajo.

—El cartel decía que la carretera estaba cerrada.

—No te preocupes por eso. —Jack continúa la marcha durante largos minutos, rebotando sobre los baches.

Se oye un chirrido bajo el coche cuando nos hundimos en un gran hoyo. Me agarro al asiento, aterrada ante la perspectiva de que hayamos pinchado. ¿Qué pasaría entonces? Compruebo mi móvil, pero sigue sin señal, así que no podríamos llamar a una grúa.

Se mire por donde se mire, parece que los árboles —troncos desnudos o ennegrecidos en algunas partes, con nuevos brotes luchando valientemente por emerger— no terminan nunca. En uno de los giros que damos, el agua fluye a través del camino: una pequeña cascada artificial. Jack pasa por encima sin bajar la velocidad, haciendo que el agua salpique más allá de las ventanas. Estoy un poco acojonada ahora mismo. No sabía que sería un sitio tan remoto.

—No tengo saco de dormir —digo.

—A nosotros nos sobra uno —comenta Mikki.

—Y no he traído crema para el sol.

—Puedes usar la mía. —Vuelve la cabeza para mirarme por encima del hombro—. Antes no te preocupabas tanto por las cosas. La primera vez que vine por aquí, me pasó lo mismo. Ya verás que este sitio te vendrá bien.

Jack pisa de golpe el freno.

—¿Qué pasa? —pregunta Mikki.

Jack señala un objeto largo y oscuro que atraviesa el camino. Un palo. No, una serpiente.

Jack revoluciona el motor, pero la serpiente no se mueve.

—Vaya mierda.

—Pasa por encima —propone Mikki.

—No quiero aplastarla. —Jack respira lentamente y me fijo en que tiene los nudillos blancos alrededor del volante.

—¿Quieres que...? —empieza a decir Mikki.

Jack abre la puerta y se baja de un salto.

—No.

—¡Ten cuidado! —le grita Mikki.

Jack da un portazo. Mikki y yo lo observamos a través del parabrisas.

—¿Es venenosa? —pregunto.

—Es probable —responde Mikki—. Además, le dan pánico.

Jack comprueba el lateral del camino y coge una hoja seca que lanza a la serpiente, pero esta ni se inmuta.

Jack le lanza otra hoja, que rebota sobre el lomo del animal y consigue, ahora sí, que se marche deslizándose. Entonces, pálido, vuelve a subirse a la camioneta.

Mikki le da unas palmaditas en el hombro.

—Lo has hecho muy bien.

Jack se agarra al volante durante un buen rato y después seguimos adelante.

Delante de nosotros, distingo unos vehículos aparcados: una camioneta rojo chillón y un todoterreno manchado de barro. Jack se detiene junto a ellos. Cuando me bajo, el suelo está duro y seco bajo mis pies. Huele a corteza y a musgo, y el ambiente zumba con el sonido de los insectos.

Jack abre el maletero.

—Coged lo que podáis llevar.

Cargada de bolsas, Mikki empieza a caminar por un estrecho sendero. Yo me pongo mi macuto, saco la tabla que Jack me enseñó ayer, cojo mi mochila pequeña y voy detrás de Mikki. Me resulta extraño volver a llevar una tabla debajo del brazo, y me niego a que se convierta en una costumbre. Mikki gira en una curva del camino y desaparece de mi vista. Con la tabla golpeándome en la cadera, acelero la marcha. El camino se divide en dos, pero no hay ni rastro de Mikki.

Un cartel de madera indica: «A la playa». A lo lejos se oye el rugir de las olas. Mientras me apresuro, los bichos revolotean alrededor de mis oídos. El sendero está cubierto de vegetación y las ramas me arañan la cara. Una telaraña bloquea el camino más adelante. Normalmente no me gustan las arañas, pero al menos las inglesas no son mortales. Miro hacia atrás; esperaba ver a Jack, pero no hay nadie. Además, extrañamente, ya no oigo las olas. Con cuidado, utilizo la parte delantera de la tabla de surf para apartar la telaraña. Miro por si hubiera arañas y paso esquivándola. Los árboles, a un lado y a otro, me hacen sentir claustrofobia y las ramas se me enganchan en el pelo a medida que me esfuerzo por avanzar. ¿Me habré confundido de camino?

Tras el siguiente giro hay un hombre.

Me detengo en seco.

—Hola.

Solo lleva unas bermudas, tiene el pelo oscuro muy corto y unos impresionantes ojos gris verdoso con los que me mira como si hubiera visto un fantasma.

—Soy Kenna.

Se aclara la garganta.

—Clemente.

Bronceado y con el pecho al desnudo, tiene las típicas caderas estrechas y la parte superior del cuerpo musculosa de un surfista; además, los tatuajes cubren sus piernas y brazos. Debe de ser uno de los integrantes del grupo, de la Tribu.

—Estoy buscando la playa —digo—. Y también a mi amiga Mikki.

Clemente parece relajarse.

—Por aquí no es.

Tiene acento de alguna parte… español, creo.

—¡Ah! —digo—. Pero el cartel…

—Ven conmigo. —Antes de que pueda detenerlo, Clemente agarra mi tabla de surf y lo sigo de vuelta, a través de los arbustos, hacia el otro desvío. Llegamos a un claro con cuatro tiendas de campaña alrededor de una mesa de pícnic de madera y una barbacoa. Hay una pequeña construcción de hormigón en uno de los lados, ¿serán los baños?

Una chica se acerca a nosotros con paso decidido.

—¿Quién coño eres tú?

Intento no inmutarme. Tiene un marcado acento australiano, unas rastas rubias y largas y una piel que ha estado demasiado expuesta al sol.

—Esta es Kenna —dice Jack—. Es una amiga de Mikki, de Inglaterra. Kenna, esta es Sky.

Sky se vuelve hacia Mikki.

—La invitó él, no yo —explica Mikki en voz baja.

Siento un pinchazo en el pecho.

Jack rodea mi cintura con un brazo y me conduce a una pila de bolsas y tablas.

—De momento, déjalo todo aquí.

Por primera vez, me alegro de que sea tan jodidamente pragmático. Me rodeo a mí misma con los brazos mientras paso por delante de Sky, como si esperara que fuera a atacarme. Un chico negro, rapado, con fuertes y orgullosos pómulos y unos músculos imponentes, da unos pasos al frente para colocarse junto a ella y Clemente. La forma en que me están mirando, de arriba abajo, me hace sentir como una delincuente que se enfrenta al jurado.

Sky se vuelve hacia Jack.

—No puedes traer a gente sin avisar.

Aunque esbelta y musculada, vestida con un top que se cruza en su espalda y deja al descubierto sus fuertes hombros, es unos centímetros más baja que yo. Lleva unos pantalones militares cortos y va descalza, con las uñas de los pies pintadas de un tono azul turquesa.

El chico negro sacude la cabeza de un lado a otro.

—Sí, no puedes seguir haciendo esto, tío. —Tiene acento de alguna parte, pero no estoy segura de dónde.

—Ha venido en avión desde Inglaterra —dice Jack—. No iba a estar solo unas horas con su amiga después de un viaje tan largo.

Cuando Mikki mencionó al grupo, me había imaginado a una panda de *hippies* con flores en el pelo, fumando marihuana y bailando alrededor de una hoguera. Pero no. Así, agrupados mientras discuten sobre qué hacer conmigo, me recuerdan a un equipo deportivo planeando cómo librarse del enemigo.

Capítulo 7

Kenna

Mikki me dedica una mirada de impotencia. «Di algo, Mikki; defiéndeme». Pero permanece callada y me da la sensación de que está avergonzada. Mi llegada le ha causado problemas.

Jack le da un ligero codazo a Clemente.

—¿Tú qué crees? A mí me recuerda a...

—¡Cállate! —La mirada de Clemente se encuentra con la mía. Esos ojos tan increíbles... no puedo apartar la vista. Ni tragar, ni tan siquiera respirar. Cuando se da rápidamente la vuelta y se aleja a zancadas por entre los árboles, es un verdadero alivio.

Sky suspira.

—¿Qué vamos a hacer?

—Kenna se quedará con nosotros unos días y después seguirá con su viaje —dice Mikki.

¡Por fin! Aunque llega un poco tarde.

—Sí —coincide Jack—. La próxima vez que tengamos que ir a comprar, la llevaré a la parada del autobús.

Tratando de ocultar mi incomodidad, doy un trago de agua de mi botella y miro a mi alrededor. Una lona impermeable colgada entre los árboles protege el equipo para hacer ejercicio: colchonetas para yoga, pelotas de gimnasio y rodillos de masaje parecidos a los que uso en mi estudio. Las tablas de surf están tiradas por todas partes, boca abajo, con las superficies enceradas protegidas de la luz del sol que se cuela entre las hojas.

—Pero ahora ya conoce este lugar —dice el chico negro.

—¿A quién se lo va a contar, Victor? —pregunta Jack.

44

—¡Ese es el problema! —dice Victor, levantando la voz—. ¡No lo sabemos!

Un cuervo se asusta y eleva el vuelo sobre las copas de los árboles con un graznido como señal de alarma.

—Chitón. —Sky lo sujeta por los hombros y después camina lentamente en mi dirección—. Victor tiene razón. No puedes hablarle a nadie de este lugar, Kenna.

Victor la sigue.

—Lo que tenemos aquí es un santuario. —Desliza un brazo alrededor de Sky; deben de ser pareja.

—¿A quién iba a contárselo? —digo—. En Australia solo os conozco a vosotros y a Mikki.

Jack se vuelve hacia los demás.

—¿Lo veis?

—¡Vamos a surfear! —grita una voz.

Todos nos volvemos y vemos a Clemente, que viene correteando por el sendero.

—Hace demasiado viento —dice Sky.

—No, ya no, ha cambiado de dirección.

Clemente empieza a encerar su tabla y, rápidamente, los demás lo imitan y se pasan la cera unos a otros. Espero a que se acuerden de mi existencia, pero Clemente sale corriendo por el sendero y los demás van detrás de él, uno a uno, y me dejan sola con Mikki, que parece nerviosa.

—Perdona, son bastante protectores con respecto a este lugar. Se les pasará.

Fuerzo una sonrisa.

—Claro.

Siempre fuimos ella y yo contra el mundo, así que me sorprende lo mucho que ha cambiado su lealtad.

Rebusca en su mochila, saca la parte de arriba de un bikini, se quita la camiseta y el sujetador y se la pone. Me quedo atónita; antes era bastante mojigata.

Ya lleva puestos los pantalones cortos para hacer surf, así que recoge su tabla y me ofrece una mirada de disculpa.

—¿Vienes?

Por un momento me siento tentada. Si pudiera borrar lo que pasó y volver al instante en que el mar no era un veneno para mí…

—No, pero pásalo bien.

—Gracias.

Mikki se marcha trotando y el claro queda en silencio, salvo por los sonidos de la naturaleza: el crujido de las hojas; el lejano romper de las olas.

La oscura silueta de una persona se precipita sobre mí. Pero qué…

Exhalo. Solo es un traje de neopreno colgado en una percha en una rama sobre mi cabeza. Me quedo allí de pie, intentando recomponerme, pero cada movimiento de los árboles y arbustos me pone de los nervios.

En la mochila pequeña llevo la cartera, el pasaporte y el móvil. La cojo y me apresuro por el sendero hacia donde se han ido los demás. Los árboles empiezan a separarse y el rugido del mar se escucha cada vez más; hay un fuerte olor a sal en el ambiente. Emerjo de entre los matorrales y me encuentro con un letrero de madera borroso: «¡Peligro! Playa no vigilada. Corrientes fuertes». Tras él, una bahía arenosa con escarpadas rocas oscuras en el extremo sur. Las olas envuelven la piedra, transparentes y perfectas. Es una vista amarga, como encontrarse con un antiguo novio por el que todavía sientes algo, aunque sabes que no te conviene. Me mudé a Londres para no tener que ver el océano y, aun así, aquí está de nuevo, atrayéndome como nunca.

Mikki avanza con dificultad sobre las rocas, pero los demás ya están en el agua, remando. Me quito las chanclas de dedo. La arena me acaricia los dedos mientras me encamino hacia donde están.

El mar tiene un tono azul turquesa impresionante. Antes pensaba que este color era el que le daba su magia al surf, pero después surfeé en las aguas grises del atardecer, en las negras a la luz de la luna, en las plateadas durante un aguacero y en todos los tonos de azul y verde posibles, y todas eran igual de mágicas.

Clemente coge una ola y realiza giros enormes y energéticos casi hasta la orilla. Sky está en pie sobre otra, a su espalda. El dolor se acrecienta. Podría recorrer a toda prisa el sendero, recoger la tabla que le sobraba a Jack y unirme a ellos. Sin la protección de los árboles, el viento sopla con más fuerza y me empuja hacia el agua como si leyera mi mente. Me inclino hacia atrás, luchando contra él, y en su lugar me dirijo hacia un lado, a través de las rocas, en busca de una plana para sentarme. Vamos allá.

La superficie está tan limpia que distingo conchas y guijarros en el lecho marino, por lo que alargo el brazo para coger un puñado. Está más caliente de lo que pensaba, mucho más que la de los mares de Cornualles en pleno verano. Dejo que se filtre a través de mis dedos. Es impresionante pensar que estas mismas moléculas marinas podrían haber bañado la playa de mi localidad, haber roto sobre los arrecifes hawaianos o haber formado en algún momento parte de enormes icebergs.

El reflejo del agua es cegador, tendría que haberme puesto las gafas de sol. La luminosidad de este lugar es algo para lo que no estaba preparada. Una ola grande rompe contra las piedras y me empapa los pantalones cortos, pero no me importa. Me paso la lengua por los labios: saben a sal. ¡Cómo lo echaba de menos! Corro hacia delante, hasta que tengo los pies en el agua, y es como si lavara mi alma.

Jack coge una ola, empezando por la cresta —que es más alta que su cabeza—, y desaparece en su interior antes de salir a toda velocidad por el otro extremo. Una vez más, me planteo volver a por su tabla, pero sé lo que pasaría si lo hago. Para empezar, me la pegaría, porque hace mucho que no practico, y lo que es peor: el deporte que había abandonado volvería a absorberme y estaría, de nuevo, obsesionada hasta la médula.

Cuando hacía surf, no podía planear nada porque mi vida giraba alrededor de las olas. ¿Un trabajo de nueve a cinco? Era cuando el mar estaba menos concurrido. ¿La boda de mi primo? Las olas estaban impresionantes ese día. ¿Una escapada a la ciudad con las amigas? ¡Por doscientas libras podía cogerme un avión a Biarritz! Cuando lo dejé, de alguna manera supuso un alivio, porque logré volver a vivir mi vida y centrarme en mi carrera, aunque no puedo decir que eso me haya hecho más feliz.

Una ola se cierne sobre Mikki, que rema de costado. «¡No la cojas, Mikki!». Está rompiendo justo sobre las rocas y el agua delante de ella se está filtrando. Si se cae, tendrá un problema.

Rema para cogerla. El mar aparece a su espalda y, durante unos segundos, parece que la hará caer de cabeza, pero aprieta bien las rodillas en un giro rápido y, de alguna manera, consigue mantenerse en pie. El agua vuelve hacia atrás desde la orilla, cubriendo las piedras unos centímetros mientras ella zigzaguea sobre ellas.

Una explosión de orgullo me invade. Con treinta años es casi tan cañera como cuando tenía veinte. ¡Aunque se arriesga demasiado! Cuanto antes consiga alejarla de aquí, mejor. Busco el móvil en mi mochila, pero sigue sin haber cobertura. Sin ningún medio de transporte disponible ni la posibilidad de llamar a un Uber, estoy a merced de los demás. Los acantilados se alzan a mis espaldas. Si estuviera en un terreno más elevado, quizá podría tener algo de cobertura, pero ¿cómo llego hasta ahí arriba?

Deshago mis pasos por la arena. El sol me da de pleno en los brazos y la cabeza. No se me ha ocurrido ponerme una gorra… ni tampoco crema solar. En el extremo más alejado de la bahía, un muro de roca se extiende sobre el mar; imagino que el río estará justo detrás. Me fijo en la tranquilidad del agua junto a esa pared y en que las olas no rompen allí. Si no hubiera pasado los años de mi adolescencia surfeando en la traicionera costa de Cornualles, no la reconocería: una potente resaca que se adentra velozmente en el mar.

Vuelvo a ponerme las chanclas y me adentro entre los árboles. El ruido sordo de las hojas es relajante y la temperatura, unos grados más baja. El sendero dobla a la izquierda y después a la derecha, sin señal aparente de que la vegetación vaya a desaparecer. En algunos puntos los matorrales son tan abundantes que ocultan el camino y tengo que deambular a ciegas hasta que vuelvo a localizarlo. Nubes de mosquitos se alzan a medida que avanzo con dificultad.

El sonido de las chicharras es ensordecedor. Es como si pudiera caminar durante kilómetros en cualquier dirección y nunca fuera a encontrar la salida. De vez en cuando, miro a mi espalda para asegurarme de que veo el camino por el que he venido.

Un movimiento llama mi atención. Una brillante mariposa azul posada sobre una hoja abre y cierra sus alas. Absorta, me paro a contemplarla. Algo zumba alrededor de mi oído y me golpea la mejilla. Chillo y lo aparto con la mano.

Cuando levanto la vista, estoy desorientada. Doy un giro de ciento ochenta grados lentamente. Hay verde en todas direcciones, tanto que me desconcierta. ¿Por qué camino he venido? Miro a izquierda y derecha y ambos me parecen exactamente iguales. Ya no se escuchan las olas, así que no sé si la playa está detrás o delante de mí.

Compruebo mi teléfono, pero sigue sin haber cobertura. «No te asustes». He caminado durante tres o cuatro minutos, así que escogeré un camino al azar —el de la derecha— y lo recorreré durante cinco minutos. Si no me conduce de nuevo al claro, volveré y seguiré el otro camino. ¡Está chupado!

Me encamino a grandes zancadas hacia adelante y no tardo en sentir la camiseta pegada a la espalda y una sed angustiosa. Ni se me pasó por la cabeza coger una botella de agua. Aparece en mi mente el titular de una noticia sobre un senderista que se perdió en las Montañas Azules australianas durante varios días y sobrevivió bebiendo el agua que acumulaba con hojas. Examino los arbustos que tengo más cerca, pero no hay nada; hace demasiado calor.

¿Han pasado ya los cinco minutos? La cabeza me da vueltas. Me apoyo sobre el tronco del árbol más cercano, intentando pensar. ¿Debería esperar aquí hasta que baje la temperatura o debería seguir andando? Cierro los ojos.

Algo zumba junto a mi oído y me enderezo rápidamente. Debo de haberme quedado dormida, porque ahora tengo incluso más sed que antes y me duele la cabeza. Los árboles que hay más adelante parecen incluso más frondosos, de manera que continúo hacia la sombra. A través de los arbustos, veo algo. Mi cerebro tarda unos segundos en procesarlo.

Tirado en el suelo, visible solo entre los huecos de las hojas, hay un cuerpo.

Capítulo 8

Kenna

Un grito escapa de mi interior.

El cuerpo se pone en pie de golpe y un hombre con el cabello rubio y andrajoso y una barba desaliñada se lanza en mi dirección. Levanto las manos instintivamente a medida que se acerca, pero no parece querer atacarme.

—Hola —digo, más como un gemido que otra cosa.

Sus ojos revolotean de mi rostro a los árboles que nos rodean. El logo de la camiseta blanca y mugrienta que lleva puesta reza *California Dreaming*. No consigo discernir si es uno más de la Tribu o una especie de viajero o vagabundo de la zona.

—Me he perdido —digo—. ¿Sabes cuál es el camino de vuelta al campamento?

—¿Quién eres? —Hay rabia en su tono de voz.

—Kenna. ¿La amiga de Mikki?

Se lo piensa y me esquiva.

—Por aquí.

¿Qué estaría haciendo, ahí tumbado de esa manera? Lo sigo apresuradamente mientras trato de calmarme.

—¿Cómo te llamas?

—Ryan.

—¿Eres canadiense?

Me mira por encima del hombro.

—Estadounidense.

—Ah, ¿de dónde?

—De Nueva York —responde, exagerando el acento—. No, en realidad soy de California.

Al parecer es una de esas personas que sienten la necesidad de convertirlo todo en un chiste. Odio cuando la gente hace eso, porque nunca sabes al cien por cien si hablan en serio o no. Normalmente es un mecanismo de defensa —si te lo tomas todo a la ligera o como si fuera un chiste, te quedas en la superficie y evitas entrar en temas profundos o personales—, pero es jodidamente irritante.

Ryan se para de golpe y señala. Hay algo naranja en el árbol que tenemos delante. Grande y ovalado, quizá alguna clase de fruta. Trepa por el árbol agarrando el tronco entre los muslos.

—¿Qué es? —pregunto.

—Una papaya. —La sujeta dándole vueltas, la inspecciona y la lanza a un lado como si le quemara los dedos. Entonces, vuelve al suelo.

—Los murciélagos la han tocado y transmiten enfermedades.

Se escupe en las manos y se las limpia en la parte nudosa del tronco de un árbol.

Un chirrido feroz emana de un arbusto cercano. Me alejo.

—¿Y eso qué es?

—Solo son chicharras.

Seguimos adelante.

—¿Cómo sabes cuál es el camino? —le pregunto—. Todo es idéntico.

—He aprendido a distinguir lo que me rodea. —Ryan señala el enorme tronco estriado de un árbol de un metro de diámetro—. Reconoces las marcas.

—Me sorprende que no haya más señales.

—Antes las había.

Destellos de verde y rojo en las ramas. Entorno los ojos para observar a los pájaros que hay en lo alto.

—Loris. —Ryan se coloca un alborotado mechón rubio detrás de la oreja. Cada vez que cruzamos la mirada, él la desvía.

Vuelve a ponerse en marcha. La maleza es cada vez más frondosa.

—Silba —dice.

—¿Qué?

—Para hacerle saber a las serpientes que te aproximas.

¿Está de coña?

—En días como estos les gusta tomar el sol, y seguro que no quieres pisar una. Si te oyen, tendrán tiempo de quitarse de en medio.

Sigo sin saber si me está tomando el pelo o no, pero me pongo a silbar a través de los dientes y escaneo el terreno que tenemos delante mientras me conduce a izquierda y derecha. Maldito *jet lag*... No tengo energía.

De repente, estamos de vuelta en el claro. Los demás, allí de pie con los bañadores mojados, se quedan callados cuando me ven. No es difícil intuir de lo que estaban hablando. Mikki me sonríe avergonzada.

Ryan se dirige a grandes pasos hacia ellos.

—¿Me cuenta alguien qué hace aquí?

—No pasa nada —responde Sky—. Ya lo hemos hablado, solo se quedará unos días.

—Nadie me ha consultado —dice Ryan.

Pensaba que Sky y Victor eran pareja, pero ella desliza el brazo alrededor del hombro de Ryan de una forma muy íntima y lo guía hacia los árboles para hablar. Los demás se dispersan. Mikki me sonríe de nuevo y camina hacia una de las tiendas de campaña. Quiero hablar con ella, pero probablemente vaya a cambiarse de ropa.

El *jet lag* me está afectando de pleno ahora mismo. Miro las tiendas con ganas de meterme en una y echarme a dormir. Mi botella de agua está donde la dejé, junto al montón de las mochilas. Doy unos buenos y largos tragos. Está tan caliente como un baño de burbujas y sabe a plástico, pero no me importa. Clemente y Jack están junto al grifo improvisando una ducha, llenando botellas y echándose el agua sobre las cabezas.

Un dolor intenso y repentino empieza a irradiar del dedo gordo de mi pie. Bajo la mirada y tengo una hormiga gigante, marrón y brillante encima.

—¡Joder! —La aparto y me pongo a dar saltitos, asustada por si hubiera más.

—¿Qué ha pasado? —pregunta Jack en voz alta.

—Me ha mordido una hormiga.

—Son hormigas gigantes —explica—. Unas auténticas cabronas.

—Uf, me arde el pie. —Se me empañan los ojos.

—Ponte algo de hielo.

La nevera portátil de la camioneta de Jack está bajo la sombra de un árbol. Se dirige hacia ella y saca un puñado de cubitos. Antes de que pueda protestar, me conduce hasta un tocón, coloca mi pie sobre su regazo y me pone el hielo sobre el dedo. Ante alguna señal inadvertida, los loris abandonan la rama en la que están posados y vuelan sobre las copas de los árboles, graznando como locos.

El vello del muslo de Jack me roza el tobillo. Este tío no conoce lo que es el espacio personal. Clemente nos mira con una expresión oscura y me fijo en que Sky y Ryan también nos observan.

Le quito bruscamente el hielo a Jack.

—Yo me encargo.

Los loris regresan a su rama y los graznidos continúan a un volumen más bajo, como si estuvieran comentando el paseo que han dado. Me pongo el hielo sobre el pie.

—Te he visto en la playa —dice Jack—. ¿Qué te ha parecido? ¿Bonita, verdad?

—Sí, muy bonita.

A Jack se le ilumina el rostro.

—¡Te lo dije!

Me está costando descifrar su personalidad. Es amable con las serpientes, aunque las odia, está pendiente de las necesidades de Mikki y, hasta el momento, se muestra muy simpático conmigo. Entonces, ¿por qué me da tan mala espina? ¿Es porque me parece que le está tomando el pelo a Mikki?

Mikki sale de la tienda con la ropa mojada en la mano y se encamina hacia una cuerda atada entre dos árboles. Clemente está junto a la nevera. Veo cómo llena un calcetín de hielo y se lo enrolla alrededor de los dedos: una compresa fría improvisada.

Con los cubitos de hielo deshaciéndose entre mis dedos, cojeo hasta él.

—¿Te has hecho daño en la mano?

Lleva el pelo, mojado y oscuro, de punta. Chasquea la lengua.

—No es nada.

—¿Quieres que le eche un vistazo?

—No —dice, y se aleja.

¿Se puede ser más borde? Me encamino hacia Mikki, que hace un gesto con la cabeza en dirección a Clemente.

—¿Qué quería?

—Nada.

Clemente está rellenando una botella de uno de los bidones que compramos en el supermercado. No puedo dejar de mirarlo y, cada vez que lo hago, descubro que él también lo hace. Es probable que se haya dado cuenta de que lo estoy mirando fijamente. «¡Para ya, Kenna!».

Me vuelvo hacia Mikki.

—¿Dónde estamos? ¿Quién es esta gente?

Algo pasa brevemente por su rostro.

—¿Qué?

—Han estado a mi lado cuando tú no estabas.

—¿Te has enfadado conmigo?

Coge aire, agitada.

—¿Sabes lo que sentiste cuando perdiste a Kasim? Pues así es como me sentí yo cuando te mudaste a Londres. A ver, sé que no es lo mismo, pero me sentí así. No estabas.

Este arrebato me sorprende, no suele hablar así.

—¿Ah, sí? Pues no es lo mismo porque podías llamarme y podíamos hacer videollamadas… —Mientras lo digo, recuerdo que me encerré en mí misma y no contesté a sus llamadas—. Lo siento.

Las lágrimas se agolpan en sus ojos. Por cómo le tiemblan los hombros, me doy cuenta de la cantidad de emociones que está reprimiendo.

La abrazo.

—Lo siento mucho. Joder, me vas a hacer llorar.

Me devuelve el abrazo; después se aparta mientras trata de recuperar el control.

—Sé que pasaste por algo mucho peor, soy consciente. Pero me dolió. No paraba de decirme a mí misma que algún día volverías, pero daba la impresión de que te habías mudado definitivamente.

—Te lo dije, ven conmigo. Puedes quedarte el tiempo que quieras.

—Soy monitora de surf, ¿qué haría yo en Londres? Cuando me alejo del mar, me siento como si estuviera muerta por dentro.

Muerta por dentro… Me siento completamente identificada.

—Cornualles no era lo mismo sin ti; me sentía muy sola. —Una lágrima se desliza por una de las mejillas de Mikki. Se la limpia, enfadada—. Por eso vine aquí, y, en realidad, ahora vuelvo a ser feliz, más incluso que en Cornualles, pero no paras de decirme que volvamos a casa. Y es algo que no va a ocurrir.

Lo intento de otra manera.

—Te he visto antes, surfeando sobre dos dedos de agua. —Espero que se sienta algo culpable, o que al menos reconozca el peligro.

—¿Y?

Tengo la sensación de ser una madre que se inmiscuye en la vida de su hija adolescente.

—¿Sabes lo peligroso que es? Estamos en mitad de la nada. Si pasara algo…

—¿En serio? —dice Mikki—. Tú, de todas las personas, ¿me dices eso?

Capítulo 9

Kenna

Veinte años antes

Dos pares de deportivas Adidas se balanceaban adelante y atrás en la pálida luz solar del invierno. Mikki y yo, una al lado de la otra, en el parque infantil en mi primer día de clase en el colegio nuevo. El aire olía a boñiga de vaca, todo lo contrario a mi antigua escuela, a la que llegaban las partículas de los tubos de escape del concurrido carril bus que pasaba por delante de la puerta.

—No le caigo bien a ninguna de las otras niñas —susurré.

—No te preocupes —dijo Mikki—. Yo seré tu amiga.

—Vale. —Traté de no ponerme a llorar. Echaba de menos mi viejo colegio y mi casa; mi antigua vida.

Mikki me pasó el brazo por los hombros.

—Mantengámonos unidas.

—Odio este sitio. Además, ¿qué se puede hacer por aquí?

—¿Sabes hacer surf?

—Nunca lo he intentado.

—Yo te enseñaré.

—Genial. —Apenas sabía nadar, pero no iba a confesárselo. Con sus brillantes coletas negras y su sonrisa pícara, Mikki parecía una niña muy divertida—. Y yo te enseñaré a caminar por las barras, ¿quieres probar?

Mikki chilló cuando me puse en pie.

—No mires hacia abajo —expliqué—. Ese es el secreto.

Poco a poco, con sus ojos oscuros abiertos de par en par y asustada, se levantó.

—Fíjate en mí. Ves las barras, ¿verdad? Pues olvídate de que puedes caerte y camina como si nada.

Mikki dio un paso adelante con precaución.

—¡Eh! —gritó una voz—. ¡Dejad de hacer eso!

Mikki se tambaleó y estuvo a punto de caerse, pero logré coger su mano justo a tiempo. Entonces, nos sentamos a toda prisa y estallamos en carcajadas.

—¡Bajad de ahí, chicas! —La señorita Rotterly estaba debajo, agitando los brazos.

Me pasé la tarde sentada en el despacho del director por mi «peligroso» comportamiento. Fue un alivio cuando sonó la campana. A la salida del colegio, mi madre se puso a hablar con la de Mikki y, mientras las esperábamos, me subí a un árbol.

—¿Cómo has trepado hasta ahí? —gritó Mikki.

—¡Está chupado! —Me deslicé hasta abajo y le mostré dónde debía poner los pies.

Mikki era más bajita que yo, así que antes de reunirme con ella arriba, tuve que auparla.

—Hora de marcharnos —dijo la madre de Mikki.

Pero Mikki no podía bajar. Se me había olvidado que subir siempre es más fácil que bajar y, al final, su madre tuvo que llamar a los bomberos. La señorita Rotterly salió para ver a qué se debía el escándalo y, cuando se enteró de que había sido por mi culpa, se puso como loca.

—Pero ¿qué te pasa? —vociferó—. Si sigues así, alguien va a terminar mal.

Capítulo 10

Kenna

La picadura de hormiga me arde y vuelvo a aplicar el hielo encima.

—Lo que estoy haciendo, básicamente —explica Mikki—, es la clase de cosas que tú hacías, y me estás echando la bronca por ello.

—Pero él murió —digo. Una oleada de culpabilidad me alcanza.

—No fue culpa tuya.

Eso es debatible, pero me callo porque hemos mantenido esta conversación millones de veces. Noto un picotazo en el hombro, es un mosquito gigante. Lo aplasto y me mancho de sangre.

—Por Dios, los mosquitos son aterradores.

—Te acostumbrarás —dice.

—Y las hormigas. ¿No te molestan?

—No especialmente. Lo único que no me gusta son las polillas, y ya ni siquiera me molestan tanto.

—¿En serio? —Las polillas siempre le han dado un miedo descomunal. Las mariposas no, las polillas. Me parecía gracioso y adorable (¡porque ni siquiera pican!) hasta que vi cómo le producían un ataque de pánico brutal—. ¿Recuerdas que una vez se te enredó una en el pelo?

Íbamos por una estrecha carretera llena de curvas, como la mayoría de las de Cornualles, cuando una polilla se coló por la ventanilla del conductor y golpeó a Mikki en la cara. Se puso a gritar y perdió el control del vehículo, que salió disparado hacia delante y después —afortunadamente— se caló y fue dando tumbos hasta detenerse en el borde de la calzada.

Yo había tratado de echar a la polilla del coche, pero Mikki empezó a revolcarse mientras el bicho revoloteaba sin parar en la esquina del parabrisas.

Mikki sonríe.

—Sí, mejor no hablemos de ello.

Ahora nos reímos de eso, pero probablemente esa fue la vez que he estado más cerca de la muerte. Aliviada de ver que Mikki parece la misma de siempre, saco el teléfono. Sigue sin haber cobertura.

—¿También te acostumbras a no tener internet?

—Me encanta.

—¿En serio? Pues a mí me está matando pensar en la cantidad de notificaciones que no estoy recibiendo. Por regla general, a estas alturas ya habría comprobado mis redes sociales una docena de veces. Estoy intentando desengancharme un poco, pero no pensé que tendría síndrome de abstinencia.

También estoy preocupada por mis pacientes. Dom Williams tenía el hombro rígido y me encantaría saber si ha recuperado algo de movilidad, y a Jolanta Novak la iban a operar esta semana de la rodilla.

«Nunca desconectas, ¿no?», se quejó Tim en nuestra segunda cita.

Si alguien se hace daño, puede necesitar mi ayuda. Antes me gustaba que la gente me necesitara, pero este último año me ha sobrepasado.

—Quédate con nosotros unos días —dice Mikki—. Ya tendrás tiempo de volver a tu rutina.

—Bueno. —¿Cómo podría convencerla para que viniera conmigo? De momento no se me ocurre nada.

Al menos parece que nuestra conversación ha servido para disipar un poco la tensión. Mikki alarga la mano y toma la mía como si nunca fuera a dejarme marchar.

Unas risas resuenan junto a los árboles. La de Sky es muy desagradable. Está claro que los demás la han oído un millón de veces, porque no reaccionan. Está con Victor y hace una plancha sobre una colchoneta de yoga con un bikini de tiras que deja a la vista los firmes músculos de su abdomen.

Mikki me da un empujoncito.

—Incluso podrías coger un par de olas.

—Ya te lo he dicho, esas cosas ya no me van.

—¿Qué cosas? ¿Pasarlo bien? —Lo pregunta con un tono de voz amable—. Tanto si vuelves a hacer surf como si no, él no regresará. No puedes castigarte para siempre.

—Pero podríamos haber sido tú o yo.

Cuando era adolescente, sentía que era invencible subida en una tabla. El día que mi novio murió, me di cuenta de lo peligroso que podía ser.

—Todos moriremos algún día. —Mikki cita uno de mis propios lemas, y no se me ocurre cómo rebatírselo—. Lo único que sé ahora mismo, entre esta gente, haciendo las cosas que hacemos, es que nunca me había sentido tan viva. Y, de todos modos, no volverá a pasar nada malo. Puedes coger olas pequeñas.

—Sabes tan bien como yo que no funciona así —digo.

En un deporte como este, siempre quieres más: olas más grandes, más rápidas, más aterradoras. Tienes que seguir subiendo la apuesta si quieres sentir el mismo entusiasmo. O tal vez eso solo me suceda a mí.

—¿No lo echas de menos? —pregunta, suavizando su tono de voz.

—Muchísimo. —Un mosquito zumba en mi oído y lo aparto—. Pero esa ya no es mi vida, he cambiado.

—Lo sé.

Por la expresión de su rostro, sé lo que piensa al respecto.

—¿Cuándo fue la última vez que te sentiste realmente feliz? —pregunta.

La respuesta está clara: el año que pasé con Kasim y con ella en Cornualles. Me he construido una nueva vida en Londres, pero no puedo afirmar que allí sea feliz. A los amigos que tengo en el edificio en el que trabajo, si es que puedo llamarlos así —otros fisioterapeutas, la recepcionista y el guardia de seguridad que vigila la puerta—, parezco caerles bien, pero no tengo ni idea de por qué; lo más probable es que estén siendo educados. No conocen a mi verdadero yo, a la persona que era antes de que me asestara la tragedia.

En mis días libres, suelo quedarme tumbada en la cama rememorando mis recuerdos. «No pasa nada», me decía a mí misma al principio, «necesitas tiempo». Pero de eso han pasado ya dos años, y durante el último me he ido dando cuenta, cada vez más, de que no está bien. Me muerdo el labio; ya no estoy tan segura de mí misma.

—A lo mejor estabas predestinada a venir aquí —señala Mikki—. Déjate llevar un poco por la experiencia y creo que te gustará tanto como a mí.

Miro a mi alrededor, me fijo en el gastado equipo de surf que cuelga de la cuerda y en el conjunto de tiendas de campaña dañadas por el sol. En la maraña de matorrales salpicados de floración; en las frondosas flores blancas que parecen escobillas; en las rosas con pétalos puntiagudos que se agitan con la brisa como los tentáculos de una anémona. Y en los árboles, cientos y miles de ellos.

«Debe de haber algún sitio al que puedas ir para hablar sobre el duelo», me dijo mi padre hace un tiempo. Probablemente estaría pensando en la iglesia del barrio o en el centro municipal que hay al final de nuestra calle. Pero estoy segura de que nunca se imaginó algo como esto.

Clemente y Victor, tambaleándose por el sendero, se acercan con cosas del coche de Jack, y este vacía el contenido de la nevera portátil en un pequeño frigorífico.

—¿Por qué hay un frigorífico? —pregunto—. ¿Tenemos electricidad?

—No —responde Mikki—. Funciona con cartuchos de gas y la barbacoa también.

Justo entonces, Clemente deja uno junto al frigorífico y se dispone a cambiarlo.

Ryan está en la zona de la barbacoa, partiendo verduras con un cuchillo de aspecto aterrador. El guiso de Mikki está a su lado. La brisa transporta su aroma y, de pronto, caigo en la cuenta de que estoy hambrienta. Ryan levanta la vista a menudo, como si esperara a que pase algo. Es una persona tan inquieta… Se da cuenta de que lo observo y aparta rápidamente la mirada. Pienso en la primera vez que lo vi, tirado en el suelo. ¿Qué demonios estaría haciendo?

Victor y Clemente se acercan. Victor sostiene una taza con una pajita de metal dentro. Parece estar llena de unas hierbas verdes… ¿marihuana?

—¡Guau, Mikki! —Victor levanta el brazo para chocar los cinco con ella—. ¡Menuda ola has cogido hoy!

Clemente le da unos golpecitos con el dedo a Mikki en las costillas.

—¡Esa ola era mía! Me la ha robado.

No había sido testigo del sentido del humor de Clemente hasta ahora; es como una persona distinta.

Mikki suelta unas risitas y lo aparta. No puedo evitar sonreír como ellos, me encanta la naturalidad que hay entre Mikki y estos dos hombres. La gente suele decir «tienes que encontrar a tu tribu, a tu gente», y, en el caso de Mikki, lo ha hecho. Ha tenido que trasladarse a la otra punta del mundo para conseguirlo, pero, de alguna manera, ha dado con un grupo de personas con una pasión por el surf tan grande como la suya. No obstante, no puedo pasar por alto los riesgos que está tomando.

—Lo que me preocupa es que el hospital más cercano está a kilómetros de distancia —digo—. ¿No os habéis hecho daño nunca?

Las sonrisas desaparecen y se produce un silencio incómodo. Mikki me mira a los ojos con una expresión reprobadora. Me vuelvo hacia Clemente.

—¿Qué tal tu mano?

Chasquea la lengua.

—Me he dislocado el dedo, pero estoy bien, me lo he vuelto a colocar. Lo he hecho cientos de veces.

—A mí me pasó una vez y me dolía que te cagas —digo.

—Me lo vendaré, pero primero tengo que ponerle hielo. —Sigue sujetando la compresa fría.

—¿Puedo verlo?

Clemente enarca una ceja.

—Podría estar roto.

Con un jadeo de exasperación, aparta el hielo y le sostengo la mano. Los dedos dislocados son bastante comunes en el equipo de *rugby* local, así que suelo echarles un vistazo en el trabajo, pero, en este caso, examinar a alguien nunca me había parecido tan íntimo. Se me tensa la garganta ante el frío de la palma de su mano y la presión de sus dedos sobre mi muñeca. Por cómo se calma su cuerpo, creo que él también lo nota.

Con cuidado, examino cada uno de sus dedos. Por encima del canto de los pájaros, lo oigo tragar saliva. Incluso con la poca luz que queda, distingo perfectamente de qué dedo se trata. Tiene el anular amoratado e hinchado. Cuando lo toco, intento ser lo más cautelosa posible, pero ni siquiera se inmuta.

—No tiene mala pinta —digo—. Yo le pondría hielo, todo el posible, y después lo vendaría.

—Lo que yo decía —espeta.

—¿Tienes esparadrapo?

—Sí. —Clemente aparta la mano y se marcha enfadado.

Otro silencio incómodo.

Victor decide romperlo y me pregunta:

—¿Haces surf, Kenna?

—Antes sí. —Señalo su té con un gesto de la cabeza—. ¿Qué estás tomando?

—*Chimarrão.*

—¿Qué?

Victor se ríe.

—Es té brasileño, una especie de hierbas. Pruébalo.

Me lo ofrece.

—No, gracias.

—Está bueno, venga, pruébalo.

Por educación, le doy un sorbo.

—¡Joder! —El punzante líquido caliente me rasca la garganta—. Qué fuerte.

—¿Está bueno, eh? Bebe un poco más.

Puesto que no tengo alternativa, es lo que hago. Quizá me ayude con el *jet lag.*

—¿De dónde es tu acento? —me pregunta Victor.

—De Escocia —respondo, sorprendida de que lo haya notado—. Pero me marché de allí cuando tenía diez años y pensaba que no se notaba. —Los niños de Cornualles me tomaban tanto el pelo que hice todo lo posible por librarme de él—. ¿Eres de Brasil?

—Sí, de Río de Janeiro.

—Hablas muy bien inglés.

A Victor se le ilumina la cara y se pone a gritarle a Clemente.

—¿La has oído? Dice que hablo muy bien inglés.

Clemente no contesta.

—Bueno, ¿y qué te parece? —Victor inclina su cabeza rapada en dirección a la playa.

Es bastante simpático, pero también muy ruidoso. Me gustaría alejarme un poco de él, pero sé que parecería una maleducada.

—Oh, es un lugar precioso.

Hincha el pecho con orgullo y dice:

—Es el lugar más bonito que existe. ¿Y sabes qué es lo mejor? —Extiende un brazo a lo ancho, golpeándome en el hombro—. Que es todo nuestro.

Y suelta una carcajada.

Fuerzo una sonrisa, pero sus palabras me perturban. Por mucho que él quiera, estas olas no son suyas. Es un parque nacional, así que, en teoría, son de todo el mundo. Y sí, es un lugar idílico, pero ¿por qué no hay nadie más? Por la poca información que conseguí sacarle a la fuerza a Mikki durante nuestras llamadas, sé que ella lleva viniendo cerca de un año y los demás, incluso más tiempo. La barrera que nos encontramos en la carretera no podía llevar allí tanto tiempo. ¿O sí?

—¿Cuántos surfistas pueden decir que tienen sus propias olas? —Victor ya no sonríe—. Una cosa te digo, Kenna, mataría por estas olas.

Por la expresión de sus ojos, parece que lo dice bastante en serio.

Capítulo 11

Kenna

Ahora mismo, lo único para lo que sirve mi móvil es para dar la hora y, si no encuentro la forma de cargarlo, no tardará en dejar de hacerlo. Vuelvo a guardarlo en la mochila. Son las cinco de la tarde y el calor, por fin, empieza a aflojar. Los loris graznan desde las copas de los árboles como si hablaran sobre lo que han hecho durante el día; los mosquitos danzan a la sombra.

Clemente está haciendo dominadas en una barra amarrada entre dos árboles. Nadie diría que se le ha dislocado un dedo.

Me acerco a él.

—No deberías hacer eso.

Sus ojos se encuentran con los míos mientras empieza a elevarse. Me contesta con la mandíbula apretada, sin romper el ritmo.

—¿Por qué no?

Sacudiendo la cabeza, voy hacia donde tengo la mochila. Quiero quitarme las chanclas y ponerme unas deportivas para mantener a los mosquitos y a las hormigas alejados de mis dedos. Cuando pongo el pie en el suelo, me clavo algo en el talón, pero no veo nada cuando me lo miro.

Mikki se acerca.

—¿Estás bien?

—Tengo algo en el talón.

—¿Es un abrojo?

—¿Un qué? ¡Ay, me duele!

—Tienen unas semillas bastante espinosas. Espera un segundo. —Mikki coge una linterna de su tienda e ilumina mi pie con ella—. Ahí, ¿lo ves? Y tienes otro ahí.

Levanta el dedo para mostrarme un pincho diminuto tan fino como los pelos de mi brazo. Es increíble que sea tan molesto.

—Están por todas partes, así que ten cuidado —me previene—. Yo tengo los pies tan curtidos que ni los noto.

Se inclina hacia delante para arrancar algo de una planta.

—¿Quieres uno?

Es un tomate cherri.

—¡Gracias! —Su dulzor explota en mi lengua cuando lo muerdo—. ¿Son silvestres?

—No, los cultivamos nosotros con otras cosas.

Hace un gesto hacia los arbustos y veo varias plantas organizadas en filas.

Oímos unas risas masculinas. Clemente y Jack están cerca, encorvados el uno sobre el otro. Clemente dice algo y Jack vuelve a reírse dándole unas palmaditas en la espalda.

—¡Está lista! —grita Ryan.

El guiso de Mikki está repartido en un surtido de cuencos descascarillados junto a unas verduras salteadas.

Victor se frota los brazos con las manos.

—Esta noche hace frío, encendamos una hoguera.

Claramente, los brasileños tienen una idea distinta de lo que es el frío.

Jack le da un manotazo a un mosquito.

—Sí, así mantendremos a las polillas a raya.

Victor saca un mechero. Veo que, en el interior de la muñeca —en el mismo sitio que Mikki—, lleva un tatuaje de una ola monstruosa con sorprendentes tonos de azul y una espesa cresta blanca. Jack y él se agachan sobre el hueco del fuego, murmurando y maldiciendo.

Clemente los aparta.

—Dejadme a mí.

Los músculos de su espalda se ondulan con los movimientos de su brazo. Si piensas que una espalda no puede ser *sexy*, fíjate en la de un surfista: son las mejores.

No tarda en surgir un pequeño fuego. Nos sentamos a su alrededor en diversos tocones y rocas. Sky, con una blusa vaporosa de color melocotón y pantalones cortos militares, se acomoda junto a Victor. Jack come con una mano y utiliza la otra para acariciar de arriba abajo el muslo de Mikki. Ryan, inclinado sobre su plato y con el pelo rubio cubriéndole el rostro, está algo apartado de nosotros.

Me vuelvo hacia Clemente.

—¿De dónde eres?

—De España —dice sin mirarme—. De Barcelona.

España, Barcelona… la forma en que los pronuncia me resulta excitante.

—¿Vas mucho por allí?

—Llevo siete años sin ir.

—¿Lo echas de menos? —pregunto.

—No.

Tengo que sacarle las palabras con sacacorchos, así que no me esfuerzo más y me limito a verlo comer… hasta que me percato de que los demás me miran mientras yo lo observo a él.

Sky sonríe.

—¿Dónde están nuestros modales? Deberíamos presentarnos ante nuestra invitada. Yo soy Sky, competía en natación cuando iba al instituto hasta que lo dejé cuando descubrí el surf.

Eso explica lo de los hombros. Además, para ser surfista, también viene bien ser un nadador con una buena resistencia. Ojalá yo lo fuera.

Victor la contempla con adoración.

—Yo soy de la Costa Dorada —dice Jack—. La playa estaba al final de nuestra calle, así que solía hacer pellas y me iba a surfear. Los profesores creían que no llegaría a nada, pero conseguí varios patrocinadores antes de cumplir los doce.

—Yo soy Victor. «Me gustan las olas grandes y no puedo negarlo».

Todo el mundo estalla en una carcajada. Sky —que tiene varios tatuajes alrededor de los bíceps, una salvaje maraña de enredaderas y flores que me recuerdan a los matorrales que hay aquí— le da una colleja a Victor.

Clemente no dice nada hasta que Sky lo agarra del brazo.

—Vine de vacaciones a Sídney hace cinco años y nunca volví a casa —dice.

—¿Tienes permiso de residencia? —pregunto.

—Sí —responde, pero no explica cómo lo consiguió.

La mano de Sky permanece en su brazo, rozando su piel aceitunada: parece una persona muy sobona. Cuando Victor se da cuenta, le envuelve posesivamente la cintura con el brazo.

—¿Cuánto tiempo te quedarás en Australia, Kenna? —pregunta Sky.

Ryan no se ha presentado, pero Sky no lo anima a hacerlo. Lanzo una mirada a Mikki.

—Alrededor de un mes —respondo.

O quizá menos, si consigo convencerla de que vuelva conmigo.

—Mikki nos ha dicho que antes también surfeabas —comenta Sky—. ¿Por qué lo dejaste?

—Mi novio se ahogó.

Todo el mundo se queda en silencio. Sus miradas son compasivas, pero también están llenas de curiosidad.

—¿Y ahora te da miedo el agua? —pregunta Sky.

A los australianos no les van las indirectas.

—No, simplemente dejó de apetecerme.

Sky me mira, pensativa.

—Es una lástima, porque el mar tiene unos poderes curativos increíbles. Esa es la razón por la que todos estamos aquí. De una manera u otra, estábamos destrozados o en momentos de nuestras vidas en los que necesitábamos algo, y lo encontramos en la Bahía, y los unos en los otros. Todavía tenemos problemas, pero estamos trabajando en ellos.

Tomo nota mentalmente de ello, me pregunto a qué problemas se referirá.

—¿Y a qué os dedicáis?

—Pues hacemos surf, entrenamos…

—No, no. Me refería a en qué trabajáis.

Sky frunce el ceño.

—Aquí, en la Bahía, no nos definimos por nuestro trabajo, Kenna.

Me siento como si me hubiera reprendido una profesora, pero me esfuerzo para que no se note.

—¿Hace mucho que venís aquí?

—Hace unos años.

—¿Y venís a menudo?

—Yo suelo pasarme medio año aquí. Todos lo hacemos, en realidad.

Los demás asienten, incluso Mikki, lo que explica por qué nunca conseguía dar con ella por teléfono. ¿Cómo pueden permitírselo? Me gustaría saberlo, pero preguntarlo me parece de mala educación.

—¿Quién querría surfear en Sídney? —dice Jack—. Es un infierno con la cantidad de gente que hay.

—Sí, yo tampoco podía surfear ya en Bondi —comenta Victor—. Si me pillaban con un mal día, era capaz de cargarme a alguien.

Lo miro, inquieta. Es la segunda vez que habla de matar a alguien.

—Entonces, ¿quién fue el primero en venir?

El silencio que se produce me indica que he tocado un tema espinoso.

Clemente se aclara la garganta y responde:

—Jack, Victor y yo.

—Y Sky —añade Jack.

Clemente lo fulmina con la mirada y se produce otro extraño silencio.

—¿Ryan no? —pregunto.

—No —responde Jack—. Ryan apareció como un olor pestilente.

Todos se ríen, quizá demasiado.

—Estuvimos dos meses en Sídney, trabajando —explica Jack—. Era primavera, cuando el viento se carga las olas. Dejamos algunas cosas aquí y nos largamos; alimentos y parte del equipo para hacer ejercicio. Pero, cuando volvimos, algunas de las cosas no estaban en su sitio o directamente habían desaparecido.

Victor está marcando un ritmo sobre sus muslos con las manos: nudillos, palma, nudillos, palma. Quiero que pare porque me está distrayendo de lo que Jack cuenta.

—Pensábamos que alguien había estado aquí de acampada —prosigue—. Pero, entonces, desapareció más comida. Unas noches después, Clemente salió a mear y oyó a alguien alejándose entre los árboles. Lo persiguió y lo pilló. Ryan había llegado mientras nosotros no estábamos y, cuando aparecimos, se escondió en los arbustos.

—¿Dónde dormía? —pregunto.

—Tenía un saco de dormir. Nos observaba mientras hacíamos surf y esperaba a que saliéramos del agua para ponerse a surfear él también.

Contemplo los árboles que hay sobre la cabeza de Jack y caigo en la cuenta de que cualquiera podría estar detrás de ellos, observándonos, y jamás lo sabríamos. Incluso de día, los matorrales ofrecen muchos sitios para esconderse.

—Con el tiempo, se unió a nosotros. —Jack rodea la nuca de Ryan con un brazo y le revuelve el pelo—. Y desde entonces solo te has marchado ¿cuántas veces? ¿Una?

Ryan se zafa de él, sonriendo con rigidez.

—Sí —responde.

—Lo nombramos guardián —dice Jack.

—¿Perdón? —exclamo.

—No queríamos que nos volviera a suceder, que alguien nos robara nuestras cosas y eso. Así que, cuando volvemos a Sídney para trabajar, él se queda aquí y vigila el sitio.

Me vuelvo hacia Ryan.

—¿Y qué harías si viniera alguien mientras ellos no están? Claramente, no puedes llamarlos por teléfono.

Ryan titubea.

—Permanecería apartado de su vista y les robaría sus cosas, me cargaría sus tiendas, o yo qué sé. Por suerte, nunca ha sucedido.

Ryan se levanta para recoger los platos y me pongo en pie de un salto para ayudarlo.

—No, no —dice—. Me toca a mí.

—No pasa nada.

Nos ponemos en cuclillas junto al grifo y lavamos todo en un cubo lleno de agua. Los demás se quedan junto a la hoguera.

—Entonces, ¿de quién fue la idea de formar la Tribu? —pregunto.

Ryan agacha la cabeza sobre el grifo y me vuelvo a percatar de que le cuesta mirarme a los ojos.

—De Clemente, imagino. O de su mujer.

Me río amablemente; otra de sus desafortunadas bromas.

Clemente gira la cabeza en mi dirección. Para ser tan antipático, lo pillo mirándome un montón.

—O de Victor —dice Ryan—. Tendrás que preguntarles a ellos.

Dejo de reírme cuando comprendo que lo dice en serio.

—¿La mujer de Clemente?

—Sí, exacto.

—¿Y dónde está?

Ryan se queda mirando fijamente los platos.

—Murió.

—Oh, vaya, qué… ¿Cuándo?

—Poco después de que yo me incorporara a la Tribu. —Ryan se rasca la barba—. Hace casi dos años.

No hace tanto, entonces.

—¿Cómo se llamaba?

Pero Ryan se cierra en banda.

—Será mejor que se lo preguntes a Clemente.

Se ha puesto rojo, como si hubiera dicho algo que no debía.

Capítulo 12

Kenna

Pensativa, vuelvo la vista hacia Clemente. Tal vez es tan borde es por la pérdida de su mujer.

Jack está montando una tienda al lado de otra, en la que entró antes con Mikki. Lo ayudo a estirar la lona en el suelo y el olor húmedo de esta me traslada a las excursiones que hacíamos cuando era pequeña, en Escocia. Praderas verdes y mullidas, helechos rojizos y delicados brezos rosas desplegados bajo un eterno cielo gris. Forros polares y botas manchadas de barro, las mejillas resplandecientes por el roce del viento. Completamente distinto del sitio de acampada subtropical en el que me encuentro.

—Yo dormiré en esta y tú, en esa, con Mikki —dice.

Me siento tentada —cualquier cosa me vale con tal de quedarme a solas con Mikki—, pero la tienda está tan cerca del resto que todo el mundo oirá todo lo que digamos. Además, con mi *jet lag*, lo más probable es que vuelva a despertarme muy pronto.

—No pasa nada —digo—. Dormiré en esta.

—Como quieras. —Jack le da un manotazo a un mosquito que tenía en la espinilla.

Monta rápidamente el armazón y la forma en que se mueve sugiere que sería igual de diestro con un cuerpo entre sus manos. «Borra ese pensamiento, Kenna». Está claro que tiene alguna clase de control sobre Mikki, así que lo último que quiero es que también lo tenga sobre mí.

Sky se acerca con un saco de dormir.

—¿Lo quieres?

—Sí, gracias —respondo.

Jack se tambalea hacia un lado y sonríe ampliamente. Sky está justo detrás de él; ¿le ha pellizcado el culo?

Jack abre la cremallera de la mosquitera y yo recojo mi macuto del suelo y me meto a gatas en la tienda. Será mejor que busque lo necesario para pasar la noche antes de que oscurezca. Localizo mi neceser y una camiseta limpia para dormir.

Mikki se asoma.

—Toma, te recomiendo que la pongas en el suelo —indica y me da una colchoneta.

—¡Venid todos! —dice Sky en voz alta.

Salgo para ver qué pasa.

Sky se agacha para coger algo.

—¿Veis esta brizna de hierba? Pues encontrad más.

Todos se ponen a buscar a su alrededor, algunos con menos ganas que otros. Los observo desde la distancia; creo que sé lo que están haciendo. Conozco esta técnica porque aparecía en la biografía de un antiguo jugador de *rugby* que uno de mis pacientes me convenció para leer. Los deportistas necesitan despejar la mente tras cometer un error en un partido, así que se quedan mirando la brizna de hierba y se imaginan que es el error. Después tiran de ella para librarse mentalmente del fallo. Tan discretamente como puedo, arranco una hierba de debajo de un árbol que tengo al lado.

—Pensad en las cagadas que habéis cometido antes, mientras surfeabais. —Sky levanta su brizna—. Ahora quiero que os centréis en la hierba que habéis cogido y volcad sobre ella todo lo que habéis hecho mal.

Se produce un largo silencio mientras los demás la imitan. Yo misma contemplo mi hierba y pienso en todas las veces que la he cagado hoy. No he previsto cómo sería este lugar, lo remoto que sería, la falta total de comunicación telefónica o que los amigos de Mikki serían tan territoriales. Tengo que dejar de sentirme tan intimidada por ellos.

—Ahora coméosla —ordena Sky.

Levanto de golpe la cabeza. ¿Lo dice en serio?

Se mete la brizna de hierba en la boca y la mastica. Algunos ponen los ojos en blanco mientras la imitan. Yo nunca he comido hierba, pero estoy bastante segura de que no podremos digerirla. ¿Está limpia, acaso? La olisqueo y veo que Sky y algunos de los demás me están mirando. Sintiéndome como una idiota total, sobre todo porque no me han pedido que me una a ellos, me la meto en la boca. No sabe a nada, así que me obligo a tragármela.

Sky se sacude las manos para demostrar que las tiene vacías.

—Así es como se enfrenta uno al fracaso. Te lo comes y lo conviertes en una parte de ti. Dejad que repose en vuestro interior y os haga más fuertes.

Vaya, eso es nuevo.

—Ahora, erguíos —dice—. Esta noche haremos una carrera por los acantilados.

—¡Oh, venga ya! —exclama Clemente—. Pero si ya casi no se ve.

Sky sonríe.

—Exacto.

Intercambian miradas. No tengo ni idea de qué es una carrera por los acantilados, pero presiento que se trata de algo peligroso. Me fijo en la expresión del rostro de Mikki mientras se dirige hacia su tienda; no parece muy entusiasmada.

Espero fuera mientras se cambia de pantalones.

—Si no te apetece, di simplemente que no —le indico en voz baja.

Mikki resopla y alarga el brazo en busca de algo: zapatillas de escalada. Sin poder hacer nada, veo cómo se las pone. Escalar siempre fue mi rollo, no el de Mikki: me crie lejos del mar, en una ciudad húmeda y gris. Mi madre es de Islandia y era —todavía lo es— una escaladora excelente, de modo que mi hermano y yo pasamos nuestra infancia metidos en el rocódromo local. Con una temperatura seca y agradable, escalar era mucho mejor que la mayoría de deportes que se podían practicar allí. En verano, de hecho, escalábamos rocas reales en el exterior.

—¿Cogemos las linternas frontales? —pregunta Ryan en voz alta.

—Ni de coña —responde Sky—. El quid de la cuestión es que no veamos las rocas, sino que las sintamos.

Todo esto me parece una gilipollez. Espero a que alguno de ellos lo diga, pero no lo hacen. Clemente y Victor, en particular, parecen individuos francos y decididos. ¿Con qué los tendrá pillados Sky? Protestan, pero con resignación, como si su madre les hubiera dicho que tienen que recoger su cuarto.

Todos se han puesto ya las zapatillas para escalar. Joder, el dedo de Clemente… se está poniendo esparadrapo.

Por el momento, me doy por vencida con Mikki y me acerco a él.

—¿Quieres que te…?

—No —dice sin levantar la vista—. Estoy bien.

—Si te haces más daño, no podrás surfear.

Clemente me ignora y arranca un trozo de esparadrapo azul con los dientes. «Rocktape», pone en el rollo. «Resistente al agua».

Lo observo mientras se lo enrolla en las manos y une los tres últimos dedos con el esparadrapo. Los árboles que tiene detrás parecen siluetas negras con plumas que se balancean con la brisa.

—¿Te da miedo decir que no?

A lo mejor, si lo provoco, consigo algo.

Levanta la cabeza; la expresión de su rostro es sombría.

—No siento nada, ¿vale?

No sé si se refiere a que no siente dolor en el dedo o nada en general. Miro a los demás en un intento por recuperar la compostura. Callados y centrados, rellenan botellas de agua y se cambian de ropa. Ryan se quita una goma elástica de la muñeca y se hace una coleta con ella. Se me forma un nudo en la garganta. Hasta ese momento, su rostro había estado medio tapado por el pelo. Con su piel extremadamente morena y la parte inferior de la cara oculta por la barba y el bigote, apenas se parece al tío pulcro y aseado que he visto antes en internet.

Pero no me cabe ninguna duda: es uno de los mochileros desaparecidos.

Capítulo 13

Kenna

Uno a uno, descienden por el sendero hasta la playa y me dejan, una vez más, sola en el claro. Percibo cierto movimiento por el rabillo del ojo, pero solo es el maldito traje de neopreno, que se balancea como un hombre ahorcado.

Lo de Ryan me ha dejado hecha un manojo de nervios. Los extranjeros necesitan un visado para visitar Australia. Entiendo que Ryan vino de vacaciones y esto le gustó tanto que no quiso marcharse, de manera que se quedó mucho más tiempo del que permitía su visado. Estaba en situación ilegal —lo habrían echado si lo hubieran encontrado, y probablemente le habrían prohibido volver— aunque resultaba comprensible y un poco siniestro. Aun así, por el cartel que había visto en el móvil, estaba claro que alguien lo echaba de menos lo suficiente como para denunciar su desaparición. ¿Qué clase de persona se desvanecería y no se lo contaría a su familia y amigos?

¿Y qué pasaba con el resto de mochileros? Me abrazo a mí misma recordando la reacción de Mikki ante los carteles. ¿Había sido por Ryan?

El claro resulta escalofriante con la única compañía de los árboles, así que, con una botella de agua en una mano y apartando mosquitos con la otra, me apresuro a alcanzar a los demás. La luz parece desvanecerse con cada paso, y para cuando llego a la playa, el mar brilla con tonos azul marino y la pared del acantilado, cuyos contornos apenas son visibles, ahora es de un color marrón oscuro. Sky se equivoca en lo de que no les hace falta ver nada. El cincuenta por ciento de escalar montañas consiste en localizar posibles sitios para colocar manos y pies y en evaluarlos antes de moverte.

La Tribu mira fijamente hacia delante y a la izquierda. El acantilado debe de tener cuarenta o cincuenta metros de alto. A mitad de camino hay dos marcas: una roja y otra azul. Conozco los peligros de los acantilados marinos muy bien gracias a mis años de adolescencia en Cornualles. Erosionada por el viento y las olas, la solidez de la roca puede variar, con partes sueltas propensas a desquebrajarse cuando las agarras. También es probable que algunas zonas estén resbaladizas. Echo un vistazo al grupo; no llevan cuerdas ni magnesio. ¿Van en serio? Hacer escalada libre ahí arriba, con esta luz, roza el suicidio.

Y, evidentemente, espero que no se pongan a ello todos a la vez.

—Mikki —digo en voz baja—, esto es una locura.

Me mira, incómoda.

—Estoy intentando concentrarme.

Rebusco en mi mente algo que pueda decirle, lo que sea, para que no siga adelante.

—Los que pierdan tendrán que hacer la cena durante una semana —exclama Sky.

Victor hace una mueca de dolor y le da una palmada a Jack en el hombro.

—Más te vale no perder, tronco.

—La que nos espera —dice Ryan—. Otra vez boloñesa de canguro.

Jack sonríe.

—Una comida australiana como Dios manda, tío.

—Estos son los equipos —dice Sky—. Rojo: Mikki, Jack y yo; azul: Clemente, Victor y Ryan.

—Chicos contra chicas —comenta Victor mientras le da un puñetazo amistoso a Jack en el hombro.

De nuevo, me pregunto qué posición ocupa Sky dentro de la Tribu. Si los observara desde la distancia, la feminista que llevo dentro la estaría animando: «¡Bien por ti, Sky! Tienes a todos estos tíos bajo tus órdenes».

Pero, tal y como están las cosas, desconfío de ella y me desconcierta el poder que, evidentemente, posee.

Los grupos están deliberando sobre quién irá primero, así que, al parecer, es una competición de relevos en la que escala una persona por equipo cada vez.

—Al que le toque ir el último no verá nada con esta luz —comenta Jack.

—Perfecto —dice Sky—. Jack acaba de presentarse voluntario para ser el último.

La dura mirada que le dirige es de provocación. Victor le da otro golpecito de broma. Me da la sensación de que más me vale estar de buenas con Sky.

Levanta un puño en el aire y exclama:

—¡El miedo nos impulsa!

—¡El pánico es mortal! —responden gritando los demás.

Sky y Ryan se colocan al pie del acantilado. Estudio de nuevo a Ryan mientras mira por encima del hombro a la espera de la señal de Victor. ¿Los demás saben que es una persona desaparecida?

Noto que Clemente me observa.

—¿Qué?

Da un respingo.

—Perdona, me recuerdas a alguien.

—¿A quién?

Sacude la cabeza y aparta la mirada.

El principio de la carrera nos interrumpe cuando Victor exclama: «¡Ya!».

Ryan y Sky se lanzan hacia la pared de roca. Se inmediato comprendo que son escaladores experimentados, sobre todo Ryan. No hay ni rastro de los tics nerviosos que he notado antes. Trepa a un ritmo tranquilo y confiado, haciendo que parezca sencillo.

Victor levanta el brazo.

—¡Vamos, vamos, vamos!

Levanto la vista hacia la pared del acantilado en busca de sitios donde apoyar los pies y las manos, como si yo misma estuviera escalando. Una parte de mí que pensaba que había dejado atrás cobra vida de nuevo.

Ryan y Sky ya están a bastante altura; si se caen, se harán bastante daño. Ryan asegura el lateral de un pie contra la roca y asciende hacia la derecha. Localizo la grieta que tiene encima. Ha planeado bien su ruta; no tardará en alcanzar su marca. «Ten cuidado», le pide una voz en mi mente. Y, en voz más baja, otra voz dice: «Yo quiero hacer eso».

Clemente los observa de brazos cruzados. No muestra señales de estar nervioso, pero debe de estar preocupado (¡yo lo estoy!). ¿Cómo va a escalar con tres dedos inmovilizados? Mientras que Sky y Ryan tienen la constitución perfecta de un escalador —delgados, pero aun así musculados, con unos antebrazos fuertes y fibrosos—, Clemente es más corpulento y pesado.

Sky alcanza su marca poco después que Ryan y ambos se dirigen rápidamente a la izquierda, hacia donde el mar engulle la base del acantilado. Sky mira entre sus pies: el agua está justo debajo. Con esta oscuridad es imposible saber qué profundidad tendrá. Sky estará a unos veinte metros de altura, así que me imagino que descenderá un poco antes de tirarse, pero no lo hace. Se suelta y salta hacia el mar, dándose la vuelta en el aire para mirar hacia fuera.

¡Plof!

Mikki empieza a escalar. Victor cambia el peso de un pie al otro, preparado para lanzarse hacia el acantilado en cuanto oiga a Ryan entrar en el agua. Es como si Victor tuviera la energía de tres personas concentrada en él. Quizá se deba a su té especial; desde luego, a mí me ha ayudado con mi *jet lag*.

Se oye el ruido del agua y Victor sale corriendo hacia la pared. A estas alturas, Mikki ya está a mitad de camino. Me siento henchida de orgullo. Es evidente que ha estado practicando, porque lo hace mejor que hace unos años, pero le falta el aliento y lo toca todo con la punta de los pies. Victor también se está esforzando.

Mikki levanta un pie a la altura de la cintura; no se ha dado cuenta de que tenía un sitio más bajo y accesible para ponerlo, y ahora emplea todas sus fuerzas para impulsarse hacia arriba. Para cuando llega a su marca, se percibe perfectamente que los brazos le tiemblan. Sky deja escapar un pequeño grito de ánimo, pero a Mikki todavía le queda un trecho para estar sana y salva a mi lado.

Desvío la vista hacia las rocas que tiene debajo. Si se cayera, ¿qué sonido haría?

Un mosquito me pica en el tobillo. Le doy un manotazo sin apartar los ojos de Mikki, que ya trepa hacia la izquierda. Las olas acarician el final del acantilado que tiene debajo, pero sigue sin estar lo bastante alejada. No hay suficiente agua, de manera que prosigue hacia la izquierda. «¡Mira a dónde vas, Mikki!».

Alarga el brazo hacia un lado y el pie se le resbala. Durante unos segundos escalofriantes, se queda colgada de una sola mano, balanceándose de un lado a otro, intentando alcanzar la roca con la punta de los pies, pero sin resultado. Finalmente, pierde el contacto, se precipita hacia abajo y cae en el agua de mala manera.

Es exacta y terriblemente igual que algo que sucedió hace más de una década.

Capítulo 14

Kenna

Trece años antes

15 de septiembre: un día que odio recordar. Hacía un verano especialmente caluroso y las inusuales temperaturas nos empujaban a comportarnos de forma errática. Las clases ya habían empezado y el largo invierno de Cornualles estaba a la vuelta de la esquina, pero algunos teníamos una hora libre y queríamos aprovechar los últimos rayos de sol. No había olas, así que nos pasamos por la tienda de la esquina, en la que el tío joven que la atendía nunca nos pedía el carné, y después atravesamos los campos armados con sidra y patatas Pringles.

Cada vez que recuerdo la escena, aparece en tecnicolor en mi mente: el dorado de los campos de heno, las amapolas rojo sangre entre los setos. Las nubes, desplazándose a cámara lenta a través de un cielo azul brillante. La cantera de Hungerford había estado en funcionamiento hasta hacía poco y estaba vallada, pero los trabajadores y la maquinaria habían desaparecido. Éramos como una manada de gatos callejeros explorando un territorio nuevo, trepando vallas, agachándonos por debajo de barreras y pasándonos la sidra los unos a los otros.

No sabíamos si habría agua en la cantera, así que gritamos de alegría cuando la encontramos.

«¡Peligro! ¡Prohibido bañarse!», decía un cartel.

«Aguafiestas», pensamos. Comparado con los mares de Cornualles y sus traicioneras corrientes y mareas, ¿qué peligro podría haber en ese pequeño hoyo de agua?

No habíamos traído bañadores.

—¡Pues nos bañamos en pelotas! —gritó Toby Wines, y se quitó la ropa rápidamente.

La mayoría de los chicos no tardaron en seguir sus pasos. Mikki y yo conocíamos a Toby del club de surf y a mí me gustaba desde hacía años. Era un corpulento chico de granja —y, evidentemente, un deportista talentoso— que había hablado conmigo algunas veces en el pasillo e incluso me había acompañado a casa hacía poco, a la salida de clase, así que tenía esperanzas de que en algún momento me pidiera que saliera con él.

Mikki y yo nos quedamos en ropa interior. Algunas de las chicas se quitaron el sujetador, pero yo no lo hice porque sabía que Mikki quería dejárselo puesto. Bajamos corriendo por la roca de esquisto y nos lanzamos al agua, que tenía el mismo color del material que la rodeaba y desprendía un extraño olor metálico. La temperatura, sin embargo, era ideal: tibia en la parte superior y helada en la inferior.

—¡Te deja sin respiración! —dijo Mikki con voz entrecortada caminando en el agua a mi lado.

Salimos con la piel de gallina. Hacía tiempo que nos habíamos terminado la sidra, así que nos sentamos al sol a comer unas Pringles mientras entrábamos en calor e intentábamos no mirar con demasiado detenimiento a los chicos desnudos.

Los laterales de la cantera, en forma de terraza, eran perfectos para saltar desde ellos. Probamos desde poca altura y, después, algunos subimos más alto. Con el sol calentándome la espalda, seguí ascendiendo y provoqué un pequeño desprendimiento. Subí todo lo que pude.

—¡Madre mía, Kenna! —chilló Mikki—. ¡Ten cuidado!

Toby me miró con los ojos entornados, protegiéndoselos del sol mientras yo permanecía en el borde del saliente más elevado con los pies asomando al vacío. No me daban miedo las alturas, y quería que él lo supiera. Mikki ascendía despacio, gritando por la preocupación, pero si Toby me decía que tuviera cuidado, eso significaría que le gustaba.

Toby se unió a mí en lo alto, con Mikki justo debajo.

—¿Vas a saltar? —me preguntó.

—No lo sé. —El agua era un resplandeciente cuadrado gris desde allí arriba. Enturbiada por el cieno, parecía mucho más oscura ahora que la habíamos agitado por completo.

—Si saltas, yo también salto —me dijo.

Después, en el hospital, me reconocería que estaba de broma. «Jamás pensé que lo harías».

—Vale —dije, y salté.

El pánico me inundó mientras caía en picado. Me di un buen golpe y salí a la superficie balbuceando.

Toby se asomó para mirarme.

—¡Vamos, salta! —El eco de mi voz rebotó por toda la cantera. Pero Toby no se movía del saliente.

—¡Gallina! —grité.

Ahora estaba enfadada. No podía decirme que saltara para después echarse atrás.

—¡Hazlo! —dije—. ¡Salta!

Los demás empezaron a entonarlo también: «¡Salta, salta!». Mientras avanzaba por el agua, toqué algo afilado con el dedo del pie.

—¡Espera! —grité—. Hay algo…

Pero era demasiado tarde; Toby ya había saltado. Pedaleó con las piernas en el aire mientras caía, como si me hubiera oído e intentara cambiar de opinión en el último segundo. Entró en el agua de una forma limpia, con los pies juntos. Y emergió ahogando un grito.

Nadé hasta él lo más rápido que pude y los demás me ayudaron a llevarlo a la orilla. Tenía las piernas mutiladas, no hay otra forma de describirlo. Alguien pidió ayuda por teléfono y los demás soportamos sus gritos hasta que llegó la ambulancia.

Oculta a nuestros ojos, había una grúa abandonada debajo de la superficie, y él había saltado justo encima de ella. Toby se había destrozado las dos piernas y varias vértebras. Semanas después, salió del hospital en una silla de ruedas; su trayectoria en el surf había terminado antes de empezar.

La profecía de la señorita Rotterly se había cumplido. Esto tendría que haberme enseñado una lección, pero no fue la última vez que permití que mi adicción a la adrenalina hiriera a alguien.

Capítulo 15

Kenna

Saltamos sobre las rocas para ir a por Mikki. No tengo ni idea de cuánto cubre, y los demás claramente tampoco; estoy hiperventilando.

Cuando Kasim murió, mi vida, tal y como la conocía, se hizo pedazos. Pasaron meses hasta que encontré las fuerzas para ir, a cuatro patas, a buscarlos e intentar recomponerlos. Mikki es uno de esos pedazos, el más grande que queda. Acabo de recuperarla y no puedo volver a perderla; es imposible.

La cabeza de Mikki aparece en el agua.

—¿Estás bien? —pregunto sin aliento.

—¡Guau! ¡Cómo ha molado! —Lo dice con voz agitada, tal y como lo haría cualquiera que hubiera estado a punto de partirse la crisma—. ¡Vamos, Jack!

Siento tanto alivio que no puedo enfadarme. Victor se tira a su lado y Clemente y Jack salen corriendo hacia el acantilado. El corazón todavía me va a cien. Hasta que Mikki no sale del agua y llega hasta mí, ilesa y sonrosada por la excitación, no empiezo a respirar con normalidad.

A estas alturas, el cielo está completamente oscuro, como también lo está el mar, que refleja la luz de la media luna. Aunque ya no veo los mosquitos, sí los noto, así que agito el brazo en el aire con regularidad.

Ryan está a mi lado, escurriendo su camiseta. Mis pensamientos vuelven a los mochileros desaparecidos.

—He visto tu foto en internet —comento en voz baja—. Decía que habías desaparecido.

Ryan gira la cabeza de golpe.

—¿Ah, sí?

Quiero preguntarle quién lo está buscando, si le ha hecho saber que está bien, pero algo en su tono de voz me advierte que no lo haga.

—¿Cuánto tiempo llevas en Australia? —pregunto en su lugar.

Por un instante, pienso que no va a contestar.

—Dos años.

Imagino, entonces, que es de esas personas que vienen y se quedan, como sospechaba. Quiero averiguar más, pero no puedo apartar la vista del acantilado. Clemente y Jack son muy buenos escaladores, pero les falta la elegancia de Ryan y Sky.

Sucede cuando Jack está a unos metros de altura. Cuando alarga el brazo hacia otro sitio para agarrarse, un pedazo de roca se separa en su otra mano, lo que lo deja sujetándola inútilmente mientras cae hacia atrás, al vacío. Me quedo boquiabierta del estupor. El crujido que produce su espalda cuando llega al suelo resuena en mi interior.

Nos acercamos corriendo.

Jack levanta una mano.

—Estoy bien.

Clemente baja del acantilado y Jack, haciendo una mueca de dolor, se pone en pie. Por la rigidez de sus movimientos, sé que le duele mucho. Clemente se acerca a hablar con él en voz baja y Jack se masajea la espalda y asiente.

—¿Y ahora, qué? —pregunta Victor.

—Que lo intente de nuevo —responde Sky.

Clemente se vuelve para mirarla directamente.

—No es una buena idea. Si se vuelve a caer…

Veo que se ha colocado entre Jack y Sky.

—No somos unos rajados —le espeta Sky.

—Ni tampoco unos idiotas —replica Clemente.

Tiene razón. Por el aspecto que tiene, Jack se ha hecho bastante daño en la espalda y quizá tenga alguna costilla rota. Si se vuelve a caer, podría enfrentarse a algo mucho peor. Aguardo, deseosa de que alguno de los demás también hable. Clemente busca la mirada de Ryan y después la de Victor, pero se niegan a corresponderle.

Por cómo interactúan, me recuerdan a los lobos. Sky es la alfa, pero los beta están preparados para atacarla si en algún momento muestra debilidad. Sin embargo, a diferencia de los lobos, su liderazgo no se basa en la fuerza bruta. Si fuera así, Victor o Clemente estarían al mando. Pero, entonces, ¿por qué? ¿Es la fuerza mental de Sky la que la mantiene en su rol de líder? ¿O es algo más?

El atractivo rostro de Jack está tenso por el dolor. Una idea loca empieza a tomar forma, lo que pasa es que ya no suelo hacer este tipo de cosas. Aunque quizá, solo por esta vez, podría hacerlo.

—Yo escalaré por él —digo.

En el silencio que se produce, Mikki busca mi mirada con la suya. Aparentemente satisfecha con lo que ve, se vuelve hacia Sky.

—En posición. —El tono de voz de Sky es de aburrimiento, pero presiento que no se olvidará de que la he desafiado.

Victor da un grito de alegría.

—¡Tenemos a una aspirante!

Clemente frunce el ceño, pero no dice nada.

Contemplo la pared del acantilado, contenta de haber elegido los pantalones cortos elásticos, en lugar de los vaqueros, para ir cómoda en el viaje en coche. Me sudan las manos; me las seco en la camiseta. Ahora mismo siento una mezcla de jovial entusiasmo y culpabilidad. Puedo engañarme a mí misma y pensar que lo estoy haciendo por Jack, pero, en realidad, solo necesitaba una excusa para volver a la acción.

«No tengas miedo», me dijo mi madre la primera vez que me llevó de escalada.

Yo debía de tener siete años y no sabía a qué se refería. Tenía puesta una cuerda y un arnés; si me caía, la cuerda me sujetaría. Siempre había trepado a todo tipo de cosas: los árboles y la estructura para escalar que teníamos en el jardín, o la estantería de casa para recuperar un juguete que mi hermano había subido a lo alto. Hasta unos años después no me enteré de que existía el miedo a las alturas.

En ocasiones, también subíamos por las rocas —haciendo escalada libre por grandes peñascos sin cuerda, con una colchoneta debajo para los ascensos más difíciles—, pero no era nada del otro mundo. Si me resbalaba, me sentía avergonzada y molesta más que asustada. Me ponía de nuevo en pie y lo volvía a intentar, decidida a no cometer el mismo error.

«Lleva la escalada en la sangre», decía mi madre a sus amigos. Se quedó destrozada cuando cambié la escalada por el surf.

Flexiono los dedos. Los tengo fuertes por utilizarlos durante horas en mi trabajo, además de por mis ejercicios de fortalecimiento diarios, pero llevo veinte años sin escalar como Dios manda y el resto de mis músculos estarán bajos de forma.

—¡Ya! —grita Victor.

Levanto los brazos en busca del primer sitio para agarrarme. Con la poca luz que hay, alcanzo a ver lo justo y necesario. Mis deportivas no tienen la misma flexibilidad o agarre que unos pies de gato, así que necesito apretar bien con los dedos de los pies, pero mis extremidades no tardan en ir por libre. La memoria muscular es algo prodigioso. Algunos pacientes me han llamado llorando con lesiones nuevas y las lágrimas no eran por el dolor, sino porque percibían que estaban dando un paso atrás. «¡Todo el tiempo que he estado entrenando a la basura!», se quejan. Pero yo les aseguro que no es así, que su cuerpo lo recordará todo.

No miro hacia abajo ni pienso en la altura a la que estoy, simplemente me centro en a dónde me dirijo: unos metros más arriba y después, a un lado, hacia la marca.

Clemente escala a mi lado. Su marca está más abajo, pero también más a la derecha que la mía. Pongo cara de dolor cuando lo veo agarrarse a un saliente e impulsarse hacia arriba. Tiene que dolerle un montón. Sus bíceps se flexionan, pero su expresión no revela nada. Lo está apartando de su mente.

Y yo tengo que apartarlo a él de la mía. Me estiro hacia arriba y toco la marca, y oigo un débil grito de ánimo por parte de Mikki y Sky. Mi cuerpo pone el piloto automático cuando escalo de lado. Ganar no debería significar nada para mí —no me importa encargarme de la cena, solo tendrían que pedírmelo y lo haría—, pero soy extremadamente consciente de que me están mirando. Me odio a mí misma por ello, pero necesito impresionarlos.

Los demás han saltado desde esta altura, pero no tengo ni idea de qué profundidad tiene el agua, de modo que bajo un poco rápidamente. Un grito de alegría de Victor; Clemente debe de haber llegado a su marca. No está mal, teniendo en cuenta que no ha podido utilizar todos los dedos. Como saltará en cualquier momento, me doy la vuelta y me lanzo al vacío, preparándome mentalmente para el impacto. El agua me rodea como una sábana fría. Salgo a la superficie entre los vítores de Mikki y Jack. Sky asiente mientras gateo por entre las rocas, y noto que me mira con otros ojos.

Se acerca tranquilamente hacia mí.

—¿Qué opinas de nuestra sesión de entrenamiento?

—Que es una puta irresponsabilidad —respondo.

Sonríe.

—Pues da la sensación de que te ha gustado. ¿Cuánto tiempo dijiste que te quedabas en Australia?

Titubeo.

—Trabajo por cuenta propia, así que en realidad tengo flexibilidad.

El agua, resplandeciente y oscura, nos cubre rápidamente los pies.

—Quizá deberías pensar en quedarte un poco más aquí.

—¿Por qué?

—Hay dos clases de personas en el mundo, Kenna. Ponlas en lo alto de un acantilado con una gran caída por delante y notarás la diferencia. La mayoría se aparta del borde, pero unos pocos se acercarán un poco más.

—No me lo digas: tú te acercarías.

Sky hace un gesto con la mano hacia los demás, que están a los pies del acantilado analizando minuciosamente el ascenso.

—Todos nosotros nos acercaríamos. No digo que seamos los mejores por ser así, por ser valientes. Podría decirse que somos idiotas. Nos hacemos más daño que el resto de personas y nuestras vidas son más cortas. Vivimos rápido y al límite, y si nos caemos y morimos, que así sea. No elegimos ser así, al igual que el otro grupo de personas no elige ser cuidadoso. Hemos nacido así.

—¿Por qué me sueltas todo esto?

—Porque creo que eres de los nuestros, Kenna.

Capítulo 16

Jack

Es como si alguien me hubiera introducido una puta aguja de hacer punto por la columna vertebral. Estoy tratando de recordar cuánta codeína me queda. El cabrón de mi médico no quiere recetarme más hasta dentro de un mes porque acabé con el último lote demasiado rápido.

«Corres el riesgo de volverte adicto a ella».

Un poco tarde para eso, tronco.

Odio que los demás me vean así. Si supieran el estado en el que me encontraba, no me querrían aquí. Nota mental: «No vuelvas a caerte de un acantilado». Pero tengo que seguirles el ritmo.

Al menos, con el surf puedo contenerme... de momento. El surf es lo único que siempre se me ha dado bien. Todo el mundo me echa la bronca por mi actitud en el agua, pero en el estado que tengo la espalda, cada ola podría ser la última.

Fue mi padre el que me metió en el surf, pero no de la forma que uno pensaría. No era uno de esos padres que empujan a sus hijos a que cojan olas en enormes tablas de surf de gomaespuma y chocan los cinco con ellos cuando se ponen en pie. O quizá sí lo era, pero yo no era uno de los niños a los que motivaba.

Nunca he conocido a mi padre. De pequeño no sabía siquiera quién era; mi madre no me lo contó. Un día, a mi tía Karen se le escapó que era surfista. Desde entonces, bajaba todos los días a la playa después del colegio y me pasaba toda la tarde observando a los tipos junto al cabo. Sin duda, lo reconocería; sería capaz de ver algún parecido. Los padres de mis colegas se parecían a ellos de alguna forma: mismo cabello, ojos o nariz. A esa edad yo tenía el pelo rubio platino y mi madre era morena, así que mi padre debía de ser rubio. El problema era que la mitad de los hombres que había allí tenían el pelo de ese color, así que aquello no acotaba mucho las opciones.

Contemplaba las líneas que dibujaban en las olas: curvadas y regulares, escarpadas y rápidas. Como quería verlos más de cerca, le pedí a mi madre una tabla, pero me respondió que ni hablar. Lo entendía; la mitad del tiempo no podíamos permitirnos ni la comida.

Un día, un ciclón alcanzó la costa y una enorme caverna azul se tragó a uno de los tíos con más probabilidades de ser mi padre —era el que tenía el cabello más rubio de todos y era un surfista cojonudo—. Cuando apareció en la superficie del agua, remó hasta la playa, tiró la tabla sobre la arena, se quitó la tira que llevaba atada al pie y se dirigió hacia las dunas, dejando su tabla atrás. Supuse que la dejaría allí mientras iba a comprar la parte que se le había roto, como le pasaba a menudo a mi hermano mayor con su coche.

—¡Te vigilaré la tabla! —exclamé.

—Te la puedes quedar —respondió—. La he doblado.

De cerca, me fijé en que tenía las raíces oscuras y en que el color de su pelo era fruto del tinte, lo que probablemente lo descartaba como mi padre. La tabla era larga y estrecha, con una fina línea curva en un extremo, pero parecía que seguía siendo útil. Tardé varios días en poder ponerme de pie sobre ella. «Tu padre puede hacerlo», me repetía a mí mismo cada vez que me caía.

Cuando por fin conseguí llegar al cabo, me senté con mis posibles padres y me puse a escuchar sus conversaciones. Con el tiempo, dejé de mirarlos a ellos y empecé a observar las olas. Y, poco después, ellos empezaron a mirarme a mí, y resultó que uno de ellos era un ojeador de Billabong.

—Zoquete inepto —me dijo mi madre cuando le conté la razón por la que había empezado a hacer surf—. Tu padre era un mochilero inglés, y ni siquiera se le daba tan bien el surf. Se marchó mucho antes de que me enterara de que estaba embarazada. No sabía ni su apellido.

Pero para entonces no importaba porque, sin saberlo, mi padre me había dado el mayor regalo del mundo.

Los patrocinadores se peleaban por mí mientras yo perseguía las olas por el mundo. Las tías se me acercaban como moscas y estaba con una distinta cada semana. Alquilé un ático con vistas a la playa, me compré un coche nuevo y todo eso. Jack Wilson estaba viviendo un sueño.

Si la ola que me partió la espalda hubiera sido la hostia, habría sentido cierto consuelo. Retirarse con estilo, ¿no? Pero la cresta de la tubera se cerró sobre mí, me dobló como una puta silla de playa y me estampó contra el arrecife de coral. Cuando salí a la superficie, podía mover los brazos, pero no las piernas. No sentía nada de cintura para abajo, ni siquiera la polla, que fue lo más aterrador. Pensaba que mi vida se había acabado. Tres largas operaciones después, recuperé los sentidos, pero a veces desearía no haberlo hecho.

No sé si tengo un umbral alto o bajo del dolor. Lo que tengo claro es que me duele.

El dolor es difícil de cuantificar; unas personas lo toleran más y otras, menos. Como deportista, te entrenas para obviarlo. Puedes competir —e incluso ganar— con algún hueso roto. Yo mismo lo he hecho: gané una serie con un dedo del pie partido. No es para tanto; me olvidé del dedo y me centré en el resto de mi cuerpo. Además, la adrenalina ayuda. Cuando salí del agua, me vendaron el dedo, regresé al agua y también gané la siguiente serie.

Pero el dolor de espalda es diferente. La espalda es el centro del cuerpo y, por lo tanto, cuesta mucho más ignorarlo. Y el miedo se añade a la mezcla. Si supieras que no va a ser peor que esto, lo soportarías. No saberlo es lo que te mata. ¿Cuánto más puede empeorar?

Tras el accidente, los patrocinadores me dejaron tirado y tuve que despedirme del apartamento y acomodarme en el sofá de mis colegas. Poco después, empezaron a pedirme que pagara el alquiler. Me habría quedado en la calle si Clemente y su mujer no me hubieran acogido. Y habría perdido el coche también, si Mikki no se hubiera encargado de pagar las mensualidades.

Mikki no se parece en nada a las glamurosas fiesteras que solía llevarme a la cama. La primera vez que me acosté con ella fue como volver a perder la virginidad. Lloré y todo, principalmente porque todo seguía funcionando como es debido. Mikki tiene sus cosas, pero es una persona bastante tranquila; además, ¿quién, si no, se quedaría conmigo? Nunca he tenido problemas para conseguir chicas, y, de hecho, siguen fijándose en mí, pero desde que me lesioné, mantienen las distancias. Es como si notaran que algo va mal.

Ahora soy una persona diferente. Mi mundo se ha reducido enormemente. Hago todo lo posible por seguir siendo fuerte y valiente, pero el dolor se está cargando mi alma. Incluso con la codeína, nunca desaparece del todo. Lo único que quiero es un día —o una hora, o incluso un minuto— de respiro.

Detesto al debilucho de mierda en el que me he convertido, pero el dolor tiene una forma de sacar a flote tu lado más primitivo. Sé de lo que hablo. Cuando experimentas un dolor a este nivel, rogarás, robarás y harás, realmente, cualquier cosa para evitarlo. Cualquier cosa.

Capítulo 17

Kenna

Noto la piel suave y cálida de Jack bajo mis manos; sus músculos dorsales están tan fuertes que es difícil discernir dónde se ha hecho daño. Convencerlo para que me dejara examinarlo no ha sido fácil. Lo exploro con mis dedos.

Se encoge del dolor.

—Hostia puta, sí que tienes fuerza en las manos, joder.

—Perdona. —Aflojo la presión. Ahora entiendo dónde ha aprendido Mikki a decir tacos. Claro que no es la primera vez que me lo han dicho.

Mi hermano solía burlarse de mí cada vez que íbamos a escalar. «¡Nunca lograrás llegar hasta aquí arriba con esos deditos tan pequeños!».

Mi madre me enseñó a fortalecerlos. Hacía los ejercicios diligentemente —cualquier cosa valía para dejar mal a mi hermano— y los sigo haciendo de manera inconsciente, a veces incluso cuando veo la tele o estoy en alguna sala de espera. Tener fuerza en las manos también me sirvió cuando empecé a hacer surf —solo una ola muy potente podría hacerme soltar la tabla— y volvió a serme de utilidad cuando me apunté a un curso de masajes.

«Tienes los dedos de hierro», me dijo el monitor. No tardé en conseguir una agenda de pacientes —surfistas, granjeros, el equipo local de *rugby*— e incluso tenía lista de espera, lo que significaba que podía distribuir mis horas según las olas. Como disfrutaba del trabajo y de la libertad que me brindaba, me puse a entrenar más en serio.

Jack suelta un aullido.

—Ahí no, es donde me la unieron. Me rompí la espalda en Pipeline.

Aparto las manos de su cuerpo. Ese lugar para hacer surf en Hawái es el más letal del mundo.

—Tengo una vértebra útil donde los demás tienen tres.

—Lo siento mucho. Tendría que haberte preguntado.

—No te preocupes.

El fuerte olor astringente de un arbusto cercano —¿un árbol de té o un eucalipto?— inunda mis fosas nasales mientras desciendo con las manos por la columna vertebral de Jack. Me aterra volver a hacerle daño.

La voz de Sky me sobresalta cuando se aproxima por detrás.

—¿Sabes lo que estás haciendo? —Su tono de voz es cortante.

Miro a mi alrededor; su proteccionismo me resulta divertido (¿o es su posesividad?).

—Soy fisioterapeuta deportiva, o sea que sí.

Entrecierra los ojos y se aleja.

—¿Sabes que no apoyas bien la pierna izquierda? —le pregunto en voz alta.

Sky se da la vuelta para mirarme. Al principio creo que va a negarlo, pero después cede.

—Me rompí el menisco el año pasado. Pensaba que se me había curado.

—Podría recomendarte algunos ejercicios.

Asiente con cautela.

Me vuelvo hacia Jack.

—No creo que te hayas roto nada, solo estás magullado.

Jack dobla la espalda con cuidado.

—Gracias.

—Ponte un poco de hielo y guarda reposo.

Sonríe.

—Guardaré reposo cuando me muera.

Algo grande y negro sobrevuela mi cabeza y me agacho.

—Solo es un murciélago —dice Jack.

La zona de las letrinas está completamente oscura. Necesito hacer pis, pero no pienso ir a ciegas hasta allí. Me he acercado antes y he visto que había dos cubículos que básicamente eran dos agujeros en el suelo con una tapa encima. En el exterior de la construcción hay un solo grifo. Lo abro y utilizo el hilillo de agua que sale para lavarme los dientes. En un minuto iré a por mi móvil para iluminar el camino, o quizá Mikki tenga una linterna de sobra.

Unos pasos se acercan por detrás.

—No es potable. —La voz de Clemente.

—Mierda. —Escupo lo que puedo al suelo.

Clemente hace un gesto hacia el tejado.

—Es del tanque del agua de lluvia. —Y, con eso, se marcha.

No suelo ser beligerante por naturaleza, pero la adrenalina me recorre de arriba abajo tras la escalada. Voy detrás de él.

—¡Oye!

Clemente se da la vuelta con el ceño fruncido, me agarra del brazo y tira de mí hacia un lado.

—¡Cuidado!

Apenas es visible en la oscuridad casi total: he estado a punto de pisar un descomunal nido de hormigas. Me duele la muñeca por el fuerte agarrón, pero no tanto como lo harían las picaduras de las hormigas.

—¿Qué problema tienes conmigo? —pregunto.

—Que no te he invitado —responde con frialdad.

Estoy harta de este tipo, así que me niego a permitir que me moleste.

—Actúas como si fueras un tío duro, pero no es más que eso, una actuación.

Por increíble que parezca, sonríe. Trata de disimularlo, pero no lo consigue.

—¿A qué te refieres?

Imito su postura, con los brazos cruzados sobre el pecho y con las piernas separadas. Entonces, deja caer los brazos a los lados, despacio y con indiferencia, y me mira fijamente.

Me saltan todas las alarmas, pero las ignoro.

Este arenoso pedazo de tierra bajo mis pies es mío, y no pienso retroceder.

—Creo que tienes miedo de las mujeres.

Clemente avanza todo lo que puede hacia mí; se queda a una distancia desde la que no puede tocarme.

95

—¿Tengo pinta de tener miedo de ti? —susurra.

—No —respondo, también murmurando—. Pero lo tienes.

Intenta reprimir otra sonrisa, pero noto que siente dolor. No tengo ni idea de cuál será su historia, pero su pose de tipo duro es su mecanismo de defensa y no tengo derecho a hurgar en su interior.

Su sonrisa se desvanece.

—No te quiero aquí, así que deberías mantenerte alejada de mí.

Capítulo 18

Kenna

El olor a beicon me despierta. Me pesan las extremidades y no consigo abrir los ojos, pero oigo que los demás están desayunando, de manera que, de mala gana, salgo de la tienda. De vez en cuando tengo días como este, en los que apenas consigo reunir la suficiente motivación para moverme y lo único que me apetece es hundirme en la nada y estar sola.

La Tribu está sentada alrededor de la hoguera apagada. Me pongo las chanclas y algo se enrolla alrededor de mi cara, suave y negro, como las alas de un murciélago gigante. Es el maldito traje de neopreno.

Me peleo con él para apartarlo.

—¿De quién es?

—De Clemente —responde Jack.

Lo descuelgo.

—Voy a ponerlo en otro sitio. Cada vez que lo veo, creo que hay alguien ahí colgado.

Lo engancho en una rama junto a la tienda de Clemente.

Los demás se han quedado extrañamente callados.

—¿Qué pasa? —pregunto.

Clemente lleva los restos de su desayuno hasta el cubo de la basura, los tira y entra en el baño.

Todo el mundo me mira mientras me siento.

—No podías saberlo —dice Jack en voz baja—, pero su mujer se ahorcó en ese árbol.

Me quedo allí sentada, espantada, tratando de asimilarlo. El traje de neopreno se transforma en mi cerebro en una mujer que se balancea adelante y atrás.

Ahora entiendo la oscuridad que hay en los ojos de Clemente y la razón por la que no me deja acercarme, y me siento fatal por haberle llamado la atención por ello. Superar algo así debe de ser imposible. ¿Cómo puede siquiera permanecer aquí? Yo nunca he surfeado en la playa en la que murió Kasim. No podía. De hecho, nunca he vuelto a surfear en ninguna parte.

—Tienes beicon y huevos en la sartén —dice Mikki—. Sírvete.

Me levanto, aliviada de poder escapar.

—Nos vamos a hacer surf —dice Mikki en voz alta—. ¿Quieres venir?

—No, gracias —respondo. Aunque sí que quiero.

Los demás se marchan y me dejan en el claro con Jack, que está sentado en un tocón arreglando una abolladura en su tabla.

—¿Qué tal tu espalda? —le pregunto.

—Genial —dice sonriendo.

—¿En serio? —Hay muchísimas más tablas tiradas por ahí. Si no le doliera la espalda, sospecho que habría cogido una cualquiera y se habría marchado con los demás.

—Me he tomado un analgésico —admite—. Estoy esperando a que haga efecto.

La comida está guardada en bolsas y cajas cerradas para mantener alejados a los bichos. Echo unos cereales en un cuenco y vuelvo a cerrar la bolsa cuidadosamente. Me siento rara comiéndome sus provisiones. Tengo que darles algo de dinero y, si Mikki no lo acepta, quizá Sky sí lo haga. La leche está en la nevera —la «heladera», como parecen llamarla—, nadando entre un mar de hielo deshecho. Parto un plátano, que echo también por encima, y observo a Jack mientras como.

Con la tabla sobre el regazo, estruja un tubo de resina y la esparce por la fibra de vidrio con un palo. Solo lleva puestas unas bermudas, como es habitual, y sus bíceps se tensan mientras unta la resina. Con los dedos de las manos comprueba lo que ha arreglado; luego saca papel de lija y, con cuidado, alisa la superficie. Cuando ha terminado, abre una caja nueva de cera.

Lo contemplo, divertida, mientras se la lleva a la nariz y respira profundamente.

Se da cuenta de que lo estoy observando y sonríe.

—El mejor olor del mundo.

—Bueno, ¿y a qué te dedicas? —Me siento como una cotilla por preguntar, pero lo hago por el bien de Mikki.

—Un colega mío tiene un negocio de instalación de paneles solares. Clemente y yo lo llamamos cuando necesitamos algo.

—Espero que no tengas que levantar cosas pesadas. —Mikki me había hablado de periodos en los que no podía trabajar y, sin duda, cualquier clase de labor física sería complicada con sus lesiones.

—Procuro no hacerlo.

Suele dedicar unas sonrisas deslumbrantes con sus perfectos dientes blancos, pero la expresión de sus ojos no las iguala, por lo que presiento que no solo tiene dañada la espalda. Era un surfista profesional, pero ahora ¿qué es? Todavía trata de averiguarlo. Los últimos años no han debido de ser fáciles para él. Percibo la tristeza que lleva en su interior y deseo ayudarlo.

Se pone recto y se frota la espalda. La verdad es que parece un poco colocado; ¿qué medicación estará tomando? Una fuerte, por supuesto.

—¿Quieres que le eche un vistazo a tu espalda?

—Sí, ¿te importa?

Esta mañana tiene los ojos particularmente azules. Hago que se tumbe en una colchoneta. La luz del sol se filtra a través de las hojas y baña su piel. Ahora que es de día, distingo una cicatriz en la parte inferior de su columna vertebral, magulladuras y un pequeño rasguño. Se ha tensado desde ayer.

—¿Tienes aceite? —pregunto.

Duda un segundo.

—En mi tienda tengo crema muscular.

—¿Puedo cogerla?

Otro ligero titubeo, como si en su tienda hubiera algo que no quiere que vea.

—Claro. Está en el bolsillo del lateral izquierdo.

La tienda huele a desodorante para hombre. Echo un vistazo y localizo la crema. La ropa de Mikki está en ordenados montones, pero la de Jack está tirada por todas partes.

Los loros agitan las alas y graznan en las ramas que tenemos encima mientras le extiendo la crema a ambos lados de la columna vertebral.

—Mikki me contó que competiste en la WQS. ¿Cuántos años tenías cuando sufriste el accidente?

—Veintiséis.

—Toma aire cuando presione. ¿Cuántos años tienes ahora?

—Veintinueve.

De media, los surfistas están en lo alto a los veintimuchos. El surf es duro, y se tarda bastante en alcanzar el éxito. Jack debió de competir al menos desde que era un adolescente y fue ganando posiciones en la clasificación. Su accidente frenó su trayectoria en seco antes de llegar a lo alto.

En deportes como este, nunca se sabe quién va a lograrlo. Hace falta talento natural, oportunidades y la mentalidad adecuada, pero la suerte también es un factor importante. Imagino que lo mismo se aplica a cualquier deporte, pero, en el surf en particular, muchas cosas escapan a tu control. Todos los deportes son diferentes. Todas las olas son diferentes. Remamos hacia lo desconocido, hacia una realidad en la que se impone la naturaleza.

Mikki no tuvo suerte porque nunca consiguió las puntuaciones que necesitaba —quizá no podía con la presión que suponía la competición—, y Jack experimentó otra clase de mala suerte. Pero no es eso; deben de tener alguna otra cosa en común.

Me pongo en pie y me sacudo la tierra de las rodillas.

—Listo. Es todo lo que puedo hacer.

—Gracias —dice, y se incorpora.

Cuando te pasas la mayor parte del día entre cuerpos medio desnudos, consigues ver todas las cicatrices, partes flácidas y demás zonas que normalmente cubrimos con la ropa. Pero ¿el cuerpo de Jack? Es más de metro ochenta de esbelta y musculada perfección. Cuando me obligo a apartar la vista de su torso y llevarla a su rostro, me doy cuenta de que me está mirando, divertido y sin disimularlo.

Me doy la vuelta.

—Perdona.

—Oye, mira todo lo que quieras.

Mis ojos vuelven rápidamente a su rostro. Respiro rápida y entrecortadamente mientras sus ojos buscan los míos. «¿Qué haces, Kenna?». Un par de loris sobrevuelan nuestras cabezas, uno al lado del otro, en formación, como los bombarderos, mientras me alejo de él.

Jack recoge su tabla.

—¿No vienes?

—No.

—Pues hasta luego. —Se aleja correteando por el sendero.

Veo cómo desaparece de mi vista. Una rama se parte a mi espalda. Me doy la vuelta y ahí está Ryan.

¿Habrá presenciado mi escena con Jack? Su expresión no revela nada, ni para bien ni para mal.

—Pensaba que estabas surfeando —comento.

—He ido antes.

No dice dónde ha estado, pero, por la dirección de la que viene, no era en la playa. Se pasa los dedos por su cabello rubio. Tiene algo enganchado en él: una hoja seca.

—Quiero subir al acantilado —digo—. ¿Hay algún sendero que lleve hasta allí?

—Sí —responde—, te lo mostraré.

—Ah, genial. —No me lo esperaba, pero no se me ocurre ninguna forma de decir que no, así que meto el móvil y una botella de agua en la mochila y me pongo la gorra y las gafas de sol.

Ryan me lleva por un camino que no conocía. Unos loros rosas y grises caminan delante de nosotros con sus cortas y divertidas patas. Vamos más rápido que ellos y, cuando nos acercamos demasiado, graznan y salen volando.

Me muero por descubrir más detalles sobre la situación de Ryan.

—¿Tu familia sabe que estás aquí?

Ryan gira la cabeza.

—No.

Sus padres deben de estar volviéndose locos. No puedo imaginar la razón por la que les haría esto, pero es evidente que no quiere hablar de ello. Estamos subiendo por una colina y me cuesta respirar.

Ryan se detiene delante de mí para arrancar una fruta de un árbol —hay cerca de media docena y son moradas, pequeñas y ovaladas— y se la guarda en el bolsillo.

—Fruta de la pasión —dice cuando se da cuenta de que lo estoy observando.

Más adelante, los árboles clarean y el mar se extiende más abajo como una sábana de pana azul. Los demás están sentados en sus tablas de surf, cerca del cabo.

—¡Caray! —susurro.

Ryan sonríe, algo poco habitual.

—¿A que sí?

Una barandilla de madera desvencijada señala el borde del precipicio. «¡Peligro! ¡Erosión! No cruce la barrera. Multas de 1000 $». El propio cartel torcido parece a punto de precipitarse por el acantilado. Se me corta la respiración cuando Ryan se sube a la barandilla y se sienta sobre ella, con los pies colgando por el borde. Tiene los pies tremendamente morenos y las uñas largas. La brisa me sacude el pelo sobre la cara y me agita la camiseta. Me asomo cuidadosamente por la barandilla; estamos, más o menos, encima del sendero por el que hemos subido.

Los surfistas ven el mar de una forma completamente distinta a los demás. Antes de empezar a hacer surf, nunca le dedicaba mucho tiempo a pensar en las olas. Si lo hacía en algún momento, me parecía que se movían aleatoriamente y, desde luego, no me fijaba en los patrones que seguían.

Recuerdo estar sentada en la playa de Cornualles, con el agua cayéndome por la nariz después de uno de mis humillantes primeros intentos de hacer surf, esperando a que vinieran Mikki y su madre. Un hombre mayor con el pelo blanco y el rostro dañado por la climatología estaba allí cerca.

—¿Cómo lo hacen? —pregunté mientras un surfista tras otro dibujaban delicados ochos en el agua—. Yo ni siquiera puedo levantarme.

El viejo sonrió.

—Tienes que saber interpretar las líneas.

—¿A qué se refiere?

Señaló las gruesas franjas azul oscuro de las olas más grandes que llegaban y me explicó que se acercaban en series de entre tres y diez olas, a intervalos de entre cinco e incluso veinticinco minutos, y que rompían más despacio cuando la marea estaba alta, lo que las hacía más fáciles para principiantes como yo, mientras que con la marea baja eran más rápidas y huecas.

Era un lenguaje completamente nuevo, y juré que aprendería a usarlo.

—¿Cómo sabe todo eso? —le pregunté.

—He surfeado aquí desde 1962.

—¿Y lo sigue haciendo?

—Si pudiera, lo haría. —Hizo un gesto hacia su bastón, en el que no me había fijado hasta ese momento—. Venga, regresa al agua.

No volví a verlo jamás. Sí que vi su rostro, sin embargo, unos meses después, sonriendo desde la última página del periódico de mi padre: «Michael Cooper, campeón de surf de 1965, fallece a los setenta y dos años tras luchar contra el Parkinson». Después de aquello, tuve que tirarme un buen rato fingiendo que buscaba algo que no encontraba en el armario para no tener que explicar por qué lloraba por un hombre al que apenas había conocido.

Sus palabras permanecieron conmigo como su legado: «Interpreta las líneas...».

Ryan señala.

—Mira, ahí viene una serie.

Abajo se acercan unas olas más grandes. Ver cómo aparecen resulta doloroso; me encantaría volver a estar en el agua. Mikki rema para coger una, pero Jack la rodea y se la queda. ¡Menudo cabrón! No puedo creer que haya hecho eso.

Mikki se hace con la ola que viene detrás. Joder, es bastante grande. A juzgar por cómo surfea, lleva meses haciendo cosas como esta, pero me da la sensación de que, si aparto la vista de ella un segundo, la ola la aplastará. Cuando termina habilidosamente, dejo de contener la respiración.

Cuando recuerdo por qué he venido hasta aquí arriba, saco el teléfono de la mochila y lo levanto. Mierda, no hay cobertura. Ryan me observa, pero no comenta nada, y vuelvo a guardarlo.

Los atrofiados árboles que bordean lo alto del acantilado se retuercen en direcciones dispares, como si buscaran un refugio permanente del viento.

—¿Qué decía sobre mí? —pregunta Ryan de repente.

—¿El qué? —pregunto, sorprendida.

—La cosa esa que decía que he desaparecido.

Vuelve a estar tenso.

—Ah. —Intento pensar—. Solo lo vi unos segundos, y lo único que recuerdo es tu foto.

—Ya.

No sabría decir si está aliviado o decepcionado.

—¿Cuánto tiempo crees que te quedarás en Australia?

Los ojos de Ryan revolotean sobre mi rostro. Tiene las cejas blanqueadas en algunos sitios y la cara repleta de manchas del sol. El clima australiano no se ha portado bien con él, aunque quizá el californiano tampoco lo hiciera.

—¿Quién dice que vaya a volver?

Hay tensión en sus hombros y ha cerrado los puños. No debería seguir preguntándole cosas, pero no lo puedo controlar.

—¿No piensas hacerlo?

—No puedo. —El tono de su voz es triste pero resuelto.

Oscuras posibilidades se agolpan en mi mente mientras me planteo qué cosas podrían obligar a una persona a huir a la otra punta del mundo.

Capítulo 19

Kenna

Me paso la mañana deambulando por la red laberíntica de los senderos, intentando dar con algo de cobertura. Con cuidado de no volver a perderme, no me aventuro muy lejos, pero es una pérdida de tiempo. No encuentro señal y solo me queda un siete por ciento de batería. No sé por qué me molesta tanto —tampoco es que pueda utilizarlo—, pero siento que es mi último vínculo con la civilización.

De vuelta en el claro, ha ocurrido algo. Mikki está arrodillada en el suelo, inclinada sobre el tocón de un árbol con una mano en la frente, y sus labios se mueven mientras murmura algo. La culpabilidad me inunda: ¿le habrá contado Jack lo de antes? Ryan, de espaldas a nosotros, está entre los arbustos ocupándose de las plantas. ¿Se lo habrá explicado él?

Corro hacia ella.

—¿Mikki?

No parece escucharme, así que coloco la mano sobre su hombro.

Levanta velozmente la cabeza.

—¡Madre mía, me has asustado!

—¿Qué ocurre?

—Nada, estoy en mitad de mi sesión sobre el miedo.

—¿Tu qué?

Mikki me mira avergonzada.

—Tenemos que trabajar en nuestros miedos, es parte del trato cuando nos unimos al grupo. Miro mi tatuaje de la polilla y me imagino que es real.

—Ah, pensaba que era una mariposa.

Me enseña la muñeca y ahora lo veo bien: las aburridas alas marrones y la forma rechoncha de larva del cuerpo.

—¿Y te ayuda? —pregunto.

—Sí.

Me quedo mirando la horrorosa criatura plasmada en su muñeca de forma permanente y estropeando su preciosa piel. Tanto si funciona como si no, me parece una manera un poco extrema de enfrentarse al miedo.

—¿Qué tal el surf?

—Fantástico. Me habría quedado más rato, pero me he cargado una quilla.

—¡Vaya mierda! ¿Cómo?

—Me he golpeado contra una roca. No pasa nada, ya la he arreglado. Los demás siguen allí.

—No es tu tabla lo que me preocupa. Si te caes en esas rocas y te golpeas la cabeza…

—Qué aprensiva te has vuelto.

Sonrío ante la ironía, porque solía ser yo la que se lo decía a ella. Me cuesta mirarla a los ojos después de mi momento con Jack. Pero Mikki necesita saber la clase de persona con la que está a punto de casarse, así que tomo aire.

—Antes le estaba dando un masaje a Jack y se ha puesto a flirtear un poco conmigo.

Pone los ojos en blanco.

—Sí, típico de Jack.

Me pongo roja.

—Me preocupa haberlo animado.

—Tranquila, estoy acostumbrada. —Su tono de voz muestra resignación.

—Está bien. —Sin embargo, no me siento mejor por cómo he actuado ni por cómo la trata. Tiene una pequeña alga en el pelo y se la quito con cuidado.

—Doce días hasta la boda, ¿eh? ¿Tienes el vestido?

—Sí, el azul que me compré en Bali.

Me cuesta ocultar mi sorpresa.

—¡Genial! —Me ha sonado falso incluso a mí, así que lo intento de nuevo—. Es muy tú, con el rollo playero. ¡Me encanta!

—Pensé que así mataba dos pájaros de un tiro: algo viejo y algo azul.

Se me parte el corazón por ella. Una boda no debería ir sobre cuántos pájaros matas. No es el vestido gastado de hace cuatro años lo que me preocupa, sino su falta total de entusiasmo, y no puede tratarse de un asunto económico. No entiendo nada... ¿por qué se casa con él si no quiere?

Mikki es una persona muy reservada, así que incluso aunque estemos muy unidas, intento no curiosear en su vida —de hecho, quizá ese sea el motivo por el que lo estamos, porque nunca la presiono—, pero en este instante voy a tener que hacerlo, porque algo no marcha bien.

—¿Os habéis peleado?

Frunce el ceño.

—No, ¿qué te hace pensar eso?

—No pareces muy emocionada.

Empieza a enrollar un mechón de pelo oscuro en un dedo.

—No me van mucho las bodas.

Pienso en ello y decido que probablemente sea cierto. A mí tampoco me emociona la idea —que te envuelvan en un pesado vestido blanco y montar un espectáculo es mi definición personal de tortura—, pero está claro que hay algo más que no me está contando.

—Será mejor que termine con mi sesión. —Mikki se pone de nuevo a mirar fijamente la polilla.

Jack acaba de llegar de la playa con Clemente y Victor. Me acerco mientras se ducha, manteniendo los ojos cuidadosamente apartados de su pecho.

—¿Qué te pareció el tatuaje de Mikki cuando se lo hizo? —le pregunto.

—Es lo más feo del mundo. Pero si le ayuda... —Jack me enseña su muñeca, con la serpiente tatuada a su alrededor—. ¿Ves el mío? Me lo hice hace dieciocho meses.

—Ah, claro. Y Victor tiene otro también, ¿no? De una ola.

—Sí. Oye, perdona si antes te he hecho sentir incómoda.

Ahora me siento avergonzada, y la vista de su pecho desnudo y suave, con el agua cayéndole por encima, no ayuda en absoluto. Me obligo a decirlo.

—Estás bueno.

No necesita que yo se lo diga. Si estás tan bueno como él, es imposible que no seas consciente de ello, pero espero que, al expresarlo en voz alta, consiga relajar el ambiente y terminar con el coqueteo.

—Pero no tendría que haberte mirado de esa forma.

—Como he dicho antes, mira todo lo que quieras.

Lo vuelvo a intentar.

—Cuando Mikki y yo nos mudamos para vivir juntas, mi novio se propasó con ella y Mikki vino derecha a contármelo.

Me había mirado con pavor en los ojos, como si pensara que iba a culparla a ella en vez de a él. «No sé muy bien cómo decirte esto. Connor se me insinuó anoche después de que te fueras a la cama; me dijo que tenía un pelo precioso». La abracé y lo eché de casa.

—Me siento afortunada de tener una amiga tan leal como ella —comento.

En el otro extremo del claro, Clemente y Victor se ríen por algo; Victor echa la cabeza atrás y se da una palmada en el muslo.

—Está bien —dice Jack—. De todos modos, te traje por Clemente. Al igual que Mikki, quiero decir.

Me pongo roja como un tomate.

—¿Disculpa?

—Sabía que le gustarías —comenta.

Noto calor por todo el cuerpo.

—Pues no da esa impresión.

—Oh, no te preocupes, le gustas.

Tengo la sensación de que llevo escrita sobre la frente, para que todo el mundo la vea, la atracción que siento por él. Es emocionante y humillante a partes iguales.

Dejo que Jack termine de ducharse. Mikki sigue contemplando fijamente su polilla y sus labios aletean como si fueran las alas del insecto. Ese espantoso diseño... ¿Cómo puede soportar llevarlo en la piel? A mí no me dan miedo las polillas y apenas puedo mirarlo.

Capítulo 20

Kenna

Mikki y yo estamos sentadas a la sombra, observando a Victor y a Clemente mientras golpean un balón. Las hojas se mueven constantemente sobre nuestras cabezas y dibujan diseños caleidoscópicos en el suelo.

Victor lanza los brazos al aire.

—¡Penalti!

—¡No, para nada! —exclama Clemente.

Pasan por nuestro lado rugiendo.

—¿De dónde sacan tanta energía? —pregunto—. Estoy molida.

—Es el calor —responde Mikki mientras se peina el pelo mojado con los dedos—. Yo tardé un tiempo en acostumbrarme.

—¿Sabes dónde puso Jack mi chocolate?

Lo localizamos en el frigorífico.

—Que Sky no lo vea —dice Mikki mientras cada una nos comemos un trozo—. El azúcar es una debilidad.

Sin embargo, Victor y Clemente nos descubren y se acercan.

—¡Guau! ¡Te quiero, Kenna! —Victor me da un abrazo de oso y después ve mi cara—. Vaya, perdona. ¡Demasiada energía! Me pongo así cuando no he surfeado lo suficiente.

—Victor era un surfista profesional de olas grandes —me explica Mikki cuando él y Clemente se ponen de nuevo a jugar al fútbol.

—¿Ah, sí?

—Desarrolló trastorno de estrés postraumático después de una caída.

—Pero sigue haciendo surf.

—Sí. A veces se pone nervioso, pero Sky está trabajando con él en ello. Deberías hablar con ella, a mí me ha ayudado con muchas cosas.

—¿Como qué?

—Trabajamos mucho debajo del agua para que me sienta más cómoda con las olas más grandes.

«¡No me creo que hayas cogido esa!», me solía decir Mikki cada vez que surfeábamos olas altas. «¿No tienes miedo?».

Pero las que cogíamos nunca eran tan grandes.

—Y no se me da bien compartir —dice—. Soy muy posesiva. Me sentía completamente fuera de mi zona de confort al principio, viviendo entre estos tíos y compartiendo la comida y todo lo demás.

Es cierto que Mikki es bastante posesiva a veces. Por eso me resulta tan extraño que no le importen los coqueteos de Jack.

—Pero Sky me está ayudando con eso también.

Está claro que admira mucho a Sky —la adora, prácticamente— y eso me molesta por alguna razón que no consigo explicarme.

Mikki me da un golpecito en el brazo.

—Ve a hablar con ella. Cuéntale lo de Kasim.

Sky está en el otro extremo del claro haciendo el pino, con las rastas blanquecinas desplegadas sobre la colchoneta.

Con algo de timidez me dirijo hacia ella, pero no voy a ponerme a hablarle de mi novio muerto, así que, en su lugar, digo:

—¿Quieres que te enseñe algunos ejercicios para reequilibrar las piernas?

Sky se pone en pie.

—Vale.

Podría ser muy atractiva, si quisiera, pero es como si se esforzara por no serlo, con su pelo asimétrico, rapado por un lado, su ropa provocadora e inusual y sus accesorios de mujer dominante: brazaletes y gargantillas de cuero. Cuando se pone algo femenino, como la blusa de la otra noche, la conjunta con prendas más masculinas, como unos pantalones cortos militares holgados —probablemente de Victor— sujetos con un cinturón con tachuelas. Admiro su confianza.

Ahora lleva puestos unos pantalones elásticos y un top corto. Compruebo su espalda y sus caderas y la pongo a andar a cuatro patas, adelante y atrás. Es un ejercicio doloroso —mis pacientes siempre lo han odiado—, pero Sky lo realiza sin quejarse.

—Una más —me dice cuando le ordeno que pare.

Sus músculos se flexionan mientras se mueve. Está delgada, pero, joder, también está fuerte.

Cuando me trasladé de Cornualles a Londres, los músculos de mis brazos llamaban una atención no deseada y la gente se me quedaba mirando. «Estás fuerte, ¿eres nadadora?». Fingían admiración, pero yo sabía que los intimidaba, de manera que dejé de teñirme el pelo de colores extraños y empecé a ponerme ropa más femenina que ocultara mis músculos para así hacerme pasar por una de ellos, por alguien normal. En el fondo, sin embargo, me sentía como una impostora. Así que me encanta que Sky no sienta la necesidad de tener que conformarse.

Cuando se pone recta, tiene las manos cubiertas de tierra y cortezas de árbol.

—¿Has visto a Jack robándole la ola a Mikki esta mañana? —pregunto con la esperanza de que comparta mi indignación.

Sky se limpia las manos en los pantalones cortos.

—Sí, lo he visto, pero la ola era de él.

En realidad es cierto, puesto que Jack era el que estaba más cerca cuando la ola iba a romper, aunque solo porque serpenteó a Mikki.

—¡Oh, venga ya! Eso no se hace.

—Jack competía y aún tiene esa mentalidad, ese instinto asesino.

—¿Perdón? —pregunto sorprendida.

—Esa determinación despiadada de ganar. Todo el mundo la tiene hasta cierto punto, pero si la entrenas, se convierte en tu segunda naturaleza. No es algo malo.

No estoy muy convencida, pero cambio de tema.

—Mikki me ha contado lo de su tatuaje.

Creo que Sky presiente mi desaprobación, porque me mira con seriedad.

—El miedo es la mayor debilidad con la que nacemos los humanos. Para vencerlo, debemos experimentarlo.

—No estoy muy segura de ello —digo—. Si vas por la vida activando el miedo de la gente, pueden entrar en pánico. Había una chica en mi clase a la que le aterraban las avispas. En una excursión del colegio, cuando teníamos unos doce años, nos estábamos comiendo un helado y una empezó a perseguirla. La niña corrió hacia la carretera para alejarse de ella y la atropelló un autobús.

—Es una historia lamentable, pero huyó de su miedo, y eso es algo que no podemos hacer. Tenemos que enfrentarnos a ellos. Eso es lo que intentamos hacer con nuestras sesiones de entrenamiento. Los expertos lo llaman terapia de exposición.

Estar tan cerca de ella hace que me quede sin palabras.

—No soy psicóloga, pero el miedo es distinto a una fobia, ¿no? A mí tampoco me gustan las avispas, ¿a quién le gustan?, pero no lo consideraría una fobia, como le pasaba a la niña de mi colegio, o a Mikki con las polillas.

Sky frunce el ceño.

—A Mikki le va extraordinariamente bien con la terapia. ¿Te has fijado en cómo esto se refleja en su de surfear? Al enfrentarse a uno de sus miedos, se ha vuelto más valiente en general.

Transmite una dureza que no suele verse en mujeres. Me gusta, pero, al mismo tiempo, me acojona que te cagas.

Capítulo 21

Kenna

Tras la comida, Mikki y Jack se echan crema solar el uno al otro, al igual que Victor y Sky. No hay ni rastro de Ryan, así que Clemente se las tiene que ingeniar él solo. ¿Por qué son tan inútiles los hombres con estas cosas?

Incapaz de contenerme, me encamino en su dirección.

—Te has dejado churretones blancos en los hombros. ¿Te los extiendo?

No dice ni que sí que no, simplemente se me queda mirando. Acercarme a él ahora mismo sería como aproximarse a un perro callejero, podría morderme, de manera que espero.

—Vale —responde con exasperación en la voz.

Me pongo detrás de él y lo ayudo.

Se está pelando por algunas zonas y, a juzgar por el color y la temperatura de su piel aceitunada, se ha quemado un poco.

—Necesitas más.

En silencio, me pasa el bote de Factor 50 («Resistente al agua durante cuatro horas») y me echo un chorro en la mano. Es blanca y viscosa, como el pegamento escolar. Con las dos manos a la vez, se la unto en los hombros. Me resulta extraño tocarlo. Algunos de mis pacientes están realmente buenos, pero no siento esta… atracción. Ni siquiera la sentía con Kasim. Además, me distrae tanto que resulta molesto.

La maquinaria no tarda en ponerse en marcha. Mis dedos buscan, de forma automática, la contractura y Clemente toma aire con rapidez cuando encuentro un nudo. Si tuviera mi mesa de masajes, me pondría a trabajar como Dios manda. Está increíblemente tenso. Levanto su brazo para que se agarre a una rama que tenemos encima y así poder acceder mejor a la zona. Ignorando las miradas curiosas de los demás, me pongo a trabajar en sus músculos.

Rastreo bajo el omóplato con los dedos.

—Avísame si te hago daño. —De algún modo, sé que nunca me lo diría. Y no vuelve a emitir ningún otro sonido, por mucha fuerza que emplee.

Los demás cogen sus tablas de surf.

—¡Ya os alcanzaré! —exclama Clemente.

Mikki me sonríe con cautela.

—Nos vemos luego.

Por la posición de Clemente, sé que está trabajando conmigo, centrándose en los nudos cuando los encuentro y ayudando para que desaparezcan. Una gota de sudor le recorre una de las sienes. Cuando le levanto el otro brazo para que también lo ponga sobre la rama, nuestras miradas se encuentran. Tener sus ojos fijos en mí mientras mis dedos están sobre su piel es una sensación intensa.

Sigo sintiéndome fatal por el desafortunado comentario que hice por la mañana.

—Siento mucho lo de tu mujer.

En sus ojos no solo hay tristeza, sino también culpabilidad. Aparta la mirada, y ahora desearía no haberla mencionado. Está claro que se culpa a sí mismo: quizá sienta que debería haberlo visto venir, que tendría que haber sido capaz de detenerla, de hacerla feliz. ¿O es algo peor que eso? ¿Fue él el que la hizo infeliz? Una vez más, vuelvo a preguntarme cómo es capaz de seguir aquí.

Clemente no me mira más hasta que me alejo.

—Listo.

—Gracias.

Un ruido repetitivo en uno de los árboles que tenemos al lado me sobresalta.

—Es una cucaburra —dice mientras la busca con la mirada—. Allí, ¿la ves?

Sobre una rama, detrás de las tiendas de campaña, hay un pájaro marrón y blanco con una divertida cabeza sobredimensionada. Abre el pico y emite una risa alocada.

Mientras Clemente encera su tabla, miro a mi alrededor en busca de algo que hacer. A lo mejor debería seguir buscando cobertura para el móvil, pero me da miedo volver a perderme.

Clemente levanta su tabla.

—¿No vienes?

Me mira con esa intensidad tan característica suya. Escucho la voz de Sky en mi cabeza: «El mar tiene unos poderes curativos increíbles». Por surfear una ola no va a pasar nada. Mikki estará encantada de verme y, además, así podré vigilarla desde el agua. Aunque esas son las justificaciones que me doy a mí misma, porque en el fondo sé que lo hago por mí, no por ella.

Me meto en la tienda de campaña y me pongo un bikini. Todavía tengo la piel quemada del día anterior, así que me pongo una camiseta y me embadurno apresuradamente de crema.

Mientras sigo a Clemente por el sendero, me invade el miedo. No quiero que el deporte que me arrebató tantas cosas vuelva a absorberme. ¿El otro motivo por el que estoy asustada? Desde aquí oigo las olas. El crujido rítmico que realizan al romper es tan ruidoso que los loros no se oyen.

—¿Qué altura crees que tendrá el oleaje? —pregunto.

—Un metro o metro y medio —responde Clemente.

En lo referente a la altura de las olas, la costumbre es mostrarse conservador, una tradición con origen en Hawái, donde las olas se miden desde la parte trasera, no la delantera. Un metro y medio son olas que superan por bastante la altura de la cabeza. Yo esperaba que hubiera olas pequeñas para poder coger el ritmo de nuevo poco a poco, pero así es el surf: el mar te da lo que quiere y cuando quiere.

—Joder… —murmuro cuando llegamos a la playa. Han aparecido las nubes y las olas están alineadas en gruesas franjas bajo un cielo gris metálico.

—¿Qué pasa? —pregunta Clemente.

—Nada.

Enarca las cejas. Su mensaje está claro: si no confío en que podré con olas de ese tamaño, no debería meterme en el agua. Pero los demás ya me han visto y Mikki levanta los dos pulgares.

La húmeda brisa marina se arremolina alrededor de mi rostro.

—Vamos —digo.

Clemente deja la tabla en la arena y estira los tríceps. Me he dado cuenta de que, antes de entrar al agua, cada surfista tiene su propio ritual en lo referente a cómo preparan su tabla, lo que comen y beben y sus ejercicios de calentamiento, que suelen concentrar en las zonas en las que han sufrido lesiones. Clemente se centra en trabajar los hombros.

Coloco mi tabla junto a la suya y giro los brazos cuidadosamente en círculos. En mi caso, los estiramientos me sirven tanto para preparar el cuerpo como la mente. Flexiono el cuello de lado a lado, inhalando las pequeñas gotas saladas del mar. Por lo general, a estas alturas ya me notaría mentalmente en el agua, sintiendo que el oleaje me arrastra, pero hoy hay demasiadas distracciones. Y Clemente es una de ellas.

—Quédate cerca de las rocas y la corriente te arrastrará —dice mientras recoge su tabla.

Cojo un puñado de arena y me restriego las manos con ella para quitarme la crema solar; no hay nada peor que intentar surfear con las manos pringosas. Clemente sale corriendo hacia las rocas, y yo, con los nervios a flor de piel, me apresuro a seguirlo. En cuestión de segundos, pasa de tener tan solo los pies en el agua a estar ya dentro remando. Me busca por encima del hombro, haciéndome señas para que lo siga. Me meto cuidadosamente en el agua. Las rocas están cubiertas de hebras de algas negras, así que el fondo está viscoso bajo mis pies.

La primera ola me golpea con la fuerza que esperaba y me lanza de nuevo contra las piedras. Me corto en los pies y las piernas con los cantos afilados, pero me las ingenio para subirme a la tabla y remar con todas las fuerzas que consigo reunir. A pesar de notar pinchazos en las espinillas, no hay tiempo para comprobar los daños. La siguiente ola aparece y hundo con fuerza la rodilla sobre mi tabla de fibra de vidrio encerada para bucear por debajo de ella, pero no calculo bien y la ola vuelve a echarme hacia atrás. Emerjo y remo con intensidad, carente de aliento y de práctica.

El cielo, cada vez más oscuro, se refleja en el mar. Los pájaros se sumergen en el agua con un chapoteo solo para volver a salir velozmente unos segundos después con algún pez. Es uno de esos días en los que cada silueta oscura que pasa por debajo de mí adquiere una fila de dientes y un patentado ojo negro; incluso ver de reojo mi propio reflejo hace que me dé un vuelco el estómago.

Jack consigue una ola. Si le duele la espalda, resulta imposible notarlo. Surfea como si pudiera adelantarse unos segundos en el tiempo, haciendo que parezca jodidamente fácil. Clemente y Victor lo vitorean cuando realiza un reverso en el aire.

Los minutos que siguen son un tira y afloja, una especie de baile extraño con el Pacífico. Se acerca otra ola e intento pasarla por debajo, pero libera la tabla de mis manos y tengo que aletear hacia la superficie. Una forma oscura se aproxima hacia mí como un torpedo bajo el agua y aguanto la respiración, pero solo es un delfín.

Otra ola. Desprovista de mi tabla, me sumerjo con los ojos cerrados para evitarla, deseando que no haya rocas escondidas en este oscuro vacío. Todos me están mirando cuando salgo a la superficie. «Recobra la compostura, Kenna».

Recupero mi tabla y remo como si me fuera la vida en ello. En la calma que se produce entre las olas, consigo salir, no sé muy bien cómo, al otro lado. Las piernas y los pies me escuecen. Tan sutilmente como puedo, levanto una pierna y después la otra; estoy sangrando por una docena de sitios.

Una silueta oscura pasa velozmente por mi lado y me encojo del miedo. ¡Putos delfines! Es como si lo hicieran a propósito para asustarme. Un saliente gris se acerca a mi espalda. Remo hacia él con poco entusiasmo, y para mi tranquilidad, Victor también lo hace, de manera que dejo que se quede con la ola. Hay otra, sin embargo, mucho más grande que su hermana justo detrás. Los demás me están mirando, así que vuelvo a remar. Incluso mientras me pongo en pie, sé que no lo voy a lograr, pero ya he superado el punto de no retorno.

La tabla sale volando hacia arriba, se aleja y me propulsa de cabeza. Me precipito de bruces y la ola cae y me arrastra hacia el interior. Cuando salgo a la superficie, hago una comprobación rápida de todas las partes de mi cuerpo. Milagrosamente, he conseguido escapar ilesa. Tosiendo agua, vuelvo a remar.

—¿Estás bien? —me pregunta Mikki.

—Nunca he estado mejor —digo, y todo el mundo empieza a partirse de risa.

Me quedo allí, observando a los demás mientras recupero el aliento. Puedes aprender mucho sobre las personas por la forma en que se comportan en el agua; fue una lección de Cornualles. Jack, sin cortarse un pelo, se salta los turnos para coger una ola; Clemente parece tener tendencias suicidas, lanzándose a por todas las que se cruzan en su camino; Victor se queda al final, esperando a que aparezcan las más grandes; Sky se deja la vida exprimiendo hasta la última gota de energía de cada ola. Todavía no había visto a Ryan en acción. Me lo imaginaba sentado en el borde exterior, manteniendo las distancias con los demás como hace en tierra firme, pero, de alguna forma, está metido de lleno en el meollo, molestando para coger las olas.

Y en cuanto a Mikki…

—Has mejorado un montón —le digo cuando se pone de nuevo a remar.

—¡Lo sé! —Sonríe radiantemente por haber dicho algo que, en su opinión, no suena nada japonés, y me río con ella.

Victor coge una ola. Me doy cuenta de que, como pone el pie derecho delante, a diferencia de los demás, le gusta estar de cara a la ola. Una ola se dirige hacia Ryan y Jack lo adelanta. Me estremezco cuando sus tablas chocan. Los dos terminan en el agua, uno al lado del otro, y Ryan agarra a Jack por el pelo. Ayer también vi a Jack estorbando a Victor, robándole una, pero Victor se rio, a diferencia de Ryan, que está muy cabreado.

—¡Eh! —exclama Clemente—. ¡Cálmate!

—¡Aquí vienen! —grita Victor.

Me giro y veo que se acerca una serie. Una ola, me digo a mí misma; una sola ola decente y seré feliz.

Remo con fuerza, me pongo en pie y la cojo. Bailo sobre el agua. Poco acostumbrada a la tabla y a la ola, solo consigo hacer un par de giros antes de perder el equilibrio, pero es más que suficiente.

Mikki me envuelve por detrás con los brazos mientras caminamos por la arena más tarde.

—Me encanta surfear contigo.

Compruebo el estado de mi cuerpo. Me sale sangre de los cortes de las piernas y tengo los brazos y la espalda agarrotados, pero, por primera vez en dos años, me siento feliz.

Capítulo 22

Kenna

Esta noche le toca hacer la cena a Jack. Mis temores originales de que fuera una persona abusiva parecen infundados, pero le encanta flirtear y arrastra a Mikki hacia el surf. No entiendo qué le ve. Tendrá que ser algo más que el físico, ¿no?

Me acerco, decidida a averiguar por qué quiere casarse con él. Está poniendo un paquete de carne en la barbacoa.

—¿Qué es? —pregunto.

—Carne picada de canguro —responde.

Con sus ojos azules clavados en mi rostro, noto que vuelvo a sentir la incómoda atracción de antes. La carne chisporrotea, impregnando con un fuerte olor el ambiente húmedo. Arrugo la nariz.

—Los australianos no la comemos mucho —indica—. Solemos dársela a las mascotas, pero como mi madre tenía cinco hijos y no podía permitirse comprar ternera, me crie comiendo esta carne.

Los gemidos de Victor viajan a través del claro; Sky lo tiene haciendo dominadas.

—¡Diez más! —le ordena en voz alta.

Los brazos de Victor tiemblan cuando se vuelve a elevar.

—¿Qué más le vas a echar? —pregunto.

—Chile. —Jack señala con la cuchara de madera—. Allí hay una planta que los da. Mira a ver si hay alguno maduro, que necesito tres o cuatro.

Con cuidado, por si hay arañas, me adentro en el arbusto.

—¿Lo has plantado tú?

—Fue cosa de Ryan.

Mientras le paso los chiles a Jack, Victor emite un sonido que es casi como un chillido. Sky lo ha puesto a hacer sentadillas con una roca en el pecho como pesa.

—¡Otra vez! —le grita.

Los observo, preocupada por si se está pasando.

—Conociste a Sky en Sídney, ¿verdad?

—Sí, solía ir a Bondi a surfear. —Jack corta los chiles y los raspa—. Se enrolló con Victor y, por aquel entonces, él y yo vivíamos en Bondi, en casa de Clemente. Cuando el contrato de alquiler de Sky expiró, se mudó con nosotros.

Me pican los ojos por el vapor acre que emana de la comida.

—Entonces ¿qué? ¿Vivíais allí los cinco juntos?

—Eso es. Seis, cuando apareció Mikki.

No me extraña que su casa estuviera tan desordenada. Empiezo a entender por qué estos chicos están tan unidos: están juntos a todas horas. En Cornualles también había pisos para compartir con un montón de gente para ahorrar en el alquiler. Trabajar menos, surfear más: el lema de todos los surfistas. Pero estos chicos ya son treintañeros, así que la lógica dicta que deberían querer su propio espacio para centrarse en sus carreras y empezar una familia. Mikki es mucho más introvertida que yo y me alucina que lo lleve bien.

—Un día Sky dijo: «Puedo conseguir que surfeéis muchísimo mejor, pero no sé si querréis esforzaros». Nos lo planteó como un reto.

—Ya.

—Nos habíamos quedado estancados, creo. Para entonces, yo me había operado la espalda, Victor se había roto el manguito rotador y Clemente tenía problemas en la rodilla. —Rebaña la mezcla de carne y la echa en una cacerola—. Le preguntamos en qué consistiría... Pues en entrenar como si nos fuera la vida en ello, básicamente. Le dije que uno solo surfea mejor surfeando. «¿Y si no hay olas?», preguntó. «¿Te quedas todo el día tirado fumando hierba?», que era lo que justo estaba haciendo. La mujer de Clemente había empezado a fumar también.

Me guardo este detalle para más adelante. ¿Sigue alguno de ellos fumando? No los he visto hacerlo.

Jack añade tomate en lata.

—Le dijimos a Sky que adelante, y nos lleva machacando desde entonces.

Victor se tira al suelo y Sky se marcha para empezar a entrenar por su cuenta. Esa mujer no se cansa nunca, no me extraña que esté tan en forma.

Por encima del hombro de Jack veo que Clemente y Mikki han regresado de la playa, empapados. Han debido de ir a bañarse. Los observo con curiosidad mientras se secan con unas toallas y permanecen de pie hablando. Mikki nunca ha sido amiga de ningún chico.

Se ponen unos guantes de boxeo y, aunque me muerdo el labio al principio por la preocupación, y porque Mikki es unos treinta centímetros más bajita que él, le suelta un buen puñetazo (y él se lo permite).

—¡Mierda! —exclama cuando uno de sus golpes le da a Clemente en la oreja.

Este ni siquiera se inmuta.

—No pares.

Me encanta lo delicado que es con ella, con la chica de su mejor amigo. «Prometida», me corrijo a mí misma, y se me encoge el corazón.

Victor sigue sin moverse; me acerco a él.

—¿Estás bien?

—Sí. —Está empapado en sudor.

Se arrastra para sentarse.

—¿Alguna vez has tenido un entrenador, Kenna?

—No, soy como los burros, odio que me presionen.

Victor se seca el sudor de la frente con su pulsera amarilla y verde —los colores de Brasil—, que resuena contra su piel. Tiene unos bíceps gigantescos.

—Yo he tenido un montón.

—¿Ah, sí?

—Mi madre era campeona de *jiu-jitsu* en Brasil y mi padre adoraba surfear, así que he competido y he tenido entrenadores en ambas disciplinas. Con dieciséis años tuve que elegir entre las dos, y escogí el surf. —Victor se masajea los muslos—. Joder, cómo me duelen.

—Igual te has pasado un poco, ¿no crees? —pregunto.

—Si tienes un entrenador, debes comprometerte con sus métodos. Está en tu mano, pero una vez que accedes, tienen todo el derecho a hacer contigo lo que consideren.

—Tendrías que ponerte hielo.

Cojo un par de calcetines de mi tienda, los lleno de hielo y se los coloco sobre los muslos. Pone cara de dolor mientras presiono.

—Hay entrenadores buenos y entrenadores malos, Kenna.

Hago un gesto con la cabeza hacia Sky.

—¿Y ella es de las buenas?

—De las mejores. —Victor le lanza una mirada. Clemente está sobre una colchoneta haciendo flexiones. Con una carcajada, Sky se sienta en su espalda y Clemente se las apaña para hacer alguna más antes de caer rendido.

El rostro de Victor se ensombrece.

—Algunos entrenadores saben inspirarte para que sobrepases tus límites.

—¿Y ella sabe hacerlo? —pregunto, apreciando de nuevo lo imponente que resulta. Pues claro que quieren impresionarla; joder, hasta yo quiero.

—Sí. Es como si se introdujera en tu mente.

Levanto las compresas de hielo de los muslos de Victor.

—¿Te ha venido bien?

—¡Sí, ponme más!

Una sombra aparece sobre él mientras vuelvo a ponerle el hielo, y me giro para descubrir que Sky nos está observando.

—¿Me lo he cargado? —pregunta.

—Sí —respondo—. La verdad es que sí.

—Pobrecito. —Le acaricia la frente con una sonrisa perversa.

Ninguno de ellos es un blando, pero me da la sensación de que, de alguna manera, ella es la más fuerte de todos.

Sky se inclina para decirle algo al oído a Victor. No lo oigo, pero los hombros de él se tensan de inmediato.

—Si nos disculpas, Kenna —dice Sky, y se encamina hacia uno de los senderos. Victor se levanta para seguirla con una mirada de puro pánico.

Capítulo 23

Kenna

Mientras comemos, contemplo las caras felices de los demás, ataviados con su ropa gastada y andrajosa. Estos tíos se han olvidado de las comodidades habituales: una cama blanda para dormir, bares, clubes, pantallas. No les hace falta nada de eso porque tienen esto, unas olas increíbles que son solo suyas.

No sé a dónde han ido Victor y Sky antes, pero ahora están uno al lado del otro, acurrucados y aparentemente relajados y contentos.

Por la noche, alrededor de la hoguera, hablamos sobre la parte mala del surf: el localismo.

—He oído que en California es terrible —señalo.

—Sí, los lugareños eran muy agresivos en la playa de mi localidad —comenta Ryan.

—Entre España y Francia existe una zona llamada País Vasco —dice Clemente. Uf, su acento...—. Si surfeo allí, me odian porque soy español, y si lo hago en Francia, me odian porque piensan que soy vasco. La última vez que surfeé en Mundaka me rajaron las ruedas del coche.

—¡No jodas! —exclama Jack.

—En Brasil ocurre lo mismo —dice Victor—. Si eres de Río y surfeas en las playas de São Paulo... —Agita los dedos adelante y atrás rápidamente.

—En Cornualles también era bastante horroroso —dice Mikki.

La miro de reojo y recuerdo el día que alguien escribió «Largaos, japos» con spray en las rocas que había sobre la playa de nuestro pueblo. Por entonces, solo éramos adolescentes y

124

no iba dirigido específicamente a ella —había varios surfistas japoneses locales—, pero debió de dolerle. El ayuntamiento no se dio mucha prisa en limpiarlo, así que cuando me harté de verlo, le pregunté a mi padre cómo quitar la pintura y vino a la playa conmigo para ayudarme a limpiarla. ¿Pero cómo eliminas la actitud de la gente?

—Si eres mujer, es distinto —le dice Victor a Mikki—. No intentan pegarte.

Sky pone los ojos en blanco.

—Sí, claro, solo se nos cuelan, se plantan delante de nosotras, nos intimidan y se comportan como unos depravados.

Victor la rodea con un brazo.

—Algún día te llevaré a Río.

Sky lo ignora.

—Por eso la Bahía es tan especial. No tenemos que lidiar con todo eso.

—Debería haber sitios en los que solo puedan surfear las mujeres —digo.

Sky y Mikki se inclinan hacia delante para chocar los cinco conmigo y nos reímos ante la expresión de los chicos.

—Es una pena —comenta Clemente—. A los surfistas siempre les ha encantado viajar, conocer otros lugares y surfear distintas olas.

—El problema es que somos demasiados y no hay suficientes olas —dice Ryan.

Clemente extiende los brazos hacia Victor y Jack, cada uno situado a un lado de él.

—De no ser por el localismo, no habría conocido a estos tíos.

—¿Ah, no? —pregunto.

—Estaba surfeando en Narrabeen y oí cómo se metían con Victor, básicamente porque es un surfista cojonudo —relata Clemente—. «No eres de aquí, ¿verdad?», le preguntó uno de ellos: este niñato delgadito de aquí.

Clemente vuelve la vista hacia Jack y me percato de que se refiere a él.

—Victor, sin saber dónde se metía, entabló conversación con él —continúa Clemente—. Y su inglés era incluso peor que el mío, lo cual es mucho decir.

Victor suelta semejante carcajada que me asusta.

—Pero ¿qué dices, tío? Siempre he hablado inglés mucho mejor que tú.

—Se hizo con una ola y Jack se la quitó —dice Clemente.

—Se las quito a todo el mundo —dice Jack.

—No hace falta que lo jures —murmura Ryan.

—Victor estaba a punto de partirle la cara, y me preocupaba la seguridad de Jack —dice Clemente.

Ahora todo el mundo se ríe.

—Y ¿qué pasó entonces? —pregunto.

—Me di cuenta de que Victor era un buen tío —dice—. Me puse a hablar en español con él para que Jack no nos entendiera.

—¿Sabes español? —le pregunto a Victor.

—No sé hablarlo, pero lo entiendo —responde.

—Le expliqué que Jack vivía conmigo —continúa Clemente—. Lo invité a cenar y le dije que Jack cocinaría para disculparse. Tendríais que haber visto la cara de Jack cuando sonó el timbre y Victor apareció en la puerta.

Todos se parten de risa. Los hombres son graciosos: dispuestos a llegar a las manos enseguida pero igual de rápidos para perdonar. Ahora mismo, parece que Jack y Victor son muy buenos amigos, así que cuesta creerse cómo se conocieron.

—Joder, cómo odio el localismo —dice Mikki.

Y todos metemos baza para mostrarnos de acuerdo. Aun así, de no haber sido por él, yo tampoco habría conocido a Kasim.

Aunque, claro, entonces tal vez seguiría con vida.

Capítulo 24

Kenna

Cuatro años antes

Mikki y yo volamos a Francia para pasar el fin de semana y alquilamos un coche en el aeropuerto de Biarritz. Mientras yo conducía, ella buscaba los mejores sitios para surfear.

—*Wannasurf* dice que son huecas y excelentes —leyó en voz alta.

—¡Genial!

—«Los locales protegen mucho estas olas; es mejor pasar desapercibido». Joe, vaya mierda.

—¿El qué?

—Algunos de los comentarios: «Alguien se ha cargado mi espejo retrovisor mientras estaba en el agua. Si has alquilado un coche, espero que tenga seguro». ¿Hemos cogido seguro?

—Sí, pero el tope máximo son quinientos euros. —La playa se atisbaba entre los árboles, y me estiré para ver las olas—. Busca un sitio para aparcar.

Mikki me agarró el brazo.

—Oh, vaya, aquí hay otro: «Con una matrícula alemana como la mía, hasta los policías me forzaron el coche». Será mejor que no aparquemos en el paseo marítimo, se ve a la legua que es un coche de alquiler.

Eso era cierto, tenía las palabras «Fácil de alquilar» escritas en un lateral con letras kilométricas.

—Seguro que no es tan terrible como lo pintan —comenté.

—¡Por favor! No voy a disfrutar de las olas si estoy preocupada por el coche.

Suspiré y di la vuelta en una calle secundaria.

—¿Contenta?

Nos pusimos nuestros trajes de neopreno cortos.

—Procura no llamar la atención —me dijo Mikki mientras trotábamos por la acera.

Pero pasar desapercibido no es fácil cuando tienes el pelo rosa, y todo el mundo se nos quedó mirando mientras remábamos. La playa se llamaba La Gravière —La Gravera— por la arena en forma de grava de la zona. Se la conocía como la playa con los fondos de arena* más potentes del mundo, y tenía afluencia de sobra para demostrarlo.

Se armó un escándalo a nuestro lado mientras esperábamos a que apareciera una ola. Me asusté al pensar que se trataba de un tiburón, pero entonces me di cuenta de que estaban gritándole a un tipo con una cámara. Trataron de quitársela y un brazo se elevó de pronto en el aire. Joder…, alguien había dado un puñetazo.

Me acerqué remando. Mikki y yo nos enfrentábamos de formas distintas a la violencia: ella mantenía la cabeza gacha y yo la levantaba, de manera que me emocioné cuando vino remando detrás de mí y sumó su voz a la mía. Los surfistas se apartaron un poco y el tipo de la cámara se alejó remando hasta la playa, pero también nos miraron mal y se aseguraron de que, en lo que quedaba del día, ni Mikki ni yo cogiéramos ninguna ola.

—Capullos… —murmuró Mikki—. Vámonos.

—Sí, vámonos.

Y nos marchamos remando.

El tipo de la cámara estaba en el paseo marítimo, apoyado sobre su coche. Cuando nos acercamos, nos sonrió.

—Gracias —dijo, haciendo un gesto hacia su cámara—. No podía permitir que me la quitaran. Solo el alquiler me cuesta dos mil euros.

Tenía el pelo negro y ondulado y un fuerte acento francés.

—¿Por qué te gritaban? —le pregunté.

—Porque no soy de aquí, soy de *Maroc*.

* En surf es muy importante la clase de fondo en el que rompe una ola porque la forma que tenga dependerá de ello. *(N. de la T.)*

—¿De Marruecos?

—Sí.

Entonces me fijé en su brazo derecho, que colgaba sin fuerza sobre el costado; se lo había dislocado en la lucha por proteger su cámara. Los ojos oscuros brillaron alegres cuando Mikki y yo lo ayudamos a quitarse el traje de neopreno, a pesar del dolor que debía de padecer. La vulnerabilidad de aquel joven musculoso y claramente en muy buena forma, incapaz de utilizar su brazo, me llegó al corazón. Lo llevamos al hospital en coche, y después, a nuestro *camping*.

Kasim venía del desierto, y yo, de una ciudad norteña fría y húmeda. Él era varonil, y yo, feminista. También era sensible y tenía carácter, mientras que yo soy pragmática y racional. Éramos polos completamente opuestos y de culturas totalmente distintas, pero desde el principio fue como si formara parte de mí.

No se apartó de mi lado durante los dos años siguientes.

Capítulo 25

Kenna

Unas voces que se escuchan cada vez más alto me devuelven al presente. Se ha producido alguna clase de discusión alrededor de la hoguera.

—Ni de coña —dice Clemente—, eso no se hace.

—Votemos, pues —dice Sky.

—Creo que todos sabemos que esto no es una democracia —replica Clemente.

Sky lo mira, divertida.

—¿Qué quieres decir con eso, querido?

—Exactamente lo que piensas.

Sky le acaricia el pelo a la altura de la nuca.

—Estás sacando las cosas de quicio —le dice.

Clemente aparta su mano.

—Para.

—Yo digo que sí —señala Victor.

¿Qué están votando? ¿Y por qué me da la sensación de que tiene que ver conmigo?

—¿Y tú qué opinas, Mikki? —pregunta Sky.

—¡Oh, venga ya! —exclama Clemente—. Es su amiga, claro que va a decir que sí.

Vale, ahora ya estoy segura de que hablan de mí.

Mikki me lanza una mirada rápida.

—Sí.

—Entiendo que tú votas que no —le dice Sky a Clemente.

—Eso es —confirma Clemente.

—Yo estoy con Clemente —dice Ryan.

Sky se vuelve hacia Jack.

—Somos tres contra dos en la decisión de invitar a Kenna a que se una a nosotros.

Me quedo sin respiración; nunca lo habría visto venir.

Jack asiente.

—Por mí, bien.

Entonces, Clemente estalla.

—¡Venga ya, hombre! ¡Estábamos de acuerdo!

—Cuatro contra dos —dice Sky—. Kenna, te invitamos a que te unas a la Tribu.

Se me dispara la adrenalina en el estómago al pensar en las oportunidades que esto podría brindarme: surfear, escalar… y riesgo, mucho riesgo. Me detengo a pensar antes de decir nada. Por muy halagada que me sienta porque me pidan que forme parte de este curtido grupo, solo estoy aquí para convencer a Mikki de que se marche. No está a salvo con esta gente; es demasiado confiada, demasiado bondadosa. ¿Y por qué se va a casar con Jack, cuando parece que no quiere hacerlo?

—No es una decisión que se pueda tomar a la ligera —dice Sky—. O estás cien por cien con nosotros, o no lo estás; no hay término medio. Si te unes a nosotros, cada miembro tiene el deber de proteger a los demás y, por encima de todo, de proteger la Bahía.

Abro la boca para rechazar la propuesta, pero necesito tiempo para ganarme a Mikki. En cualquier momento harán otro viaje para comprar provisiones y, de vuelta en el mundo real, con internet y cobertura, habrá más opciones disponibles. Si les sigo la corriente por el momento, tendré una oportunidad para entender el control que parecen ejercer sobre Mikki y para liberarla de él.

Sky está a la espera; la Tribu entera lo está.

Parece que a Ryan —que ha votado que no— le resulta más difícil de lo habitual mirarme a los ojos. Victor, por su parte, me observa con atención. «Mataría por estas olas».

Desvío la mirada hacia Mikki. «Ha habido algunos malos rollos en la Tribu».

Es evidente que se ve sobrepasada. Rodeada por estos individuos fuertes y enérgicos —Sky, Victor, Clemente—, está en minoría y no ejerce ninguna clase de poder. Tengo que ayudarla.

Sky me contempla como si fuera consciente de la batalla interna que se está librando en mi mente.

—Sí —digo—, acepto.

La mirada calculadora en sus ojos me pone la carne de gallina.

Capítulo 26

Kenna

Cuando me despierto, sigue siendo de noche. Los bultos del suelo se me clavan en la espalda y el olor húmedo de las tiendas de campaña me recuerda dónde estoy. Busco mi móvil, al que ahora solo le queda un cuatro por ciento de batería, y compruebo la hora: las 4.30 de la mañana. Maldito *jet lag*... Cierro los ojos y me obligo a dormirme otra vez.

Un sonido sibilante, como el de una mano sobre una lona. Abro los ojos de golpe; hay alguien fuera. Poco a poco, la cremallera de mi tienda se abre. Me siento, parpadeando en la oscuridad.

—¡Shh! —se oye en un susurro mudo—. Soy yo.

—¿Quién? —pregunto en voz baja.

—¡Shh! Clemente. Ven conmigo.

Tan silenciosamente como puedo, me deslizo fuera del saco de dormir. ¿Qué narices querrá? Solo llevo puesta una camiseta y unas braguitas. Busco a tientas los pantalones cortos que llevaba ayer, me los pongo y salgo gateando de la tienda, descalza.

Clemente, una silueta apenas visible, me espera en el claro.

—Ven conmigo —repite.

Demasiado adormilada como para discutir, lo sigo. Miro hacia abajo para tratar de ver dónde pongo los pies, pero los árboles tapan casi toda la luz de la luna y no veo nada. ¿Dónde está?

Mientras avanzo a ciegas, recuerdo que votó en contra de que me quedara, y el miedo se agolpa en mi estómago. Tal vez, ir con él no haya sido la mejor idea del mundo, pero ahora estoy completamente perdida y no podría volver a encontrar mi tienda aunque quisiera.

—¡Aquí! —susurra.

No tengo más opción que colocar una mano en su espalda e ir torpemente detrás de él. El calor que irradia su piel traspasa su fina camiseta. Creo que estamos en el sendero que va a la playa; se lo debe de conocer de memoria.

El *jet lag* vuelve a jugar en mi contra. En lugar de despertarme completamente espabilada, como ayer, mi cerebro va a paso de tortuga y siento que me pesa todo el cuerpo. Algo se me clava en el talón. Ojalá me hubiera puesto las chanclas… En Cornualles me pasaba los veranos descalza, pero ahora, tras llevar meses viviendo en la ciudad, las pobres plantas de mis pies son más sensibles.

El rugido de las olas se oye cada vez más alto; hay luz al final del sendero. La luna, medio llena, cuelga sobre el océano con un brillo sorprendente tras la oscuridad de los árboles. La arena está fría y granulosa bajo mis pies, las olas relucen blancas cuando rompen y sé de inmediato que hoy no podremos salir a surfear: son pequeñas y se las lleva el viento.

Cuando me giro, Clemente me está mirando.

—¿De qué tienes miedo, Kenna?

Una vez más, es como si tratara deliberadamente de desconcertarme.

—¿Por qué quieres saberlo?

—Porque tus miedos son nuestros miedos —dice mientras hace el gesto de las comillas con los dedos—. Y sean los que sean, Sky los descubrirá.

—Si te hablo de ellos, ¿cómo sé que no se lo contarás?

—No puedes saberlo.

Le devuelvo la pregunta.

—¿Y tú de qué tienes miedo?

Clemente me mira con exasperación.

—De los caballos.

Casi me río en su cara.

Me mira con una irritación palpable.

—Es por los dientes.

Intento borrar la sonrisa de mi cara.

—¿Y de qué más? —pregunto.

—De perder la vista —responde tras un momento de titubeo.

Su mirada se encuentra con la mía y noto que dice la verdad. La intimidad de su confesión me sacude por dentro. Cualquiera que lo viera hacer surf o entrenar pensaría que es invencible —¡subió un acantilado haciendo escalada libre con un dedo dislocado!—, pero aquí está, admitiendo uno de sus mayores miedos.

—Entre otras cosas —dice—. ¿Qué hay de ti?

—No voy a decírtelo.

Suelta otro suspiro de exasperación.

—Sky huele a la legua tus puntos débiles, así que prepárate.

—¿No te cae bien?

Frunce el ceño.

—Sí, me cae bien, pero han pasado algunas cosas malas. Ven.

Lo sigo hasta el borde del agua. La luna ilumina su silueta mientras estudia el mar.

Se vuelve para mirarme.

—¿Cuánto tiempo aguantas la respiración?

Por encima de su hombro, el agua resplandece negra como la tinta. De repente, me doy cuenta de lo aislado que está este sitio. Si gritara, el viento y las olas ahogarían el sonido mucho antes de que llegara hasta los demás. Lucho contra las imágenes de mi mente en las que Clemente me agarra y me ahoga bajo el agua.

—¿Por qué quieres saberlo?

—Hay una prueba de iniciación.

Se acerca una ola. El agua lame nuestros tobillos a unos pocos grados por debajo de la temperatura de la sangre. Examino el rostro de Clemente en busca de alguna prueba que revele sus intenciones, pero lo único que distingo, por la regularidad con la que mira hacia los árboles, es que no quiere que nadie nos moleste. Ahora mismo me está acojonando viva, pero hago todo lo posible por que no se me note.

—¿Y eso? —pregunto.

—Fue idea de Sky. Somos una tribu, de manera que no queremos vínculos débiles que puedan cargársela. Hoy te pondrá a prueba.

Estamos a pocos pasos de distancia, dando manotazos a los mosquitos.

—Quizá dos minutos —confieso al fin.

Clemente me mira con incredulidad.

—He hecho ejercicios de respiración. —No estoy muy segura de si debería contárselo o no.

—¿En una piscina?

—Sí.

Cuando trabajas con deportistas, tienes que estar al día de las últimas técnicas de entrenamiento; de lo contrario, te arriesgas a parecer una inepta cuando no tienes ni idea de lo que te están hablando, en cuyo caso dejan de confiar en ti para que seas su fisioterapeuta. También lo hago porque me interesa a nivel personal. Años antes de que se convirtiera en tendencia, los surfistas de olas grandes trabajaban su respiración como preparación para permanecer largo rato bajo el agua cuando una ola los volteaba. Ahora todo el mundo lo hace: los estudios de yoga, los empresarios, incluso los escolares. Kasim, Mikki y yo hicimos un curso juntos (aunque, en el caso de Kasim, no sirvió para salvarlo).

—Es completamente distinto cuando las olas te lanzan de un lado a otro —comenta.

—Lo sé. ¿En qué consiste la prueba?

—No tengo ni idea, cada vez es distinta. Pero te llevará al límite.

—Si no quieres que esté aquí, ¿por qué me cuentas todo esto?

Clemente no responde. A veces me mira de una forma que me asusta; fija sus ojos en mí, pero es como si viera a otra persona.

Me cruzo de brazos.

—No pienso hacerlo hasta que me lo expliques.

Irritado, suelta un bufido.

—La última chica que hizo la prueba entró en pánico.

Se me revuelve el estómago: la escena que me estoy imaginando no es nada bonita. ¿Quién era la chica? Me dijeron que no había nadie más que ellos.

—No quiero que vuelva a suceder —dice—. Así que tienes que practicar.

—Está bien.

Me duele que Mikki no me avisara de lo de la prueba; claramente, la tienen bien controlada.

Clemente me guía a través de unos ejercicios de calentamiento parecidos a los que hicimos en el curso para controlar la respiración: exhalar el doble de tiempo del que inspiras; tres largas respiraciones y después, retienes el aire. Además, silba mientras suelta el aire a través de los dientes, de manera que lo imito.

Vuelve a comprobar los árboles que tengo detrás y después camina hacia donde cubre poco.

—Ahora hazlo bajo el agua —dice.

¿Va en serio? Cuántos locos que andan sueltos por ahí. Estudio la expresión de su rostro, pero solo veo pura reticencia, de manera que cojo aire y me agacho hasta que estoy de piernas cruzadas en el lecho marino. Los oídos me chasquean y se llenan; pequeñas burbujas salen crepitando de mi nariz, haciéndome cosquillas en la frente; las olas me acunan suavemente cuando pasan. Cuento los segundos en mi cabeza.

Apenas estoy bajo la superficie, pero está demasiado oscuro para ver nada. Las manos de Clemente podrían deslizarse sobre mis hombros en cualquier momento; casi espero que lo hagan.

Cuando salgo, jadeando, está ahí de pie, con los brazos cruzados.

—Un minuto y veinte segundos —dice.

Por su rostro, sé que no es suficiente. Un solo segundo te parecen dos cuando aguantas la respiración; recuerdo que lo contaron en el curso.

—Otra vez —dice.

Lo vuelvo a intentar y consigo aguantar veinte segundos más.

—Ahora, mientras mis manos te mantienen bajo el agua —indica.

Se me corta la respiración.

—Será como con las olas grandes —explica—. No puedes elegir cuándo emerger a la superficie.

Me imagino a mí misma intentando salir y no siendo capaz de hacerlo. Como debió de sucederle a Kasim.

—No.

—¡Estoy intentando ayudarte! —Clemente me mira con exasperación—. Lo haré yo primero, ¿vale?

Se quita la camiseta, hace una bola con ella y la tira hacia la playa.

—¿Cómo? ¿Que yo te sujete bajo el agua?

—Eso es.

Su pecho y hombros se elevan cuando toma aire.

—¿Y cómo sabré que quieres salir?

—Porque lo intentaré y no me dejarás. Siempre podemos aguantar un poco más.

Vuelve a respirar hondo y se sumerge. Busco a tientas sus hombros y los encuentro. Las náuseas no tardan en agolparse en mi interior. ¿Fue esto lo que sintió Kasim durante sus últimos momentos? ¿El peso del océano empujándolo hacia abajo? Aparto rápidamente las manos y doy un paso atrás. Clemente permanece debajo del agua. Cuento los segundos en mi cabeza, sobrepasa el minuto y me doy cuenta de que yo misma estoy aguantando la respiración por empatía.

El agua centellea. Estoy demasiado angustiada como para seguir contando, y quiero sacarlo con todas mis fuerzas.

Por fin, Clemente sale a la superficie y respira profundamente. Parece completamente tranquilo.

—¿Por qué no me has sujetado?

—No podía.

—Si quieres sobrevivir aquí, tendrás que aprender cuanto antes a ser fuerte. Te toca.

No me veo capaz.

Clemente mira hacia los árboles.

—¡*Mierda!* —exclama en español.

Alguien nos está observando.

Ryan sale de entre las sombras y se dirige hacia nosotros por la arena.

—¿Qué hacéis?

—¿Tú qué crees? —pregunta Clemente—. Comprobar las olas.

¿Cuánto tiempo llevaba allí Ryan? Espero a que diga algo, pero Clemente me toma del brazo para que me vaya con él.

Dejamos atrás a Ryan en la playa y nos encaminamos hacia el claro.

—¿Me recuerdas otra vez por qué me estás ayudando? —pregunto.

Clemente me mira, cansado.

—No quiero tener más sangre en las manos.

Capítulo 27

Kenna

Una plétora de aves entona sus cantos desde las ramas superiores mientras desayunamos. Todavía es temprano y el cielo se ve de unos tonos gris amarillentos entre los árboles. Mikki está sentada a mi lado; sigo esperando a que me cuenten lo de la prueba.

Clemente no me ha vuelto a hablar desde que hemos vuelto de la playa. Lo observo por el rabillo del ojo. Sangre en sus manos... ¿a qué se refería?

—Es la hora de la prueba de iniciación de Kenna —anuncia Sky cuando hemos terminado.

Finjo sorpresa y Mikki me mira con culpabilidad. Se supone que no pueden prevenir a nadie, está claro, y, aun así, Clemente lo ha hecho.

—¿Puedes ir a por las gafas de buceo, Victor? —pregunta Sky.

—¿Traigo también los tubos?

—Sí, tráelos para después. Hace siglos que no salimos a bucear.

—¿Qué tengo que coger yo? —pregunto.

—Solo protector solar y una toalla. —Sky mete cosas en una mochila—. ¡Eh, cielo! ¡Ven aquí!

Jack tiene un pegote de crema en una mejilla. Victor frunce el ceño mientras Sky se inclina para extendérselo.

—¿Estamos todos listos? —pregunta Sky—. Seguidme.

—¿A dónde vamos? —pregunto.

—Al río.

Sky está visiblemente mucho más en forma que yo y me cuesta seguirle el ritmo, a pesar de mis visitas habituales al gimnasio. Los demás caminan silenciosamente a nuestras espaldas. El sendero se bifurca varias veces; no creo haber estado por aquí nunca. Trato de memorizar la ruta, pero la densa vegetación interfiere con mi sentido de la orientación.

—Deberían poner más señales por aquí —comento.

—Antes las había —dice Sky—. Pero las cambiamos de sitio o directamente las quitamos. No queremos ponérselo fácil a la gente.

—¿Y nadie ha venido a reponerlas? ¿No se supone que los parques nacionales tienen guardabosques que hacen eso?

Sky me mira, divertida, por encima del hombro.

—En este, no.

Una zarza se engancha en mis pantalones cortos y me detengo para soltarla.

Por fin, dejamos atrás los árboles, ascendemos por una ladera de hierba reseca y, debajo, vemos el río, silencioso y ancho, en su camino hacia el mar. Con el cielo así de plomizo, el agua tiene un aspecto oscuro y turbio.

—Al menos no habrá tiburones —digo.

—¿Estás de coña? —dice Ryan—. Los ríos son los sitios con más tiburones de Australia.

—¿En serio?

—Están llenos de tiburones toro.

Los demás asienten.

Jack me da un codazo cariñoso.

—No te preocupes, tienen muchos peces para alimentarse. Además, nunca hemos tenido problemas con ellos.

—Al menos, en el río —comenta Ryan.

Antes de que pueda preguntarle a qué se refiere, distingo un canguro en la hierba que hay a su espalda.

No parece que a los demás les haga mucha ilusión.

—Hay montones de ellos por aquí —señala Jack—. Creo que les gusta esta hierba.

¡Lleva una cría en la bolsa! Maravillada, me pongo en cuclillas.

—¿Precioso, verdad? —dice Mikki.

El canguro deja de comer para mirarme fijamente. Desde la bolsa, la cría hace lo mismo.

Extiendo la mano hacia ellos.

—¿Se acercan?

—Yo les he dado de comer varias veces —dice Mikki.

A lo lejos, algunos canguros van de un lado para otro dando saltos.

—Solo tienes que tener cuidado con los machos grandes —comenta Jack.

—¿Por qué? —Lo miro, convencida de que me está tomando el pelo. ¡Digámosles a los británicos que tenemos canguros asesinos!

—Son territoriales —responde.

Ryan asiente.

—Deberías ver sus garras, están afiladas como cuchillas.

—Pero seguro que no te atacan, ¿a que no? —pregunto.

—Se sabe de algunos que lo han hecho —responde Jack—. No por aquí, pero se escuchan cosas de algunos que han golpeado a la gente en el estómago con las patas traseras y, básicamente, los han abierto en canal.

Me yergo; ya no me apetece tanto acercarme. Hay una pequeña ensenada protegida en esta orilla del río, con una diminuta zona de arena. Trepamos sobre las rocas y nos lanzamos sobre ella. Me quito las chanclas y meto los dedos en el agua.

—Está más fría que la del mar.

—La marea debe de estar bajando —dice Ryan—. Viene de las colinas.

—Suele estar congelada cuando diluvia —comenta Jack.

Me meto un poco más. Con el siguiente paso, me cubre hasta los muslos, y con el siguiente, hasta el cuello. El fondo desaparece. Joder, estoy a unos metros de distancia de la orilla, pero la corriente ya me está arrastrando y tengo que ponerme a nadar para no alejarme. Más adelante, el agua se acelera, formando pequeñas elevaciones y depresiones mientras se abre camino con velocidad hacia el mar. Claramente, no soy tan buena nadadora como Mikki y me siento perdida sin mi tabla de surf. Me río nerviosa y me dirijo de nuevo hacia la orilla.

—Coged vuestras gafas de buceo —les ordena Sky—. Tú no, Kenna.

Se reúnen alrededor del cubo y sacan los tubos de las gafas, que llevan sus nombres escritos con rotulador permanente.

—¿Me pasáis las mías? —pide Jack en voz alta.

En el cubo solo quedan dos pares de gafas con tubos. Saco las moradas y el corazón me da un vuelco: *Elke*. Las letras se deslizan frente a mis ojos. ¡Tiene que ser ella! La mochilera desaparecida.

La impresión que me produce se extiende por mi cuerpo y ralentiza mis pensamientos. ¿Debería fingir que no me he dado cuenta? Demasiado tarde… Sky se ha percatado de que las estoy sujetando, y nuestras miradas se encuentran.

—Aquí pone Elke —digo.

Sky frunce los labios. Estoy muy nerviosa por dentro y mis respiraciones son rápidas y superficiales. Victor y Jack se están riendo por algo, pero se quedan en silencio cuando ven las gafas.

—¿Había una Elke? —pregunto.

—Hace tiempo, sí —responde Sky.

—¿Era de Alemania?

—Sí, ¿por? —El tono de voz de Sky transmite impaciencia.

—He visto carteles que indicaban que había desaparecido.

—¿Elke? —dice Clemente.

—¿Estás segura? —pregunta Sky.

Los demás intercambian varias miradas de desconcierto.

—Debe de tratarse de otra Elke —dice Jack.

Intento recordar su nombre, pero no lo consigo.

—Era rubia, con ojos azules.

—Seguro que hay cientos de Elkes en Alemania con pelo rubio y ojos azules —comenta Ryan.

Me giro hacia Mikki.

—Tú también viste el cartel en la gasolinera, ¿era ella? Titubea.

—La foto no era muy buena, no estoy segura.

Por la forma en que reaccionó, estoy convencida casi al cien por cien de que la reconoció, así que ¿por qué lo niega? Pero no voy a dejarla en evidencia delante de los demás.

—¿Alguno sabe algo sobre eso? —pregunta Sky.

Los demás permanecen callados. Clemente me mira con preocupación.

Me vuelvo hacia Sky.

—¿Cuánto tiempo estuvo aquí?

—Unos seis meses.

—¿Y qué le pasó?

—Se marchó.

—Ni siquiera se despidió —aclara Jack—. Simplemente, desapareció.

—Y ahora sale en un cartel de persona desaparecida —digo.

—No es nuestro problema —dice Ryan.

—Si la gilipollas desapareció después de marcharse de aquí, es su problema.

Sky tiene la habilidad de copiar el acento de las personas que la rodean, y acaba de sonar como una auténtica estadounidense.

—No tiene nada que ver con nosotros —coincide Victor.

Un escalofrío me recorre. Estoy segura de que saben más de lo que dicen. Clemente mencionó que una chica había entrado en pánico, ¿sería Elke?

Sky saca una cuerda de su mochila.

—Es la hora de la iniciación. Esto será un ejercicio de confianza, Kenna. ¿Confías en nosotros?

Capítulo 28

Kenna

Trato de controlar las pulsaciones de mi corazón.

—Apenas os conozco, así que ¿cómo voy a confiar en vosotros?

Sky parece satisfecha con mi respuesta.

—Bueno, esto te ayudará: debes dejar tu vida en nuestras manos.

Una oleada de miedo inunda mis entrañas.

Según explica Sky, la Tribu me esperará río abajo, en intervalos de diez metros, para llevarme consigo, no nadando, sino corriendo a lo largo del lecho. Yo iré con los ojos tapados y las manos atadas a la espalda. Trato de ocultar mi estupefacción con respecto a esto último.

—No tienes que hacerlo —me dice Clemente—. Podemos llevarte a la ciudad más cercana.

Sky le lanza una mirada de irritación. La ciudad más cercana me parece, de repente, una perspectiva tentadora, pero ¿qué hay de Mikki? Si me echo atrás ahora, quedará claro que no confío en ellos y nunca confiarán en mí.

Mikki se encoge de hombros como pidiéndome disculpas. No dejará que me pase nada malo.

—Lo haré —digo.

Clemente se pasea arriba y abajo sacudiendo la cabeza mientras Sky me ata las manos a la espalda. También me pone una venda sobre la frente.

—Cuanto menos te resistas, más fácil será.

Es como si tratara de asustarme.

—¿Más fácil? ¿El qué será más fácil? —pregunto—. ¿Ahogarme?

Sky disimula una sonrisa.

—¿Seré capaz de respirar?

Sonríe más ampliamente.

—Esperemos que sí.

La imagen de las gafas de Elke asomando desde el cubo no me ayuda a calmarme.

—Hay que ponerle una cuerda de seguridad —dice Clemente.

Me fijo en que no habla mucho, pero, cuando lo hace, todo el mundo lo escucha. Sky le lanza otra cuerda y, en silencio, me la enrolla alrededor de la cintura.

Victor se ofrece de inmediato para encargarse del otro extremo de la cuerda, quedándose en la orilla y haciendo un gesto hacia el agua con un escalofrío.

—Está demasiado fría —dice.

Es evidente que los demás han hecho esto antes. Se ponen las gafas de buceo y se colocan en el río, nadando en el sitio para que no se los lleve la corriente. Mikki es la primera de la fila, con unas gafas de color aguamarina sobre la frente.

—¿Debería intentar nadar? —pregunto.

—No sabrás en qué dirección tienes que hacerlo —responde—. Y, en cualquier caso, tienes las manos atadas, así que no. Relájate y deja que nosotros nos encarguemos.

Soy más alta que Mikki y más corpulenta.

—No serás capaz de levantarme, peso demasiado.

—En el agua serás más ligera.

—¡El miedo nos impulsa! —grita Sky.

—¡El pánico es mortal! —responden los demás.

Mikki me coloca la venda sobre los ojos y me guía hasta el río. Debo de estar loca de atar para acceder a hacer esto, pero ya es demasiado tarde para echarme atrás; la corriente me arrastra. Respiro hondo varias veces, intentando calmarme. Mikki me agarra por la muñeca y me levanta. El agua me llega ya a la altura del cuello. Cojo aire entrecortadamente mientras me lleva con brusquedad hacia delante.

No ser capaz de ver el agua resulta aterrador; la noto acariciándome la barbilla. Otro par de manos me agarra: el primer relevo. Jack era el siguiente. Me tenso al pensar en su pobre espalda y en cómo será capaz de gestionar mi peso, pero no baja el ritmo.

Hay cierta combatividad en la forma en que aúnan esfuerzos para funcionar con tanta fluidez y facilidad. Una cosa está clara: no me gustaría cruzarme con ellos por la calle.

Unas cuantas respiraciones después, paso al siguiente par de manos —las de Ryan o las de Sky, no recuerdo el orden—, pero no me sujetan bien y me escapo de entre sus dedos. Pillada por sorpresa, trago un montón de agua salada y me hundo como una piedra. Presa del pánico, forcejeo para soltarme las manos, pero están perfectamente atadas.

Unos dedos me atrapan, arañándome en el hombro al tirar de mí hacia arriba. Mikki grita algo mientras toso y jadeo tratando de respirar. La garganta me arde por el sabor de la sal, pero la Tribu me sigue llevando hacia delante. Otro relevo. Mantengo la boca firmemente cerrada, respirando con cuidado a través de la nariz, pero esta vez el proceso es más delicado. Otras pocas respiraciones y alcanzo el último relevo. Clemente era el último de la fila, de manera que sé que ahora estoy en sus manos. La sensación de sus largos dedos extendidos alrededor de mis costillas me resulta extrañamente tranquilizadora. Se detiene y me levanta más; noto su torso, cálido y firme, en mi costado. Entonces, me quita la venda y parpadeo ante la luz del sol en mis ojos.

Me desata las manos.

—Coge aire.

—¿Qué?

Le hace un gesto a Victor, que tira de mí rápidamente corriente arriba. Para cuando llego hasta él, la mitad del río se me ha metido por la nariz. Victor desata la cuerda de seguridad y, todavía escupiendo, camino por el agua hasta la orilla. Alguien me envuelve en una toalla. Miro a Sky y luego a Ryan, preguntándome cuál de los dos me habrá soltado y si habrá sido a propósito. Incluso aunque no lo fuera, demuestra lo que intento dejarle claro a Mikki: que en un lugar como este, los accidentes pueden ocurrir en cualquier momento.

Me siento en la hierba mientras los demás se tiran al río haciendo volteretas hacia atrás, hacia delante, todo ese tipo de locuras. Debería hacer lo mismo, pero me encuentro bastante débil.

Sky se agacha junto a mí en la orilla con las gafas negras sobre la frente.

—A veces me recuerdas a mí.

Me siento halagada, pero trato de disimularlo.

—¿En serio?

—A cómo era antes. —Una de sus rastas rubias descansa sobre mi hombro y me moja con agua fría la espalda.

—¿A qué te refieres?

—Te gusta complacer a la gente.

Ya no me siento halagada, porque no me considero así en absoluto, lo que no es más que otra muestra de lo desconectada que me hacen sentir estos tíos. Pues bien, se acabó.

Los dedos helados de Sky se clavan en mi brazo.

—A veces pienso en la vida que dejé atrás, haciendo y diciendo lo que quería todo el mundo. Tardé años en romper esa costumbre, en encontrarme a mí misma. Acojonaba a las personas con las que salía antes de venir aquí.

—Ya, me lo imagino —digo.

Sus labios se retuercen en una sonrisa.

—¿A ti también te acojono, querida?

No respondo.

—También me pasaba con las personas con las que trabajaba —continúa—. Nadie me lo decía a la cara, pero lo notaba. Básicamente, era muy infeliz, así que me marché. Entonces, conocí a Jack haciendo surf en Bondi; en realidad, me robó una ola.

Eso me hace sonreír.

—Pero parecía un buen tío, así que nos pusimos a hablar y yo me quejé de lo concurrida que estaba la playa para hacer surf. —Habla en un tono de voz bajo e íntimo—. «Conozco un lugar secreto», dijo, y me llevó a la bahía de Sorrow durante el fin de semana. Conocí a los demás y no los intimidé lo más mínimo. Si acaso, me acojonaron ellos a mí. Y las olas, también.

Se ríe para suavizar el ambiente y yo la imito porque percibo que esta clase de confesiones no son algo natural en ella.

—La primera vez que la vi fue durante una tormenta en invierno. Nunca había visto olas tan grandes en persona. Por entonces no era muy buena surfeando, así que la corriente me arrastraba hasta la playa medio ahogada y me sentía como si hubiera vuelto a nacer. Y ahora mismo, tienes cara de sentirte exactamente así.

Victor suelta un grito de ánimo. Ahora se están tirando en plancha, y les debe de doler bastante. Cuando Mikki sube por la orilla, veo su torso claramente rojo por el impacto. Una vez más, me fijo en lo bien que Mikki encaja con esta gente; parece muy feliz.

Cuando miro a Sky, su rostro está serio.

—La bahía de Sorrow es un lugar especial, Kenna. Cambia a las personas de formas que no puedo explicar. En parte es porque estamos alejados del resto de la civilización y de sus distracciones: las tiendas, la televisión, las redes sociales. Pero también se debe a la propia Bahía. Hay algo en los árboles, una energía que pertenece a este lugar y que te afecta de manera que no podrías anticipar.

Intranquila por sus palabras, dirijo la vista hacia los árboles más allá de sus hombros.

Sky se me queda mirando con sus extraños ojos pálidos.

—¿Cómo vas a cambiar tú, Kenna? ¿A mejor o a peor? Porque todos tenemos cierta oscuridad dentro, y la Bahía siempre encuentra la forma de sacarla.

Capítulo 29

Kenna

Ryan, con el pecho completamente empapado, trepa con dificultad la ladera hacia nosotras.

—Menos mal que he traído el fusil de pesca.

—¿Hay peces? —pregunta Sky.

—Un montón.

Ryan recoge el arma del suelo y engancha el tubo de respirar a sus gafas. Tiene los hombros rosados, pelados y cubiertos de manchas del sol.

—Coge unas gafas, Kenna —me dice Sky mientras ella también se hace con unas.

Los demás salen a por los tubos y vuelven a vadear el río, así que me dejan sola en la ladera. Las gafas con tubo de Elke son las únicas que quedan en el cubo. De mala gana, me las pongo. Bloquean mi visión periférica y me siento vulnerable cuando me meto en el agua. Antes de sumergirme, miro a mi alrededor para orientarme, anotando mentalmente el lugar en el que la corriente coge fuerza. Si doy unos pasos en la dirección incorrecta, correré el riesgo de que el agua me arrastre hasta el mar.

Respiro profundamente y me zambullo. Mi pelo flota sobre mi cabeza. Las partículas de arena que se arremolinan junto a los demás obstruyen la visibilidad, y los peces que discurren a toda velocidad por el lecho marino son casi del mismo color que la arena. Me vuelvo hacia la izquierda, hacia aguas más claras. Sky pasa nadando por mi lado; la tira roja de su bikini parece una estela de sangre.

Empiezan a surgir peces más brillantes: uno regordete con atrevidas rayas blancas y negras, y otros tres de lunares. Recuerdo lo que me contaron sobre los tiburones, de manera que compruebo habitualmente mi entorno.

Clemente bucea hasta el fondo para recoger una roca. Subo a coger aire, me vuelvo a sumergir y yo misma me hago con una. Correr con una roca en el pecho es una forma estupenda de entrenar la fuerza y la resistencia los días que no hay olas. Mikki y yo lo hacíamos a menudo en Cornualles después de ver la película de *En el filo de las olas*. Consiste en encontrar una piedra de un tamaño adecuado y recorrer con ella a toda prisa el lecho marino aguantando la respiración. En la película parece fácil, pero no lo es.

Entierro los dedos de los pies en la arena para equilibrarme y me impulso hacia delante. Algo me roza el hombro y chillo en el tubo de respirar, pero resulta que es Mikki. Levanta una mano y hace un círculo con el pulgar y el dedo índice: la señal de los buceadores de que todo va bien. Asiento y me coge por los hombros, añadiendo resistencia para que el ejercicio sea más exigente. Antes me encantaba hacer esto, pero ahora me da claustrofobia. Con el corazón martilleándome en el pecho, empiezo a correr remolcándola conmigo.

La luz del sol se filtra a través del agua y le da un precioso color turquesa. Los peces revolotean a nuestro alrededor —algunos diminutos y de un morado iridiscente, y otros, más lentos, con extravagantes colas con machas amarillas y negras—, pero apenas me fijo en ellos porque estoy demasiado preocupada. Elke nadaba con ellos, posiblemente en estas mismas aguas, y ahora unos carteles denuncian su desaparición. A pesar de que todos se quejaron de lo mucho que odian a los locales que defienden sus costas, tiene pinta de que este sitio va peligrosamente por ese mismo camino.

Una silueta a mi izquierda llama mi atención. Joder, es Ryan con el fusil de pesca... ¡y me está apuntando con él! Suelto la roca y me paro de golpe, lo que provoca que Mikki se choque conmigo. Señalo a Ryan, pero ahora el fusil está inclinado hacia otro lado y no estoy segura de si me lo he imaginado.

Mikki hace gestos de desconcierto y nada hacia la superficie para ver qué quiero.

Emerjo a la vez que Ryan.

—¿Has cogido alguno? —le pregunta Sky.

—No. —Las gafas ocultan sus ojos, así que no sé si me está mirando o no—. Esta vez no.

Sky hace un gesto con el brazo hacia nosotros.

—¡Hora de entrenar!

Vuelvo a mirar de reojo a Ryan mientras guardamos nuestras cosas, pero no me mira ni una sola vez. Creo que solo han sido paranoias mías.

Sky nos guía a través de la orilla del río hacia la playa y nos pone a correr por la arena, descalzos, aguantando la respiración durante diez segundos y después respirando durante otros diez. Avanzamos juntos, alimentándonos mutuamente de la energía de los demás, como una manada de perros. No, pienso cuando me fijo más de cerca, hay algo mucho más salvaje en las expresiones de sus rostros. Son una manada de lobos, y yo estoy corriendo con ellos.

Capítulo 30

Ryan

El corazón me va a mil por hora y las respiraciones se solapan una sobre la otra. Para que ninguno de los demás se dé cuenta, cojo un atajo a través de los árboles. El fusil de pesca rebota contra mi cadera; las ramitas del suelo crujen y se parten bajo las plantas de mis pies.

¿De qué va Jack, trayendo aquí a otra desconocida? La Bahía es mi refugio, mi escondite. Tropiezo con la raíz de un árbol y me caigo al suelo. Noto un ligero golpeteo en mi cerebro cuando me levanto, como si la cabeza estuviera a punto de explotarme. Me agarro el pecho, inspiro profundamente y sigo corriendo.

Al fin, el conjunto de árboles disminuye y alcanzo el pequeño claro de hierba que llamamos el Prado. Ninguno de los demás viene nunca por aquí, así que es mi sitio, el único en el que sé que nadie me molestará. Jadeando, tiro el fusil de pesca al suelo y me tumbo.

Cierro los ojos y empiezo con los golpeteos. ¡Toc, toc, toc! Diez en el abdomen, diez en cada costado, diez en el esternón... Diez zonas distintas de mi cuerpo y rostro. Una ronda no es suficiente, así que empiezo otra vez, pero mis pensamientos se retuercen y repiten en mi cerebro en lugar de centrarse en los números y calmarse.

Todas las preguntas que Kenna ha hecho en el río... cómo deseaba ponerle una mano sobre la boca para que se callara de una vez por todas. Cuando me tocó llevarla, la dejé caer «accidentalmente», pero la muy imbécil de Sky la sacó demasiado deprisa.

«¡Deja de pensar en ella!». Me meto los dedos en los oídos y aguanto la respiración en un intento de ralentizar los latidos del corazón.

Cuando era pequeño disfrutaba contando cosas; los números me hacían sentir seguro. Hasta que se convirtieron en grandes cantidades de dinero y, entonces, perdieron esa cualidad. Creo que escogí la peor carrera posible. ¿Cómo describiría trabajar en banca de inversión? Era intenso. Nunca puedes desconectar porque el mercado nunca duerme. Mi mujer tenía unos gustos muy caros y me descubrí a mí mismo corriendo riesgos cada vez más grandes para financiar el estilo de vida que quería. Me tumbaba en la cama apretando los dientes y tratando de no imaginar qué podría estar pasando en los mercados cuando no estaba pendiente de ellos. Tardé años en recuperar la tranquilidad.

Una mañana temprano, al amanecer, cuando ya llevaba tres noches seguidas sin dormir, salí de la cama y conduje hacia un saliente rocoso para ver cómo chocaban las olas. Los números no paraban de dar vueltas en mi cerebro. Me puse en pie sobre las rocas y salté para intentar detenerlos. Y eso hicieron: desaparecieron de mi mente de inmediato.

Las olas me golpearon y me sentí tan calmado como no lo había estado en años. «La próxima vez lo haré con una tabla de surf», me dije mientras regresaba entre tambaleos hacia el coche, magullado y sangrando. Enceré una tabla que no utilizaba desde que era adolescente y me tiré surfeando en ese despiadado y diminuto arrecife todo el invierno. De la noche a la mañana, podía volver a lidiar con la presión del trabajo, así que probé otros deportes: escalada, paracaidismo, *snowboard, motocross*. Cuanto más peligroso era el deporte, más tranquilo me sentía. De hecho, dejé la medicación porque ya no la necesitaba.

Entonces nació Ava. La presión financiera se duplicó, porque yo era el único sueldo que entraba en casa, la falta de sueño se triplicó y ya no había tiempo para dedicárselo a los deportes. Desesperado, me vine abajo e hice una estupidez de la que me arrepentiré el resto de mis días. «No pienses en eso…».

Un dolor acuciante me atraviesa. Toc, toc, toc…, céntrate en los números.

El año anterior, las cosas fueron tan mal que pensaba que iba a darme un ataque al corazón. Tuve que marcharme de la Bahía para que me viera un médico. Jack me dejó utilizar sus datos personales para rellenar el formulario que me dieron. Desde entonces, me he esforzado al máximo por no sobrepasar ciertos límites. Si estoy desesperado, la medicación de Jack funciona. Se la mangué en una ocasión, pero si se diera cuenta, se le iría la pinza.

Hoy en día, solo estoy tranquilo cuando hago surf. Cuando el mar está en calma, sin olas que me distraigan de todo lo que ocurre en mi cabeza, son las peores jornadas. En días así, me odio más que nunca. Pienso en Ava, a más de once mil kilómetros de distancia, y me imagino qué estará haciendo, lo que me empuja a querer volver a casa. Pero no puedo hacerlo, no puedo ir a la cárcel.

Vuelvo a sentir tensión en el pecho. «Estás a salvo», me digo. Nadie va a encontrarme aquí. La Tribu ni siquiera sabe mi apellido; tuve el cuidado de no decírselo, y escondí mi pasaporte y mis tarjetas de crédito nada más llegar. Me esforcé tanto por mantenerme alejado de los problemas… pero no lo conseguí del todo. El nombre de Elke se cuela en mi cabeza, una y otra vez, al ritmo de los golpecitos que me doy. Ahora que Kenna ha visto las gafas de buceo de Elke, ¿cuánto tardará en descubrir el resto? Si averiguan lo que hice, quizá aquí también me enfrente a la cárcel. Me imagino una celda sin ventana, tan estrecha que apenas puedo extender los brazos, y con un suelo frío de hormigón. La tensión aumenta en mi pecho. «¡Para ya!».

Me doy varios golpecitos con la mano, pero no funciona. Respiro rápida y entrecortadamente, y el corazón me late tan veloz que está a punto de estallar. Esto es culpa de Kenna. Necesito que se vaya, es la única forma de que esta sensación desaparezca.

Capítulo 31

Kenna

Me quito el bikini mojado, me echo más crema solar y me como un plátano. No veo a Mikki por ninguna parte.

Jack está junto a la barbacoa, cortando sandía. Me acerco a él con cautela.

—¿Has visto a Mikki?

—Probablemente esté en la playa —responde, y me tiende un trozo. Parece estar colocado otra vez—. ¿Quieres?

—Gracias.

Lamo el jugo que se me ha quedado en los dedos mientras desciendo por el sendero. Ahí está Mikki, junto a las rocas. Las gaviotas se dispersan a medida que correteo por la arena; son más pequeñas que sus primas británicas, y más limpias también, con sus pechos blancos como la nieve y sus impecables espaldas grises.

Llego hasta Mikki, sin aire.

—¿Estás bien?

Mikki se da la vuelta sorprendida.

—Sí, claro, es que me gusta ver las olas. Podría estar mirándolas la vida entera.

Me siento a su lado. El agua se aproxima, se precipita y rompe, dejando intrincados patrones blancos sobre la arena que se difuminan y desaparecen antes de que llegue la siguiente ola. Su ritmo resulta hipnótico.

Mikki hace un gesto con la cabeza hacia el océano.

—Qué color.

—Ya.

El turquesa siempre ha sido nuestro color favorito. El primer piso que alquilamos juntas estaba repleto de cosas turquesas: cuencos y tazas, candelabros y fundas de cojines, impresiones sobre lienzo de olas rompiendo que podíamos contemplar cuando era imposible ver las reales.

—¿No te encanta este sitio? —me pregunta.

—Es bastante especial. —Muevo la arena entre mis dedos. Si me concentro lo suficiente al observarla, veo todos los colores del arcoíris—. No me contaste lo de Elke. Porque la del cartel era ella, ¿verdad?

Irritada, me fulmina con la mirada.

—Tal vez.

—¿La conocías bien?

—Sí, vinimos juntas a la Bahía. —Se peina el pelo con los dedos—. La conocí en el hostal para mochileros de Bondi, y en un bar de allí conocimos a Jack y a Clemente, que nos trajeron aquí.

—¿Y qué le pasó?

—Se marchó. Pensé que había decidido pasar página.

—Pero ahora sale en un cartel de desaparecidos.

Mikki frunce los labios.

—En Sídney dijiste que había ciertos malos rollos en la Tribu, ¿a qué te referías?

—Ha habido algunas discusiones, eso es todo. Nada importante.

Que un miembro de la Tribu termine en un cartel de personas desaparecidas es bastante importante, en mi opinión. El hecho de que Mikki supiera que Elke había desaparecido, y no que se había marchado, es una muestra más de lo implicada que está con esta gente. Necesito sacarla de aquí antes de que ella misma termine en uno de esos carteles, pero a unos días de su boda, se me acaba el tiempo.

Respiro hondo.

—Mira, lamento decirlo, pero me da miedo que Jack solo te quiera por tu dinero.

El dolor se refleja en el rostro de Mikki.

—Vaya, muchas gracias.

—Me refiero a que parece un buen tío, y quizá sí que te quiera, pero todo esto es muy repentino. Tú tienes dinero y él no, y me asusta que ese sea el motivo por el que va a casarse contigo.

Se cruza de brazos.

—¿Sabes qué? Tienes razón.

—¿Qué?

—Él necesita mi dinero y yo necesito un visado.

Me mira como si me retara a rebatirla.

—Joder… —No me esperaba esto para nada; me ha dejado muerta.

—Nos llevamos bien, así que ¿por qué no?

La miro fijamente y caigo en la cuenta de que nunca los he visto besarse ni ser cariñosos el uno con el otro de una forma que no fuera platónica.

—Pero estáis… ¿juntos?

—¿Acaso eso significa algo?

—¿Os acostáis? —me obligo a preguntarle.

—Pues claro que sí. —Mikki se ruboriza; nunca hablamos de estas cosas. Tiene gracia, porque hablo de sexo con mis compañeros de trabajo a todas horas.

—¿Y le quieres?

Titubea.

—No, pero me encanta este sitio.

Es como si le hubiera lavado el cerebro.

—Reconozco el atractivo de poder surfear sin que haya nadie, pero estás quebrantando la ley. ¿Te das cuenta de las consecuencias que puede tener? ¿Y si alguien te denuncia?

Mikki levanta la barbilla.

—Habrá merecido la pena.

Está aquí conmigo, tan cerca que podría tocarla si alargo el brazo, pero es como si se encontrara a miles de kilómetros de distancia.

El mar cae y se eleva como el pecho de una persona durmiendo.

—¿Todos son ilegales? —pregunto—. ¿Ryan, Clemente, Victor?

Mikki me mira sorprendida.

—¿Cómo?

—Sé que Ryan lo es, me lo ha contado.

—Él es el único. Clemente y Victor están aquí legalmente.

La contemplo con escepticismo.

—Clemente se casó con una australiana. Victor vino con un visado de deportista, pero, tras su accidente, lo cambió por un visado de inversionista. Su familia está forrada.

—¿Y tú no puedes conseguir uno de esos visados de inversionista?

Suelta una carcajada.

—Tienes que tener muchísimo más dinero que yo.

—No hace ni un año que conoces a Jack. Es demasiado pronto, espera un poco al menos.

—No puedo. Mi visado de trabajo para el verano caducará en dos semanas. Si no me caso con él, tendré que abandonar el país. —Señala alrededor—. Este es mi lugar favorito del planeta, haría cualquier cosa por quedarme.

«Cualquier cosa...». Las palabras se repiten en mi cabeza. De manera que no es Jack el que la retiene, como pensaba al principio; es la propia Bahía.

—¿Volvemos al claro? —pregunta.

Observo los cambiantes tonos azules mientras caminamos por la playa. A plena luz del sol, con el agua resplandeciente acariciando la arena dorada, la bahía de Sorrow parece un paraíso tropical en el que no podría pasar nada malo. Pero, tras dar unos pasos entre los árboles, el aire tiene unas notas frescas, y presiento con toda seguridad que, lo que pasa entre ellos, se queda entre ellos. Además, los matorrales parecen lo suficientemente densos como para ocultar toda clase de secretos.

Capítulo 32

Kenna

Al final de la tarde, Sky sale de entre los árboles con un bikini blanco y un fusil de pesca sobre el hombro; parece una chica Bond.

—¿Has pescado algo? —pregunta Clemente en voz alta.

—¡Ven a verlo! —exclama Sky.

Tres grandes peces dan coletazos contra los laterales de un cubo. Clemente choca los cinco con Sky y se los lleva; esta noche le toca preparar la cena a él.

Me acerco a Clemente junto a la barbacoa.

—Gracias por la ayuda antes.

—No hay de qué. —Se inclina para manipular el cartucho de gas.

—¿Qué puedo hacer?

—Nada.

Coloca uno de los peces en la tabla de cortar y, con una mirada de intensa concentración, lo abre hábilmente y con precisión con el cuchillo.

En el otro lado del claro, Mikki se ríe mientras le echa repelente para insectos a Victor. Una vez más, me fijo en lo bien que Mikki encaja aquí, claro que siempre se le ha dado bien encajar en cualquier parte. Ha tenido bastante práctica, después de todo: Australia es el cuarto país en el que ha vivido.

Se acerca hacia mí con el repelente.

—Ponte un poco.

—Gracias. —Cuando lo cojo, noto una marca en su muñeca, justo donde tiene el tatuaje—. Joder, ¿qué te ha pasado?

Mikki lo mira como si nada.

—He debido de hacérmelo en las rocas.

Me echo el repelente. La piel me escuece por el sol que me ha dado antes, y todavía me duele que fuera Clemente el que me avisara de la prueba de iniciación y no ella. Mikki está implicada hasta el cuello con esta gente y su lealtad está con ellos, no conmigo. Con un poco de suerte, espero poder cambiarlo ahora que yo también formo parte de la Tribu.

—¿Quieres que te eche un poco? —le pregunta Mikki a Clemente.

—Sí, gracias —responde mientras coge otro pez.

Tiene gracia que a ella le diga que sí y a mí no. La observo mientras se lo extiende por sus amplios hombros.

—En las piernas —dice Clemente—. Siempre van a por mis piernas.

Mikki suelta una risita y se agacha.

—Es que están tan jugosas… —dice.

Pensaría que está flirteando con él si no fuera porque lo he visto hacer lo mismo con Victor.

Clemente se aparta —¿le habrá hecho cosquillas?— y el movimiento hace que me acerque tanto la mano en la que sostiene el cuchillo que me echo atrás de un salto. Con el puño bien cerrado alrededor del cuchillo, nuestros ojos se encuentran y la oscuridad que veo en ellos me asusta… ¿o me la estaré imaginando?

Mikki se gira hacia mí, aparentemente ajena a la tensión.

—Voy a lavarme el pelo, ¿te apetece a ti también? Te enseñaré cómo lo hacemos. Tratamos de no malgastar el agua.

Mikki y yo nos turnamos para meter la cabeza en un balde de plástico.

—¿De que hablabas con Clemente? —susurra.

—De nada.

—No puedes fiarte de él.

Saco la cabeza del cubo para mirarla.

—¿Por qué?

Lanza una mirada nerviosa hacia el otro extremo del claro.

—Hay cosas que no sabes.

El agua me cae por la espalda y se cuela por mi sujetador.

—¿Como cuáles?

Mikki sacude ligeramente la cabeza.

—No puedo contártelas. —Empiezo a protestar, pero me interrumpe—. Tú simplemente mantente alejada de él. Por cierto, ¡tenemos que cambiarnos!

Me la quedo mirando, frustrada.

—¿Para qué?

—Para tu ceremonia de iniciación.

Me dirijo hacia mi tienda, todavía desconcertada por lo que me ha dicho de Clemente. Mikki y yo solíamos contárnoslo todo, pero supongo que es el precio a pagar por haberme mudado a Londres. Saco la ropa de mi mochila, pero nada parece apropiado. ¿Una camisa estampada? Hace demasiado calor. ¿Un vestido negro? Demasiado de fiesta.

—¿Qué debería ponerme? —pregunto en voz alta.

—¡Ven aquí! —responde Mikki.

Me introduzco en su tienda, donde se está poniendo un vestido plateado de lentejuelas. Cuando termina, me ofrece algo.

—Toma.

Lo desdoblo y descubro un vestido de encaje blanco que ya me ha prestado en otras ocasiones.

—Es demasiado corto.

—¿Y qué más da? Dentro de poco estará tan oscuro que ni se notará.

—Cierto. —Me lo pongo—. Mierda, he engordado. Es lo que tiene Londres: mucha comida y poco ejercicio.

—Aquí lo perderás en un abrir y cerrar de ojos.

—¡Mikki! ¡Kenna! —exclama Sky.

Cuando salimos de la tienda, Mikki arranca una flor de un arbusto cercano y la engancha en mi pelo. Me fijo en sus tacones —plateados, a juego con su vestido; completamente inapropiados, pero, aun así, de alguna forma, perfectos— e intento tragarme la risa cuando se le hunden en el suelo y me agarra de la mano para no caerse.

Los demás están reunidos alrededor de la hoguera. Dejo de reírme cuando veo la solemnidad de sus expresiones.

—Estamos aquí esta noche para dar la bienvenida a Kenna a la Tribu —dice Sky.

—Bienvenida —dicen todos al unísono; sus rostros resultan tan escalofriantes a la luz del fuego.

Sky va ataviada con un vestido blanco largo de tiras finas bajo el que asoman sus pies descalzos y bronceados. Los chicos se han puesto elegantes camisas: Victor, una blanca que contrasta especialmente con el tono de su piel; Clemente, una negra; Ryan, una con estampado hawaiano.

La de Jack es azul claro y la lleva completamente desabrochada. Se inclina sobre el oído de Mikki para susurrarle algo.

—Estás muy *sexy*, nena.

Un brillo en la muñeca de Sky me llama la atención. El estómago me da un vuelco cuando veo la pulsera grabada plateada. Era de Mikki, una herencia de su querida abuela japonesa, a quien también se la había dado su abuela. Solo le pregunté una vez a Mikki si me la prestaba y me respondió que no. «Te puedo dejar cualquier otra cosa, pero esta es irreemplazable».

—Solo tenemos dos reglas —dice Sky—. Regla número uno: no se lo cuentes a nadie. La mayoría de los surfistas se morirían por surfear en un lugar tan vacío como este. Estas olas son nuestras y hacemos lo que sea necesario para protegerlas.

—Lo que sea necesario —repiten los demás.

—Regla número dos —continúa Sky—: lo compartimos todo. Y con eso quiero decir todo, ¿entendido?

¿Significa «todo» lo que creo que significa? Los demás asienten y dirigen sus miradas hacia mí, así que asiento también.

El dobladillo del vestido de Sky roza el suelo cuando se mueve. Alarga la mano hacia el centro del círculo, en dirección al fuego. De uno en uno, los demás la imitan, colocando las suyas debajo de las de Sky para formar una torre. Las cabezas giran hacia mí y me doy cuenta de que están esperando a que yo también lo haga, de manera que coloco la mano al final, debajo de la de Victor. Está justo encima de las llamas y el calor me acaricia la palma.

—La Tribu —entona Sky.

—La Tribu —repiten los demás.

Me arde la palma de la mano.

—La Tribu —repito, desesperada por apartar la mano.

—Tus fortalezas son nuestras fortalezas —dice Sky—. Y las emplearás para ayudar a la Tribu. Tus debilidades son nuestras debilidades, y trabajarás en ellas para eliminarlas. ¿Estás de acuerdo?

—Sí —respondo.

Levantan las manos y retiro la mía. ¿Me habré quemado? Aprieto la mano alrededor de una botella de agua y disfruto del reconfortante frío del metal.

Sky me sonríe.

—Vamos a comer.

Clemente ha hecho una paella con el pescado. Los observo mientras mastico y pienso en lo mucho que la disposición de este sitio me recuerda a *Supervivientes*. Al igual que en el programa, se ha formado una complicada red de alianzas entre los miembros de la Tribu a raíz de acontecimientos pasados de los que no sé nada. Clemente me ha hablado en contra de Sky un par de veces, así que claramente mantienen una lucha de poder. Ayer Ryan se puso del lado de Clemente, en contra de Sky. Clemente y Victor tienen una relación cordial, pero si Clemente se enfrenta a Sky, Victor se pone de parte de ella. Clemente protege a Jack, que parece estar más abajo en el orden jerárquico (o prefiere evitar los conflictos a toda costa). Mikki también parece reticente a ponerse del lado de nadie.

Me inclino sobre Mikki.

—Le has dejado tu pulsera a Sky.

Mikki me mira con expresión de culpabilidad.

—En realidad, se la regalé.

—Vaya. —Parpadeo.

El dolor que siento debe de resultar evidente, porque los ojos de Mikki se tiñen de preocupación.

—Lo siento. —Claramente incómoda, cambia de posición en su asiento—. Le gustaba mucho.

Ryan levanta un cuenco del suelo.

—He conseguido algo de fruta de la tristeza[*].

Todos hacen un gesto de aprobación con la cabeza y Ryan les va pasando el cuenco. Nunca he oído hablar de la fruta de la tristeza, pero cuando me la ofrece, cojo un trozo. Son pequeñas y de un color rojo purpúreo.

—¿Son manzanas? —pregunto.

---

[*] Juego de palabras. Sorrow, el nombre de la bahía, significa tristeza y es el nombre que le ponen los miembros de la Tribu a esta fruta. *(N. de la T.)*

—Sí —responde Ryan. Su pelo largo se asienta sobre sus hombros y, por primera vez, parece que se lo ha peinado.

Jack levanta su manzana.

—¡Por Sky!

—¡Por Sky! —entonan los demás levantando también las suyas.

Es curioso porque están mirando a Clemente, no a Sky.

Son una pandilla de personas que viven una vida sana y brindan con manzanas en lugar de con alcohol. De hecho, no he visto ni una sola gota de alcohol por aquí desde que llegué. No pasa nada, porque estos dos últimos años me me he pasado de la raya bebiendo y me vendrá bien tomarme un respiro.

La manzana está crujiente y es ácida, y su sabor fuerte inunda mi paladar. Quiero escupirla, pero presiento que ofendería a los demás, así que me la trago con la ayuda de un poco de agua.

Jack le acaricia el brazo a Mikki.

—¿Tienes frío? Te veo la piel de gallina. ¿Quieres que te traiga un jersey?

—No, estoy bien —responde y retira el brazo.

Soy muy sobona cuando tengo pareja; si saliera con un tío como Jack, no sería capaz de quitarle las manos de encima. «Ni se te ocurra pensarlo, Kenna».

Ryan saca una guitarra un poco más tarde y toca una canción: «Sweet Jane», de Lou Reed. Victor se une a él, cantando con su voz grave, y Mikki también. La Tribu parece contenta y relajada. A diferencia de mí, que sigo con la cabeza repleta de preguntas.

—Eres muy bueno —le digo a Ryan cuando termina.

—Para nada —responde—. Solo sé tocar esta canción.

Pienso en lo equivocada que estaba sobre él en el río. Me acojonó tanto ver las gafas de buceo de Elke que empecé a imaginarme cosas. No parece muy amigable, pero, en gran parte, se debe a su timidez.

—Todavía no me creo que este sitio sea vuestro —digo—. Seguro que lo conocen más personas. ¿Qué hay de los que han estado aquí y se marcharon? ¿Nunca regresan?

—No viene nadie —dice Sky—. Al menos, ya no. Y tampoco se marcha nadie.

—Salvo Elke —señalo.

No sé si estoy paranoica o no, pero me da la sensación de que todos se tensan y contienen la respiración. «Cállate, Kenna», me ordena una pequeña voz en mi cabeza, pero no puedo resistirlo.

—¿Cómo era?

Jack lanza una mirada a Clemente, y Victor también.

—Tenemos una expresión en portugués —dice Victor.

—Ya estamos… —Ryan gime en señal de protesta, pero Victor lo ignora.

—*Comprar gato por lebre.* Significa que pensabas que habías comprado una liebre, pero te han dado un gato.

—Creo que no te sigo —comento.

Victor levanta la mano con los dedos doblados.

—Al principio parecía una chica muy dulce, pero tenía garras.

—Era competitiva a más no poder —explica Ryan—. Jugaba en la selección alemana de *hockey.*

Se produce un silencio extraño y pillo a Jack mirando a Clemente de nuevo. Tras una década dedicada a la fisioterapia deportiva, se me da bien interpretar el lenguaje corporal. Desde el momento en el que alguien entra en mi consulta, lo estudio en busca de muestras de tensión: puños o mandíbulas apretadas, hombros más altos de lo que deberían estar, rigidez en la espalda o en las extremidades. Los cuerpos deberían ser simétricos, pero rara vez lo son. Las caderas y los hombros suelen estar más elevados en uno de los lados a causa de alguna traumatología o por el estrés. Es normal que, si te duele una parte del cuerpo, bloquees la zona para intentar protegerla; mi trabajo consiste en notarlo.

Y, ahora mismo, la tensión del grupo es visiblemente palpable. Ryan mira en todas direcciones salvo en la mía; Jack hace lo contrario y no aparta los ojos de los míos, como si intentara reprimir mis pensamientos. Mikki está sentada tiesa como un palo, jugueteando con su pelo. Clemente y Sky lo disimulan mejor, pero sus respiraciones superficiales los delatan.

«Déjalo correr, Kenna». Ya presionaré a Mikki después para que me lo cuente.

—¡Eh, Ryan! —dice Victor—. ¡Vuelve a tocarla!

166

Ryan rasguea de nuevo la guitarra y la tensión se relaja un poco, pero claramente esconden algo, y el lenguaje corporal de Mikki sugiere que está metida en el ajo.

Clemente me agarra del brazo cuando me alejo para rellenar la botella de agua.

—El cartel sobre Elke —susurra—, ¿qué decía?

Hago un esfuerzo por recordarlo.

—Que la vieron por última vez en septiembre, en la playa de Bondi. Eso es todo.

Un destello de preocupación aparece en su rostro. ¿Será por la seguridad de Elke o por mantener el secreto de la bahía de Sorrow? Abre la boca, pero se queda callado porque Mikki se acerca.

—¿Os apetece un baño antes de dormir? —pregunta.

—Ahora mismo, no —responde Clemente.

—A mí tampoco —digo—, pero divertíos.

Mikki me mira de manera extraña y recuerdo su aviso sobre Clemente. Sonrío para tranquilizarla y se aleja.

—¿En septiembre? —me pregunta Clemente.

—Sí, ¿por?

—Curiosidad.

—¿Fue ella la chica que entró en pánico durante la prueba?

Titubea.

—Sí.

Lo miro con los ojos entrecerrados, entre las sombras, tratando de leer la expresión de su rostro, pero se ha vuelto a ocultar tras su máscara y, como siempre, no tengo ni idea de qué estará pensando.

Cuando regreso a mi tienda, algo cruje sobre mi almohada. Enciendo la linterna del móvil (solo me queda un uno por ciento de batería) y descubro una caja vacía de parafina para tablas de surf con una nota escrita encima.

Haces demasiadas preguntas.

Capítulo 33

Kenna

Cuando las primeras luces del amanecer asoman por la línea del horizonte, ya estamos en la playa. Las olas se acercan como fantasmas desde la oscuridad. Camino por los bajíos y me echo agua en la cara para intentar ordenar mis pensamientos mientras los demás me adelantan remando.

No he dormido bien porque era incapaz de dejar de pensar en Elke. Quizá se largara de aquí por voluntad propia —a lo mejor, tras pelearse con alguno de ellos— y después de eso le ocurrió algo, pero me cuesta creerlo.

La nota sobre mi almohada me demuestra que tratan de ocultar algo. Le doy vueltas y más vueltas mientras remo. No tengo ni idea de quién la escribió; no es probable que fuera Mikki, porque me lo habría dicho en persona, y, siguiendo ese razonamiento, Clemente también podría haberme avisado en persona cuando hablamos. Pero quizá el autor o autora de la nota prefiera permanecer en el anonimato porque sabe algo que no debería.

La luz se eleva gradualmente sobre el paisaje. Mientras el cielo cambia de los tonos azules oscuros a los violetas y a los rosados, distingo al grupo en olas y me doy cuenta, una vez más, de lo mucho que revelan sobre ellos. Jack, en particular, es digno de ver, tan tranquilo y ligero de pies que cuando le da la vuelta a la tabla sin previo aviso en un brusco *top turn* o realiza un *cutback,*[*] el movimiento te pilla totalmente por sorpresa porque nadie creería que puede hacerlo.

---

[*] *Top turn:* giro en lo alto de la ola. *Cutback:* giro de 180 grados en medio de la ola seguido de otro hacia donde esta rompe. *(N. de la T.)*

Clemente rema para coger todas las olas, incluso las que son claramente cerronas,* con un compromiso total, impávido ante el monstruo que le pisa los talones. Parece capaz de desconectarse de lo que tiene detrás y centrarse en la ola que tiene delante. Un reflejo de cómo vive su vida, imagino.

Es evidente que Ryan no ha perdonado a Jack por robarle la ola el otro día, porque le quita el derecho de paso en cada oportunidad que se le presenta. Tiene gracia. Ryan es un tío de voz suave que apenas puede mirarte a los ojos la mayor parte del tiempo, pero cuando surfea es una persona distinta, y está claro que es rencoroso como ningún otro.

Victor desprende tanta confianza y poder en el agua como lo hace en tierra firme, con unos increíbles giros inferiores como testimonio de la fuerza de sus muslos. Mikki es la siguiente en coger una ola. Oh, mierda, Clemente está remando de nuevo y ella se dirige directamente hacia él. En el último momento, él se zambulle y ella le pasa por encima.

—¡Madre mía, lo siento! —grita Mikki.

Los demás se parten de risa mientras Mikki y Clemente vuelven a remar.

Victor se inclina para darle una palmada en el hombro a Clemente.

—¡Casi acaba contigo, tío!

Clemente sonríe con remordimiento.

—¡Pensaba que iba a pasarme por encima!

Mikki está justo detrás de él, ruborizada, pero los demás nos reímos.

—Mikki es letal —digo—. Casi terminó con mi novio hace un par de años.

Mi voz se va apagando mientras lo digo, y todos me miran con curiosidad. Me sigue resultando complicado hablar de él sin sentir su pérdida. Una ola se dirige hacia mí. «Vale, Kasim, esta va por ti».

Me pongo en pie de un salto en cuanto el agua aumenta repentinamente bajo mi cuerpo. La memoria muscular se ac-

* Olas cerronas: no se pueden surfear porque rompen enseguida en toda su extensión. *(N. de la T.)*

tiva y, antes de que me dé cuenta, mi tabla está prácticamente entera flotando sobre un arco blanco que salpica el aire y cae con un siseo.

En el surf, quizá como en todos los deportes, existe un momento en el que todo se alinea y consigues moverte justo cuando debes. En los libros de psicología deportiva lo llaman *flow*, pero esta palabra inglesa de cuatro letras no parece lo bastante grande, ni de lejos, para expresar el sentimiento que te sube por las piernas e invade todo tu cuerpo. El único problema es que necesitas más de inmediato. «No permitas que vuelva a atraparte», me recuerdo a mí misma, pero una pequeña voz en mi cabeza me dice que ya es demasiado tarde.

Mientras camino por la arena, se me clavan las conchas.

—¡Espera! —me grita Mikki.

—¡Este lugar es increíble! —digo—. ¡He cogido doce olas! No recuerdo la última vez que me pasó eso.

El rostro de Mikki se ilumina.

—Sabía que te encantaría.

—Te has montado una buena vida aquí.

Estudia mi rostro, sopesando si lo digo de verdad o si simplemente estoy cambiando de táctica.

Lo más preocupante de todo es que yo tampoco estoy segura de con qué intención lo he dicho. ¿Cómo he podido olvidarme de lo bien que sienta deslizarse por el agua? La desaparición de Elke es perturbadora, y me aterra que Mikki esté a punto de comprometerse con algo tan serio como el matrimonio sin, por lo visto, haberle dado muchas vueltas, pero, aun así, puedo apreciar el atractivo de la bahía de Sorrow. No quedan muchos lugares en el mundo en los que puedas conseguir unas olas tan perfectas y tan poco transitadas.

Mikki se cambia la tabla de mano y me envuelve la cintura con el brazo.

—Ahora también es tu vida, ¿recuerdas?

—Sí, durante una temporada. —No quiero que se haga la idea equivocada.

Sus ojos brillan.

—Este lugar no va sobre quién eres, sino sobre lo que haces, y eso me encanta. Llevamos una vida sencilla, cerca de la tierra, casi como la que habríamos vivido hace miles de años, cuando éramos cazadores-recolectores.

No tengo ningún problema con lo de recolectar; es la parte de cazar lo que me molesta. Da igual lo alucinantes que sean las olas: Mikki no está a salvo aquí.

—Vayamos a comer algo y volvamos al agua a surfear —dice.

—Buena idea. —No tiene ningún sentido que me quede aquí y que no surfee, pero dentro de un mes vuelvo a casa, y haré todo lo que esté en mi mano para asegurarme de que Mikki se monta en el avión conmigo.

Echo una ojeada por encima del hombro mientras nos alejamos, recordándome a mí misma que, aunque el mar puede proporcionar una alegría inmensa, también puede arrebatarla.

Capítulo 34

Kenna

Dos años antes

Aquella mañana, Kasim sabía a mermelada de naranja.

—Mmm —dije, y seguí besándolo. De haber sabido que sería la última vez que lo haría, habría seguido durante mucho más tiempo.

Mi cocina olía a tostadas. Como la calefacción central estaba encendida, me estaba asando dentro del traje de neopreno. Estábamos a mediados de marzo y el prometido oleaje de metro ochenta a dos metros y medio había llegado; eran las olas más grandes de todo el invierno. Mikki y yo comprobamos en mi móvil la *webcam* de la playa mientras desayunábamos.

—¡Hala! —exclamó Mikki cuando una ola rompió y una figura diminuta envuelta en goma la surfeó mientras el agua sobresalía bien alto por encima de su cabeza.

Kasim soltó un taco en árabe.

—Es demasiado grande.

Me terminé el café y me levanté.

—No hace falta que vengas.

Kasim trató de bloquear la puerta.

—No vas a ir.

En algunas ocasiones, adoptaba una actitud de macho alfa conmigo, y la mayoría del tiempo resultaba adorable —*sexy,* incluso—, pero no cuando se interponía entre el surf y yo. Por encima de su hombro, una serie de olas empezó a romper con una fuerza hipnótica. Me moría de ganas de estar allí.

—Lo siento —dije—, pero me voy.

—¡Vale! —Kasim lanzó los brazos al aire—. Pues voy contigo.

Lo miré consternada. ¿Cómo podía explicarle, sin ofender su preciado orgullo, que creía que su nivel no estaba a la altura de las condiciones del mar?

Desde que había conocido a Kasim, sentía un renovado respeto por los fotógrafos de surf. Algunos consideran a esta clase de fotografía un deporte de riesgo, y a mí me lo parecía. Mientras que los surfistas teníamos nuestras tablas para mantenernos a flote, Kasim tenía que flotar, él solo, durante horas, aguantando el peso de una cámara con su funda de plástico para protegerla del agua. Para lograr una instantánea debía colocarse en descabelladas posiciones dentro de la ola para conseguir el mejor ángulo. Esta se lo tragaba a menudo al romper; había recibido puntos en la sien por el golpe de un kayak de surf fuera de control y se había roto el tobillo al chocar contra un arrecife. Aun así, era uno de los chicos más en forma que conocía, pero no tenía mucha experiencia con olas tan grandes como las de ese día.

Ya se estaba poniendo el traje de neopreno. Miré a Mikki en busca de ayuda, pero sacudió la cabeza, pálida por los nervios. Aunque podría haber cambiado de opinión y no haber ido a surfear, puse mi egoísta necesidad por encima de su seguridad.

Diez minutos más tarde, estaba sentada en mi tabla, elevándome y hundiéndome con el movimiento del mar. Flotar sobre oleaje de esta envergadura siempre me ha mareado un poco. Miré alrededor en busca de Kasim y lo distinguí brevemente a lo lejos, con la cámara sujeta delante de él.

Como es evidente, no habíamos sido los únicos en enterarnos del parte meteorológico y, para ser marzo, el agua estaba muy concurrida. Había cuatro chicos sentados en el punto alto, donde yo me encontraba. Apareció una ola y uno de ellos la cogió. Quedaban tres personas; después sería mi turno. Mikki estaba en otro punto alto cercano. Le sonreí para tranquilizarla, porque siempre se asustaba con olas de este tamaño. Al final cogió una y, después, yo también. Y luego otra seguida de otra.

En ese momento me di cuenta de que hacía rato que no veía a Kasim. «Espero que esté bien», pensé. Pero si me adentraba remando para comprobar cómo estaba, perdería mi puesto en el grupo.

Esperaba encontrármelo en la playa, como siempre, pero no estaba allí. Mikki y yo esperamos, preguntamos a otros surfistas si lo habían visto. A lo mejor tenía mucho frío y se había marchado a casa con alguien. Pero tampoco estaba allí. En ese instante, el miedo empezó a invadir mi corazón y me impidió respirar bien. Denuncié su desaparición y comenzó su búsqueda.

Estaba en el coche cuando otro surfista me llamó. «Lo han encontrado». Aliviada, solté todo el aire que había retenido, pero, entonces, caí en la cuenta del tono que había empleado mi amigo. «¿Dónde?», pregunté con voz ahogada. Aparqué en el mismo sitio en la playa y recorrí la arena a toda prisa. Un cúmulo de gente se agolpaba alrededor de un cuerpo inerte, y todo se volvió oscuro.

Capítulo 35

Kenna

Mi tienda de campaña huele a crema solar. Tras contorsionarme para ponerme los pantalones cortos, saco la nota de debajo de mi almohada para verla a plena luz del día. Está redactada sobre un paquete vacío de Sex Wax, la cera para tablas que todos nos intercambiamos. No consigo distinguir si está escrita con tinta negra o azul hasta que abro la cremallera de la puerta de la tienda y dejo que entre más luz. Azul, azul oscura. La escondo en mi mochila.

Los demás van de un lado a otro preparando el segundo desayuno. No creo que entre todos tengan muchos bolígrafos, así que me parece que vale la pena preguntarlo.

—¿Alguien tiene un boli?

—Sí —responde Jack, que va a cogerlo a su tienda.

—¡Oye, que es mío! —Victor se lo quita de las manos y luego finge entregármelo como una rosa—. Toma, Kenna.

—Gracias.

Me cago en todo, ¡es negro!

En el otro extremo del claro, Clemente acerca un cúter a uno de los pies de Ryan. Voy para allá.

—¿Qué hacéis?

—Erizos de mar —dice Ryan con gesto de dolor.

Clemente está escarbando con la punta de la hoja. Yo misma me retuerzo al verlo, pero Clemente luce la misma expresión de concentración que tenía mientras preparaba el pescado.

Ryan suelta un aullido.

—Perdona —dice Clemente—. Es que me está costando…

—¡Joder, tronco! —murmura Ryan.

—No te muevas —le indica—. ¡Sí! ¡Lo tengo!

—¿Puedo verlo? —pregunto.

Clemente me enseña el pequeño fragmento negro y con forma alargada que hay sobre la hoja.

—Los he visto en las rocas, pero no sabía qué eran.

—No los pises —me previene Clemente—. Yo todavía tengo algunos en el talón desde hace unas semanas.

—Gracias, doctor —dice Ryan.

Miro a Clemente con curiosidad.

—¿De verdad eres médico?

—No, no terminé la carrera.

Por cómo frunce el ceño, sé que es un tema de conversación prohibido.

A Ryan le sangra el pie.

—Deberíamos ponerte algo para que no se te infecte —dice Clemente.

Victor se inclina para echar una ojeada.

—En Brasil nos ponemos lima.

Arrugo la nariz en una mueca al pensar en lo que debe de escocer.

—¿Hay limas en el Prado? —pregunta Victor—. Puedo ir a por ellas.

—No, gracias —dice Ryan—. Me echaré un poco de Betadine.

—Espera —dice Clemente—, déjame comprobar que no tienes más.

Clemente me gusta —más de lo que querría—, pero desearía que no se lo viera tan cómodo con ese cuchillo.

Jack está lavando las cosas del desayuno, y me acerco a él para echarle una mano. Todavía no me han asignado ninguna tarea concreta, así que me siento como una aprovechada.

—¿Qué tal la espalda? —le pregunto mientras se saca un trozo de papel de aluminio del bolsillo y se mete una pastilla en la boca.

—Un poco rígida.

Ahora que sé lo que ocurre entre Mikki y él, siento algo distinto por este tipo; lástima, casi, porque a veces hay verdadero afecto en sus interacciones con Mikki a pesar de recibir poco a cambio. ¿Quién está utilizando a quién? ¿O debería verlo como Mikki: un pacto directo entre dos adultos que dan su consentimiento?

—Mikki me ha contado lo de la boda —digo.

Jack parece ponerse a la defensiva.

—¿Y qué opinas?

—Que estáis locos.

—Es un acuerdo privado que hemos hecho entre los dos. —Su expresión se suaviza—. No soy una mala persona, Kenna.

El pelo rubio le cae sobre la frente cuando restriega los platos. A cualquier mujer heterosexual le resultaría complicado no sentirse atraída por él. Y no pasa nada porque yo sea una de ellas, me digo a mí misma, mientras no sobrepase los límites.

Me sobresalto cuando me doy cuenta de que Clemente me observa desde su tienda, y con una expresión que no logro descifrar, mientras miro a Jack.

—La mujer de Clemente —digo bajando la voz—. ¿Cómo era?

—Era un poco *hippy* —señala—. Un poco... ¿cuál sería la palabra? Sencilla. Era buena para él; no se hablaba con su familia y él se encontraba en la otra punta del mundo de la suya, así que supongo que se ayudaban mutuamente. Y físicamente se parecía un poco a ti.

A lo mejor esa es la razón por la que Clemente se me queda mirando tantas veces.

—¿Te caía bien?

—Sí, era una tía muy enrollada.

—Debió de ser un verdadero *shock*.

Jack desvía la vista hacia Clemente.

—Creo que todavía no lo ha superado.

—¿Sucedió de repente? ¿Estaba deprimida o algo?

—No que yo notara. La semana que murió, las olas fueron increíbles, de las mejores de nuestras vidas.

Pienso en la expresión de culpabilidad de Clemente cuando le pregunté por ella.

—¿Discutían alguna vez?

—A veces. Ya sabes cómo es... cuando no hay olas, nos entra la claustrofobia y nos peleamos por tonterías. La casa que teníamos en Bondi era suya. Ella quería venderla, comprar unas tierras y montar una granja sostenible, y a Clemente le parecía que daría demasiado trabajo y que no habría tiempo para el surf.

Al recordar la advertencia de la nota, procuro mantener un tono descuidado y casual.

—Cuando ella murió, ¿él se quedó con la casa?

—Sí.

Las tiendas de campaña ondean con la brisa… y mis pensamientos van a mil por hora. Sídney es una de las ciudades más caras para vivir del mundo, así que parece que Clemente se benefició ampliamente de la muerte de su mujer. Aunque este pensamiento no encaja con la bondad que he apreciado en él, recuerdo la oscuridad de sus ojos. ¿Hubo algo sospechoso en su suicidio? No puedo preguntárselo a Jack porque es evidente que están muy unidos.

Victor está por allí cerca, cambiándole las quillas a una tabla de surf amarillo intenso, así que decido que lo intentaré con él. Voy hacia allí mientras le doy vueltas a una forma inocente de sacar el tema de la mujer de Clemente.

—Me gusta tu tabla.

Victor engancha la última quilla.

—Te la puedes quedar, tengo más.

Parpadeo; me ha pillado desprevenida. No solo es una tabla demasiado grande para mí, sino que, además, es suya.

—Gracias, pero solo me refería a que me gusta el diseño.

Victor sonríe.

—Es brasileña. ¡Eh, mira! —Arranca unas flores blancas cerosas de un arbusto cercano y me las coloca debajo de la nariz—. Huélelas, ¿a que son preciosas?

—Sí.

Arranca un par de tallos más y, con ellos, forma cuidadosamente un ramo.

—Se lo daré a Sky.

Compruebo que ninguno de los demás nos escucha.

—Quería preguntarte algo. Cuando la mujer de Clemente se suicidó, ¿sucedió algo extraño?

La expresión de su rostro cambia por completo.

—¿A qué te refieres?

—¿Hubo algo, no sé, sospechoso?

—¿Sospechoso? ¿Quién te ha dicho eso? —Su tono de voz es cortante.

Echo marcha atrás y me fustigo mentalmente por no haber sido más sutil.

—Nadie, solo era curiosidad.

—No, fue claramente un suicidio, no cabe duda. —Corta el aire con el ramo de flores para enfatizar sus palabras—. Antes de eso estaba muy triste, lloraba todo el rato. No podía parar de llorar, ¿sabes?

Creo que se está pasando un poco con lo de llorar, así que tomo nota mental de que a Victor se le da fatal mentir. Es evidente que piensa que su muerte fue sospechosa, o quizá incluso lo sabe. No es lo que quería oír. Es amigo de Clemente, así que ¿intenta protegerlo? ¿O tal vez a otra persona? El problema es que todos son amigos de Clemente... ¿Cómo voy a conseguir, entonces, averiguar la verdad sobre cualquier cosa en un grupo tan unido?

Cambio de tema.

—Mikki me contó que eres un profesional de las olas grandes.

Me parecía que este tema de conversación sería más seguro, pero Victor se tensa todavía más.

—Lo era.

Se oye un crujido y algo me golpea en el dedo. Pétalos... Las flores, las ha tirado al suelo.

Capítulo 36

Victor

Kenna está diciendo algo, pero no alcanzo a escucharla porque mi mente está llena de una espuma marina blanca y agitada.

Mavericks... Un lugar para surfear en California famoso por sus aguas heladas y sus enormes olas. Las «olas grandes» de verdad miden, al menos, seis metros de alto, y, en Mavericks, a veces alcanzan los dieciocho metros. ¡Dieciocho metros! El tamaño de un pequeño bloque de apartamentos.

«¿No te dan miedo?», me preguntaba la gente.

Deberían probar a crecer en el límite de uno de los mayores suburbios de Río. Tener miedo es que te apunten en la cabeza con un arma mientras aceleras por la BR101 en tu motocicleta. «¡Dame la moto o disparo!». Tener miedo es verte sorprendido en un tiroteo entre la policía y los líderes de los barrios bajos, o que unos ladrones armados se cuelen en tu casa y le pongan una pistola a tu madre en la cabeza.

Si sobrevives a eso, te sientes invencible. Además, al fin y al cabo, las olas solo son agua.

Vitão, solían llamarme: «El gran Victor». Pero ya no... Hace tres años, me ahogué.

La gente siempre tiene un millón de preguntas cuando escuchan eso. Antes trataba de relatarles lo que se siente cuando cientos de toneladas de agua te mantienen bajo la superficie. Cuando notas que tu consciencia se desvanece, como una antorcha que se va apagando, a medida que la presión aumenta en el interior de tus pulmones y del cerebro.

«No solo eres un escarabajo bocabajo», decía. «Eres un escarabajo bocabajo bajo un rascacielos». Cuando me desperté en el hospital, tenía todas las costillas rotas.

Con el tiempo me di cuenta de que no existían palabras para describir esa cantidad de agua, o esa cantidad de miedo, así que ahora resumo la historia. Me precipité desde una ola de quince metros y permanecí tanto rato bajo el agua que perdí la consciencia. Mi equipo de rescate me sacó del agua; había un buen médico; tuve suerte.

Tardé tres meses en recuperarme físicamente por completo. En cuanto a la recuperación mental..., estaba de vuelta en casa, surfeando en Río, cuando una serie de olas apareció a mi espalda y, delante de todos mis colegas y de varios equipos de grabación, tuve el primer ataque de pánico de mi vida.

Cuando sabes que una ola como las de Mavericks existe, no lo olvidas nunca. La veo cada noche en mis sueños, y cada noche me ahogo y me despierto jadeando. «Tienes tos de fumador», me dicen los demás cuando me oyen, pero nunca he fumado.

Algún día volveré a surfear en Mavericks; me muero por revivir esa sensación. Sky parece ser la única que lo comprende. Mi mujer me hace tanto bien. Los demás cuestionan lo mucho que me presiona, pero yo quiero que lo haga. Quiero ser Victor Romano otra vez. Espero que Kenna no haga nada que ponga en peligro la vida que tenemos montada aquí, porque no permitiré que nada se interponga en el camino de mi recuperación. Las olas de la bahía de Sorrow solo tienen unos metros de altura la mayor parte del año —tres, como mucho, cuando hay alguna tormenta—, pero si puedo surfear en todas las que ofrece la Bahía, podré avanzar hacia algo más grande.

Varias veces a la semana, Sky me coge de la mano y me guía hasta el mar o el río. Mi cuerpo comienza a temblar; mis manos, a sudar. Me peleo conmigo mismo para concentrarme, para reunir toda la calma que pueda, porque sé que Sky tratará de despertar mi miedo, algo que, en general, le resulta especialmente fácil. En esos momentos, una expresión bastante peculiar aparece en su rostro, un brillo en sus ojos. A veces me parece que necesita estas sesiones tanto como yo. Nos metemos en el agua y, entonces, sin previo aviso, me agarra por la nuca y me sumerge en el agua. Me esfuerzo por calmarme, a pesar de que no sé cuándo —o si— me dejará salir a coger aire.

Surfear olas grandes es un deporte tanto físico como mental. Cuando una ola te arrastra hacia el fondo, solo puedes relajarte y esperar. A medida que los segundos pasan, debes calmar tus pulsaciones, trasladando tu mente a un lugar más feliz. Solo debes luchar al final del todo, cuando no te queda otra opción.

Los surfistas de este tipo de olas suelen aguantar la respiración durante más de cuatro minutos. En un buen día, yo llegaba a cuatro minutos y veinte segundos, pero desde el accidente he bajado bastante. Mis sesiones con Sky me permiten aumentar el tiempo que puedo aguantar bajo el agua, pero, en realidad, estamos trabajando en mi trauma.

Cuando me mantiene sumergido, con el bíceps hábil y fuertemente enrollado alrededor de mi cuello, mis ojos se quedan al nivel de su rosa tatuada, mi favorita de entre todos los que tiene, porque es el que mejor la representa. Mi mujer tiene el aspecto y el aroma de una rosa, pero también tiene espinas, de la misma forma que Elke tenía garras.

El afán de Sky por ahogarme prácticamente del todo me fastidia, pero quizá no debería, porque otra clase de pareja sería incapaz de hacerlo por mí. Mi atracción hacia ella me da algo a lo que aferrarme durante las sesiones. Después, en nuestra tienda, siempre se muestra especialmente apasionada, como si así compensara lo que ha hecho.

O como si el hecho de llevarme al límite la pusiera cachonda. Y lo cierto es que, con cada sesión, me acerco más y más al límite. Y esto también me fastidia.

A veces me preocupa que todos mis esfuerzos no sirvan para nada. Pensar que nunca volveré a Mavericks; que moriré en esta playa solitaria de Australia, lejos de mi hogar. Como Elke.

Capítulo 37

Kenna

Victor está en una especie de trance.

Sky se encuentra cerca de allí, tendiendo la ropa en la cuerda, y voy hacia ella.

—¿Victor está bien?

Con poco interés, le echa un vistazo.

—Sí, está bien. Su accidente lo dejó traumatizado, pero estamos trabajando en ello. Es lo que hacemos aquí: trabajar en nuestros miedos hasta que desaparecen. —Me rodea con un brazo y me conduce hasta un banco—. Cuéntame, Kenna, ¿de qué tienes miedo?

De repente, me pongo nerviosa. Clemente me avisó de que esto pasaría. Hay muchas cosas de las que tengo miedo —la mayoría de los insectos que hay aquí, para empezar—, pero me niego a contárselas.

—De pocas cosas, la verdad. ¿Y tú?

Sonríe.

—Antes de muchísimas, pero las fui eliminando. —Pronuncia «pero» marcando mucho la erre.

Me acaricia el brazo. No estoy acostumbrada a tener amigas tan sobonas como ella, pero lo cierto es que no me resulta desagradable, así que procuro relajarme. Sopla una brisa fría y la mano de Sky está más caliente que mi piel (y es sorprendentemente suave, considerando todas las actividades que realiza).

—Eso es genial —digo.

—Enfrentarnos a nuestros miedos es una experiencia asombrosamente liberadora.

Tenerla tan cerca, disfrutando de su completa atención, es adictivo. A pesar de que quiero guardármelo un poco más, me sorprendo hablándole de Toby y de la cantera.

—En el fondo me aterra hacerle daño a alguien más —concluyo.

—No puedes responsabilizarte de las decisiones de los demás —dice Sky.

La miro y deseo creerla.

—No fue solo eso.

En sus ojos brilla el interés, de modo que le hablo del día en que Kasim se ahogó.

—Kasim no quería que fuera a surfear aquel día, solo estaba allí porque yo insistí en ir. Murió por mi culpa.

Sky me mira con empatía.

—No puedes llevar esa clase de peso sobre tus hombros, acabará contigo. Puedo ayudarte; de hecho, estamos a punto de hacer una sesión de visualización. Visualizar las cosas es una técnica muy poderosa. Puedes utilizarla para trabajar en tu miedo y para que te ayude a curarte. Esto es lo que quiero que hagas: imagínate que estás en el agua con Kasim y que alargas el brazo y lo sumerges.

Retrocedo.

—No veo en qué podría ayudarme eso.

—Es tu peor miedo, ¿no? Pues necesitas experimentarlo una y otra vez.

Tengo escalofríos solo de pensarlo.

—Vale —respondo, aunque no estoy muy convencida de que vaya a hacerlo.

Sky llama a todo el mundo y el grupo se reúne.

—La mayoría de las personas huyen del miedo —nos dice—. ¿Y si, en su lugar, lo abrazáramos? ¿Qué haría por vosotros? ¿En qué os cambiaría? Sea lo que sea de lo que tenéis miedo, os reto a que tratéis de localizarlo. No será tan malo como pensáis.

Con esas palabras, extiende una colchoneta y los demás la imitan. Jack y Clemente se tumban, pero Mikki se sienta con las piernas cruzadas, al igual que Victor y Ryan. Yo decido sentarme también; de esa forma, podré estar pendiente de las hormigas.

La brisa me acaricia el pelo y los loros graznan sobre nuestras cabezas. Brevemente, trato de hacer lo que me ha aconsejado Sky y me imagino a Kasim en el agua conmigo. Extiendo los brazos hacia sus hombros y... ¡no! Hago una mueca e intento borrar la imagen de mi mente.

¿Cuánto tiempo durará esto? Si ya de por sí me cuesta permanecer sentada la mayoría de las veces, ahora, con los mosquitos revoloteando de un lado a otro, me resulta casi imposible, de manera que me pongo a observar a los demás y me pregunto qué estarán visualizando. Victor se sacude de vez en cuando y Jack estornuda, pero, por lo demás, permanecen quietos y en silencio.

Dirijo mis pensamientos hacia la mujer de Clemente. ¿Qué trataba de ocultar Victor antes? A lo lejos, oigo las olas. El sonido me tranquiliza y no tardo en acompasar mi respiración con su ritmo.

—Buen trabajo a todos —dice Sky.

He perdido la noción del tiempo, pero, cuando me pongo en pie, siento un hormigueo en las piernas y se me ha dormido el culo. Los demás miran a su alrededor como si estuvieran saliendo de un trance. Jack rota a un lado y al otro el cuello y tiene los ojos vidriosos; ¿se habrá dormido? Mikki, por su parte, luce una sonrisa serena en el rostro. Me pregunto qué habrá estado visualizando... polillas u olas grandes, supongo.

—¿Qué tal te ha ido? —me pregunta Sky.

—Estoy en ello —respondo.

—Sigue intentándolo. Más tarde haremos un ritual de curación para ti.

—Genial. —Cambio de tema—. Antes has mencionado que aquí todos tienen problemas. ¿De qué clase de problemas se trata?

—No estaría bien que te lo dijera, me lo contaron en confianza. Si les preguntas, quizá te lo cuenten, pero algunas personas prefieren que esas cosas sean privadas.

—Claro. —Me gusta que no quiera contármelo, pero ahora me pica muchísimo la curiosidad. Conoce los secretos de todos; es casi como un cura.

Detrás de ella, Clemente se arrodilla sobre un cubo de agua, sin camiseta, para lavar la ropa.

Sky se gira para ver qué estoy mirando.

—Te gusta.

Me pongo roja como un tomate. No respondo, pero tampoco hace falta.

—Ten cuidado con él, cielo.

—¿Por qué? —pregunto.

Me sonríe de forma misteriosa, sin pronunciar palabra.

—Jack me ha hablado de la mujer de Clemente —digo.

Su sonrisa se desvanece.

—¿Y qué te ha contado?

—Que se ahorcó en esa rama.

—Ya.

Estudio su rostro.

—Eso es lo que ocurrió, ¿no?

Durante una décima de segundo, titubea.

—Sí.

Me la quedo mirando: ¿qué se está callando?

—¿Qué te parece la Tribu hasta ahora? —pregunta, cruzándose de brazos.

—Me encanta.

Es la respuesta adecuada, así que Sky asiente, aparentemente satisfecha.

—Una advertencia, Kenna. Este lugar no es perfecto, como no lo son las personas que estamos en él. Aquí todo el mundo tiene sus secretos, pero no nos ponemos a indagar en ellos porque, a veces, es mejor no saberlos.

Capítulo 38

Kenna

Esa tarde volvemos a surfear. Pillo a Clemente mirándome unas cuantas veces, pero es como si se esforzara de manera consciente por evitarme.

También lo observo con disimulo mientras cenamos. Es evidente que hay algo en el suicidio de su mujer que no encaja, pero eso no significa que esté implicado en la desaparición de Elke. Lo cierto es que cualquiera de ellos podría ser el responsable. Victor dijo que mataría por estas olas; Sky podría haberla visto como una amenaza; Ryan es el guardián, ¿podría haberse tomado su papel demasiado en serio? ¿Qué hizo que tuviera que dejar su país, además? Por lo que sé, podría ser un criminal buscado por la justicia.

Mikki me toma la mano mientras fregamos los platos.

—Apenas te he visto en todo el día. ¿Te apetece que nos demos un baño?

—¡Vale, sí, genial! —respondo, contenta de que haya sido ella la que me ha buscado.

—¿Puedo acompañaros? —pregunta Clemente.

Mikki se adelanta y le contesta antes de que yo diga nada.

—No, lo siento, necesitamos algo de tiempo para chicas.

—No pasa nada. —Entonces se marcha para hablar con Jack.

Cinco minutos después, Mikki y yo estamos chapoteando en el océano. Está prácticamente plano; es alucinante que las olas puedan descender tanto en tan poco tiempo. Remuevo el agua con las manos y disfruto del vaivén de las olas cuando pasan de largo.

Mikki lleva puesto un bikini de tiras que recuerdo de Cornualles, pero ahora tiene el estampado gastado.

—Me encanta ese bikini —digo, y me fijo también en la increíble forma física en que está.

Suelta una risita.

—No puedo ponérmelo para hacer surf. ¿Te acuerdas de aquella vez que lo intentamos con bikinis así?

—¡No me lo recuerdes! —comento, también entre risas.

Con quince años, nos compramos nuestros primeros bikinis de tiras y decidimos salir a surfear con ellos. Mala idea... Los olas no eran muy grandes —sobrepasaban por poco el medio metro—, pero golpeaban con la suficiente fuerza como para quitarnos el bikini. Teníamos que subirnos la parte de abajo y reajustar la de arriba cada vez que venía una ola para no quedarnos desnudas delante de los demás.

Una chica más mayor se nos acercó remando. «Un consejo: si vais a hacer surf en bikini, tenéis que comprároslo dos tallas más pequeñas de lo habitual y que sea de triángulo ajustado».

Avergonzadas, volvimos hacia la arena.

Me tumbo sobre los bajíos. Las diminutas olas bañan mis pies y admiro la puesta de sol. Todo —la arena, el cielo y el océano— desprende distintos tonos de rosa. Un pájaro sobrevuela la superficie —un águila o quizá un halcón— en busca de algún pez para la cena.

La vida en la bahía de Sorrow gira en torno al sol y la marea bajo el cielo abierto. Es tan distinta a mi vida urbanita en Londres, donde me despierto con el sonido del despertador en un dormitorio frío y oscuro, tirito mientras me preparo para ir a trabajar y apenas veo la luz del sol...

—Reconozco que este sitio me gusta cada vez más —comento.

—¡Te lo dije! —se jacta Mikki—. ¡Madre mía! ¡Pero mira cómo tienes las uñas de los pies!

Me fijo en mis dedos, con el pintaúñas descascarillado, y después en los suyos, inmaculados. La salpico con el agua, se ríe y me devuelve la jugada.

Me incorporo, consciente de que estoy a punto de romper el buen rollo.

—Quería preguntarte por Jack. ¿Cuánto le estás pagando?

La expresión de su rostro se transforma.

—Eso es asunto mío.

—Por Dios, Mikki, no puedo creer que vayas en serio con esto. ¿Y si conoces a alguien que te guste de verdad?

—Solo tenemos que permanecer juntos dos años, y, después, conseguiré el permiso de residencia.

Una forma oscura bajo el agua me sobresalta. Mikki se sumerge y vuelve a salir con un puñado de algas que chorrean.

Me llevo la mano al pecho.

—Joder, qué susto. ¿Alguna vez has visto tiburones aquí?

Mikki se tumba y su pelo flota alrededor de su cabeza como si fuera una aureola.

—Los demás sí. En un par de ocasiones me dio la impresión de que había visto uno, pero podría haber sido un delfín.

—Ya. —Mientras mi corazón recupera su ritmo habitual, recuerdo que quería preguntarle otra cosa—. ¿Entonces, cómo funciona? Lo de la boda falsa.

Me ofrece una mirada mordaz.

—¿Estoy invitada?

Su expresión se suaviza.

—Pues claro que sí —dice.

—¿Puedo daros un regalo de mentira?

—No, tiene que ser de verdad. —Sonríe.

—Déjame pensar… Podría conseguirte unas flores falsas, o unas joyas de mentira. De plástico, de la tienda de todo a una libra. ¿Hay alguna por aquí?

—Son de todo a un dólar.

—Lo digo en serio, ¿cómo es el trámite?

—El registro nos da una licencia y seguimos adelante como hasta ahora. No es para tanto, por eso no te invité.

—Sky dijo algo sobre compartir. —Me siento incómoda preguntándolo—. En la Tribu, ¿se comparten las parejas?

—A veces.

—¿En serio? —Lo que más me sorprende es que Mikki parece aceptarlo.

—Sky tuvo una infancia muy infeliz. Se marchó de casa con dieciséis años y lleva mucho tiempo sin hablarse con sus padres.

Un poco como Ryan. La forma en que viven en esta pequeña burbuja no es sana, lejos de casa y de las personas que se preocupan por ellos. Anoto mentalmente que tengo que preguntar a los demás por sus familias; seguro que alguno siente nostalgia.

—Sky dice que la Tribu es ahora su familia —explica—. Por eso se le ocurrió la idea de que lo compartiéramos todo, incluso las parejas.

Por un momento, me pregunto cómo será la relación de Mikki con Sky. No estoy segura de que pueda llamarse amistad, ya que no comparten el afecto físico que existe entre Mikki y yo —la calidez, las risas—, pero, claro, tampoco es que Sky se ría mucho. Es más, Mikki hace cualquier cosa que Sky quiere y esta la recompensa dándole trato de favor, o, al menos, no castigándola.

De todos modos, si Sky le ordenara a Mikki que saltara, esta última le preguntaría desde qué altura.

Creo que Mikki percibe mi desaprobación, porque se vuelve a sumergir.

—El agua está muy caliente.

—Sí, a Kasim le habría encantado. Ni siquiera tendría que haberse puesto el traje de neopreno. —Suspiro—. Dios, lo echo de menos.

—Oh, venga ya. Teníais unas discusiones tremendas cada vez que querías surfear en algún lugar peligroso, ¿no te acuerdas?

—Tampoco eran tremendas.

—Te cortaba las alas. —Mikki me mira como pidiendo perdón—. Me lo dijiste tú misma.

Tiene razón; me cabreaba un montón que hiciera eso.

«No quiero perderte», solía decir. O: «Me preocupo por ti». La mayoría del tiempo lo ignoraba y me marchaba a surfear, pero también daba voz a las dudas que habitaban en el fondo de mi cabeza y las amplificaba, a veces hasta tal punto que sucumbía a ellas. Pero no necesito que Mikki me lo recuerde.

—Lo siento —dice—, pero es que lo idolatras, y no creo que eso te ayude.

La fulmino con la mirada. Mis preciados recuerdos son todo lo que me queda de él y ahora se están doblando por las esquinas, poniéndose amarillentos y enmohecidos. Válidos únicamente para tirarlos a la basura, que es en lo que Mikki los está convirtiendo. En lo que lo está convirtiendo a él.

—Deberías tratar de hablar con Sky sobre ello —sugiere.

—Tú idolatras a Sky y no creo que eso te ayude —replico—. ¡Ese puñetero tatuaje!

Percibo el dolor en los ojos de Mikki. Se da la vuelta y se aleja nadando rápidamente en estilo libre. Yo camino por los bajíos y camino por la arena sin volver la vista atrás.

Una escena se abre camino en mi mente mientras atravieso los arbustos. Mikki, Kasim y yo de pie en las rocas de Destruction Point, una tarde, viendo cómo rompían las olas. Solo había dos surfistas en el agua. Mikki y yo ya habíamos surfeado en ese infame lugar de Devon varias veces, pero hoy no le apetecía; las olas eran muy altas.

—¿No te importa esperarme, verdad? —le pregunté.

Me dijo que no, de manera que tiré mi tabla por encima de las rocas y salté al agua inmediatamente después. Es cierto que las olas eran un poco grandes, pero cada vez que cogía una, me invadía una deliciosa mezcla de miedo y entusiasmo. Pensaba que Kasim iba a hacerme fotos, pero se limitó a observarme de brazos cruzados. Estaba demasiado lejos como para que pudiera leer la expresión de su rostro.

No sabía qué esperarme de él. ¿Que estuviera impresionado? ¿Orgulloso de mí? No estaba ninguna de esas dos cosas, estaba furioso.

—¿Te crees que quiero ver eso? —me gritó cuando salí del agua—. ¡Pues no! ¡Para nada! ¡Pensaba que ibas a morir!

Me sentía mal, pero, aun así, lo habría vuelto a hacer sin pensármelo dos veces.

—Lamento haberte asustado.

—¡Mira! ¡Te has cortado!

La sangre me caía por las espinillas y, además, me dolía el pie.

—Siempre me corto cuando surfeo aquí, le pasa a todo el mundo. Los cirrípedos de las rocas están afilados.

—¿Por qué has saltado desde las rocas?

—Es la única forma de entrar, de lo contrario hay que remar dando un rodeo desde la playa, y está a kilómetros de distancia.

Hubo muchas más veces en las que intentó que no surfeara porque pensaba que era peligroso, pero yo siempre lo hice a pesar de sus protestas. Tras su muerte, me machaqué a mí misma sobre lo egoísta que había sido al asustarlo de aquel modo. Si mantienes una relación con alguien, quizá esa persona tenga derecho a evitar que hagas cosas peligrosas, ¿no? La verdad es que todavía no lo he averiguado.

Capítulo 39

Kenna

De vuelta en el claro, Ryan está limpiando la barbacoa. Cojo una esponja del cubo; me duelen los brazos de haber estado surfeando, pero no hay nada como ponerse a restregar algo para calmarse. No estoy segura de con quién estoy más enfadada, si con Mikki, con Kasim o conmigo misma.

Extrañamente sonriente, Ryan levanta la cabeza.

—¡Qué olas había hoy!

Mi enfado se rebaja un poco.

—Sí, lo sé. Todavía no me creo que nadie más venga a este sitio.

—Bueno, eso no es del todo cierto.

—¿Ah, no?

Parece como si se arrepintiera de contármelo.

—Jack trajo a unas chicas.

—¿En serio? —Todas las alarmas se disparan en mi cabeza.

Ryan ve mi expresión y trata de dar marcha atrás.

—Solo durante los fines de semana y antes de que conociera a Mikki. Pero nos quejamos bastante después de que las trajera la primera vez, así que se aseguró de que no supieran dónde habían estado exactamente.

Intento mantener un tono de voz normal.

—Pero más o menos lo sabrían, ¿no? Me refiero a que serían conscientes de a cuántas horas al norte de Sídney estaban y qué tenían más cerca, ¿no?

Ryan se está poniendo nervioso.

—Bueno... no, porque él les daba algo.

—¿Qué quieres decir?

Cambia el peso de una pierna a la otra.

—Les echaba algo en la bebida antes de marcharse de Sídney.

Se me resbala la esponja de entre los dedos. Es como si la temperatura hubiera bajado diez grados.

—¿Dices que las drogaba?

Los ojos de Ryan se desvían rápidamente de mi rostro a los árboles.

—Solo les daba un somnífero.

Me lo quedo mirando fijamente. Es evidente que no ve qué tiene de malo ese comportamiento.

Se encoge de hombros.

—Eran mochileras extranjeras que nunca habían estado en Australia. Les hacía pensar que las estaba llevando al sur, no al norte, y nunca notaron la diferencia. Cuando se cansaban, las llevaba de nuevo a Sídney.

—¿También las drogaba a la vuelta?

—Sí —responde y se cruza de brazos—. Tenemos que proteger este sitio.

—¡Podría haberles pasado algo malo! ¡La droga de la violación! ¡Y a saber lo que hizo con ellas mientras estaban drogadas!

—Oh, vamos, conozco a Jack. Drogarlas para violarlas no es su estilo, ese pavo es un imán para las tías. Estaban loquitas por él.

¿Acaso no lee las noticias? Imagino que no, si nunca sale de este lugar. Está tan desconectado… Muchísimas personas se han visto sorprendidas por esa misma idea errónea.

—¿A cuántas trajo? —pregunto.

—¿Dos o tres?

La furia se desata en mi interior. Jack se está lavando los pies bajo el grifo, así que me encamino hacia él.

—Ryan acaba de contarme que drogabas a las mujeres que traías aquí.

Jack abre la boca, me mira primero a mí y luego a Ryan, que se ha quedado extrañamente detrás de mí. «No soy una mala persona», me había asegurado. El muy cabrón… Me alegra verlo convenientemente avergonzado.

¿Sabe Mikki que su prometido droga a la gente? Aquí viene, ascendiendo por el sendero. Iré a hacer las paces con ella cuando me haya encargado de Jack.

—¿Qué les dabas?

Jack parece desconcertado por mi arrebato.

—Cálmate, solo eran somníferos.

—¡Acercaos! —dice Sky en voz alta.

Aunque no he terminado con Jack, se marcha para ir junto a Sky, que está en la hoguera. Lo sigo, de mala gana, mientras doy vueltas en mi cabeza a su despreocupada confesión.

—Esta noche haremos un ritual de curación —dice Sky.

Ya es prácticamente noche cerrada y nos tiende a cada uno una pequeña vela blanca; a continuación, apaga la hoguera, de modo que la única luz disponible es la de nuestras velitas.

—Todos hemos hecho cosas de las que no nos enorgullecemos —dice—. Cosas que se enquistan en nuestro interior y debilitan nuestro espíritu.

Yo todavía tengo enquistado que Jack drogara a mujeres, así que lo miro, pero no se da cuenta. «Olvídalo, Kenna».

—Reviviremos nuestros errores mientras contemplamos nuestras velas —explica Sky—. Después, cuando las apaguemos, desaparecerán de nuestros pensamientos.

Siete llamas titilan. Me quedo mirando fijamente la mía y veo el rostro de Kasim, que se transforma en el de Toby Wines. ¿Estaba Sky en lo cierto? ¿Debería sentirme responsable por lo que les ocurrió a Toby y a Kasim? Irme de rositas resulta ciertamente tentador, pero no estoy segura.

Levanto la vista hacia los rostros solemnes de los demás, encorvados sobre sus velas. Mikki está a mi lado. ¿Qué estará reviviendo? Algo brilla sobre su mejilla; joder, está llorando. Me doy cuenta de que no le gustaría saber que la miro y, con rapidez, vuelvo la vista de nuevo hacia mi vela.

Desde que nos conocemos, nunca la he visto llorar. Sus ojos permanecieron secos incluso cuando su perro murió durante nuestra adolescencia. Aquel día estuvo más callada de lo habitual, pero ese fue el único rasgo por el que noté que estaba triste.

—Ahora, soplad y eliminad vuestros errores —dice Sky—. Sentid que la culpa abandona vuestro cuerpo y se aleja flotando entre los árboles.

Uno a uno, apagamos nuestras velas. Me imagino que nuestra culpa es una entidad física: pequeñas nubes negras que supuran nuestros cuerpos y flotan en el aire como una niebla tóxica. Pienso en todas las veces que la Tribu habrá hecho esto a lo largo de los años. Y la noche parece particularmente oscura ahora mismo.

Capítulo 40

Kenna

Oigo voces a mi espalda. Me sobresalto —todos lo hacemos— cuando dos hombres entran en el claro con linternas en la mano. Uno es robusto, con una poblada barba rubia; el otro tiene el pelo oscuro y está más delgado. Visten polos azul oscuro a juego y pantalones cortos *beige,* y llevan unas bolsas grandes colgando de sus hombros.

Sé que van a ser un problema por la forma en que la Tribu se reúne y, al igual que cuando llegué, se comporta como un equipo enfrentándose a un oponente, solo que esta vez yo también formo parte de él. Victor rodea posesivamente por los hombros a Sky; Jack coge la mano de Mikki, y es la primera vez que lo he visto hacerlo.

—Os habéis adelantado una semana —dice Sky en voz alta.

—Las previsiones indican que un ciclón podría acercarse —exclama el tío de la barba—. Así que hemos preferido venir mientras fuera posible.

—Los ciclones nunca llegan hasta aquí abajo —replica Jack.

—Creen que este sí. —El tío de la barba se fija en mí—. Bueno, bueno, bueno, pero si tenemos a una nueva. Eso os costará.

Clemente se acerca a mí y nuestros hombros se tocan.

—¿La otra chica volvió? —pregunta el tío del pelo oscuro.

—No —responde Sky.

¿Hablan de Elke?

Sky empieza a encaminarse hacia ellos. Victor hace ademán de querer seguirla, pero ella lo detiene.

—Deja que yo me encargue.

Victor se coloca a mi lado, visiblemente molesto, mientras los hombres negocian con Sky. Ryan se apresura a encender la hoguera.

—¿Quiénes son? —pregunto a Jack mientras lo fulmino con la mirada para que sepa que no se me ha olvidado lo de las mujeres drogadas.

—Northy y Deano —responde—. Los guardabosques.

Distingo los logos que aparecen en sus polos: *Parques nacionales de Nueva Gales del Sur.*

—Se estaba corriendo la voz sobre este sitio —me explica—. No sé cómo, porque no aparece en ninguna guía de surf, pero en las épocas de mayor afluencia podía congregarse una pequeña multitud, así que a Sky se le ocurrió una idea brillante e hizo un pacto con Northy, el rubio de la barba.

—La barrera en la carretera —digo.

—Exacto.

—¿Cuánto tiempo lleva allí? —preguntó.

Jack mira a Mikki.

—Desde antes de que tú llegaras, ¿no? ¿Cerca de un año?

Mikki asiente. Me gustaría preguntarle si sabía que Jack drogaba a las mujeres que traía aquí, pero ahora, claramente, no es el mejor momento.

—Hubo una tormenta muy fuerte que causó algunos desprendimientos, lo que resultó muy oportuno —explica Jack—. Despejamos lo mínimo para poder pasar y les pedimos que dejaran la carretera como estaba.

—¡Guau! —digo—. ¿Y accedieron?

—Por un precio.

—¿Y nadie se quejó?

—¿Quién iba a hacerlo? —dice—. Estamos en medio de ninguna parte y hay playas para surfear mucho más accesibles.

—¿Cada cuánto vienen por aquí?

—Normalmente, el primer lunes de cada mes.

De repente, me pregunto qué clase de pagos han estado aceptando.

Un viento frío recorre el claro. Las ramas se agitan, los arbustos se sacuden y yo me abrazo a mí misma.

—¿Cómo les pagáis?

Jack me mira extrañado.

—Con dinero, ¿con qué va a ser? Y con alguna tabla de surf si no tenemos suficiente en efectivo.

Estudio su rostro, dispuesta a creer lo que dice.

Sky regresa hacia nosotros; no parece contenta.

—Vale, escuchad. Son trescientos cada uno.

Una furiosa discusión se desata entre todos.

—Cálmate —le dice Sky a Victor.

—¿Por qué tanto? —pregunta Ryan.

—Mantenimiento extra, al parecer —responde Sky—. A mí tampoco me gusta, pero no tenemos muchas más opciones. —Desvía su mirada hacia mí—. ¿Te parecen bien trescientos, Kenna?

Doy un salto.

—Sí, claro.

Me dedica una sonrisa pesarosa. Es de suponer que lo querrán en efectivo, así que me dirijo a mi tienda y saco trescientos dólares de mi cartera. No me molesta el precio —un hotel sería muchísimo más caro y todavía no he puesto nada para la comida—, pero tendría que haber sacado más dinero cuando tuve la oportunidad.

—Entonces ¿tenéis que pagarles todos los meses? —pregunto.

—Sí —responde Sky.

—¿No es demasiado?

—¿Por estas olas? —dice Victor—. Yo pagaría mucho más; lo que hiciera falta. ¿Tú no?

Una vez más, noto esa sensación de que hay secretos enterrados que desconozco.

Cuando Northy ha cobrado el dinero, Deano y él deambulan de un lado para otro, mirándolo todo, como si el lugar fuera suyo. Northy se pasea con tranquilidad.

—Qué buen aspecto tiene todo por aquí. —Sus ojos se encuentran con los míos mientras lo dice—. A lo mejor deberíamos pasar la noche con vosotros, ¿qué opinas, Deano?

—Por mí, bien —responde Deano.

Descienden el sendero y regresan con un paquete de cervezas y una tienda de campaña.

Northy abre una lata azul.

—¡Salud! ¿Qué hay de cena?

—Ya hemos cenado —dice Sky.

—Nos las apañaremos solos, entonces —dice Northy.

Deano y él se dirigen hacia la zona de la barbacoa. Los observo, consternada, mientras saquean nuestra comida y lo dejan todo patas arriba.

Me vuelvo hacia los demás para ver su reacción.

—¿Vais a dejar que hagan lo que quieran, sin más?

—Si nos quejamos, subirán el precio —señala Jack—. Victor llamó gilipollas a Northy una vez y la tarifa nocturna fue el doble desde entonces. Sky nos ha prohibido que les hablemos. Ahora es la única que trata con ellos.

Northy ha encontrado las sobras de la pasta.

—¡No está mal! —exclama—. Pero le falta algo de sal.

Deano se acaba su cerveza y abre otra.

—¡Eh, esa es mi guitarra! —grita Ryan cuando Northy coge, sin ningún cuidado, el instrumento.

—Solo la voy a probar —dice Northy.

Ryan masculla algo y maldice.

—Cállate —le ordena Sky entre dientes.

Siento cómo los demás imploran a Ryan en silencio para que lo deje pasar. Ajeno a la tensión, un lori se columpia de rama en rama en un árbol cercano, como si fuera un gimnasta en las barras paralelas, y se alimenta de flores.

Los hombres parecen encajar en dos categorías cuando están bebidos: borrachos felices y borrachos cabreados, y Northy es claramente de los últimos. Se enfada con las bolsas de basura, destrozándolas, y con la barbacoa, intentando darle una patada violenta y ordenándole a voces que se dé prisa de una puta vez.

Mientras, nosotros mantenemos las distancias.

—Han dicho algo sobre un ciclón —comento.

—Imposible —dice Jack—, la estación ya está muy avanzada. Desde que empezamos a venir aquí, solo he visto uno.

—¿Qué pasa cuando hay uno? —pregunto.

—Llueve torrencialmente y sopla un viento muy fuerte —responde.

—Y se forman olas grandes —añade Victor.

Cuando Northy y Deano han terminado de cenar, ayudo a Sky a guardar la comida (la que queda, al menos). Hay queso rallado por todas partes; el propio trozo de queso está tirado en el suelo. Suspiro y lo tiro a la bolsa de la basura.

—¡Mierda! —dice Sky—. Están montando su tienda justo al lado de la tuya.

Me giro para verlo.

—No puedes dormir allí —indica.

—¿Y dónde duermo, entonces?

—No lo sé, pero allí no.

Capítulo 41

Kenna

Miro a Sky con desesperación. Mikki y Jack ya están metidos en su tienda. Es para dos personas, como las de los demás, así que es imposible que entre.

—Puedes dormir conmigo, si quieres —dice Sky—, aunque no puedo perder de vista a Victor.

Tiene razón: Victor lleva toda la noche buscando pelea. Miro a mi alrededor en busca de los demás. Clemente está junto al bloque de los baños, lavándose los pies en el grifo, y no hay ni rastro de Ryan; estará en su tienda o en el bosque, haciendo lo que sea que haga allí.

—Será mejor que duermas con Clemente. —Sky ve la expresión de mi rostro—. Oh, venga ya, he dicho que duermas con él, no que te lo tires. Aunque probablemente podrías, si quisieras.

Me pongo roja.

Sky sonríe, claramente disfruta de mi incomodidad.

—No le vendría mal echar un buen polvo. Hace bastante que no está con nadie. —Su sonrisa se desvanece—. Nos están mirando. Soluciónalo rápido con Clemente, porque no quiero estar aquí fuera mucho más rato.

—Pero ¿qué le digo?

—Disimula; Northy y Deano tienen que pensar que sois pareja.

Sin tener ni idea de cómo voy a planteárselo, me dirijo hacia Clemente. Se está lavando los dientes, y los músculos de su pecho se contraen con los movimientos de su brazo.

—¿Puedo dormir contigo? —pregunto sin rodeos.

Se saca el cepillo de dientes de la boca después de casi atragantarse.

Me he puesto roja como un tomate; espero que esté lo suficientemente oscuro para que no se dé cuenta.

—Están montando su tienda allí, junto a la mía.

Hago un gesto hacia donde se encuentra Northy. ¡Mierda! Northy se acerca a nosotros.

Una mano grande toma la mía.

—¿Vienes a la cama?

El tono de voz de Clemente es casual, como si me lo hubiera preguntado un millón de veces antes. La palma de su mano está caliente y áspera. Por un momento, me quedo sin habla.

—Buenas noches. —Clemente hace un gesto con la cabeza en dirección a Northy y me conduce hasta su tienda sin soltarme la mano en todo el camino.

Abre la cremallera de la mosquitera de la puerta.

—Después de ti.

Su tienda huele a almizcle, pero no es desagradable. Enciende una pequeña linterna y dice:

—Solo tengo un saco de dormir.

Me tumbo bocarriba en el suelo mientras él lo abre, y miro en todas direcciones salvo a él. Lo extiende sobre los dos y se acomoda con los brazos detrás de la cabeza. Afuera, Northy y Deano se ponen a armar jaleo. Me encojo de miedo cuando unas pisadas pasan junto a nuestra tienda.

—Ignóralos —susurra Clemente, que, al apagar la linterna, nos deja completamente a oscuras.

Northy y Deano siguen haciendo ruido.

—¿Qué hacen? —musito.

—Están borrachos.

Los sonidos se desvanecen. Ahora solo oigo a las habituales criaturas nocturnas australianas. Tras las advertencias de Sky y Mikki, debería sentir tanto miedo de Clemente como de Northy y Deano, pero ¿por qué no lo tengo? ¿Es mi instinto diciéndome que puedo confiar en él? ¿O solamente se debe a que me pone a cien?

En cualquier caso, no creo que sea capaz de dormir.

—¿Estás cansado? —pregunto en voz baja.

—Lo cierto es que no. ¿Y tú?

—No. —No hace mucho calor. Mientras busco algo que decir, me acerco a él hasta que nuestros hombros se tocan—. Entonces, ¿tu familia vive en España? —Me maldigo a mí misma mientras lo pregunto, porque su mujer también formaba parte de su familia, y él no quiere (ni yo tampoco) que se lo recordemos.

—Mis padres sí, pero mi hermano vive en Inglaterra.

—¡Venga ya! ¿Dónde?

—En Bristol; se casó con una inglesa.

—Eso solo está a unas horas de donde yo vivo. ¿Vienen a visitarte alguna vez?

—Los vuelos son muy caros para ellos. Solo vinieron para la boda.

Respiro hondo y giro la cabeza hacia él en medio de la oscuridad.

—¿Cuánto tiempo estuviste casado?

En el silencio que sigue, oigo un búho.

—Tres años.

Con delicadeza, intento seguir con el tema de conversación, consciente de que tal vez a él no le apetezca hacerlo.

—Mi novio murió hace dos años. Todavía no lo he procesado.

—¿En serio?

Presiento que quiere que siga hablando, y, de hecho, me apetece hacerlo. De todos los miembros de la Tribu, él es el único que lo puede entender. Así que le cuento que mis padres hicieron todo lo posible por ayudarme, aunque en su momento no habían estado muy seguros de Kasim y me habían advertido desde el principio que las diferencias culturales supondrían un problema.

«Ten paciencia contigo misma», me dijo mi padre.

«Haz algo de escalada», sugirió mi madre. Ha cumplido sesenta este año y todavía puede elevar el pie por encima de su cabeza mientras escala. Para ella, ese deporte es la respuesta a todos los problemas de la vida.

Sé que lo decía con buena intención, pero no me apetecía escalar, ni surfear, ni realizar ninguna de las actividades que solía hacer. Cuando por fin me convencieron para que fuera a ver a mi médico de cabecera, esta me obligó a rellenar un cuestionario.

«¿Pérdida de interés por las actividades con las que solía disfrutar?»: afirmativo.

—Al parecer, es uno de los síntomas de la depresión, así que me mandó a la psicóloga.

—¿Y te ayudó? —Clemente parece realmente interesado.

—No lo sé. Imagino que sí, dentro de lo posible. —La oscuridad y las reducidas dimensiones de la tienda ofrecen una sensación de intimidad—. Es como una ruptura traumática, salvo que no puedo llamarlo en mitad de la noche, borracha y llorando, porque no responderá. No podemos alejarnos ni tampoco discutir sobre quién hace más tareas en casa. A veces me siento como si hubiera perdido mi alma.

Nunca antes le había hablado a nadie sobre esta clase de cosas. Bueno, a nadie que no fuera mi psicóloga.

—Yo lo bloqueé —dice Clemente.

—¿En serio? ¿Cómo?

—Cuando era adolescente me gustaba mucho boxear. Me pegaban puñetazos en la cara, en las costillas, por todas partes, así que me entrené para bloquear el dolor. Hay que hacerlo; de lo contrario, no eres capaz de devolver el golpe.

Habla inglés muy bien. Tiene un ligero acento australiano, pero es lógico, porque estuvo casado con una.

—Ojalá pudiera hacer eso —digo.

—No, no lo desees.

—Me refiero a algunas veces.

—No funciona así. —Su voz suena áspera—. No es algo que puedas encender y apagar.

Se calla y permanece inmóvil; está tan cerca de mí que siento el calor que irradia su cuerpo. Se me forma un nudo en la garganta.

—Cuando Kasim murió, me derrumbé; era incapaz de funcionar. Siento mucho las cosas, siempre he sido así.

Clemente responde al cabo de unos segundos y adopta el tono tranquilo y despreocupado que lo caracteriza.

—Yo soy todo lo contrario: ya no siento nada.

No me lo creo ni por un instante. Solo porque no muestre ninguna emoción no significa que no las sienta, pero no voy a cuestionarlo. Quiero consolarlo, atraerlo hacia mí y decirle que no pasa nada, porque quizá nadie lo haya hecho. Pero sería como abrazar un erizo de mar y existen altas probabilidades de que me pique.

—¿Por qué has sido tan capullo conmigo? —le pregunto en su lugar.

Debe de sentir el dolor en el tono de mi voz, porque responde:

—No quiero que me gustes. No es nada personal.

—¿Cómo no va a ser personal?

—Mi mujer murió.

—Lo entiendo. Mi novio murió, así que lo entiendo, de verdad.

—La siguiente chica en la que me fijé se esfumó y ahora sale en carteles de «persona desaparecida».

Se me corta la respiración.

—¿Elke y tú estabais juntos?

—Sí.

—¿Durante cuánto tiempo?

—Seis meses. —El saco de dormir cruje; se ha dado la vuelta. Me quedo allí tumbada, completamente inmóvil.

—¿Qué crees que le pasó?

—Ojalá lo supiera.

Afuera, los mosquitos zumban y chirrían. Una exnovia en un cartel de desaparecida, una mujer que se suicidó. Aunque podría aceptar que cada uno de los acontecimientos individualmente es una tragedia traumática, la combinación de ambos, uno después del otro, me parece siniestra.

—Venga ya —digo—. ¿Se supone que me tengo que dormir después de que me hayas contado esto?

—¿Qué quieres que te diga?

—¿Ha habido más muertes o desapariciones?

—No.

Solo sus parejas, entonces. Las pruebas resultan bastante incriminatorias.

Capítulo 42

Seis meses antes

Ahogar a alguien resultó más fácil de lo que esperaba. Elke dejó de sacudirse después de tan solo un minuto o así en comparación con los más de dos minutos que podía aguantar el aliento en nuestros ejercicios de respiración. Resulta que el pánico sí que te mata.

«Espera un poco más», me dije, «por si acaso». Las olas me zarandeaban, como si trataran de luchar contra mí, pero seguí presionando firmemente sus hombros. Su pelo rubio y ondulado flotaba alrededor de su cabeza como si fueran algas y me hacían cosquillas en las piernas. Mientras contaba los segundos, miré a mi alrededor en busca de algo más agradable que contemplar. Un movimiento sobre lo alto del acantilado me inquietó. ¿Había alguien allí arriba? No, solo eran los árboles agitándose con el viento.

Como dudaba, solté los hombros de Elke; no se movió.

«Me gustabas, Elke, pero yo a ti no; no lo suficiente».

Quería ver su rostro una vez más, así que le di la vuelta. Y la solté dando un grito. Tenía la boca completamente abierta, como si fuera un pez, y los ojos saltones e inyectados en sangre. Cogí aire con lentitud, tratando de borrar la imagen de mi mente, y después la levanté; su cuerpo inerte era sorprendentemente pesado. Tenía marcas rojas visibles a cada lado de las tiras de su bikini. ¡Mierda! La corriente devolvería en algún momento su cuerpo —con un poco de suerte, a kilómetros de distancia—, pero así no parecería un accidente.

Localicé un pedazo de lutita en la playa, arrastré a Elke por la arena y presioné la roca sobre la tensa piel de sus hombros. La sangre empezó a brotar y goteó sobre el suelo. Maldije y volví a llevármela hacia los bajíos, esforzándome por recordar dónde se quedaba la sangre. Cuando terminara, revolvería la arena para eliminarla.

Con el cuerpo de Elke equilibrado sobre una de mis rodillas, froté arriba y abajo la lutita como si fuera una sierra hasta que las marcas de mis dedos desaparecieron. Si la encontraban, daría la impresión de que un tiburón la había atacado. Cuando acabé, lancé la piedra y arrojé a Elke hacia el norte, hacia donde la resaca retrocedía velozmente en dirección al mar. Hoy era especialmente rápida. La sangre salía a raudales de los hombros de Elke y se volvía naranja a medida que se diluía en el agua. Quería que un tiburón la encontrara, pero todavía no, por lo que me puse a mirar a su alrededor con nerviosismo. Cuando dejé de notar el fondo con los dedos de los pies, la resaca me arrebató a Elke de entre los brazos y desapareció hacia las profundidades.

Me sentí un poco como cuando el agua se llevó mis gafas de sol nuevas: triste, porque las había perdido, aunque tampoco mucho, porque, como no las había tenido durante suficiente tiempo, no sentía un vínculo muy fuerte con ellas. Y también sentía cierta irritación, porque ahora tendría que conseguir otro par.

De vuelta en el claro, para mi alivio, los demás seguían durmiendo. Preparé beicon y huevos para el desayuno.

No tardaron mucho en preguntarse dónde estaría Elke.

—No la he visto —dije—. A lo mejor ha salido a correr a primera hora.

Los demás decidieron que ellos también irían a correr... por la playa. Maldije en mi interior mientras me imaginaba el cuerpo de Elke flotando de acá para allá, con sus ojos vacíos y boquiabierta. ¿Y si aparecía en la orilla cuando los demás se encontraban allí?

—Ya os alcanzaré —les dije.

En cuanto se marcharon, me encaminé a toda prisa hacia la tienda de Elke, donde su ropa estaba tirada sobre el aislante del suelo, como si fuera una alfombra hecha de retales. Olía a cacahuetes tostados. Metí su ropa en su macuto.

El aislante del suelo volvía a ser visible, y se arrugó bajo mis rodillas. Un segundo, ¿dónde estaba su mochila pequeña? Era azul de Rip Curl, o Billabong, o una de estas marcas de surf. Consciente de que los demás podrían regresar en cualquier momento para ver qué me retenía tanto tiempo, salí corriendo de la tienda *y comprobé las demás y todo el claro, pero no la encontré. ¿Podría estar en alguno de los coches? No, la había visto volver con ella la última vez que habíamos ido a comprar. ¡Mierda!*

Había planeado esconder sus cosas entre los arbustos, pero no tenía sentido hacerlo solo con su macuto grande. Surgirían muchas preguntas si su mochila pequeña apareciera, porque sabrían que no se habría marchado sin ella.

Los demás se estarían preguntando por qué no iba con ellos. Sería mejor que me dirigiera para allá y pensara en ello mientras corría. Fui a mi tienda a por el protector solar... y descubrí una nota manuscrita en un paquete vacío de Sex Wax.

Sé lo que has hecho.
Reúnete conmigo en el acantilado a medianoche.

Capítulo 43

Kenna

Cuando me despierto, Clemente no está a mi lado. Por mucho que me sienta atraída por las olas y su estilo de vida, no puedo ignorar las señales de alarma: el suicidio de la mujer de Clemente, la desaparición de Elke, Jack drogando a mujeres. Y presiento que hay mucho más.

De ahora en adelante, me centraré en una sola cosa: Mikki y yo tenemos que salir de aquí. Salta a la vista que hay roces entre los miembros de la Tribu, así que quizá pueda utilizar estas diferencias en mi propio beneficio para tratar de dividirlos. Si la Tribu se desintegra y cada uno va por su cuenta, Mikki no tendrá ningún motivo para quedarse.

Solo quedan nueve días hasta la boda. Si no consigo convencerla de que nos vayamos antes, al menos estaremos en Sídney. Llamaré a sus padres, aunque la bahía de Sorrow y la Tribu la tienen tan absorbida que no estoy segura de que vaya a escucharlos más de lo que me escucha a mí.

Mikki enarca las cejas cuando salgo de la tienda de Clemente. Los demás están hablando alrededor de la barbacoa y sus tonos de voz denotan enfado.

—¿Ya se han ido Northy y Deano? —pregunto.

—Sí —responde Sky—, al igual que la mayoría de nuestra comida.

—Y mi puta tabla —dice Victor.

—No podemos permitirlo —dice Ryan.

—¿Y qué propones que hagamos? —le pregunta Sky, cansada.

Ryan coge un arpón.

—Para empezar, tenemos que montar guardia en la carretera de acceso para que no nos vuelvan a pillar por sorpresa. También deberíamos esconder mejor nuestras provisiones: dispersarlas, guardarlas entre los arbustos, enterrarlas incluso.

Victor y Jack ponen los ojos en blanco.

—Y, mientras tanto, necesitamos comer —dice Sky—. ¿Quién va a comprar?

—Yo iría —dice Jack—, pero tengo la rueda delantera jodida.

—Te prestaría mi coche —dice Clemente— si la última vez no te hubieran puesto una multa por exceso de velocidad que todavía no me has pagado.

—¿Qué? —exclama Mikki—. ¿Por qué no me había enterado de eso?

Victor se ríe, disfrutando de la situación, y le da una palmada en la espalda a Jack.

—Coge mi buga, tío —le dice—, pero que no te multen por correr.

—Genial —dice Jack.

No tengo ni idea de qué es un buga, pero deduzco que será la camioneta o el todoterreno plateado junto a los que Jack aparcó.

Ryan se pasea arriba y abajo, aferrado al arpón; los demás lo ignoran.

Jack le acaricia el pelo a Mikki.

—¿Vienes, nena?

—Sí, ¿por qué no? —responde ella—. Necesito sacar dinero.

Aprovecho la oportunidad de alejarla de este sitio, aunque sea brevemente, para tratar de hacerla entrar en razón sin que los demás nos escuchen.

—Yo también voy.

—Lo siento, Kenna —dice Jack—. Es un biplaza.

Lo miro, consternada.

—Pero necesito dinero.

—Dame tu tarjeta y yo me encargo de sacarlo —propone Mikki.

Nada está yendo como yo quería. Me invade el pánico, pero ¿qué puedo hacer? Llevo toda la semana comiéndome su comida y no he pagado nada salvo el soborno de los guardabosques. A regañadientes, me acerco a mi tienda a por mi cartera y le doy la tarjeta a Mikki.

—¿Sigue siendo el mismo pin? —pregunta.

—Sí. —Tenemos el mismo desde que éramos adolescentes. Cuando le dieron su primera tarjeta, no hacía más que olvidarlo, así que le dije cuál era el mío para que ella también lo usara; de esa manera, podría recordárselo.

—¿Cuánto saco? —me pregunta.

—¿Unos quinientos dólares?

—No pongas esa cara de preocupación, volveremos en unas horas.

—Cualquiera pensaría que no te gusta estar aquí, Kenna —comenta Sky.

«Cuidado», me digo a mí misma.

—Solo quería un poco de chocolate.

Sky frunce todavía más el ceño.

—Te lo traeremos. ¿El mismo que la otra vez? —me pregunta Jack, que me guiña un ojo.

—Sí, gracias.

Mikki coge su mochila de la tienda. Me la llevo a un lado, desesperada por estar con ella a solas antes de que se marche con Jack.

—¿Sabías que Jack drogó a unas chicas que trajo aquí?

—Habla con Sky —me dice Mikki a toda prisa mientras Jack se acerca.

Maldita sea… también quería hablar con ella sobre Elke.

Sky le entrega a Mikki una lista de la compra y se detiene un segundo para añadir «setas». Me fijo con gran interés en que su bolígrafo es azul, pero entonces Jack saca otro, del mismo color, y garabatea la palabra «chocolate».

Mikki me da un abrazo, Jack coge las llaves de Victor y se alejan por el sendero.

—¡No os olvidéis de mirar la previsión del tiempo para surfear! —exclama Victor—. Quiero saber de qué va lo del ciclón.

Jack levanta el pulgar por encima de su cabeza sin mirar atrás. Los observo hasta que desaparecen de mi vista.

El viento agita las hojas. Estar aquí sin Mikki va a ser muy extraño.

—Entiendo que hoy no iremos a surfear, ¿no? —pregunto.

—No —espeta Sky.

Miro a Clemente por el rabillo del ojo y no es más que una figura imprecisa para mí. Mis pensamientos regresan a Elke. Tras conocer a su madre, de alguna forma siento que debo averiguar la verdad por ella. Y si mi instinto está en lo cierto y aquí sucedió algo terrible, quizá pueda utilizarlo para convencer a Mikki de que nos vayamos. Tengo que descubrir más cosas sobre la relación que Clemente mantuvo con ella. ¿Hizo algo que la obligara a huir? Victor está por aquí cerca, arreglando su tabla, pero presiento que no es la persona adecuada a la que preguntar.

Ryan se marcha con el arpón en la mano.

—¿Qué haces? —le pregunta Sky con un grito.

—¡Voy a patrullar el perímetro! —responde Ryan—. ¡Alguien tiene que hacerlo!

Victor dice algo en portugués.

Ryan vuelve y se encara con él.

—¿Qué has dicho?

—*Cão que ladra não morde* —repite Victor, sonriendo—. Perro ladrador, poco mordedor: ya sabéis que las personas que más protestan no tienen agallas para entrar en acción.

—Los brasileños tenéis muchos dichos —comenta Ryan—. ¿Tenéis alguno sobre gallinas?

La sonrisa de Victor se desvanece.

—Tenemos muchos dichos sobre gallinas, Ryan, ¿por qué lo preguntas?

Sky murmura algo y coge una toalla de la cuerda. Quizá sea la persona más indicada para contarme cosas de Elke, aunque tengo que ser sutil.

Nota que la estoy mirando.

—Voy a la playa, ¿quieres venir?

—Vale. —Me doy cuenta, demasiado tarde, de la nota de desafío que se refleja en sus ojos.

¿A qué acabo de apuntarme?

Capítulo 44

Kenna

El sol ya está en lo alto, brillando implacablemente a través de la vegetación, y las hojas de las palmeras cubren de líneas sombreadas el sendero.

—Clemente me contó anoche que mantuvo una relación con Elke —digo como si nada.

Sky me lanza una mirada de sospecha.

—Sí.

—Me dio la sensación de que no te gustaba.

—No, me caía muy bien —responde, frunciendo el ceño—. ¿Por qué lo dices?

—La llamaste gilipollas.

Encoge sus fuertes hombros.

—Nos llevábamos bien y ella parecía contenta de estar aquí. Después desapareció sin despedirse y eso me cabreó.

Estudio su rostro por si muestra indicios de que miente.

—La mujer de Clemente murió y ahora Elke aparece en carteles de personas desaparecidas.

Los ojos azules de Sky no revelan nada.

—Tratamos de no obsesionarnos con el pasado.

—Pero qué mala suerte, ¿no? Para un solo tío.

«Cuidado, Kenna».

—Estamos en un lugar peligroso y hacemos cosas peligrosas.

El mar brilla como si fuera de satén arrugado, no hay ni una sola ola a la vista. Recuerdo que un ciclón se acerca; quizá esta sea la calma que precede a la tormenta.

Sky me conduce hasta las rocas. No estoy consiguiendo nada sobre Elke, así que le pregunto por Jack.

—Ryan me contó que Jack drogaba a las mujeres que traía con él. Dijo que todo el mundo se cabreó porque no les parecía bien que las trajera.

—Ryan se cabreó —me corrige.

Lo cual tiene sentido; al ser un inmigrante ilegal, le preocupa que lo pillen.

—De modo que Jack le dio un somnífero a la siguiente para que no recordara cómo había llegado hasta aquí.

Sky se da cuenta de que estoy indignada.

—Sí, lo sé. Los demás nos pusimos como locos y Jack prometió que no lo volvería a hacer. No te preocupes, cielo. Algo como eso jamás me parecería bien. Dejamos que Ryan pensara que Jack lo seguía haciendo para que no se pusiera nervioso.

Examino su rostro y decido creerla. Aunque una sola vez ya es lo suficientemente malo, y me parece perturbador lo lejos que está dispuesto a llegar Ryan para mantener la Bahía en secreto.

Sky se muestra distinta cuando los chicos no están. Es más dulce, digamos. A lo mejor se siente insegura en su liderazgo y piensa que tiene que actuar con más dureza para mantener el control.

Cuando llegamos a las rocas y Sky se quita la ropa y se queda solo con su bikini blanco de chica Bond, yo también me desprendo de mi top y mis pantalones cortos.

—¿Qué vamos a hacer? —le pregunto.

Señala el acantilado con la cabeza.

—Escalar hasta allí arriba y saltar.

—No he traído calzado.

—Yo tampoco. —Con el brazo, hace un gesto hacia el agua que se arremolina alrededor de la pared del precipicio—. Venga, acércate para comprobar la profundidad.

Me deslizo sobre las rocas con dificultad y, con cuidado de dónde piso, meto los pies en el agua. El mar forma espuma alrededor de los picos puntiagudos que hay en algunas zonas. Cuando me giro, Sky ya está a varios metros de altura, con los pies descalzos pegados a la pared del acantilado. Alcanza un saliente estrecho y se da la vuelta para ponerse de cara.

—¡Dime que salte! —grita.

De pronto, vuelvo a estar en la cantera, mirando desde abajo a Toby Wines. Me tambaleo hacia atrás.

—¡Dilo! —me ordena.

Es como si tratara de provocarme, y sabe exactamente cómo hacerlo. Las palmas de las manos me sudan; el corazón me va a mil por hora.

—¡Hazlo! —grita.

Me obligo a mí misma a decirlo.

—¡Salta!

Sale de mi boca más débilmente de lo que era mi intención, pero Sky da un brinco y cae como una losa en el agua entre las rocas puntiagudas. Mi estómago se precipita con ella. Cierro los puños con fuerza mientras espero oír un grito que al final no se escucha.

Los ojos de Sky brillan a medida que avanza torpemente por las rocas. No estoy segura de si lo ha hecho por ayudarme o para divertirse.

—Hagámoslo otra vez. —Empieza a escalar de nuevo antes de que yo pueda decir nada al respecto. Esta vez sube más alto. Me clavo las uñas en las palmas de las manos y recuerdo lo que me dijo: «No puedes responsabilizarte de las decisiones de los demás».

—¿Lista? —me pregunta desde lo alto.

Reúno todas mis fuerzas.

—¡Salta!

Me resulta tan aterrador como antes, pero Sky vuelve a emerger con una sonrisa de satisfacción.

—¿Qué haces? —le pregunto.

—Trato de invalidar tu memoria. Sustituir tus recuerdos traumáticos por uno que no lo sea. ¿Quieres que volvamos a probar?

—No.

Su sonrisa se ensancha.

—Vale, entonces te toca escalar.

Me seco las manos en los pantalones cortos. Temblando, planto los pies cuidadosamente en el suelo y hago un gesto de dolor ante el contacto con la arenisca. Nunca he escalado descalza, en Escocia hacía demasiado frío. Siento alivio cuando veo que Sky me espera a los pies del acantilado en lugar de ponerse a escalar detrás de mí.

Cuando me vuelvo, me sorprendo ante lo alta que estoy.

—¡Salta! —grita Sky.

Y, una vez más, estoy de vuelta en la cantera, con aquella agua gris opaca en la distancia. Me agarro a la roca por el pánico y cierro de golpe los ojos. Empiezo a marearme... «Respira, Kenna». Cuando abro los ojos, mi visión se aclara y el agua que tengo debajo vuelve a ser de su turquesa habitual.

Sky me está observando. Como no quiero quedar como una cobarde, en vez de bajar escalando, me envuelvo con los brazos y salto confiando en que todo salga bien. La sorpresa del agua al golpearme me deja sin respiración y la adrenalina se activa justo en el momento oportuno, creando esa sensación peligrosa, pero adictiva.

Sky está escalando de nuevo, esta vez incluso más alto que antes. Para mi alivio, salta sin que yo tenga que ordenárselo. En cuanto veo que sale del agua, empiezo a ascender. A estas alturas, los pies me sangran por distintos sitios, pero no siento nada porque cada célula de mi cuerpo está cantando. Seguimos escalando, cada vez más y más alto. Mikki me equilibra con sus palabras de advertencia, pero Sky tiene el efecto contrario sobre mí y me alienta. No dice nada más, pero su mera presencia es más que suficiente.

—La última —dice Sky. Emite un grito salvaje que rebota por todo el acantilado mientras entra en el agua.

Escalo todo lo alto que me atrevo. ¡Dios, adoro esto! Lo necesito. Abajo, a lo lejos, el agua reluce. Cojo aire, consciente de que podría ser la última vez que lo haga. ¿Cómo puede hacerme sentir tan bien esto? El pánico y el placer se mezclan cuando salto.

Noto los ojos de Sky sobre mí cuando trepo por las rocas.

—¿Qué pasa? —pregunto.

—En cierta medida, a casi todo el mundo le dan miedo las alturas, pero a ti no, ¿verdad?

—Normalmente no.

Me echo el pelo hacia atrás para hacerme una coleta y lo escurro; no estoy segura de si debería darle las gracias por haberme traído aquí o no. A lo mejor es lo que necesito para procesar la culpa y la pena que siento por Toby y Kasim, pero estoy bastante segura de que esta noche tendré pesadillas.

Sky se pone la camiseta.

—¿Sigues sintiéndote culpable por la muerte de tu novio?

—Sí, creo que siempre lo haré. —Una ola baña mis pies. Cuesta creer que estas bonitas ondas puedan transformarse en enormes monstruos que muerden y matan.

Sky coloca su mano sobre mi brazo, como si supiera en lo que estoy pensando.

—Sigue trabajando en las visualizaciones; poco a poco, será más sencillo.

Mientras volvemos, me doy cuenta de que, en vez de centrarme en dar con los puntos débiles de la Tribu, Sky me está arrastrando a su terreno. Si se siente insegura en su rol como líder, tal vez es algo que pueda emplear en su contra.

Pienso en Clemente, la noche anterior en su tienda, pegado a mí, emitiendo calor por su amplia espalda, y me odio por lo que tengo que hacer.

—Sabes que Clemente quiere liderar la Tribu, ¿no?

—¿Qué te hace pensar eso? —Su tono de voz es ligero, pero no me dejo engañar.

—Es bastante evidente. No le gusta cómo diriges y cree que puede ser mejor líder que tú.

—¿Y tú qué opinas? ¿Lo sería?

Seguramente sería mejor, sí —o, al menos, mucho más cauteloso—, pero no muestra signos de querer el puesto. Sigue en ese mismo estado mental en el que estuve yo cuando Kasim murió, un estado en el que no quieres ninguna responsabilidad extra porque suficiente tienes ya con tus propios problemas.

—No, sería un líder terrible. Pero, si yo fuera tú, me andaría con ojo.

Estamos casi en el claro, pero Sky me agarra del brazo.

—No te lo he contado todo sobre la muerte de su mujer. Había algo extraño… La nevera estaba a su lado, como si se hubiera subido a ella para ahorcarse, solo que no estaba bajo sus pies, sino mucho más alejada. —Sky echa una ojeada al sendero y baja la voz hasta un murmullo—. Como si alguien la hubiera movido.

—Joder —susurro—. ¿Quién la encontró?

—Yo.

Me recorre un escalofrío al pensar en cómo debes de sentirte cuando te topas con algo así.

—Victor estaba justo detrás de mí; me ayudó a bajarla —relata—. Jack seguía surfeando. Clemente y su mujer habían salido del agua una media hora antes, pero no había ni rastro de él. No regresó hasta unas horas después y estaba… raro. Nos dijo que había salido a correr, pero…

Me he fijado en que Sky trata a Clemente con una desconfianza que no muestra hacia los demás. En su momento me pareció respeto, pero estaba equivocada.

«Cree que mató a su mujer». O, al menos, piensa que es capaz de ello.

Capítulo 45

Kenna

Me tumbo sobre una colchoneta en el claro y me imagino que estoy en el gélido mar de Cornualles, con Kasim a mi lado balanceándose arriba y abajo. Coloco los brazos sobre sus hombros y empujo hacia el suelo. Desaparece, pero lucha por salir a la superficie. Durante unos segundos, forcejeo con él, pero es mucho más fuerte que yo. Y, cuando emerge, no es Kasim, sino Clemente.

Me incorporo de golpe, impactada, y trato de borrar la imagen de mi mente. Los demás descansan en silencio sobre sus colchonetas. Un movimiento llama mi atención: una araña recorre el suelo hacia uno de mis dedos del pie. Chillo y lo aparto. Sky sigue sin moverse; me alegro de que no me haya visto.

Ryan, que está por allí cerca, me pregunta por qué he gritado.

—Mira —susurro mientras señalo—. Una araña.

Ryan se acerca para verla.

—No sé cuáles pican o muerden, y me ponen de los nervios —digo.

Se la queda mirando.

—Si no estás segura, asume que pican.

Como siempre, no sé si lo dice en serio o si está de broma. De repente, da un paso hacia delante con su pie descalzo y aplasta a la araña con el talón. Me entran ganas de vomitar, pero intento que no se me note. Ryan se limpia el talón con la tierra del suelo y se aleja hacia la zona de la barbacoa.

Me acerco a él mientras se sirve algo de comida.

—Muchas gracias.

—No hay de qué.

Su pelo rubio parece más revuelto que de costumbre; necesita un buen corte con urgencia. Tengo que conseguir que los miembros de la Tribu me hablen más de sus familias. Cualquier cosa que explote esta pequeña burbuja en la que viven y les recuerde que hay vida más allá de la Bahía.

—¿Puedo preguntarte algo? ¿Echas de menos a tu familia?

Ryan me fulmina con la mirada.

—¿Te estoy molestando? Dímelo directamente y me callaré, si quieres. Mi novio me decía que hablo demasiado.

Esto último consigue sacarle una sonrisa.

—Mi mujer me decía que no hablaba lo suficiente.

—¿Tu mujer? —Procuro ocultar mi sorpresa.

Ryan se ruboriza y se da la vuelta.

Dos loris se pasean por el claro, uno detrás del otro, y aterrizan sobre un árbol cercano.

Ryan se fija en que los estoy observando.

—Por lo visto, se emparejan de por vida —comenta—. Si uno de los dos muere, el otro se tira días lamentando su pérdida.

—No lo sabía. —Los dos pájaros se acurrucan en una rama en lo alto, con los picos y los emplumados pechos tocándose. He visto bastantes parejas volando o colgándose bocabajo juntas.

Ryan se tira de la barba.

—Si ellos pueden hacerlo, escoger una pareja y quedarse con ella pase lo que pase, ¿por qué nosotros no podemos? No dejamos de complicarnos la vida.

Sus ojos reflejan lo miserable que se siente.

—Imagino que no te habrías marchado de no ser porque lo necesitabas —comento.

—Había otras opciones; marcharme fue la mejor de las peores.

No especifica cuáles fueron los motivos, pero tampoco hace falta. Es algo que, en mi peor momento y brevemente, también pasó por mi cabeza.

—¿Nunca has pensado en volver? —pregunto.

—Era demasiado: trabajo, hipoteca, facturas… No podía respirar. —Vuelve a tirarse de la barba. Ojalá no lo hiciera, debe de doler—. Cuando vine a Australia, no pensaba en el futuro, solo quería alejarme lo máximo posible. Imaginé que en algún momento volvería, pero no podía enfrentarme a ello, y cuanto más tiempo me quedaba, peor me sentía. ¿Cómo voy a volver a estas alturas?

—Yo perdí a alguien a quien quería y haría cualquier cosa por que volviera, pero es imposible. Tu mujer probablemente piense que has muerto, pero desea, sin duda, que no sea así. Si le explicaras por qué te marchaste, creo que lo entendería.

Me pregunto qué recursos económicos tendrá Ryan. ¿Cuánto dinero trajo consigo? Lo más lógico es que ya no tenga acceso a su cuenta bancaria en Estados Unidos por si acaso lo rastrean y averiguan que está aquí.

La sesión de visualización ha terminado y Clemente está haciendo dominadas lentas. Centímetro a centímetro, eleva su cuerpo hasta que su barbilla se sitúa por encima de la barra. Hacerlas a velocidad normal ya es, de por sí, complicado, pero las lentas son indudablemente mucho más difíciles. Aprieta la mandíbula, la única muestra del dolor al que está sometiendo a su cuerpo.

Me vuelvo hacia Ryan.

—Sky dice que todos trabajáis en vuestros miedos. ¿De qué tiene miedo ella?

—De nada. Piensa que ya los ha superado y eliminado.

—Ya, eso es lo que me dijo, pero tiene que haber algo. Incluso aunque nada más la asuste, la seguridad de las personas que le importan sí debe de hacerlo. ¿La de Victor, quizá?

—¿Acaso le quiere? —pregunta Ryan.

—Buena observación. —Ryan no se mezcla mucho con los demás, pero está claro que es muy astuto—. ¿Y a qué viene la locura de los desafíos?

—Cuando no hay olas, se me va la pinza, a todos nos pasa. Empiezas a hacerte preguntas complicadas como: ¿qué pinto yo aquí? Así que es mejor mantenerse ocupado. Además, al menos, nos mantienen en forma.

Puede que Ryan sea inteligente, pero presiento más que nunca que no es feliz. Me aclaro la garganta.

—¿Y tú de qué tienes miedo?

Los ojos de Ryan se posan sobre los míos, como si reconociera la intimidad de la pregunta. Me muestra su muñeca izquierda, en la que hay un diminuto tatuaje en el que no había reparado antes.

Lo miro con detenimiento.

—¿Es una araña?

—Sí, me lo hizo Victor.

Me siento conmovida por la forma en que antes ha matado a la araña por mí.

—Y… —Me muestra su otra muñeca.

Tiene una letra A escrita, borrosa y mal trazada, como la araña.

—Ava —dice—. Es mi hija. Me da miedo que le ocurra algo.

Me lo quedo mirando fijamente.

—¿Cuántos años tiene?

—Tenía uno cuando me marché, así que ahora tendrá tres.

¿Cómo pudo haberla dejado? ¿Saben los demás que tiene mujer e hijos?

—Lo que he dicho antes iba en serio. Si regresaras, sé que estarían muy contentas de verte. —Sí, quiero que se marche como parte de mi plan para debilitar a la Tribu, pero también lo digo por él y por su hija pequeña, que está creciendo sin él.

Ryan aparta la mirada.

—Entonces, ¿todos tenéis tatuajes?

—No, todos no, solo quienes los queremos.

—Ya. —He visto los de Victor, Jack y Mikki, pero no los de Clemente ni los de Sky—. ¿Puedo hacerte otra pregunta?

—¿Qué?

Probablemente sea una mala idea, porque Ryan vuelve a comportarse como un animalillo acorralado.

—¿Qué hacías entre los árboles el día que te conocí?

—¿A qué te refieres? —Tiene pequeñas machas sonrosadas en las mejillas; sabe de qué hablo.

—Cuando te encontré tumbado.

Por un momento, me parece que no va a contestar. Entonces, sus hombros se contraen.

—Estaba haciendo técnicas de *tapping* —dice, y aprieta los labios—. Por mi ansiedad. Es…

Sonrío, aliviada.

—Sé lo que es.

Ryan parece sorprendido.

—Después de que mi novio muriera, fui a ver a una psicóloga —digo—. La vida me parecía algo muy frágil y estaba convencida de que el resto de personas a las que quería iban a morir: mi abuela, mis padres, mis amigos…, mis pacientes, incluso. ¡Las cosas que se hacían a sí mismos! Traté a un jugador de *rugby*, padre de dos niños pequeños, que se fracturó el cuello, se recuperó y continuó jugando. Me ponía enferma pensar en él metido en la melé. Solía quedarme despierta por la noche preocupada por ellos. Y en cuanto apartaba una preocupación de mi cabeza, aparecía otra nueva.

—Conozco esa sensación —dice.

—Empeoró tanto que no podía dormir. Con el tiempo, pedí cita para ver a alguien, a una psicóloga que me enseñó la técnica del *tapping*. Todavía la empleo, de vez en cuando, si tengo un mal día.

—¿Y te ayuda?

—Un poco, ¿y a ti?

—Sí, en general sí.

Ryan me mira ahora de una forma completamente distinta. Y lo mismo me ocurre a mí con él, contenta de saber que había una explicación razonable a por qué estaba allí aquel día.

Coge su guitarra y la acuna como si fuera un bebé, pero no la toca; solo juguetea con la cinta.

—No quiero que los demás me vean, por eso voy allí. Pensarían que es algo raro, aunque, bueno, ya creen que soy raro, pero…

—Te entiendo. Yo solía hacerlo entre un paciente y otro, a veces, y siempre con cuidado de cerrar la puerta con cerrojo antes. Siento haberte interrumpido aquel día.

—No pasa nada.

Ahora mismo siento bastante lástima por él, pero no estoy aquí por él, sino por Mikki, y necesito dividir a la Tribu.

—Me pregunto si Jack traerá a alguien más con ellos.

Ryan se tensa.

—¿Qué?

—Dijiste que a veces trae mujeres.

—Joder, espero sinceramente que no. —Deja la guitarra a un lado, recoge el arpón y desaparece dando grandes zancadas entre los árboles.

Dar con la tecla adecuada ha sido facilísimo. Me siento fatal, pero tengo que seguir con ello y descubrir cómo hacer lo mismo con los demás.

Capítulo 46

Kenna

Clemente continúa en la barra de las dominadas. El sudor le cae por la mejilla mientras se eleva. Cuando llegué a Londres, me apunté a un gimnasio porque sabía que me derrumbaría del todo si no hacía ejercicio, y era uno de esos locales de pesas repletos de culturistas gruñones. Así que estoy acostumbrada a ver a la gente entrenar al máximo. Pero Clemente es distinto. Su rostro se contrae de dolor cuando se eleva, pero no emite ni un solo sonido. Su disciplina es increíble. ¿Cómo puede hacerlo después de todas las horas que pasamos surfeando ayer?

A lo mejor puede hacerlo porque no es un entrenamiento. Es su forma de castigarse a sí mismo.

Me siento aliviada cuando veo que Jack y Mikki se acercan por el camino con paso firme y cargados de bolsas. Por la forma en que los demás se arremolinan a su alrededor, cualquiera pensaría que Papá Noel acaba de llegar.

—¡Qué bien! Habéis encontrado rúcula —dice Sky.

—Y fresas —añade Clemente, que saca una canastilla.

—¿Habéis visto el parte meteorológico? —pregunta Victor.

—Sí —responde Jack—. El ciclón podría dirigirse hacia aquí.

—No jodas —digo.

Pero el resto sonríe.

—Está previsto que nos golpee a finales de semana —informa Jack—. Y habrá unas olas tremendamente grandes si finalmente sucede.

—No sé por qué sonríes tanto —le dice Sky a Victor—. Te cagarás de miedo si son tan grandes.

Victor no parece escucharla.

—He hecho algunas capturas de pantalla. —Jack le enseña el móvil a Victor—. Predicen que serán de tres metros.

Victor amplía la pantalla con su dedo pulgar e índice y una extraña expresión aparece en su rostro, anhelante, y, al mismo tiempo, de pánico.

Jack le da un codazo cariñoso a Mikki.

—Si va a llover tanto como dicen, las carreteras se inundarán. Tenemos que estar en Sídney la semana que viene para nuestra boda.

—A lo mejor deberíamos cambiarlo —dice Mikki—. Si va a haber olas tan buenas, no quiero perdérmelas.

Sky se ríe y choca los cinco con ella.

—¡Esa es mi chica!

—Y yo que pensaba que era mala persona por perderme la boda de mi primo por ir a surfear —digo—. ¡Tú vas a perderte tu propia boda!

Que la retrasen es buena noticia, supongo, pero no soluciona el problema, y el hecho de que Mikki esté dispuesta a aplazarla para poder surfear no hace más que demostrar hasta qué punto llega su adicción. Y, puesto que yo misma estuve en esa tesitura, sé lo difícil que puede resultar librarse de ella.

Mikki mira con disimulo por encima de su hombro y se saca una tableta de chocolate del bolsillo.

—Para ti.

—¡Bien! —digo, y me lanzo sobre ella. Hace apenas unos días, me la habría zampado entera, pero, ahora, me descubro a mí misma contando en cuántas onzas podría partirla. Mikki y yo nos comemos una cada una y guardo el resto en su envoltorio para los demás.

Mikki parece algo estresada.

—No te estarás replanteando lo de la boda, ¿no? —le pregunto mientras le toco el brazo.

—No, solo estoy cansada. Anoche tuve una pesadilla.

—¿Polillas u olas gigantes?

De vez en cuando, Mikki tenía pesadillas cuando vivíamos en Cornualles —bastante terribles; la hacían gritar mientras dormía— y normalmente era por una de esas dos cosas. Tenía que entrar en su cuarto y despertarla.

—Polillas. ¿Qué tal han ido las cosas por aquí mientras no estaba?

—Bien, he mantenido una conversación interesante con Ryan.

—¿Ah, sí? —Mikki parece sorprendida—. A veces me da un poco de miedo.

Ryan la llama. Mikki cruza el claro, mirando a todas partes, y le da algo a Ryan —dinero, un buen fajo de dinero—, que este se guarda en el bolsillo. Voy hacia ellos.

Mikki levanta la mirada con expresión culpable cuando se percata de que los he visto.

—Se lo debía.

A lo mejor él le dio su tarjeta de crédito para que ella sacara dinero para él, salvo que, como persona desaparecida, seguro que no puede disponer de una que funcione. Entonces, ¿por qué Mikki le debería dinero?

Ryan le da un manotazo a un mosquito. Coge el repelente y lo agita.

—Se está acabando. ¿Habéis comprado más?

—No, lo siento —responde Mikki.

—Joder, ¿y por qué no? —pregunta Ryan—. Yo no puedo ir a comprarlo, por eso lo puse en la lista.

Mikki se estremece ante el enfado de Ryan y Jack se acerca a nosotros.

—Nada de dramas, tío. Lo compraremos la próxima vez.

—Claro, y mientras tanto que me coman a putas picaduras. —Ryan lanza el bote contra un árbol.

El impacto se escucha sorprendentemente alto y un murciélago sale volando.

Jack se vuelve hacia los demás.

—¿Qué se lo está comiendo?

—¡Los mosquitos! —responde Victor.

Los dos se echan a reír. Jack se tira al suelo; su risa es aguda y como la de una niña. Me muerdo los labios hasta que veo que los hombros de Mikki se agitan violentamente y no puedo contenerme.

El rostro pálido de Ryan se pone rojo y, por un instante, me parece que va a darle un puñetazo a alguien.

—¡Que os den por culo a todos! —grita, y se marcha cabreado entre los árboles.

Mis pensamientos vuelven a centrarse en el dinero.

—Le das dinero a Jack ¿y a Ryan también?

La sonrisa de Mikki se desvanece.

—Me prestó dinero el mes pasado.

Estudio su rostro. ¿Qué no me está contando?

—¿Cuánto dinero te queda?

—Eso es asunto mío —dice, y se encamina hacia la zona de la barbacoa.

Veo cómo se ríe y bromea con Sky mientras guardan la comida. Mikki parece una más de la Tribu, pero ¿y si no lo es? ¿Y si la están usando? Si está pagando para que todos hagan surf, su herencia no durará para siempre. Y cuando la hayan dejado sin blanca, ¿qué? Tengo que sacarla de aquí antes de que lo descubramos.

Capítulo 47

Kenna

Veo que Jack está solo y me saco la tableta de chocolate del bolsillo; ya está medio derretida.

—¿Quieres?

Jack sonríe ampliamente.

—¡Oh, ya te digo!

Suena ridículo, pero me siento como una traficante, lo que me recuerda...

—Sky me contó lo de los somníferos. Asegura que solo lo hiciste una vez.

—Sí. —Sonríe con sus dientes perfectos—. No me pareció algo tan grave.

Por la expresión de su rostro, sigue sin pensarlo.

—Bueno... —comienza, arqueando las cejas—, anoche dormiste con Clemente.

Tiene una habilidad asombrosa para avergonzarme.

—Sí, pero no en ese sentido.

—Ha tenido mala suerte con las mujeres —dice, con un tono serio.

Aprovecho la oportunidad para sacarle más información.

—Me habló de Elke.

Jack desvía la vista hacia Clemente.

—Sí, estaba muy pillado por ella, el pobre.

—¿Cómo era?

—Sin filtros. Yo la adoraba.

«La adoraba». Recuerdo lo que Sky dijo sobre compartir y ahora me pregunto si hubo algo más. ¿Clemente la compartía con Jack? Y, si era así, ¿cómo se sentía Clemente al respecto?

—¿Discutían alguna vez?

—Tiene gracia que lo preguntes —dice Jack— porque el día antes de que desapareciera, tuvieron una pelea impresionante.

—¿Sobre qué?

—Ni idea, pero ella amenazó con volver a Alemania. Pero, bueno, después hicieron las paces.

Se me seca la garganta… «Nadie se marcha de aquí», eso es lo que me dijeron. ¿Acaso alguno de los demás escuchó las amenazas de Elke y decidió tomar cartas en el asunto?

—¿Elke y Sky se llevaban bien?

—Sí, la mayor parte del tiempo —responde.

Por lo que he visto, Sky no se tomaría bien que cualquiera de ellos le arrebatara el liderazgo, y mucho menos otra chica.

Sky y Mikki están junto a la barbacoa partiendo las verduras y mantienen una conversación. Voy para allá.

—¿Qué estáis preparando?

—Un guiso japonés —dice Mikki, y se vuelve hacia Sky—. ¿Qué tal con Victor?

Sky me mira como si no estuviera segura de si yo debería participar en esta conversación y, después, hace un gesto hacia Victor y Clemente, que están entrenando con cuerdas gruesas.

—Miradlo, parece fuerte, pero… no lo es.

Mikki sonríe al comprenderlo.

—A veces me canso de que dependa de mí —dice Sky—. Y me gustaría tener a alguien en quien apoyarme. Aunque es una tontería porque, incluso aunque diera con esa persona, no me apoyaría en ella.

—Me pasa lo mismo con Jack —comenta Mikki—. A veces desearía haberlo conocido antes de su accidente.

Me alucina que Mikki sea tan sincera. Nunca ha hablado de estas cosas conmigo.

Mikki frunce el ceño, concentrada, mientras corta unas zanahorias en tiras pequeñas.

—Pero, entonces, seguro que saldría con modelos y ni siquiera se habría fijado en mí.

Me mata que tenga una opinión tan baja de sí misma; la rodeo con un brazo.

—¡Qué dices! ¡Pero si eres preciosa!

—Sí, exacto —dice Sky.

Mikki hace una mueca y Sky me da un codazo.

—Y Kenna está loquita por Clemente.

Me río para disimular la vergüenza que siento. Mikki levanta la vista de las zanahorias con cara de preocupación y recuerdo su advertencia.

—Aunque será mejor que tengas cuidado con él, cielo —dice Sky—. Trabajé en la construcción durante un tiempo…

—Oh, ¿en serio? —pregunta Mikki—. Qué guay.

—Sí, salí con una chica que era gerente de un proyecto de construcción y me habló sobre los edificios altos. Dijo que podía haber grietas en los cimientos, no se ven a simple vista y no tienes ni idea de que existen hasta que todo se viene abajo.

Entonces Sky desvía la mirada con intención hacia Clemente.

—¿Él tiene una grieta? —pregunto.

—Un montón. Me sorprende que todavía no se haya derrumbado.

Estudio su rostro y me pregunto si realmente lo piensa o si lo dice a raíz del comentario que hice antes sobre su interés por convertirse en el líder.

—Entonces dices que todos están destrozados, todos los hombres de la Tribu —comento, tratando de bromear.

Pero Sky asiente.

—Todos lo estamos, todos los que estamos aquí.

Es una forma extraña de reconocer una debilidad, viniendo de una mujer que, hasta ahora, nunca ha revelado ninguna.

Sky parece darse cuenta de ello.

—Pero nos estamos curando y eso es lo que importa.

Esa noche, Sky se sienta a mi lado junto a la hoguera y se inclina hacia adelante para pasar la mano a través de las llamas. Va ataviada con un top de tirantes holgado y morado, por lo que, cada vez que mueve el brazo, se ve el lateral de su pecho, pero nadie parece inmutarse.

—Mirad cómo estáis —dice—, sentados y muertos del aburrimiento. Es el momento de hacer otra carrera por las rocas.

—Ni de coña —responde Clemente.

—Estoy demasiado cansado, cariño —dice Victor—. Vámonos a la cama.

—Todavía no —espeta Sky.

Esta noche parece especialmente inquieta. Clemente está sentado en suelo, frente a ella. Sky alarga la mano y desliza los dedos a través del pelo de este.

—Qué gusto da tocarte el pelo.

Me fijo en la cara que pone Victor, que lleva la cabeza rapada. Sky no deja de atusar el cabello de Clemente y hace que los mechones oscuros se le queden de punta.

—Es muy tupido. Kenna, ven a tocarlo.

La fulmino con la mirada, pero no se me ocurre ninguna excusa para no tocarle el pelo, así que me inclino y deslizo mis dedos entre su cabello. Esto es por lo que dije de que Clemente quería el liderazgo, sin duda. Sky está ejerciendo su poder sobre él de una forma sutil e inteligente.

Victor bosteza.

—¿Por qué estás cansado, tío? —le pregunta Jack—. ¿Acaso ella te mantiene despierto?

—No —replica Victor.

—Yo también estoy molido —añade Jack—. A veces tengo pesadillas.

Victor mira a Jack con recelo.

—¿Sobre qué?

—La ola que me rompió la espalda.

Victor escucha, fascinado, mientras Jack describe su sueño.

—No consigo dormirme otra vez por si acaso vuelvo a verla —explica Jack—. Quizá, a la próxima, no me despierte. A lo mejor me muero en el sueño y así me quedo.

Sky se inclina a un lado para susurrarle algo a Mikki al oído. Mikki asiente.

—Pobre —le dice Sky a Jack—. ¿Y si esta noche te protejo yo de esas olas tan aterradoras?

Jack mira primero a Sky y luego a Mikki, desconcertado.

—Adelante —le dice Mikki.

¿Cómo? Me quedo boquiabierta. Pero ¡qué retorcido es todo esto! Jack permanece allí sentado, como si estuviera celebrando todos sus cumpleaños a la vez, hasta que se acuerda de Victor, que no consigue disimular su estupefacción.

—¿Puedo dormir en tu tienda, Kenna? —me pregunta Mikki.

Tardo un rato en dar con mi propia voz.

—Vale.

Sky pone en pie a Jack. Los observo mientras se dirigen hacia la tienda de Jack y Mikki, y me pregunto cómo alguien puede ser tan cruel.

Capítulo 48

Kenna

Se me rompe el corazón por Mikki mientras permanece tumbada en mi tienda; se oye todo.

—Tengo tapones para los oídos —digo, porque es lo único que le puedo ofrecer.

—Ya te lo dije —replica—. No me importa.

Debería aprovechar este momento para convencerla de que tenemos que irnos, pero los sonidos amortiguados de Jack y Sky me distraen demasiado.

Cuando Mikki y yo nos levantamos por la mañana, Sky está sentada junto a Victor comiendo huevos revueltos como si fuera un día normal, pero la mano de Victor no está en su pierna, y hay tensión en el ambiente. Por increíble que parezca, Jack rodea a Mikki con un brazo cuando ella se sienta; se me revuelve el estómago.

Da la impresión de que los demás también notan cómo están las cosas porque desayunamos en silencio.

Cuando Sky se dirige al grifo para lavar su cuenco, me enfrento a ella.

—¿Cómo has podido hacerlo?

Sky parece perpleja ante mi cabreo.

—Compartimos cosas, es lo que hacemos.

—Mikki no encaja aquí. Es mucho más dulce que todos vosotros.

—Yo no la veo así. Ella misma quería comprobar si podía hacerlo. Está trabajando muy duro para superarse, y la admiro por ello.

—No tiene que superarse —digo—. Es perfecta siendo así.

Sky entrecierra los ojos.

—Me contó que quieres que se marche. A lo mejor no puedes aceptar que ahora tenga muchos amigos.

Esto último me descoloca por completo. ¿Lleva razón? ¿Soy yo la que tiene un problema?

Clemente viene corriendo por el sendero de la playa.

—¡Hay olas de tubo!

Todo el mundo se pone en marcha a toda prisa. Mientras sigo dando vueltas a lo que ha dicho Sky, cojo mis pantalones cortos de la cuerda. Mikki y yo nunca hemos tenido otros amigos tan cercanos, así que resulta extraño verla tan unida a Sky y al resto de la Tribu. A veces me hace sentir un poco apartada, pero esa no es la razón por la que quiero que se vaya; estoy haciendo lo mejor para ella.

Me pongo protector solar y unos gritos masculinos a lo lejos me alertan de que algo no va bien. Victor y Jack se están peleando en el suelo. Victor le da un puñetazo a Jack en la cabeza, que levanta los brazos para protegerse. Después lo golpea en el estómago y Jack gime y se hace una bola. Clemente se acerca corriendo y gritando en español. Empuja a Victor contra el tronco de un árbol, lo que hace que unas cortezas grises caigan al suelo. Cualquiera esperaría que Sky interviniera, porque es evidente que es la razón por la que se están peleando, pero permanece inmóvil con una mueca de fascinación.

Jack me alcanza y se pone a mi altura mientras nos apresuramos por la arena.

—¿Qué tal tu espalda? —le pregunto.

—Bien —responde—, pero Victor quiere matarme.

—Espero que valiera la pena.

Me mira de reojo.

—¿Me estás preguntando cómo fue?

—Quizá.

—Excitante. —El viento le revuelve el pelo rubio y lo aplana contra su frente—. Pero también muy intenso. Mi espalda no lo soportaría a diario.

Demasiada información… Estoy furiosa con él por hacerle eso a Mikki, aunque, claro, una parte de mí tiene que reconocer que a ella le pareció bien.

—No sabía que Victor se enfadaría tanto —comenta.

—¿Sky se ha acostado con alguno de los demás?

—Solo con Clemente.

De algún modo, consigo que mis piernas sigan avanzando.

—Tranquila —dice—, solo fue una vez.

—¿Y a Victor le pareció bien? —pregunto en voz baja.

Jack sonríe con suficiencia.

—En realidad, no, pero se le pasó. También lo ha intentado unas cuantas veces con Ryan, pero no estaba interesado. Seguro que el pobre se cagó encima.

El cielo tiene un tono azul claro y el sol brilla con fuerza. Sky y Clemente están delante, charlando mientras estiran. La idea de que se hayan acostado me perturba y me hace sentir, de alguna forma, traicionada, lo que no tiene ninguna lógica.

Meto la cara en el agua mientras remo y trato de apartar de mi mente todos estos dramas. Es la primera vez que veo el agua tan clara, con la arena del lecho marino visible a varios metros de distancia. Debajo de mí, un resplandor plateado, como el de un banco de peces, pasa rápidamente de largo.

Echo un vistazo por encima del hombro y veo que el océano entero se cierne sobre mí.

—¡Rema! —grita Sky.

El agua resplandece mientras remo sobre ella. Mi tabla se inclina hacia abajo y es como si descendiera por la escalera mecánica de subida. El mar avanza a toda prisa hacia arriba para encontrarse conmigo y se desliza en una suave sábana verde bajo mi tabla. Me pongo en pie. Ahora mismo voy tan rápido que no sé cómo me las voy a ingeniar para girar, pero el instinto toma las riendas. Con la parte inferior de la ola a la vista, doblo las rodillas y realizo el mayor *bottom turn* que he hecho en mi vida. La tabla asciende por la cara de la ola tan velozmente que casi salgo volando. En el último segundo, consigo volver a bajar. La cresta de la ola se enrolla sobre mi cabeza y parece que el tiempo se detiene.

Que puedas mantener el equilibrio dentro de un tubo de agua en movimiento, sobre un pedazo de madera tan insignificante que no te mantendría a flote a no ser que se estuviera moviendo, parece desafiar las leyes de la física. Ola hueca, tubo, tubera... los surfistas tienen muchos nombres para referirse a este lugar tan querido para ellos. Yo nunca había conseguido una tan perfecta hasta ahora.

Cuando era adolescente devoraba las revistas australianas de surf con sus brillantes fotografías del mar que había al otro lado del mundo. Las palabras de la *Australian Surfing Life* aún siguen almacenadas en mi cerebro: «El lugar más seguro dentro de una ola hueca es la tubera. Comprométete con ella, intérnate en su interior y quédate allí dentro todo el tiempo que la cabrona te lo permita».

Con la ola cayendo en cascada sobre mi hombro, me comprometo; no tengo otra opción. La curva se cierra a mi alrededor y forma una resplandeciente caverna azul. Es como si me hallara en otra dimensión en la que me gustaría permanecer para siempre.

Pero, demasiado pronto, la parte superior se desploma y me derriba bajo la superficie. Aunque remo con la intención de volver a intentarlo, pierdo el control y me golpeo en la espinilla. Clemente se acerca remando; supongo que me dirá que lo deje antes de que me rompa algo, porque eso es lo que Kasim me habría dicho.

—¡Casi lo consigues! Intenta coger más ángulo —comenta, ladeando una de sus manos.

Dos horas más tarde, he conseguido surfear otra tubera y tengo una docena más de golpes. Camino hacia la arena, emocionada. Ya no pienso en Mikki, en Jack o en Elke; no pienso en nada que no sean mis tubos.

Me paro para quitarme la correa del pie, pero Clemente está justo detrás de mí y nos chocamos. Somos los últimos en salir del agua, así que estamos solos.

—Perdona —digo.

Me agarra del brazo para ayudarme a mantener el equilibrio. Su torso —desnudo y mojado— está alineado con el mío, pero no me aparto y él, tampoco. Hay pequeñas gotas de agua en su piel bronceada. El sol brilla en sus ojos, lo que les confiere el mismo tono aguamarina que el del océano. Es un chico muy atractivo, como todos los de la Tribu, pero ninguno de los demás tiene este magnetismo. Es como si te atrapara la corriente, cuando absorbe la arena bajo tus pies y te arrastra mar adentro. Puedes luchar contra ella todo lo que quieras, pero estás a su merced.

Mikki no confía en él, Sky tampoco... y yo no debería.

Clemente da un paso atrás y recupero el aliento. Decido aprovechar la oportunidad dado que estamos solos.

—¿Podemos hablar?

Parece ponerse en guardia, pero hace un gesto hacia la arena.

—¿Quieres sentarte?

Dejamos las tablas en el suelo y nos sentamos mirando hacia el mar.

—Vale —empiezo—, sé que dijiste que no querías intimar con nadie, pero ¿podemos, al menos, tratar de ser amigos?

Sus ojos estudian mi rostro. No sé qué busca en él o qué encuentra, pero asiente de mala gana y vuelve a observar al agua.

Me quedo contemplando su perfil mientras contempla las olas; su fuerte mandíbula y su nariz recta. Ahora mismo me recuerda a Kasim: el tipo fuerte y silencioso al que le cuesta hablar de temas emocionales. Un pensamiento gracioso, salido de la nada, aparece en mi mente: «A Kasim le habría caído bien». Me resulta extrañamente liberador, lo que hace que me dé cuenta de lo culpable que me ha hecho sentir el hecho de que me guste.

Elke es el tema del que quiero hablar.

—¿Puedo preguntarte algo? —digo—. ¿Cómo puedes seguir aquí después de que tu mujer... y Elke...?

Escarba en la arena, que emite una especie de chirrido cuando la coge y cierra con fuerza el puño sobre ella.

—¿A dónde iba a ir? Mis amigos están aquí. Claro que quería marcharme por los recuerdos, pero esta gente evita que me desmorone.

Su sinceridad me pilla por sorpresa.

—¿Las sesiones con Sky te ayudan?

—Sky dijo que podía visualizar los sucesos una y otra vez hasta que los aceptara o bien bloquearlos. Prefiero esto último.

No sé si lo de ser amigos funcionará cuando su mirada intensa es capaz de despertar cosas en mi estómago.

—¿Y lo consigues?

Clemente se queda mirando el agua con expresión afligida.

—Sí, si la gente deja de preguntarme por ellas.

Capítulo 49

Clemente

Tengo sangre en las manos, esa clase de sangre que no se puede eliminar del todo. A veces miro hacia abajo y la veo como si fuera real: un rastro carmesí que me recorre los dedos y chorrea por mis muñecas, como cuando saqué a Elke del agua.

Una de las cosas que siempre me ha gustado de la Tribu es que no hacen preguntas difíciles. Todos tenemos nuestros problemas, pero cada uno se enfrenta a ellos a su manera. Aunque Jack y yo a veces hablamos, y en alguna ocasión también lo he hecho con Sky, no hay ninguna presión por su parte. Pero entonces apareció Kenna y desenterró los recuerdos.

Elke... La noche en que la conocí estaba con Jack en un bar cutre para mochileros de Bondi. Tras una sesión de surf temprana seguida de un largo viaje en coche hasta la ciudad, estaba cansado, pero cuando sales con Jack no existen las noches tranquilas, por lo que allí estaba él, subido al escenario junto a un grupo de gente, sobre todo mujeres, participando en un concurso de camisetas mojadas (algo que solo ves en Australia). No me importaba, Jack es un buen tío. Detrás de sus payasadas se esconde mucho dolor, y la mayoría de las cosas que hace no son más que un intento por ignorarlo.

—¿Hablas alemán? —me preguntó la mujer que había a mi lado.

Elke.

La música que sonaba por el altavoz que teníamos detrás estaba muy alta, y en la mesa que había junto a la nuestra estaban tomando una ronda de chupitos de vodka, por lo que tuve que inclinarme hacia ella para oírla.

—No, ¿y tú hablas español?

—No —respondió—. Entonces, solo podemos hablar en inglés, ¿no?

No había salido con nadie desde la muerte de mi mujer, un año antes —ni siquiera había mirado a otra mujer desde entonces—, pero Elke olía maravillosamente, una tentadora mezcla de crema solar y champú, y tenía una interesante marca del bikini alrededor del cuello.

—Tienes un acento muy *sexy* —me dijo.

¿Estaba ligando conmigo?

—Nunca he besado a un español, me pregunto cómo será. —Sonrió—. ¿Qué? Me gustas, ¿soy demasiado directa?

Traté de controlar los nervios.

—No, pero las españolas suelen ser más sutiles. Si les gusta alguien, lo demuestran con la mirada, así.

Y así, sin más, yo también estaba ligando con ella.

—¿Puedo besarte ya? —preguntó.

Me reí, finalmente ajeno a la terrible música que sonaba y a la molesta muchedumbre.

—Sí.

Elke hacía que todo fuera sencillo. Nunca tenía que adivinar qué estaba pensando, como me pasaba con mi mujer, porque me lo decía directamente. Si no era feliz, me lo comunicaba sin dudarlo, y lo mismo ocurría si no estaba contenta con cualquier otra persona. Esto no siempre ponía las cosas fáciles —chocó especialmente con Sky y con Víctor—, pero apreciaba su sinceridad.

Cuando terminaba el día, nos metíamos en mi tienda, me hundía en ella y me olvidaba del mundo exterior. Si hubiera sido capaz de olvidar lo que ocurriría después…

Me miro las manos; no veo la sangre, pero la siento. Cierro con fuerza los ojos y solo consigo ver el cuerpo de mi mujer balanceándose de un lado a otro. Aprieto los puños y eso activa otro recuerdo: mi mano, dando un puñetazo, golpeando una y otra vez.

Alejandro era mi mejor amigo desde que nos conocimos en clase de boxeo cuando teníamos unos cinco años. Siempre había sido algo temerario, pero desde que sus padres se separaron cuando él tenía diecinueve años, fue por el mal camino y empezó a beber compulsivamente y a buscarse problemas. Si íbamos a un bar, se fijaba en el tío más grande que hubiera allí y buscaba pelea con él. Le salvé el cuello una y otra vez, a veces llevándome algún puñetazo en el proceso e incluso sobornando a un tío para que no lo denunciara.

Seguíamos boxeando y aquel año habíamos llegado a la final de los campeonatos regionales. No me gustaba que el combate fuera contra él, pero aquello no era una novedad porque siempre nos tocaba juntos.

—Tengo que contarte una cosa —dijo, justo antes del gran enfrentamiento.

Había algo en su rostro que debería haberme dado una pista de lo que se avecinaba.

—Anoche me acosté con Marta.

Por aquel entonces, Marta era mi novia, la primera chica de la que me había enamorado. Estudié la expresión de sus ojos para ver si lo decía en serio, medio deseando que se riera y dijera que era una broma. Pero no lo era. Antes de que pudiera responder, nos llamaron para que subiéramos al *ring*.

En la esquina más alejada vi a Marta, que me miraba. Levantó la mano para saludarme, pero no la correspondí. ¿A quién había venido a animar? ¿A mí o a Alejandro?

Tras el zumbido de los oídos, escuché la campana. La rabia fluyó a través de mis puños. Para un luchador, perder el control de esa manera normalmente significa la derrota, así que no entiendo por qué no sucedió; tal vez Alejandro me permitió darle los primeros golpes porque pensaba que se los merecía, o tal vez solo lo pillé por sorpresa. La cuestión es que cayó al suelo. Aunque una fracción de segundo después el árbitro empezó a contar, lancé un puñetazo extra por el que tuve la suerte de que no me descalificaran, y Alejandro empezó a sangrar por la nariz. Fue una victoria fácil. Todavía recuerdo el olor metálico que desprendía cuando nos dimos la mano al terminar.

De vuelta en los vestuarios, recogí mis cosas y me marché. Me sentí en paz hasta que me enteré de la noticia a la mañana siguiente: se le había formado un coágulo de sangre y había muerto mientras dormía.

No había explicación para lo que hice. Había explotado de la rabia y no fui capaz de controlarla. Y Alejandro había muerto. Por esa razón, dejé el boxeo, porque alimentaba una peligrosa necesidad en mi interior: la de golpear y golpear.

La sociedad nos lleva a creer que los deportes nos hacen más fuertes, pero también pueden destruirte físicamente y cargarse tu vida. De alguna manera, a todos los que estamos aquí, en la Bahía, nos ha pasado.

Dejé la facultad de Medicina porque no era capaz de conciliar la idea de haber matado a Alejandro con mi sueño de convertirme en médico, y al año siguiente me marché de España.

No tengo intención de contarle a Kenna lo de Alejandro; ya se muestra suficientemente recelosa conmigo, y no la culpo. Cuando tomas en consideración la muerte de mi mujer y la desaparición de Elke, sé lo que parece: que estoy maldito.

Capítulo 50

Kenna

Me agarro a la barra. Los demás hacen dominadas todos los días, pero es un ejercicio que a mí siempre me ha costado. La luz del sol brilla a través de las hojas; el metal está caliente bajo mis dedos.

Sky me observa mientras jadeo al intentar elevarme.

—¡Clemente! ¿Puedes venir un segundo?

Se acerca. Tiene los pantalones cortos mojados, y dan forma a la parte inferior de su cuerpo.

Sky le da una palmada en la espalda.

—¿Podrías, por favor, enseñarle a esta chica cómo se hace una dominada como Dios manda?

Me siento como una completa idiota, y quizá Clemente se haya dado cuenta, porque dice:

—Es uno de los ejercicios que más cuesta hacer bien.

Me observa detenidamente cuando lo vuelvo a intentar. Esos ojos… me desconcentran por completo.

Camina a mi alrededor.

—¿Dónde lo notas? —Coloca un dedo sobre mi hombro—. ¿Aquí? ¿O aquí?

Vuelvo a elevarme con esfuerzo.

—¡Ahí!

—Inspira —dice— y exhala. No, deja que te enseñe.

Contemplo cómo se tensan los músculos de su cuerpo mientras lo eleva. No da en absoluto la sensación de que esté presumiendo o compitiendo conmigo; realmente parece interesado en que me salga bien.

Sky pierde el interés y se marcha.

—Ahora inténtalo tú —me dice.

Normalmente soy yo la que está ahí, la que observa a los pacientes para ver dónde les duele. Ahora que se han cambiado las tornas, caigo en la cuenta de lo invasivo que resulta. Te estás exponiendo, física y mentalmente. «Este es el límite de lo que puedo hacer».

Me tiemblan los brazos.

—No puedo hacerlo.

—Sí que puedes. —La voz de Clemente es suave.

Y cuando alguien te ayuda a sobrepasar ese límite, lleva el vínculo al siguiente nivel.

La Tribu hace estas cosas a diario; tal vez ese sea el motivo por el que están tan unidos. Si entrenas así con otra persona, tienes que escuchar su voz por encima de la tuya; y si lo haces las suficientes veces, confías en ella.

Incluso cuando no deberías.

El ambiente alrededor de la hoguera esa noche es eufórico. He conseguido más olas en todo el día que en una temporada entera en Cornualles. Además, por ahora, he apartado a Elke de mis pensamientos. Voy a relajarme y a disfrutar del momento.

Mikki llama mi atención.

—¿Entiendes ahora por qué me encanta este sitio?

—Sí. —Hago un gesto en dirección a Jack. Victor y él están sentados uno al lado del otro, hablando sobre «tubos flipantes» como si volvieran a ser amigos—. ¿De verdad te parece bien que…?

Mikki toma aire repentinamente.

—Sí, ¡ya te lo he dicho!

La estudio mientras sopeso si dice la verdad o no. Mikki es una persona muy difícil de interpretar, incluso para mí.

—Nunca hablábamos sobre nuestras relaciones, ¿verdad?

—Yo quería hacerlo.

—¿Ah, sí? Yo también. —Alargo el brazo para cogerla de la mano—. Bueno, en el futuro lo haremos, ¿vale?

Me aprieta cariñosamente los dedos.

—Vale.

Me recuesto sobre el tronco de un árbol. Estar de vuelta en la playa me ha ayudado a darme cuenta de que no estoy hecha para la vida en la ciudad. Pase lo que pase aquí, no puedo regresar a Londres.

Victor está tocando los bongos, dándose palmadas en los muslos, y también canta una canción en portugués.

—¡Tío, para ya! —suelta Ryan.

—Joder, tronco, ¡alégrate un poco! —le dice Victor—. Nadie ha muerto, deja de ser tan coñazo.

—¡Que te den! —Ryan se escabulle hacia la barbacoa.

Como parece estar bastante molesto, me acerco a ver cómo está.

—¿Va todo bien?

Está a cuatro patas, dándole golpecitos a algo en el suelo.

—A veces hay demasiada gente, para mi gusto.

Escondo una sonrisa. Siete no puede considerarse demasiada gente, pero lo entiendo, porque es una persona introvertida, y los que somos así a veces necesitamos estar solos para recargar energías.

—¿Qué haces?

—Aplastar hormigas. Es como si presintieran que se acerca la muerte, mira.

Las machaca con la punta del dedo, de una en una.

Como es lógico, las demás hormigas se vuelven locas y corren en todas direcciones. Por el tono de Ryan, que habla en voz baja, y sus gestos nerviosos, al principio parece un tipo agradable. Por su perilla, su pelo largo y su ropa holgada, que ha visto mejores días, pensarías que es un *hippy*. Cuando hace surf, sin embargo, su apariencia cambia por completo, de tranquilo a despiadado, como le ocurre a Jack. Y verlo ahora mismo mientras acaba de forma metódica con vidas ajenas, con la mirada fija, vuelve a desafiar esa concepción. «El guardián»…

Mikki tiene razón, da un poco de miedo.

—Te dejo tranquilo. —He cenado un buen plato del guiso, pero de eso hace ya una hora y vuelvo a tener hambre. Voy hacia el frigorífico para ver qué encuentro.

Alguien me da unos golpecitos en el hombro y, cuando me giro, veo a Victor, que me tiende un cuenco con algo morado dentro.

—¿Quieres?

—¿Qué es? —pregunto.

—Açaí —responde—. Pruébala, da mucha energía.

—Ah, sí, ya la había comido; gracias.

Cojo el cuenco y me lo llevo a la hoguera. Un sabor afrutado a canela inunda mi paladar cuando me llevo a la boca una cucharada de la pulpa congelada.

Para cuando he terminado, estoy tiritando.

—Qué frío tengo.

—Toma. —Clemente me tiende una manta de lana.

—Gracias —digo, mientras me envuelvo en ella.

Clemente se sienta a mi lado en el suelo, de manera que nuestros hombros están cerca pero no se tocan. Jack y Mikki se acurrucan bajo su propia manta, también, por allí cerca.

De repente, Mikki grita y se pone en pie de un salto.

—¿Qué pasa? —pregunto.

—¡Una polilla!

—¿Dónde? —Entonces me percato de a qué le está dando manotazos—. Solo es tu tatuaje.

—¡Oh! —Mikki se ríe avergonzada y vuelve a sentarse.

Me duelen los brazos de remar. Los estiro delante de mí y me fijo en que han cambiado de forma.

—¿Admirando tus músculos? —me pregunta Clemente.

—En realidad, sí —digo riendo.

El aire relajado de Clemente contrasta claramente con su comportamiento de antes en la playa.

—¿Nunca te sientes culpable por pasarte todo el día allí, surfeando, y por hacer el resto de cosas que haces?

—¿Qué quieres decir? —pregunta.

—Si te pasara algo, ¿cómo se sentiría tu familia?

Sky me mira desde la distancia; irradia desaprobación, como si aquí la palabra «familia» fuera una palabrota. Imagino que cuanto más apartados estén de sus familias y del mundo exterior, más poder ejerce ella sobre ellos.

—Saben que lo necesito —responde Clemente—. Mi madre me llevó al hospital un montón de veces: un brazo roto, dedos dislocados... Sobre todo se debía al boxeo, pero nunca me pidió que lo dejara.

—Mi novio solía tratar de impedirme que hiciera cosas peligrosas —comento.

Me mira con curiosidad.

—¿En serio? —Titubea—. Mi mujer y la mayoría de las novias que he tenido sabían que lo necesitaba; tuve suerte.

Se nota que odia hablar de ellas. Es como si se hubiera dado cuenta de que, para que confíe en él, tiene que dejarme entrar aunque solo sea un poco.

Victor suelta una risita y señala a Sky.

—¡Imaginaos si yo tratara de detenerla! —dice, sacudiendo los dedos.

—Pero yo tampoco lo haría contigo —dice Sky.

Victor parpadea como si nunca se hubiera parado a pensarlo. Clemente asiente.

—Si tu pareja quiere hacer todas estas cosas, no puedes impedírselo, es parte de su ser. Mi madre siempre comprendió esa parte de mí.

Sky vuelve a fruncir el ceño, lo que me convence de que debo seguir hablando sobre la familia. Me acuerdo del hermano de Clemente que vive en Inglaterra.

—¿Tu hermano también hace surf?

Sky se inclina para tocarme la mejilla y nos interrumpe antes de que Clemente pueda responder.

—Kenna, te has quemado.

—Lo sé. —Siento la piel tensa y ardiendo.

Jack se levanta para arrancar una hoja de una planta cercana.

—Toma, es aloe vera.

Es gruesa y dura, y tiene pinchos por uno de los lados. Un gel transparente brota de donde la ha cortado.

—¡Vaya! —digo—. Me lo he aplicado desde un bote otras veces, pero nunca directamente de la hoja.

—Te ayudaré —se ofrece Jack—. Quédate quieta.

Clemente nos contempla, impávido, mientras Jack me restriega la hoja por la cara.

—¡Oye, Ryan! —grita Victor—. ¿Por qué no tocas algo? ¡Quiero bailar!

Ryan se acerca de mala gana con la guitarra y empieza a tocar «Sweet Jane».

—No —se queja Victor—. Esa canción es... No es alegre. Es...

Levanta la vista en busca de nuestra ayuda.

—¿Lúgubre? —propongo, aunque no creo que tenga que ver con la naturaleza de la canción, sino con la forma en que Ryan la interpreta.

—¡Eso es! —exclama Victor—. Toca una alegre.

—Ya te lo he dicho —suelta Ryan—, no me sé más canciones.

—No pasa nada —dice Victor rápidamente—, me pondré a bailar de todos modos.

Victor intenta que Sky lo acompañe, pero como ella sacude la cabeza, se pone a bailar él solo una especie de samba, moviendo las manos y mirando sus pies mientras realiza una complicada secuencia de pasos. Es un bailarín excelente y su sonrisita traviesa es contagiosa.

Jack se pone en pie de un salto.

—¡Yo bailaré contigo, tío!

—¡Oh, Dios! —exclama Victor—. Dos hombres bailando juntos no está bien, ¡Sky, por favor!

Sky pone los ojos en blanco y se levanta. El resto nos ponemos en pie también. Empezamos a bailar como idiotas alrededor de la hoguera con los acordes de la canción lúgubre de Ryan y tengo la sensación de que todo va bien en mi mundo. Sigo preocupada por la seguridad de Mikki y por la desaparición de Elke, pero ya pensaré en ello mañana.

Estoy tan metida en el baile que tardo unos segundos en darme cuenta de que ya no hay música. Me vuelvo hacia Ryan y descubro por qué.

Hay dos mujeres allí de pie. Cuando me recupero de la impresión, caigo en la cuenta de quiénes son: la pareja canadiense que conocimos en la gasolinera hace cinco días. La atractiva pelirroja lleva el mismo mono de pantalón corto vaquero que aquel día.

Me saludan con un gesto de la cabeza cuando me reconocen, pero no sonríen.

Capítulo 51

Kenna

Como siempre, la Tribu se agrupa como si fuera una especie de equipo deportivo. Se quedan ahí plantados, con miradas hostiles y los brazos cruzados sobre el pecho.

—¿Quiénes sois? —pregunta Sky secamente.

—Yo soy Tanith —dice la pelirroja atractiva.

—Y yo, Shannon. —Su mujer tiene el pelo oscuro y corto.

—Venimos a por mi cartera —dice Tanith mirando a Jack.

Furiosa, Sky se vuelve hacia Jack.

—¿Las conoces?

Ryan, Victor y Clemente clavan sus ojos en Jack con expresión de incredulidad. Me imagino lo que estarán pensando: « Jack lo ha vuelto a hacer».

—Nos conocimos en la gasolinera cuando veníamos para aquí —explico.

Sky se gira hacia las mujeres.

—¿De qué conocéis este sitio?

Shannon hace un gesto con la cabeza en mi dirección.

—Ella nos habló de él.

Ahora todos sus ojos se clavan en mí y percibo la rabia.

—Entonces no sabía que era un secreto.

—¿Mi cartera? —repite Tanith.

Todos empiezan a hablar a la vez.

—¿Ves? —dice Sky, que se lanza sobre Jack—. ¡Esto es lo que pasa cuando traes gente!

—¡Serás imbécil! —le grita Ryan—. Si avisan a la policía…

Tanith da un paso hacia Jack.

—¿Te la llevaste? —le pregunta en voz alta.

Los demás se quedan en silencio. Pienso en las manos de Jack por todo el cuerpo de Tanith mientras «mataba mosquitos». Jack padece muchos dolores, ¿es posible que estuviera lo suficientemente desesperado como para robarle el dinero y así poder comprar codeína?

Jack levanta las manos para proclamar su inocencia, pero tengo dudas. Después de todo, drogó a una pobre mujer y parece no ser consciente de lo mal que eso estuvo.

Tanith retrocede unos pasos.

—Si no fuiste tú, no entiendo qué ha podido ocurrir.

Jack la mira directamente a los ojos.

—Jamás lo haría.

De repente, Tanith parece insegura, como si tuviera la esperanza de que Jack admitiera que la tenía.

—De vuelta, pasamos otra vez por la gasolinera, pero nadie la había dejado allí. Y aquella fue la última vez que la vi, así que pensé...

Jack asiente con frialdad.

—Lo entiendo, pero, como he dicho, jamás la habría cogido.

Tanith y Shannon se miran. Presiento que no están del todo convencidas, pero ¿qué pueden hacer? Se produce un silencio incómodo.

Tanith hace un gesto alrededor.

—Bonita zona de acampada —dice.

—¿Qué tal son las olas? —pregunta Shannon con una gran sonrisa.

Me siento fatal, porque nadie contesta. Parecen buenas personas.

—Esta mañana ha sido muy divertido —digo.

Sky me fulmina con la mirada, pero la ignoro.

—¿Dónde terminasteis vosotras? —pregunto.

—Recorrimos todo el camino hasta Sunshine Coast —explica Shannon—. Entonces nos dimos cuenta de que no tenía su cartera y tuvimos que solicitar unas tarjetas de crédito nuevas y esperar a que nos las enviaran. Han tardado un siglo. —Se vuelve hacia Tanith—. Deberíamos ir a por la tienda del Jeep antes de que se haga más tarde.

—No podéis acampar aquí —dice Ryan.

—¿Por qué no? —pregunta Shannon.

—Tenéis que hablar con el guardabosques para reservar.

Shannon saca un teléfono móvil.

—No hay cobertura, así que ¿cómo vamos a hacerlo?

—Hay que reservar con antelación —dice Sky.

Me siento incómoda… Las olas de este lugar no son de Sky, ni de Ryan ni de nadie en particular.

—Si el guardabosques aparece, le pagaremos —dice Shannon—. Si no, lo haremos por internet en cuanto nos vayamos.

—El guardabosques es un imbécil integral —dice Sky.

Shannon se cruza de brazos y, en voz baja, pero firme, dice:

—Nos hemos pegado una paliza para llegar hasta aquí, ni de coña nos vamos a ir sin probar estas olas.

Con eso, las dos mujeres se dirigen hacia su vehículo y vuelven con el equipaje y una tienda.

—No pueden hacer surf aquí —dice Victor.

—Venga…, solo son dos chicas —replica Jack—. ¿Qué puede tener de malo?

—¿Estás de coña? —pregunta Sky—. Si mañana hay tuberas como las de hoy, en cuanto se marchen cogerán el teléfono y les contarán a sus amigos lo genial que ha sido.

—Y a la semana siguiente, medio Canadá estará aquí metido —apostilla Ryan.

Clemente asiente, pero no abre la boca.

—Entonces ¿qué hacemos? —pregunta Victor.

Como está muy oscuro, las mujeres tienen algunos problemas para montar su tienda, así que me acerco para ayudarlas.

—¿Kenna, verdad? —pregunta Tanith—. ¿Cuánto tiempo llevas haciendo surf?

—Casi veinte años —respondo—, ¿y vosotras?

Les hablo de Cornualles y de mi trabajo como fisioterapeuta deportiva y ellas hacen lo propio con la escena del surf canadiense. Mientras hablamos, se respira un ambiente de cierta peligrosidad. Cuando no soporto más la tensión, regreso con los demás.

—Tenemos que librarnos de ellas —está diciendo Ryan.

—Lo haremos, no te preocupes —añade Sky.

De repente me cuestiono si es seguro o no que esas mujeres se queden aquí. Jack está junto a la barbacoa. Me embarga una sensación de alerta cuando coge dos tazas y se las lleva a las canadienses. No sería capaz, ¿verdad? Pero no puedo arriesgarme.

Voy corriendo hacia él, finjo que me tropiezo y nos chocamos. El impacto es más fuerte de lo que pretendía, por lo que las tazas salen volando y Jack cae al suelo.

—Pero ¿qué coño haces…? —exclama.

—Lo siento muchísimo —digo.

No para de gruñir mientras se levanta.

Finjo consternación por que las tazas se hayan volcado. En el fondo de una de ellas parece que hay chocolate caliente.

—Prepararé más —digo.

—Ya lo hago yo —dice Jack.

—Insisto.

Lavo las tazas y caliento más leche, después se las llevo a las dos mujeres, que están comiendo una cena improvisada de sándwiches y patatas fritas. A lo mejor solo son paranoias mías, pero aun así siento que debo prevenirlas. El problema es que cuando voy a hacerlo, Sky y Jack se acercan y no puedo abrir la boca.

Capítulo 52

Kenna

Me despierta un zumbido. ¿Un mosquito? Busco con la mirada a través de la oscuridad, lista para salir rápidamente de mi saco de dormir, y me doy cuenta de lo que es: la cremallera de una tienda. Ahora, sin embargo, lo único que oigo es el romper de las olas. ¿Me lo habré imaginado?

Oigo el crujido de una rama que se parte al pisarla. Ahí fuera hay alguien. De fondo se oye la cremallera de otra tienda, y después, durante unos segundos, voces que murmuran. ¿Serán las canadienses? Más sonidos débiles, como si estuvieran moviendo algo… o a alguien. Se me corta la respiración. Busco a tientas la cremallera de mi tienda y, tan silenciosamente como puedo, la subo, pero lo único que escucho ahora son murciélagos.

Seguramente ha sido alguien que iba al baño. Pero mientras me quedo dormida de nuevo, oigo los pasos de alguien que vuelve de donde sea que haya ido. Me doy la vuelta para quedarme bocarriba y echo un vistazo por el hueco al final de la cremallera. Oscuridad total, como esperaba, pero también el sonido de alguien que se mete de nuevo en su tienda y la cierra.

Sé de quién es esa tienda.

De Clemente.

Cuando vuelvo a despertarme, ya hay luz en el exterior. Salgo de mi tienda y el estómago me da un vuelco. El lugar donde habían acampado las canadienses está vacío.

Clemente está friendo beicon con huevos en la barbacoa, y no hay ni rastro de los demás.

Me encamino hacia él. Me siento fatal por no haber salido de la tienda la noche anterior.

—¿Dónde están?

Clemente se gira para mirarme.

—Se han ido.

—¿Qué les has hecho?

Parpadea.

—¿Qué crees que les he hecho?

—No lo sé, por eso lo pregunto. Anoche te oí.

—¿Me estás acusando de algo?

El beicon se está quemando, lo huelo.

—¿Estás evitando responderme a propósito o tienes algo que ocultar?

Su expresión es inescrutable. ¿Por qué se comporta de esta forma tan desquiciante?

Una cremallera se abre y Sky saca la cabeza de su tienda.

—¿Qué pasa?

—Nada. —Clemente coloca cuidadosamente el beicon en los platos.

—¿Se han marchado? —pregunta Sky mientras hace un gesto con la cabeza hacia el lugar donde habían acampado las canadienses.

Parece que lo pregunta en serio; eso, o se le da muy bien actuar.

—Sí. —Clemente me fulmina con la mirada—. No les gustaba estar aquí.

Mikki emerge de su tienda. Por su cara, sé que ha oído parte de la conversación.

—¿Quieres beicon con huevos, Mikki? —le pregunta Clemente.

—Sí, gracias.

Mikki me mira inquisitivamente. «Luego», digo, moviendo solamente los labios.

Desayunamos en un incómodo silencio.

—¿De qué iba todo eso? —me pregunta Mikki en voz baja mientras las dos lavamos nuestros platos.

—Anoche oí a Clemente con las canadienses —explico—. Me preocupa que… les hiciera algo. —Al decirlo en voz alta suena disparatado.

—¿Como qué?

—No lo sé, amenazarlas.

O algo peor.

—Vayamos a dar un paseo y así comprobamos si su Jeep sigue aquí o si se han ido —propone Mikki.

Clemente ha ido a comprobar el estado de las olas, Sky está haciendo yoga y ninguno de los demás se ha levantado, de manera que Mikki y yo nos escabullimos por el sendero. Los insectos zumban y se lanzan en picado con la luz de primera hora de la mañana. Agito los brazos cuando se acercan demasiado.

—Seguro que están bien —dice Mikki—. No lo veo capaz de hacerles daño.

—Ya no sé qué pensar. Sky parece creer que hubo algo sospechoso en el suicidio de su mujer.

Mikki me mira.

—A mí también me lo mencionó.

—Y luego está Elke… Demasiada mala suerte para un solo tío.

—Sé a qué te refieres —dice—. Esa fue mi reacción cuando vi el cartel. Clemente me cae bien, pero tiene ciertos problemas.

—¿Crees que…? —Miro por encima de mi hombro sin intención de terminar la frase.

Mikki me imita y dice:

—Quizá te parezca una estupidez, pero en su mirada hay retazos de culpabilidad.

Se oyen sonidos de una pelea entre los arbustos que tenemos delante. Grito cuando un gran pájaro sale disparado a través del camino. Es feísimo; rechoncho, negro, con la cabeza roja, la gorguera amarilla y unas garras afiladas.

—Es un pavo de matorral —dice Mikki.

—¿Muerden?

—No.

Lanzo el puño al aire.

—¡Por fin algo que no muerde!

—Venga ya, no está tan mal.

—Todavía me estoy acostumbrando. Anoche había un mosquito en mi tienda, zumbando sin parar, pero estaba tan cansada que me puse la toalla sobre la cabeza y me volví a dormir.

Mikki tiene ojeras.

—Pareces cansada —digo—. ¿Otra pesadilla?

—Sí.

No me parece que la terapia del miedo la esté ayudando. Mis pensamientos regresan a las canadienses cuando llegamos a la zona de aparcamiento. El Jeep amarillo no está —lo que, de alguna manera, resulta tranquilizador—, pero anoche las mujeres parecían dispuestas a quedarse para hacer surf hoy, así que ¿cómo consiguió convencerlas Clemente?

Mikki se tensa a mi lado.

—Madre mía…

En un lado del camino hay una figura tan inmóvil que de entrada la había pasado por alto. Es Ryan, con un arpón en la mano y los brazos y la cara cubiertos de tierra. Nos mantenemos prudentemente alejadas de él.

—¿Qué haces? —le pregunto.

—Montar guardia —responde—. No quiero que nadie más nos pille por sorpresa.

—¿Has visto a las canadienses?

—Se han marchado.

¿Es cosa mía o hay cierta chispa de locura en los ojos de Ryan?

Y entonces la veo: una salpicadura roja en una roca junto al coche de Jack. Por la forma en que Mikki está clavada en el sitio, sé que ella también la ha visto. No puedo apartar la mirada, ¿es lo que creo que es? No podemos admitir que la hemos visto. Tiro del brazo de Mikki y deshacemos rápidamente nuestros pasos a través del sendero.

En cuanto estamos lo suficientemente alejadas como para que no nos oiga, me vuelvo hacia ella.

—¿Eso era sangre?

Frunce el ceño.

—No lo sé. No creo que Clemente…

—Pero ¿y Ryan?

—¡No! Conozco a estos chicos, debe de haber una explicación razonable.

—¿Como cuál?

—A lo mejor se les cayó algo, vino o algo así.

—No tenía pinta de ser vino. —Aunque la naturaleza no me moleste tanto como antes, los habitantes humanos del campamento resultan cada vez más aterradores—. Tenemos que irnos de aquí, Mikki.

—Cálmate.

Bajo la voz a medida que nos acercamos al claro.

—¿Qué vamos a hacer?

Mikki me mira con exasperación.

—Hablaré con Jack. Tú actúa como si nada, ¿vale?

Los demás están sentados con expresiones taciturnas en el rostro.

—¿Qué tal las olas? —pregunta Mikki.

—Planas —responde Clemente.

—Vaya mierda —dice Mikki—. Me hacía falta una buena sesión de surf. ¿De verdad no hay nada?

Las dotes interpretativas de Mikki me impresionan. Estoy demasiado ocupada dándole vueltas a lo de la sangre —si es que realmente lo era— como para pensar en el surf.

—Es como un lago, créeme —le dice Clemente.

—Ryan está montando guardia en el perímetro —comento.

—Con un arpón —añade Mikki.

—Hijo de puta…, se le ha ido la bola —dice Jack.

—Parece bastante estresado, pero es inofensivo, ¿verdad? —pregunto.

Victor se ríe.

—No con un arpón en la mano.

Los demás le dan la razón en voz baja.

Sky y Victor se marchan a pescar y los demás nos ponemos a entrenar solos o en parejas. Quiero volver a la zona de los vehículos para examinar más de cerca la sangre, pero no me apetece encontrarme con Ryan. Mikki me ha prometido que hablaría con Jack, pero está ensimismada mirando fijamente su polilla, de manera que, poco convencida, me pongo a hacer yoga con la mente todavía a cien por hora.

Clemente se tira dos horas entrenando y no me habla en toda la mañana. Verlo me saca de quicio. Mikki tiene razón, hay una oscuridad en su mirada y un peso en su postura que podría significar dos cosas: pena o culpabilidad. Cualquiera que pueda bloquear el dolor tan bien como él seguro que también puede hacerlo con todo lo demás.

Incluso con su propia conciencia.

Capítulo 53

Kenna

Clemente y Victor se están peleando en el otro extremo del claro. Llevan puestos unos cascos acolchados y guantes de boxeo, pero presenciarlo resulta aterrador. Con pies veloces, van de acá para allá. Hago muecas de dolor ante la potencia de algunos de los puñetazos de Clemente, pero Victor se los devuelve con la misma fuerza.

Clemente se da cuenta de que lo estoy observando y se gira de nuevo hacia Victor y lo golpea —¡pum, pum, pum! — hasta que lo acorrala contra el tronco de un árbol.

«En su mirada hay retazos de culpabilidad», dijo Mikki. Pero ¿por qué motivo?

—¡Tranquilo, tío! —exclama Victor.

Clemente se quita el casco y, sin aliento, se acerca a mí.

—¿Quieres saber qué le pasó a las canadienses? —me dice en voz baja y furiosa—. Las oí recogiendo en mitad de la noche. Habían cambiado de opinión sobre quedarse aquí para surfear, así que las ayudé a llevar sus cosas hasta el coche.

—¿Por qué? —pregunto.

Tiene el pelo empapado por el sudor.

—Porque parecían unas buenas chicas y no quería que les pasara nada malo.

Sus palabras me ponen la piel de gallina.

—¿Contenta? —pregunta.

Lo suelto antes de que pueda contenerme.

—He visto sangre.

Clemente se encoge como si le hubiera soltado un puñetazo.

—La puerta del maletero se le cayó sobre la cabeza a Shannon y sangró mucho. Siempre ocurre con las heridas en la cabeza.

Con eso, Clemente se aleja para reanudar el combate de boxeo. Me lo quedo mirando fijamente, indecisa sobre si creerle o no.

Las hojas de los árboles crujen y se agitan mientras comemos a mediodía. Sky ha preparado ensalada de atún, pero no tengo hambre. Me fustigo por no prevenir a Tanith y a Shannon la noche anterior, pero es que me parecía que estaba siendo un tanto paranoica. Todavía no estoy segura al cien por cien de que estén bien, solo tengo la palabra de Clemente al respecto.

Victor se aplica hielo en una mejilla y Clemente, en las costillas. No sabría decir cuál de los dos ha salido peor parado de la pelea, pero, al menos, Clemente parece haberse librado de una parte de su ira y está hablando en voz baja con Victor mientras comen.

Un grito agudo procedente de los arbustos me hace tirar el tenedor. Conmocionada, miro a mi alrededor.

—Solo es un pájaro —ríe Victor.

—¿En serio? —Me quedo inmóvil y aguzo el oído.

El sonido vuelve a escucharse, chirriante y espantoso, como si fuera una mujer retorciéndose de dolor. Es evidente que los demás están acostumbrados a ellos, porque no reaccionan.

Mientras lavamos los platos, Ryan desciende desde el sendero con el arpón en la mano.

Jack se encamina hacia él, con el rostro tenso por la rabia, y lo agarra por el cuello de la camiseta.

—¿Has estado en mi tienda?

—¿Qué? No —farfulla Ryan.

Jack lo sacude.

—¡Dime la verdad!

—¡Eh! —grita Clemente—. Cálmate.

—Me ha estado robando la codeína —dice Jack—. Admítelo.

Ryan se zafa de Jack y sujeta el arpón con fuerza.

—¡Vale, sí! Te cogí dos pastillas, eso es todo.

—¡Joder, tronco! —grita Jack—. ¡Las necesito!

—Lo siento —dice Ryan, que se encoge de hombros.

Jack le lanza un puñetazo directo al plexo solar. La ferocidad del movimiento me deja sin respiración. Sky tiene razón: Jack posee cierto instinto asesino. Ryan se dobla por la cintura, pero se repone enseguida y avanza hacia Jack, con los dedos blancos alrededor del arpón, y entonces me doy cuenta de que él también tiene instinto asesino. Pensándolo bien, quizá Sky, Victor y Clemente también lo tengan.

Clemente se interpone rápidamente entre Jack y Ryan. Los loris están armando mucho barullo, así que no soy capaz de distinguirlo todo, pero los chicos se están gritando unos a otros. Al final, Clemente los obliga a que se den la mano; Jack se retira a su tienda y Clemente suspira en alto.

Murmurando, Ryan mira dentro del frigorífico. Le muestro la ensalada. La mirada salvaje que vi antes en sus ojos ha desaparecido, y me pregunto si quizá fue solo fruto de mi imaginación. Lo único que ahora veo es agotamiento.

—¿Estás bien? —le pregunto.

Ryan suspira y se acaricia las costillas.

—Sí.

—¿Te has roto algo? Puedo echarte un vistazo, si quieres.

—No, gracias —responde, y engulle la ensalada como si fuera un robot.

Recuerdo la expresión miserable de su rostro cuando me habló de su mujer y de su hija, y siento una punzada de lástima. Pero tengo que seguir presionándolo para ver si descubro algo más sobre él.

—¿Crees que aparecerá más gente cuando vean el parte meteorológico sobre el estado de las olas?

La cara de Ryan se oscurece.

—Será mejor que no lo hagan.

Mira a su alrededor como si esperara que varias personas fueran a aparecer por entre los árboles y se pone en pie de un salto para recoger su arpón.

Una hoja cruje a mi espalda y, cuando me giro, veo a Sky.

—¿Por qué le has preguntado eso? —dice mientras Ryan se aleja a grandes zancadas.

Levanto las manos.

—No sabía que se iba a poner así.

Sky me mira con curiosidad; no sabría decir si me cree o no.

—Es una bala perdida —comenta—. Si ahora mismo apareciera alguien, me preocupa lo que pudiera hacerle.

Con el ceño fruncido, mira hacia donde se ha marchado Ryan, pensativa.

Capítulo 54

Kenna

Se respira inquietud en el ambiente; los estados de ánimo están crispados. Siete personas frustradas que bullen de energía. Por norma general, sale de manera inofensiva de nuestro interior hacia el agua, pero tras un día sin surfear, la noto chisporroteando sobre nuestras cabezas.

—¡Hora de hacer un ejercicio de confianza! —anuncia Sky.

¿Lo dice en serio? Miro a mi alrededor con la esperanza que alguien proteste, pero nadie lo hace.

—¿Te parece una buena idea?

—¿Por qué no? —pregunta Sky—. ¿No confías en nosotros, Kenna?

—Me refiero a que... —Me callo ante el peso de su mirada.

—Es exactamente lo que necesitamos ahora mismo.

Su sonrisa es como un mal augurio. ¿Qué nos tiene preparado?

—¿Voy a buscar a Ryan? —pregunta Clemente.

—No —responde Sky—. Déjalo tranquilo.

Busco a Mikki con la mirada, que se encoge de hombros y toma una toalla. Nos echamos protector solar y seguimos a Sky hasta la playa. El viento sopla desde el mar y desplaza la arena en todas direcciones. Me protejo los ojos con la mano; tendría que haberme puesto las gafas de sol.

A las gaviotas tampoco parece gustarles el viento. Se tambalean delante de nosotros como si fueran niños pequeños que llevan puestos los zapatos de sus madres. Cuando una ráfaga las golpea, las echa unos pasos hacia atrás y, ante esta situación, planean sobre el sitio con una especie de ceño fruncido sobre sus pequeñas y comprimidas caras hasta que el viento deja de soplar.

Los dedos cálidos de Jack me sobresaltan al cogerme por el brazo.

—¡Cuidado! Una carabela portuguesa —dice, y señala una mancha azul brillante más adelante.

Me inclino para mirarla de cerca.

—¿Qué es?

—Una medusa —responde—. Te dejan una picadura muy desagradable. Ahí hay otra, mira qué púa tiene. Normalmente suelen salir cuando sopla viento del norte.

Un fino hilo azul se extiende a lo largo de medio metro por la arena.

—¿Puede picarme?

—Si pisas el tentáculo, quizá sí.

Hay más a lo largo de la línea de la marea alta. Las gaviotas corretean de un lado para otro, picoteándolas, pero se dispersan y abandonan el festín en cuanto pasamos junto a ellas. Espero que no se dejen ninguna.

Para cuando llegamos a las rocas, tengo arena incrustada en el pelo y en las cejas. Sky y Victor, que llevaban unas mochilas, las tiran al suelo.

—¿Veis las carabelas portuguesas? —pregunta Jack en voz alta.

—No —responde Mikki—. ¿Hay alguna en el agua?

Contemplamos de cerca los bajíos.

—Ahí hay una —dice Victor, que la señala.

—¡Aquí hay otra! —exclama Mikki.

—Añadirán emoción al desafío —comenta Sky.

Victor y Jack sacuden la cabeza, medio riéndose, pero yo estoy preocupada.

Jack me da un empujoncito.

—No te matarán, solo pican un poco.

Una de las mochilas contiene diez piedras blancas. Sky nos hace distribuirlas por el agua allí donde cubre a nivel de la cabeza. Aquí, protegidos por las rocas que nos rodean, las olas apenas rompen. Compruebo que no haya medusas mientras caminamos por el agua, de un lado a otro, transportando las rocas.

—¿De verdad vamos a hacer esto? —pregunto a Mikki en voz baja mientras la miro con intensidad.

Asiente con el rostro hecho un manojo de nervios.

Jack agarra a Sky por el brazo.

—¡Carabela portuguesa!

Por un instante, me parece ver ira en los ojos de Victor. Pero igual de rápido que aparece, desaparece.

El sol brilla sobre mis brazos y su fuerza abrasadora me sorprende una vez más. Mi pobre piel ya está roja del día anterior, y el sol parece atravesar la crema que me acabo de poner.

El brillante cielo azul está decorado con nubes que son como plumas blancas.

Jack se percata de que las estoy mirando.

—Nubes de cola de caballo.

—¿Y qué significan?

—Significan que va a llover; un montón.

Sky nos interrumpe.

—¿Estáis listos para escuchar la configuración de los equipos? Hoy lo haremos en parejas.

Jack, intranquilo, busca con la mirada a Victor. Sky no sería capaz… ¿o sí? La cabeza afeitada de Victor brilla con el sol mientras los dos hombres no se quitan ojo de encima.

—Victor conmigo, Mikki con Jack y Kenna con Clemente —dice Sky.

Clemente me mira con resignación. No es ninguna sorpresa que nos hayan emparejado. Como cualquier buena entrenadora, Sky reconoce nuestros puntos débiles y los ataca. Clemente es mi punto débil, y quizá yo también sea el suyo.

Pero más sorpresas nos aguardan. Sky saca cinta adhesiva deportiva y une su pierna con la de Victor. Es una carrera a tres piernas con un terrible giro argumental: sucederá bajo el agua. ¿Puedo fiarme de Clemente? Miro a Mikki en busca de ayuda, pero está ocupada con la cinta.

Sky se da cuenta de que tengo dudas.

—Cuando te caes surfeando olas grandes, no siempre puedes salir cuando quieres, a veces te quedas retenida bajo la superficie. Vamos a reproducir esa situación.

Me estoy mareando, del mismo modo que cuando Clemente me llevó a la playa a primera hora aquella mañana y se ofreció a mantenerme bajo el agua; me estaba preparando para esto. Solo he tenido un par de caídas feas en las que no he podido salir a la superficie. En la peor tragué agua y salí tosiendo. Si te entra agua salada en los pulmones puedes coger una infección, así que fui al hospital para que me examinaran, pero tuve la suerte de no desarrollar ninguna.

Clemente me hace una señal para que me acerque. El miedo se extiende por mi estómago. No quiero hacerlo, pero ¿acaso puedo permitirme mostrarme en contra? De mala gana, coloco mi pierna derecha junto a la izquierda suya. La arena me golpea y me pincha en los gemelos. Hoy hace mucho calor, así que solo llevo el bikini con una camiseta que me protege del sol, pero ahora desearía estar más tapada.

Una sensación de irrealidad me golpea mientras Clemente enrolla diestramente la cinta alrededor de nuestros tobillos. Parece bien sujeta. Trato de separar mi pierna de la suya para comprobar la unión.

Clemente le da unas cuantas vueltas más.

—No quiero que se suelte.

Observa mi rostro mientras alisa la cinta, pero no tengo ni idea de qué pasará por su mente… o de qué estará planeando. Pienso en lo indefensa que me sentiré ahí abajo, con capacidad para moverme solo si Clemente también lo hace. Unida a él por el tobillo, ¿será fácil mantenerse a flote? Y eso si él quiere, porque ¿qué pasará si no quiere? Es más grande y pesado que yo; además, se siente más a gusto que yo bajo el agua. Si quiere que no salgamos a la superficie, no saldremos. Es un ejercicio de confianza sin parangón.

—El equipo ganador será el que consiga más rocas —dice Sky—. Si dos equipos tienen el mismo número, tendrán que luchar por ellas al final.

Parece otro de los disparatados retos de *Supervivientes*, solo que probablemente este no lo permitirían; es demasiado peligroso.

—Vamos a practicar —propone Clemente—. Cuando notes que levanto la pierna, levanta la tuya.

Está a punto de darme un ataque al corazón, pero Clemente no muestra ninguna emoción. Caminamos torpemente hacia delante.

—Señalaremos a izquierda o derecha para cambiar de dirección. —Clemente indica la izquierda con su dedo índice y nos dirigimos a la izquierda. Indica la derecha y la cinta se me clava en la piel cuando cambia de dirección.

—Una cosa más —dice Sky—. Los chicos irán con los ojos tapados.

Clemente levanta la cabeza de golpe.

—No.

Recuerdo que tenía miedo de perder la vista. Quizá esto forme parte de la venganza de Sky, por lo de que cree que quiere convertirse en el líder.

—Si no, siempre podemos hacer el reto de los abdominales —propone Sky.

—¡No! Lo haré —suelta Clemente.

¿Por qué? He visto la cantidad de dominadas que puede hacer, así que no creo que los abdominales supusieran ningún problema para él. Entonces me doy cuenta de la razón: lo que le preocupa no es él mismo, sino Jack. Los abdominales son algo que Jack no puede hacer bajo ningún concepto, pero, conociéndolo, se mostraría demasiado orgulloso como para admitirlo y los haría.

Clemente murmura algo en español mientras nos pasamos las tiras negras de tela. Lo ayudo a ponérsela sobre la frente.

Clemente señala a Victor con la cabeza.

—Míralo, está aterrado. No podemos hacer esto.

La verdad es que sí que parece bastante nervioso.

—¿Quieres hacerlo? —le pregunta Sky.

—¡Pues claro! —responde Victor.

—¡Cuidado! —Mikki rodea algo en el agua: una medusa. Desplazo la pierna justo a tiempo, a punto de desequilibrar a Clemente, y pasa de largo.

—Votemos —le dice Clemente a Sky, que suelta un suspiro de exasperación.

—Yo voto que sí.

Victor y Mikki también dicen que sí, pero Clemente y Jack se oponen. Todos se giran en mi dirección. No me queda otra opción; si quiero enterarme de lo que le pasó a Elke, debo permanecer en el círculo íntimo de Sky, así que no puedo permitir que me vea cuestionarla de nuevo.

Un pequeño músculo en la mandíbula de Clemente se tensa. Sky reparte las gafas. Me pongo las mías sobre la cabeza y me aprieto bien la goma.

—Olvídate de lo que te conté antes sobre las indicaciones —me dice Clemente—. Condúcenos hasta las rocas y, cuando encuentres una, me la pasas y yo las llevaré.

Mientras vadeamos los bajíos, trato de calmar mis pensamientos.

Mikki me da un empujoncito apremiante.

—¿Estás bien?

Levanto los pulgares y después meto la cara en el agua para probar las gafas. Hoy hay buena visibilidad y las rocas blancas resaltan sobre las más oscuras. Nadamos los últimos pocos metros hasta que estamos justamente sobre ellas.

Los chicos se ponen las vendas sobre los ojos. Me imagino cómo debe de ser para ellos: no completamente indefensos, pero casi. Tienen que confiar en su compañera; es peligroso de cojones.

Sky levanta el brazo doblando el codo.

—¡El miedo nos impulsa!

—¡El pánico es mortal! —respondemos al unísono.

¿Soy yo, o los demás lo han dicho con tan poco entusiasmo como el que yo siento?

—¿Lista? —La mano de Clemente busca a tientas mi hombro.

—Sí.

No consigo librarme de la mala espina que me da esto.

—¡Ya! —grita Sky.

Cuando nos sumergimos, es como si me hubiera unido a un *ballet* hermosamente coreografiado en el que soy la única que no se sabe los pasos. Sky y Victor se mueven suavemente en tándem; ella recoge una piedra y se la pasa a él; Jack ya tiene una.

La pierna de Clemente está caliente junto a la mía. Me impulso hacia delante, tirando de Clemente conmigo, hasta que alcanzo una de las piedras. Él se mueve servicialmente y se la coloco sobre los brazos, pero necesito coger aire ya, y la única forma de subir a la superficie es tirando de la pierna de Clemente. Se inclina hacia delante, con la piedra bien sujeta sobre su pecho. Doy una bocanada y me vuelvo a sumergir, esperando a que él haga lo mismo, pero tira de nosotros hacia abajo. Sky viene hacia nosotros, arrastrando a Victor con ella. Se lanza sobre la roca que Clemente tiene entre los brazos y este, al darse cuenta de lo que está pasando, gira el torso para protegerla.

Al principio resulta divertido, pero cuando me río expulso en forma de burbujas todo el aire que he cogido y necesito volver a la superficie de inmediato para respirar de nuevo, salvo que no puedo, porque ahora mantenemos una verdadera pelea con Victor y Sky en lo que es una maraña de brazos y piernas. Mikki y Jack están a metros de distancia, y Mikki no parece percatarse de lo que ocurre.

Se escucha un sonido extraño, como el del agua atascada en un desagüe, y me doy cuenta de que proviene de la boca de Victor. Se ha quitado la venda de los ojos y está verdaderamente acojonado. Sky sigue tratando de quitarle la piedra a Clemente.

Le retiro la venda a Clemente, después engancho a Victor por el brazo y trato de arrastrarlo a la superficie, pero estamos todos enredados. Victor se lleva la mano al tobillo para tratar de soltar la cinta, pero está tan aterrado que no puede.

Sky lo observa con la distante curiosidad de un científico. ¿Qué le pasa? Si no sacamos rápido a Victor a la superficie, se va a ahogar. Intento liberarlo de la cinta, pero no para de dar golpes a diestro y siniestro y estoy desesperada por coger aire. Clemente suelta la piedra, me señala y después coge a Victor por el lado izquierdo. Entiendo sus indicaciones, agarro a Victor por el otro brazo y, entre los dos, los arrastramos a él y a Sky hacia la superficie. Mientras respiro con dificultad, Clemente vuelve a zambullirse y consigue soltar la cinta de Victor lo suficiente como para que este pueda separarse de Sky.

Entre toses y ahogándose, Victor corre a través de los bajíos y se desploma en la arena, donde se balancea adelante y atrás con los brazos alrededor de la cabeza.

Solo he visto episodios de estrés postraumático en la televisión; este es el primero que presencio en directo.

Me vuelvo hacia Sky.

—Eso ha sido una puta irresponsabilidad.

—¿Y con eso quieres decir que...? —dice Sky, levantando las cejas.

—Hacer cosas de este tipo no es normal.

—No somos personas normales. ¿Tú quieres ser una persona normal, Kenna? Porque yo no.

La ironía del momento no se me escapa. Hace no mucho tiempo, quizá yo misma hubiera utilizado esas palabras.

—Te estás pasando; vas demasiado lejos. Estás jugando con la muerte.

Una lenta sonrisa se dibuja en el rostro de Sky.

—Y qué bien sienta.

Capítulo 55

Kenna

De vuelta en el claro, en cuanto me he quitado la ropa mojada, me encaro con Mikki.

—Alguien podría haberse ahogado esta tarde.

Mikki se está poniendo las deportivas de correr.

—Pero no ha ocurrido, ¿no?

—Más por suerte que por cualquier otra cosa. Sky sabe que Victor tiene un problema y Clemente la avisó de que hacer ese ejercicio no era una buena idea.

Los demás están haciendo sus tareas habituales como si no hubiera pasado nada, y Sky y Jack están estirados sobre colchonetas de yoga.

—¿Qué pintas tú aquí, Mikki? —le digo—. Estos tíos están hechos una mierda.

—Son mis amigos. —Me fulmina con la mirada, pero hay dudas en su tono de voz.

—¿Hasta qué punto los conoces bien, realmente? Estabas igual de acojonada que yo cuando vimos la sangre sobre la roca. Y, en el fondo, solo les gustas porque les estás pagando su estancia aquí.

Noto el dolor en su mirada y me siento mal de inmediato.

—Solo te han permitido que te quedes porque eres fisioterapeuta deportiva —replica.

No se me había ocurrido pensarlo, pero probablemente tenga razón. Considerando que solo me quedé para ganar tiempo con el propósito de que Mikki se venga conmigo, resulta ridículo lo dolida que me siento, pero esto va sobre Mikki, no sobre mí.

—¿Qué ocurrirá cuando te quedes sin dinero? —pregunto.

—Buscaré otro trabajo. —Mikki se yergue y me mira con odio.

Hago un gesto hacia sus zapatillas; detesto haberle hecho daño.

—¿Vas a correr? ¿Puedo ir contigo?

Titubea.

—¿Te importa si voy sola?

—No, claro. —Me siento tan frustrada… ¿cómo podría abrirle los ojos?

Clemente está friendo cebolla en la barbacoa, aunque se suponía que esta noche le tocaba cocinar a Victor.

Llamo la atención de Clemente dándole unos toquecitos en el hombro. Es una noche calurosa y, como suele ser habitual, no lleva puesta la camiseta.

—¿Te ayudo?

Se gira hacia mí. No dice nada, solo me mira. Con la tensión del reto, y a pesar de haberme puesto en su contra en la votación previa, se ha generado un vínculo de confianza entre los dos. Tuvimos que tocarnos —bastante—, y aunque nuestra interacción fue pragmática y eficiente, me sentí muy cómoda con él. Es como si él hubiera pulsado un interruptor. El calor de su mirada hace que mi interior se encoja con una clase de tensión distinta de la anterior. Hacía mucho tiempo que un chico no me miraba así.

Doy un paso atrás.

—Esto de compartir… no es mi rollo.

Sus ojos no abandonan los míos.

—El mío, tampoco.

El árbol más cercano está cubierto de flores color crema; su olor embriagador invade mis fosas nasales.

—Y, aun así, te acostaste con Sky. —Lo tenía que soltar.

—Sí. —Se pone un poco a la defensiva—. Hacía unos meses que mi mujer había muerto, y… —Busca las palabras adecuadas—, se lanzó sobre mí. No tenía a nadie y solo ocurrió una vez.

—¿Y qué tal fue?

La mirada de Clemente se suaviza.

—No te hace falta saberlo, lo sé por el tono de tu voz. Lo de compartir fue idea de Sky. En la mayoría de nuestros casos, nuestros padres están separados o son tan infelices que no comprendemos por qué siguen juntos, y como no queríamos repetir sus errores, a todos nos pareció bien porque, por entonces, tenía sentido.

—¿Y ahora?

Suspira.

—Complica bastante la vida, pero quizá en eso consistan las relaciones.

Un estruendo a nuestra espalda nos hace separarnos de un salto. Victor sujeta su tabla de surf con las dos manos y la golpea con fuerza contra un árbol. Conmocionada, lo observo mientras retrocede y la vuelve a levantar. Corre hacia el árbol, gritando a pleno pulmón, y parte la tabla por la mitad contra el tronco. Agarrando la mitad delantera, la clava en el suelo.

Por las miradas resignadas de los demás, imagino que ya lo han presenciado con anterioridad. Sky lo observa con poco sentimiento. Cuando termina de gritar, se acerca a él y le dice algo que no oigo. Victor tira de ella para que se gire y lo mire a la cara y me tenso, asustada ante la posibilidad de que pueda atacarla.

Sky no se inmuta.

—Ven conmigo —le dice.

Victor deja caer la tabla rota.

—Buenas noches, chicos —dice Sky, y se lleva a Victor con ella.

Los demás intercambian varias miradas, pero nadie dice nada. Me abrazo a mí misma, afectada por la rabia de Victor. Me pregunto si habrá descargado su ira contra algo más aparte de sus tablas de surf.

El momento que Clemente y yo estábamos compartiendo ha pasado de largo. De pronto, ardo en deseos de estar en el agua para librarme de la tensión del día. Ayudo a Clemente a preparar un simple plato de pasta y, en cuanto hemos recogido, desciendo por el sendero hacia la playa.

El lugar está desierto. El cielo color melocotón resuena con los estridentes graznidos de las cacatúas blancas que baten las alas sobre las copas de los árboles. La sensación de aislamiento me golpea de nuevo. Desde este punto de observación no se distingue ni un solo rastro de vida humana. Parece una escena de *Jurassic Park*. En cualquier momento, un tiranosaurio rex aparecerá ferozmente entre los árboles.

Percibo un ligero movimiento a mi derecha y me doy cuenta de que no estaba tan sola como parecía. Había asumido que Sky y Victor habían vuelto a su tienda, pero Sky está tumbada boca arriba en los bajíos, desnuda de cintura para arriba. El agua retrocede y aparece una cabeza: Victor. La ropa de ambos está sobre la arena.

Escucho la voz de Sky, baja y dulce: «Eso es, cariño».

Victor respira con dificultad. Sky lo agarra por la nuca y vuelve a sumergirlo en el agua. Pasan varios segundos y Sky echa la cabeza hacia atrás, complacida. Desde luego, es una forma innovadora de practicar el control de la respiración. Vendré a nadar en otro momento. Como no quiero que me vean, retrocedo entre los arbustos y me clavo sus hojas en forma de aguja en los tobillos.

Un sonido a mi espalda me pilla desprevenida, y me doy la vuelta.

Clemente levanta las manos.

—Perdona, no pretendía asustarte.

Avergonzada por mi reacción exagerada, hago un gesto hacia Sky y Victor.

—Mira.

—Sí, lo hacen bastante. —Clemente se mantiene a una distancia prudencial de mí, como si supiera que me muestro cautelosa con él; como si lo esperara, incluso.

Y, por algún motivo, eso me entristece.

—Es un poco sádico, ¿no?

—Los mejores entrenadores lo son; él quiere que sea así.

—Nadie podría decir que nuestro ejercicio de antes le viniera bien. Y la forma en que le hace entrenar tampoco; le hace daño. Sky cruza los límites, ¿no te parece?

Clemente tiene una expresión pensativa.

—No. Si mi pareja me pide que le haga algo, lo intento. —Su mandíbula se tensa—. Incluso aunque le haga daño.

Le doy vueltas a sus palabras en mi cabeza y me pregunto si se referirán a Elke.

Capítulo 56

Kenna

Para cuando regresamos a las tiendas, es casi de noche.

Ryan se acerca con expresión de cansancio.

—¿Puedo hablar contigo?

—Claro —respondo.

Recuerdo sus dedos alrededor del arpón y lo sigo con cautela.

Ryan se vuelve para mirarme.

—He pensado en lo que dijiste sobre mi familia, y he decidido volver.

¡Guau! Menudo giro de los acontecimientos.

—Me alegro.

Lo digo sinceramente, en parte por la pequeña Ava —aunque Ryan y su mujer no solucionen las cosas—, pero, sobre todo, porque eso significa que habrá un miembro menos en la Tribu. Es evidente que está al límite y que la Bahía será un sitio más seguro sin él.

Se aclara la garganta.

—La cosa es que no tengo dinero suficiente para el billete.

—Oh, ¿cuánto necesitas?

—¿Otros cien o doscientos? Te los devolveré en cuanto llegue a casa. Puedes darme tu dirección.

Titubeo. Puesto que fui yo la que lo convenció para que se fuera, me siento obligada a ayudarlo, pero no me apetece darle mi dirección, apenas lo conozco.

—Puedo darte cien, pero no me queda mucho más.

—Gracias.

Voy a por ellos a mi tienda y se los guarda en el bolsillo de sus pantalones cortos.

—¿Cómo irás al aeropuerto? —le pregunto.

—De la misma forma en que llegué aquí —dice, mostrándose evasivo—: caminaré hasta la autovía y, después, haré autostop. Pero no quiero que los demás se enteren, así que me iré a escondidas por la noche.

Desaparece entre los árboles y me deja allí plantada, pensando en si todo esto no ha sido más que una compleja artimaña para sacarme dinero. ¿A dónde va? Miro a mi alrededor para asegurarme de que ninguno de los demás me ve y decido seguirlo.

A la luz del crepúsculo, resulta fácil localizar su camiseta azul claro entre los tonos verdes y marrones de la naturaleza: se dirige al acantilado. Me quedo un poco atrás cuando llega a la barandilla. Se agacha. No veo lo que hace, pero se saca el dinero del bolsillo y alarga ambas manos hacia abajo, más allá del borde del precipicio. Aproximadamente medio minuto después, se pone en pie y deshace sus pasos en mi dirección. Justo a tiempo, me doy la vuelta y me meto entre los arbustos.

Cuando estoy segura de que se ha marchado, me dirijo hacia la barandilla. Me da bastante miedo pasar por encima de ella; después de todo, el cartel informativo habla de erosión, y la roca está desprendiéndose de manera muy visible, de modo que me tumbo en el suelo y me arrastro para ver qué ha metido allí. Mucho más abajo, las olas gruñen y rompen. Hay un hueco en la roca, a unos centímetros. No lo veo, pero lo siento. Meto la mano, escarbando con la esperanza de que no haya arañas, y noto algo metálico, suave y frío. Lo saco y descubro que es una pequeña caja rectangular de hojalata que en su momento contendría unas galletas.

Me echo un poco hacia atrás y la abro. Dentro hay un grueso fajo de billetes. A diferencia del resto del grupo, Ryan no tiene un vehículo en el que guardar sus pertenencias más valiosas, por lo que tiene sentido que las haya almacenado aquí en lugar de arriesgarse a dejarlas en su tienda. Debajo del dinero hay una tarjeta bancaria que caducó hace un mes y dos libretas, una azul oscuro y otra bermellón. La primera es un pasaporte estadounidense a nombre de Ryan Higgs. Se me corta la respiración cuando veo la otra. *«Deutschland. Reisepass»*: es un pasaporte alemán.

Me tiembla la mano mientras lo examino. Por fin, localizo la página de la fotografía —una mujer joven y rubia— y del nombre: Elke Hartmann.

Debido a la conmoción, casi se me cae. Me aparto a toda prisa del borde con el hallazgo apretado entre los dedos. Mi mente salta de una conclusión oscura a otra. ¿Se lo quedó Ryan como trofeo, después de matarla? Tiemblo al recordar su expresión mientras aplastaba a las hormigas. Le hacía falta dinero, ¿a lo mejor la mató para robarle? Una hoja cae sobre mi hombro y me asusta.

«Utiliza la lógica», me digo. Respiro profundamente mientras busco una explicación inocente de por qué podría estar en su posesión. Quizá Elke lo perdiera y Ryan lo encontrara en alguno de sus paseos, después de que ella se marchara, pero, en ese caso, seguro que se lo habría mostrado a los demás. Lo más probable es que ellos no lo sepan; de lo contrario, no lo guardaría aquí.

Los árboles atrofiados que hay a lo largo del borde del acantilado parecen monstruos. No quiero quedarme por aquí por si Ryan vuelve.

El rostro afligido de la madre de Elke aparece ante mis ojos. Este pasaporte podría ser todo lo que quede de su hija. Si lo vuelvo a dejar donde estaba, podría desaparecer, como todo lo relacionado con ella. Me lo guardo en el bolsillo y recorro a toda prisa el sendero. Se lo mostraré a Mikki para ver qué piensa que debemos hacer.

Sin embargo, cuando llego al claro, no hay nadie. Deben de estar todos en la cama. Me meto en mi tienda y me quedo allí tumbada, con el pasaporte clavándose en mi cadera, preguntándome si no habré cometido un terrible error.

Capítulo 57

Ryan

Espero, tumbado, quieto y en silencio, a que los demás se duerman. ¿Habría visto Kenna en algún momento la nota que le dejé? No ha parado de husmear, hacer preguntas y meter cizaña. Me pongo nervioso cada vez que hablo con ella por si acaso se me escapa algo.

En cualquier caso, ya tengo todo el dinero que necesito —tanto como puedo sacarle a esta gente, al menos—, así que me largo. Cuando estoy seguro de que todos duermen, me escabullo de mi tienda y recorro velozmente el camino hacia los acantilados para recoger mi caja.

El cielo está azul oscuro y, a la sombra de los árboles, completamente negro. No sé por qué le hablé a Kenna sobre Ava; no se lo he contado a ninguno de los demás. Aun así, a lo mejor no fue tan mala idea, puesto que le ha llevado a darme cien pavos. Por muy pesada que resulte, es difícil que no te guste, porque parece preocuparse genuinamente. Aunque tampoco mucho… solo me ha dado cien pavos, y eso que he visto varios cientos en su cartera.

A pesar de lo que le he dicho a Kenna, no vuelvo a casa, por mucho que quiera ver a Ava. No puedo arriesgarme a ir a la cárcel. Hay muchas más playas en Australia; encontraré una bonita y tranquila en la que no suceda nada malo.

Cuando llegué desde Estados Unidos, tenía veinte mil dólares en efectivo. Como es lógico, no podía guardar tanto en mi tienda. El hueco en la roca, oculto y seco, parecía la mejor opción posible en aquel momento. Ahora solo me quedan tres mil. Alargar mis ahorros no se me ha dado mal, gracias, sobre todo, a Mikki.

Me escondo tras el tronco de un árbol y me pongo a escuchar, por si acaso me siguiera alguien. Nada: solo pájaros, hojas y el océano. Estar aquí arriba me pone nervioso. Hago otra comprobación para asegurarme de que estoy solo antes de inclinarme sobre el borde del acantilado y alargo el brazo hacia el agujero.

Las olas chocan contra las rocas, abajo, a lo lejos. Tanteo con la mano el hueco, pero está vacío. ¿Dónde está mi caja con el dinero? Una sensación de vértigo me oprime el estómago, como si me fuera a precipitar por el borde. Mi dinero... ¡no está! Qué desastre. ¿Quién coño...?

Mis dedos tocan algo frío y metálico, pero yo no metí la caja tan adentro; alguien la ha movido. ¿Sigue ahí mi dinero? Escarbo hacia ella, arañando dolorosamente la roca e intentando, sin conseguirlo, coger el suave metal. Está atascada, clavada en su sitio. ¡Joder! Las posibilidades de que siga conteniendo dinero son prácticamente nulas, pero necesito comprobarlo, así que arrastro los pies y desciendo unos pasos por el acantilado.

Por fin la veo: un brillo plateado en un agujero oscuro. La roca me raspa los nudillos mientras meneo el estuche, que, por fin, se mueve lo suficiente como para poder sacarlo, pero necesito las dos manos para abrirlo, así que clavo la punta de los pies en el suelo para asegurarme de que estoy bien sujeto. La sangre mancha la caja cuando hinco las uñas en la tapa.

Me cuesta respirar. Si está vacía, no sé qué haré. La tapa se desprende y... ¡qué alivio! El dinero sigue dentro. Cuando lo saco para contarlo, una sombra aparece sobre mí.

Levanto la vista, sorprendido, y veo una figura ahí de pie. Para cuando me doy cuenta de lo que pasa, unas manos ejercen presión sobre mis hombros y me obligan a ir hacia atrás.

Y, entonces, caigo al vacío...

Capítulo 58

Kenna

Un grito, largo y agudo, me despierta. ¡Mikki!

Me peleo con el saco de dormir, salgo corriendo de mi tienda y me precipito sobre Sky.

—¡Perdona! —jadeo.

Sky lleva una linterna en una mano; la otra está situada sobre la puerta de la tienda de Mikki. Tardo unos instantes en percatarme de que no la está abriendo, sino que la mantiene cerrada.

Mikki coge aire y vuelve a gritar.

—¿Qué haces? —pregunto.

—Terapia para el miedo. —Sky tiene agarrada una cuerda enganchada en el tirador de la cremallera. Alrededor del cuello, además, lleva un cronómetro.

Entre las sombras, detrás de ella, están Clemente y Victor. Jack estará, supuestamente, con Mikki, y Ryan debe de seguir en su tienda.

Otro grito interminable de Mikki. Todavía estoy un poco dormida y no soy capaz de entender qué ocurre.

Se escucha la voz de Jack desde el interior de la tienda.

—¡Respira! Lo estás haciendo bien.

Tres gritos cortos, uno detrás de otro.

Mi cerebro, por fin, lo capta. Solo una cosa podría hacerla gritar de esa forma: las polillas. ¿Se las ha metido Sky en la tienda?

—¡Dejadme salir! —Mikki aporrea la puerta.

—Ya ha tenido suficiente —digo.

—Todavía no —dice Sky mientras mira el cronómetro.

Mikki sigue gritando. Cojo a Sky por el brazo.

—¡Déjala salir!

Sky no se mueve, así que forcejeo con ella para intentar quitarle la cremallera. Unos brazos me rodean por la cintura y Victor me levanta por completo. Me sacudo inútilmente mientras me lleva al otro lado del claro. Cuando me deja en el suelo, trato de volver a la tienda de Mikki, pero me bloquea el paso.

—¡No pensarás que eso la está ayudando! —exclamo.

—¡La tengo encima! —chilla Mikki.

Recurro a Clemente.

—¡Se le está yendo la pinza!

Noto que él tampoco está de acuerdo con esto, pero no hace ningún movimiento para ayudarla.

Mikki grita una y otra vez; no lo soporto.

—¡Está histérica, necesita ayuda!

Por fin, Clemente da un paso adelante.

—Vale, ya es suficiente.

Me zafo de Victor y me lanzo sobre Sky cuando Clemente llega a su altura. Entre los dos la apartamos de la puerta; la cremallera se abre y Mikki sale tropezando.

Se está clavando las uñas con tanta fuerza en la muñeca que se ha hecho sangre. Me apresuro a ayudarla, pero sacude el brazo y me engancha por la oreja. Doy un paso atrás, asustada; me ha arañado. Clemente se interpone y le sujeta las manos y, entonces, la atraigo hacia mí con fuerza.

—Ya está.

Solloza sobre mi pecho, con los brazos moviéndose todavía como si tuvieran vida propia.

Cuando Jack sale de la tienda, me encaro con él.

—¿En qué estabas pensando? ¿Por qué has creído que era buena idea?

Jack parece avergonzado.

—Lo hacemos todos los meses. Mikki dice que la ayuda.

La sangre recorre el brazo de Mikki; su tatuaje no es más que un borrón aniquilado por sus uñas.

—¿Tenéis una venda? —pregunto.

—Voy a por una. —Jack aparece con un botiquín de primeros auxilios que ha sacado de alguna parte.

—Llévala a mi tienda —le ordeno cuando le ha colocado un apósito sobre la muñeca.

Sujeto la mosquitera mientras Jack coloca a Mikki en el interior, que se hace una bola en un rincón.

—Aquí no hay polillas, ¿ves? —digo—. Compruébalo con la linterna.

Clemente se acerca para iluminar la tienda con una linterna médica, pero Mikki no deja de sollozar.

—Quédate con ella —le digo a Jack—. Voy a por vuestros sacos de dormir.

Está demasiado oscuro en la tienda de Mikki como para saber si la polilla sigue allí o no. Sacudo sus sacos de dormir y se los llevo a Jack.

—¿Dónde dormirás tú? —me pregunta.

—En vuestra tienda.

La polilla seguirá allí, en alguna parte, lo que no es una situación muy agradable, pero es uno de los pocos insectos que no me dan miedo —no muerden ni pican, hasta donde yo sé—, así que tendré que aguantarme.

Todavía llevo puestos los pantalones cortos de antes, estoy demasiado asustada para quitármelos por si se pierde el pasaporte. Se me clava cuando recojo mi saco de dormir de mi tienda, salgo de ella y la cierro antes de irme.

Me vuelvo hacia Sky.

—¡Mira lo que le has hecho!

Sky se cruza de brazos.

—¿Es que te piensas que los ejercicios que hacemos son para surfear mejor? Pues no. Nos estamos entrenando para ser valientes, porque eso hará que seamos mejores en todos los aspectos, no solo con el surf. ¿Y quién no querría ser mejor?

—Yo a eso no lo llamaría ser mejor, ¿no te parece?

Todo está en silencio en mi tienda, así que imagino que Jack se las habrá ingeniado para tranquilizar a Mikki. Tanto si es un matrimonio falso como si no, está claro que se preocupa de verdad por ella.

—Fuiste tú quien eligió quedarse, Kenna. Si no te gusta… —Sky inclina la cabeza en dirección a los coches.

Pero ese es el problema: estoy atrapada aquí porque Mikki me necesita más que nunca.

—El miedo nos impulsa —dice Sky—. Debemos experimentarlo todos los días. La mayor parte del tiempo, las olas son demasiado pequeñas, así que tenemos que buscar el miedo en otros sitios.

—¿O sea que tu objetivo es asustar a la gente?

Sky me mira con frialdad.

—Estás interfiriendo en algo que no comprendes.

Sus palabras resuenan en mi cabeza por lo poco naturales que parecen. Por primera vez, me doy cuenta de que el inglés no es su lengua materna.

—No eres de Australia, ¿a que no?

—Nunca dije que lo fuera. —Ahora su tono de voz es débil; la he pillado.

Me pregunto cómo no me di cuenta antes: la curiosa forma que tiene de pronunciar ciertas palabras, cómo algunas consonantes las pronuncia con otros sonidos... Pero, claro, tenía otras cosas en la cabeza. El corazón me late velozmente cuando proceso lo que esto podría significar.

Clemente y Victor se mantienen alejados, escuchando.

Por primera vez en todo este tiempo, Sky está a la defensiva, así que aprovecho la oportunidad para sacarle algunas respuestas.

—¿De dónde eres?

—De Suecia —dice y se encoge de hombros.

Me he dado cuenta de que, en ocasiones, los suecos hablan un inglés excelente. Hay un masajista sueco que trabaja en una clínica frente a la mía y al que apenas se le nota el acento.

—¿Tienes permiso de residencia?

Sky me sostiene la mirada como para demostrar que no tiene nada que ocultar, pero me fijo en que sus ojos se han agrandado un poco.

—Sí, a través de mi trabajo.

Caigo en la cuenta de lo realmente poco que sé de ella. Es curioso, los demás parloteaban sobre sus vidas y sus pasados, pero, de alguna forma, ella siempre lo evitaba.

—¿A qué te dedicas?

—Soy psicóloga clínica.

Me quedo sin respiración. No me extraña que se le dé tan bien meterse en nuestras cabezas. Pensaba que se dedicaba a algo relacionado con los deportes. Sé, por lo que me contó Mikki, que conseguir el permiso de residencia aquí no es fácil, que no se lo dan a cualquiera. Una forma de conseguirlo es a través del matrimonio; otra, a través de tu profesión. Es cierto que necesitan trabajadores cualificados y que, si tu disciplina es de las más demandadas, puedes solicitarlo, pero, por lo que he oído, es un proceso bastante largo.

—¿Tienes pasaporte australiano? —No estoy muy segura de por qué lo pregunto; doy palos de ciego hasta que se me ocurran más cosas con las que atacarla.

Parpadea.

—Sí. —Su pequeño momento de duda la delata.

—¿Cuánto tiempo llevas aquí?

—¿Dos? ¿Tres años?

Como antes, titubea unas décimas de segundo; algo no encaja. Clemente y Victor permanecen inmóviles y tensos. ¿Qué saben que yo no sé?

Me giro de nuevo hacia Sky. Sea lo que sea, es evidente que no me lo va a decir de forma voluntaria.

—Es tarde —dice—. Estoy cansada.

Y, con eso, se encamina hacia su tienda.

De repente, recuerdo el artículo sobre los mochileros desaparecidos; una de ellos era sueca. A lo mejor me estoy agarrando a un clavo ardiendo, pero me arriesgo y le grito:

—Eres una de ellos; de los mochileros desaparecidos.

Lentamente, se gira y fulmina a Clemente con la mirada, que se encoge de hombros, impertérrito. Solo vi las fotos un momento. Ryan destacaba por su traje elegante, pero no recuerdo qué aspecto tenían los demás; aun así, creo que he dado con algo.

—Sí. —Hay cierto tono de desafío en la voz de Sky.

—Deja que lo adivine —digo—. Viniste de vacaciones y te gustó tanto que decidiste quedarte.

—Con un visado de vacaciones, sí. —Se gira y se mete en su tienda.

Me la quedo mirando. ¿He llegado al fondo de la cuestión? ¿Es simplemente una inmigrante ilegal? La expresión de culpabilidad de Clemente sugiere que hay algo más.

—Quiero hablar contigo —le digo.

—Vale. —Clemente enciende su linterna médica y me conduce más allá de las tiendas.

Lo sigo con mi saco de dormir enrollado alrededor del cuello como si fuera una bufanda.

—A ver si lo entiendo bien. Tú y tu mujer, Jack y Victor fuisteis los primeros en venir aquí. Después se os unió Sky, que empezó a entrenaros y llegó a un acuerdo con los guardabosques.

—Correcto. —El rostro de Clemente tiene un aspecto escalofriante con la luz de la linterna iluminándolo desde abajo.

—¿Cómo se llamaba tu mujer? —inquiero, al darme cuenta de que nunca lo he preguntado.

Me mira indeciso y una expresión de resignación cruza su rostro.

—Sky.

Vuelvo a quedarme sin respiración. Clemente me mira y se prepara para las preguntas que sabe que están a punto de aparecer.

—No es un nombre muy habitual —comento.

—No.

—¿Qué le ocurrió?

—No quiero hablar del tema —dice y desvía la mirada.

—No, no puedes volver a quedarte callado. Necesito saberlo.

—Créeme, no quieres saberlo, de verdad que no.

Me abrazo a mi saco de dormir.

—Sky no es su verdadero nombre, ¿verdad?

Clemente frunce los labios.

Me esfuerzo por establecer las conexiones.

—Deja que lo adivine: ¿asumió la identidad de tu mujer después de que muriera porque quería conseguir el permiso de residencia?

—Sí —responde, suspirando.

Se me pone la piel de gallina.

—¿Cómo se llama en realidad?

—Greta.

Greta. Lo cierto es que le pega.

—¿Por qué la llamáis Sky?

—Ella nos lo pidió —explica—. Para que nos acostumbráramos, ¿sabes? De lo contrario, podríamos llamarla Greta delante de otras personas y descubrir el pastel.

—¿Cuánto tiempo pasó entre que Greta se unió a la Tribu y la muerte de tu mujer?

—Unos meses.

Lo miro con intensidad. Victor dijo que los mejores entrenadores son los que se meten en tu cabeza. ¿Vio Greta una oportunidad para hacerlo con la mujer de Clemente de una forma que la condujo al suicidio?

—No —responde Clemente, que parece que se da cuenta de lo que estoy pensando—. Eran amigas.

Suena convencido de ello, pero, aun así, consiguió la residencia gracias a la muerte de la mujer de Clemente, y eso es un móvil para asesinarla.

—¿Por qué has permitido que asuma la identidad de tu mujer? —inquiero.

—Me pregunté a mí mismo qué habría pensado mi mujer, y a ella le habría parecido bien. —La voz de Clemente se quiebra—. Era lo único positivo que podía salir de todo aquello: que su amiga fuera capaz de quedarse en el país que amaba.

—¿No piensas que Greta podría… haberle hecho algo a tu mujer porque quería su identidad?

La respuesta de Clemente es inmediata.

—No.

Me llevo la mano al bolsillo para tocar el pasaporte.

—¿Y qué hay de Elke? ¿Crees que Greta le hizo algo?

Suspira.

—No lo sé, la verdad.

Estudio la expresión de su rostro y presiento que me oculta algo.

Capítulo 59

Kenna

Salgo a rastras de la tienda de Mikki y me siento como si no hubiera pegado ojo. El pasaporte de Elke sigue en mi bolsillo.

Una mano me agarra por el hombro y grito del susto.

—¡Buenos días, Kenna! —Es Victor. Para ser un tipo tan grande, es increíblemente ligero de pies y no lo he oído acercarse—. ¿Estás bien?

Veo preocupación en sus ojos oscuros.

—Sí, solo estoy cansada.

Los demás están desayunando, salvo Ryan y Mikki, que todavía no se han levantado. Me apresuro a prepararme unos cereales.

—Kenna está muy nerviosa esta mañana —anuncia Victor cuando me siento.

—¿Por qué estás nerviosa, Kenna? —me pregunta Sky con interés.

—Por las olas —miento al recordar el inminente ciclón—. Serán gigantes.

—Sí, tenemos que surfearlas —dice—. Así podrás trabajar en tus miedos.

Me obligo a asentir. Da igual lo que piense Clemente, sospecho que Sky está involucrada en la muerte de su mujer... y, posiblemente, también en la de Elke. Desafiarla anoche fue peligroso; tengo que ser más cuidadosa en el futuro.

Victor parece tan escandaloso y animado como siempre; mientras come, compone un ritmo en sus muslos con la mano. Los pedazos rotos de su tabla de surf han desaparecido por arte de magia; alguno de los demás los habrá recogido. Examino el rostro de Victor por si hubiera alguna muestra de que recuerda el estallido del día anterior —vergüenza, incomodidad, incluso ponerse a buscar su tabla—, pero no distingo nada. Es como si no hubiera ocurrido.

Mikki sale de mi tienda y correteo hacia ella.

—¿Cómo te encuentras?

—Estoy bien. Oye, agradezco que anoche quisieras ayudar, pero necesito librarme de esta fobia.

—Pero seguro que no quieres llegar a esos extremos, ¿no?

—Está funcionando —dice, susceptible—. En poco tiempo estaré curada.

—¿Y qué problema hay con que te den miedo las polillas? Yo detesto a la mayoría de los insectos y trato de no acercarme a ellos, sin más.

—No es solo por las polillas. Superar el miedo, sea el que sea, te hace más fuerte. —Ahora está reproduciendo las palabras de Sky—. Soy más fuerte que antes, ¿no lo has notado? Las olas que superan mi altura antes me asustaban, y ahora ya no.

Bajo la voz hasta hablar en un susurro.

—Sky no es quien dice ser.

—¿A qué te refieres? —pregunta con el ceño fruncido.

—Es una psicóloga de Suecia y está aquí ilegalmente.

—Ya lo sé —suelta—. ¡Qué más da!

La contemplo con impotencia mientras va a prepararse el desayuno. No he tenido ocasión de contarle lo del pasaporte de Elke, y sigue sin haber ni rastro de Ryan.

—¿Alguien ha visto a Ryan? —pregunto en voz alta.

Nadie lo ha visto.

No recuerdo que suela quedarse dormido hasta tan tarde, así que me dirijo cautelosamente hacia su tienda.

—¡Toc, toc!

No hay respuesta. Fisgo en el interior y veo una mochila abultada y un saco de dormir atado, pero Ryan no está por ninguna parte.

Algo me sujeta la pierna. Ahogo un grito y, cuando me vuelvo, descubro que es Sky.

—¿Qué haces? —pregunta.

—Estoy buscando a Ryan.

—Estará entre los árboles, haciendo cosas típicas de Ryan. Y, si yo fuera tú, no entraría ahí; es bastante celoso de su intimidad.

El pasaporte de Elke arde en mi bolsillo. Quizá sea mejor que Ryan no esté aquí: estoy convencida de que Clemente no sabe que Ryan lo tiene y que nunca le habría permitido que se lo quedara. Me pregunto cómo reaccionarían todos si se lo mostrara.

Sigo a Sky, que va hacia los demás. Con la esperanza de estar haciendo lo correcto, saco el pasaporte.

—He encontrado esto.

—¿Qué es? —pregunta Clemente.

No hay señales en su rostro de que sepa lo que es, y los demás parecen igual de desconcertados.

Paso las páginas y, con las prisas, no logro dar con la página de la fotografía. «Cálmate, Kenna». Aquí está.

Clemente tiene un plato de nueces sobre las piernas que, cuando se lanza a por el pasaporte, hace volar por los aires. Echa un vistazo a la fotografía, después inspecciona el resto de las páginas y levanta la vista con expresión de perplejidad. Los demás se acercan y se pasan el pasaporte.

Lo que sucede a continuación es aterrador. Se miran rápidamente unos a otros, Mikki incluida, y se juntan de forma casi imperceptible, hasta que están amontonados como cuando llegué a la Bahía.

Entonces se vuelven hacia un enemigo común: yo.

¿Están todos en el ajo? ¿Incluso Mikki?

—¿De dónde lo has sacado? —pregunta Clemente.

—Ayer seguí a Ryan. Tiene un escondite cerca del acantilado en el que guarda su pasaporte, dinero… y esto —digo, con cuidado de no revelar su paradero exacto.

Se quedan sumidos en un profundo silencio. Las toallas ondean sobre la cuerda como si fueran tambores de guerra.

Como era de esperar, Sky se nombra a sí misma portavoz.

—Fue muy extraño —dice lentamente—. Elke desapareció por la noche. Asumimos que había ido a nadar y se había caído por el acantilado o en el río, algo así.

—Claro. —Mantengo un tono de voz neutral. Tanto si la creo como si no, me superan en número, así que tengo que seguirle la corriente.

—Estalló una tormenta. Clemente quería conseguir una partida de búsqueda, pero la carretera estaba inundada y no pudimos pedir ayuda. Entonces, nos dimos cuenta de que su mochila pequeña no estaba, aunque sí su macuto y su tabla, así que parecía que se había marchado corriendo.

Seguramente Elke no se habría marchado sin su pasaporte.

—Entonces, ¿no lo denunciasteis cuando el temporal pasó?

Clemente y Sky se miran.

—Apareció un día después —dice Clemente.

Sky frunce los labios como si deseara que no lo hubiera dicho.

—¿Muerta? —pregunto.

—Sí. —La voz de Clemente suena cansada.

Analizo su rostro y me pregunto si por fin estaré escuchando la verdad.

—Tenía mordiscos de tiburón —dice Mikki.

Me la quedo mirando. ¿Lo sabía y no me lo contó?

Elke está muerta. Me avergüenza que los ojos se me llenen de lágrimas. No sé por qué me siento tan abrumada, cuando ni siquiera la conocía.

—No sabemos si el tiburón la atacó antes o después de que se ahogara —dice Sky.

Trago con dificultad.

—Y después, ¿qué?

—Las muertes por mordedura de tiburón son noticias internacionales, Kenna. —El tono de voz de Sky es sosegado y sensato—. Si lo hubiéramos denunciado, habríamos atraído a las autoridades y a todos los canales de noticias. Todos los surfistas de Australia verían y hablarían sobre la bahía de Sorrow.

Clemente me mira como si me rogara comprensión.

—Quería comunicárselo a las autoridades, pero ¿de qué serviría? No le devolvería la vida.

—¿Y dónde está el cuerpo? —pregunto.

Sky y Clemente intercambian otra mirada.

—Dejamos que el mar se la llevara.

Con esas palabras, Clemente baja la cabeza y presiona los puños sobre sus ojos.

Su tristeza resulta muy convincente. Me imagino el pobre cuerpo profanado de Elke hundiéndose en el lecho marino, desaparecido para siempre, dejando a su madre la tarea de buscarla en vano.

—¿Nunca encontrasteis su mochila pequeña? —pregunto.

—No —responde Clemente.

—¿Qué hicisteis con el resto de sus cosas?

—Lo hablamos y decidimos que no era buena idea que alguien las viera porque pensarían que le habíamos robado, así que enterramos su macuto entre los árboles y nos quedamos con su tabla.

Clemente señala una tabla cercana y hace un gesto de dolor, como si le produjera mal sabor de boca.

—Entonces, ¿por qué Ryan tenía su pasaporte? —presiono.

Ninguno parece saberlo.

—Imagino que se le caería y él lo encontraría —dice Sky al fin.

—¿Y no se lo dijo a nadie? —pregunto—. Un poco extraño, ¿no te parece?

—Estamos en un lugar peligroso —responde Sky—. Los accidentes pasan.

Los demás asienten con tristeza y se produce un silencio incómodo. Pasado un rato, Jack cambia de tema y empieza a hablar sobre el ciclón. Victor hace unos cuantos chistes patéticos, pero es el único que se ríe, y, aun así, lo hace sin convicción.

Cuando el grupo se dispersa, me dirijo hacia Mikki.

—No puedo creer que no me contaras lo de Elke.

—Perdona —dice, con cara apesadumbrada—. Quería hacerlo, pero teníamos un pacto.

Desvío la mirada hacia la tienda de Ryan, desconcertada con que todas sus cosas estuvieran recogidas. ¿Se habría dado cuenta de que el pasaporte de Elke ya no estaba en la caja? ¿Sería ese el motivo por el que se había escondido?

—¿Vienes conmigo? Quiero ver si su caja con el dinero sigue en su sitio.

—Claro. —Mikki se pone sus chanclas de dedo.

A la sombra, el camino parece oscurecerse. Arranco una rama de un árbol cercano y rozo con el dedo su extremo puntiagudo; mejor eso que nada.

Mikki me mira, divertida.

—Es para las serpientes —digo.

Me alegro de que Mikki me acompañe. Los árboles y los arbustos me están jugando malas pasadas y veo cosas que no son y me asusto con el mero movimiento y crujido de las ramas. Algo se estrella entre la maleza, lejos de nosotras. Me quedo inmóvil, pero no lo vuelvo a escuchar.

—Es algún animal —dice Mikki.

Me da la sensación de que Ryan va a saltar sobre nosotras en cualquier momento.

Alcanzamos la cumbre del acantilado y me pongo a escarbar en el agujero. La caja no está allí, y no tengo ni idea de qué puede significar eso.

Un pensamiento cruza mi mente.

—Sky mencionó en la ceremonia que nadie se marcha nunca de aquí. Ryan me dijo que tenía intención de irse.

Los ojos de Mikki reflejan la sorpresa que siente.

—¿En serio?

—Sí, estaba harto de estar aquí y echaba de menos a su familia. Incluso había hecho el equipaje. ¿Y si alguien lo vio y le hizo algo?

Mikki me mira fijamente.

—No, nunca llegarían tan lejos.

—Jack trajo a varias chicas antes de que te conociera, ¿no? ¿Sabes si se unieron a la Tribu?

—No, creo que solo se quedaron unos días.

—Entonces, hasta donde sabemos, ningún miembro pleno de la Tribu se ha ido jamás. No con vida, al menos.

En mi cabeza, Ryan ha pasado de agresor a posible víctima en cuestión de segundos. Cuanto más pienso en ello, más probable me parece.

Mikki frunce el ceño.

—Ryan desaparece cada dos por tres.

La agarro por el brazo.

—Por favor, Mikki, tenemos que marcharnos de este lugar antes de que seamos las siguientes.

Aparta mi mano.

—Estoy harta de que intentes convencerme de que me vaya. Esta es mi vida ahora, y la tuya también. Es una lástima que Elke muriera, pero fue un accidente. Estos tíos son mis amigos y confío en ellos.

Capítulo 60

Kenna

Visible solamente a través de los huecos entre las hojas, un avión pasa de largo a miles de metros de altura. Su forma pálida es un discordante recordatorio del mundo exterior, que, de repente, parece estar más y más alejado. Ahora mismo, daría cualquier cosa por viajar en ese avión.

Clemente y Sky están boxeando bajo los árboles cuando Mikki y yo regresamos. A pesar de la resistencia de Mikki, no pienso darme por vencida y seguiré intentando sacarla de aquí. Solo tengo que mostrarme más agresiva en mi plan de distanciarlos; conseguir que se vuelvan unos contra otros para que, tal vez así, se despedacen entre ellos.

Victor está haciendo ejercicio; voy hacia él.

—¿No tienes celos?

—¿Eh? —pregunta.

Inclino la cabeza en dirección a Sky.

—Le gusta, ¿no lo has notado?

Odio tener que hacer esto. A pesar de todo lo que ha ocurrido, da la impresión de que Clemente y yo estamos empezando a confiar el uno en el otro, pero si descubre lo que estoy haciendo, esa confianza se romperá.

Los ojos de Victor se oscurecen y ahí está de nuevo: la ira. Esta vez sé que no me la he imaginado. Mierda, ahora quiero retirar lo que acabo de decir. Creo que he puesto a Clemente en peligro.

Una ráfaga de viento alza una de las colchonetas y la desplaza hacia los árboles. Victor la persigue.

—Se está levantando viento fuerte. Será mejor que aseguremos las cosas —dice Sky mientras se quita los guantes de boxeo.

Junto con los demás, clavo piquetas en las tiendas de campaña. Por Dios, una cucaracha acaba de pasar por encima de mis dedos. Aparto el pie. Sin saber muy bien cómo, consigo no gritar y la cucaracha se escabulle bajo un montón de hojas secas.

Sky me mira, divertida. Mierda, no puedo permitir que sepa que me dan miedo los insectos. La idea de que me encierre en mi tienda con uno...

—Casi la piso —digo, como si me preocupara más el bienestar de la cucaracha que el mío propio, pero no creo haberla convencido.

Se vuelve hacia los demás y levanta la voz.

—Pongamos todo el equipo para entrenar en el baño de los chicos, y que a partir de ahora todo el mundo utilice el de las chicas.

—El claro no se inundará, ¿verdad? —pregunto.

Clemente está medio subido a un árbol, tensando la lona.

—No, pero puede que la carretera sí. Oye, Victor, ¿me pasas ese cordel?

Los observo, nerviosa, mientras Victor se lo tiende.

—Tenemos que poner esa leña en bolsas antes de que llueva —ordena Sky.

Mikki encuentra unas bolsas.

—¿Alguna vez has vivido el paso de un ciclón? —le pregunto mientras trabajamos codo con codo.

—En Hawái tuvimos unos cuantos, pero no recuerdo mucho. Y en Sídney tuvimos unas buenas tormentas este verano; de hecho, el granizo aplastó el parabrisas de Jack.

—Oh, mierda, no había pensado en eso. Será mejor que pongamos algo sobre los coches, ¿no? —pregunta Jack mientras levanta una bolsa de leña.

Mikki me mira de reojo.

—¿Qué pasa? —pregunto.

—No vas a quedarte, ¿verdad? Lo noto, no te entusiasma.

No quiero mentirle, pero me pone nerviosa que los demás nos oigan.

—Solo tengo un visado de turista —digo, cuidadosamente, aunque la falta de un permiso legal no detuvo a Sky o a Ryan.

El rostro de Mikki se entristece.

—No será lo mismo sin ti.

Solo llevo aquí ocho días, pero, de alguna manera, parece que ha pasado mucho más tiempo.

—Aunque no voy a volver a Londres.

—¿En serio?

—Necesito estar junto a la playa. Me vuelvo a Cornualles.

Mikki se me queda mirando.

—Ya.

Le aprieto la mano.

—No te preocupes, todavía no me voy a ninguna parte.

Miro sus delgados dedos y vuelvo a pensar en lo delicada que es en comparación con los demás. No puedo marcharme sin ella, de verdad que no puedo.

Sky está enrollando las colchonetas de yoga junto a las letrinas. He hablado con Ryan y con Clemente sobre sus respectivas familias, con distintos grados de éxito, pero todavía no lo he intentado con Sky. Sin ella, no hay Tribu, y estoy empezando a desesperarme. Un plan peligroso toma forma en mi mente.

Antes de pensármelo dos veces, me dirijo hacia ella.

—Clemente me contó anoche que tu nombre es Greta.

—¿Y? —La expresión de su rostro es de cautela.

—Iba a contártelo anoche, pero no quería que los demás me escucharan. Conocí a tu madre en Sídney.

Me mira de hito en hito.

—Estaba repartiendo entre la gente carteles de «Desaparecida». No te reconocí por la foto, pero me acordé cuando oí tu nombre.

Estoy arriesgándome muchísimo al hacer esto porque tal vez su madre sepa perfectamente que está aquí en Australia, pero Mikki mencionó que no se hablaba con sus padres.

La emoción se extiende por su rostro.

—Estoy segura de que tenías tus razones para marcharte, pero pensé que debías saberlo. Parecía bastante triste.

Sus ojos se suavizan.

—¿Cómo estaba?

—Se puso a llorar sobre mi hombro. Creo que le encantaría verte o, por lo menos, saber que estás bien.

—Hace tanto que no la veo… —Su voz se quiebra—. ¿Sigue teniendo los rizos rubios o ya tiene el pelo completamente blanco?

—Siguen siendo rubios.

Apenas me atrevo a respirar, pero creo que estoy llegando a alguna parte.

—¿Andaba bien? La operaron de la rodilla antes de que me marchara.

—Hasta donde yo la vi, sí.

—¿Y sigue llevando esas gafas tan raras?

—Sí —digo, y trago con fuerza con los dedos cruzados.

La expresión de Sky cambia.

—Mi madre murió hace diez años, Kenna.

Me la quedo mirando horrorizada.

—Así que, ¿a qué viene esto?

Su voz es dulce, pero sus ojos no.

—¿En serio? Vaya, lo siento, a lo mejor lo entendí mal y en realidad era tu tía. —Ahora estoy divagando—. Creo que no me lo dijo, simplemente lo di por hecho.

—Tampoco tengo ninguna tía, así que ¿por qué me cuentas todo esto?

Tierra, trágame.

—Sería otra Greta, entonces. ¿Es un nombre muy común?

—Te oí hablando con Ryan y Clemente sobre sus familias. Ahora me toca a mí, ¿no? —dice, frunciendo los labios—. Clemente es un grano en el culo, pero lo necesitamos aquí. Victor lo necesita aquí. Apoyo a Victor tanto como puedo, pero responde de forma diferente ante otro hombre. Y, claro está, Jack también lo necesita. Así que te agradecería que te callaras y dejaras de hablar de sus familias.

—Vale —digo débilmente.

Me observa en silencio durante unos segundos.

—Te he mentido. Hasta donde sé, mi madre no ha muerto, pero no he sabido nada de ella desde que me marché de Suecia. —Fuerza una sonrisa—. Casi me pillas. Por un instante, me he creído lo de que mi madre había venido hasta Australia para repartir carteles y llorar por mí en los hombros de los desconocidos. Pero ni siquiera se molestó en acudir a la comisaría del final de la calle cuando me metí en problemas de adolescente por ir demasiado borracha. Dudo que dedique un segundo a pensar en mí.

No se me ocurre nada que decir.

Sky se echa las rastas sobre el hombro.

—En fin, ¿sabes qué? Me encanta este sitio, y no pienso ir a ninguna parte. Mikki tampoco, ni ninguno de los demás. Así que, sea lo que sea lo que estés haciendo, para.

Desesperada, la miro a ella y después a Mikki. He probado todo lo que se me ha ocurrido y me he quedado sin ideas.

—Por cierto, tú también lo tienes —dice—. No estaba segura al principio, pero lo he visto.

—¿Qué tengo? —pregunto.

Vuelve a sonreír.

—El instinto asesino.

Los árboles se ciernen sobre mí. Es como si las hojas y las ramas se entrelazaran para ocultar el cielo. Tengo que salir de la sombra. Tras mirar a mi alrededor para comprobar que nadie me ve, rescato mi bastón y desciendo rápidamente por el sendero hacia la playa.

Es un alivio estar a cielo descubierto, con el familiar horizonte extendiéndose ante mí, pero la playa es un lugar inquietante esta mañana. Hay una gruesa y baja capa de nubes grises —como si, durante la noche, se hubiera erigido un tejado sobre el mundo— y el ambiente está cubierto de diminutas gotas, una mezcla de lluvia y espuma del mar.

El viento ruge en mis oídos y agita mi camiseta. Las gaviotas lo encaran con las escápulas encorvadas o se protegen en los huecos de las huellas de los pies. Un gran pájaro blanco —¿una cigüeña o un ibis?— pasa de largo dando zancadas y emprende el vuelo agitando muchas veces las alas y elevando su pesado cuerpo centímetro a centímetro, hacia arriba. Contemplarlo me lleva a comprender lo atrapada que estoy.

La arena mojada se me pega a las plantas de los pies cuando me dirijo al agua. Revueltas por la tormenta, las olas son enormes cuñas deformes. La marea está subiendo. Unas manchas oscuras cubren la arena. Son… ¿pasas? No, advierto cuando me acerco. Son moscas muertas, cientos de ellas, arrastradas por las olas en curvas perfectas. Algunas se siguen moviendo y trepan por la arena en una carrera desesperada contra la marea. Otras están atascadas bocarriba, pataleando con sus delgadas extremidades. Una ola trae consigo otro grupo de moscas, como si se tratara de una diminuta flota de barcos.

Las gaviotas disfrutan engullendo estos deliciosos bocados. Es demasiado; se me revuelve el estómago. Me encorvo y vomito el desayuno sobre la arena. Un par de gaviotas se asustan y salen volando, pero una de ellas vuelve a posarse y, con cautela, se come lo que acabo de echar. Me arrodillo y empiezan a entrarme arcadas, una después de otra, con los ojos cerrados. Ojalá cuando los abra me encuentre en cualquier otro sitio.

Algo roza mi mano. Alarmada, abro los ojos y veo un billete de cincuenta dólares que se aleja flotando. ¿Será de Ryan? Rastreo el mar en busca de más, pero no los localizo. Una sombra pasa por encima de mi cabeza; son las nubes negras que recorren velozmente el cielo. Poco después, lo cubren por completo y convierten el día en noche antes siquiera de las nueve de la mañana.

Un relámpago ilumina el horizonte y se oye el rugido de un trueno. Delante de mí, distingo una forma oscura en la arena. Al principio creo que es una roca, pero, de repente, el mundo se ilumina con colores violeta neón y me doy cuenta de que es una persona. Mientras corro hacia allí, un poderoso trueno hace que me encoja del susto. Reverbera una y otra vez para desaparecer cuando suena otro más alto.

Ryan está tumbado, inmóvil y bocarriba, con los ojos cerrados, en prácticamente la misma postura que tenía cuando lo conocí. Corro hacia él mientras espero que se ponga en pie como hizo aquel día, pero no se mueve.

Capítulo 61

Kenna

Una ola cubre los tobillos de Ryan. Cuando se retira, consigo ver sus piernas como es debido. Las tiene hinchadas y llenas de moretones, y sus pies sobresalen en ángulos extraños.

—¡Ryan! —digo.

No responde, así que le doy un cachete en la mejilla. Está mojada y fría como el hielo. Le agarro uno de los hombros y lo agito suavemente. Vuelve a reposar sobre la arena. Por un instante, el cuerpo que tengo delante no es el de Ryan, sino el de Kasim. La cabeza empieza a darme vueltas. Me tambaleo hacia delante, coloco una mano sobre la arena para no perder el equilibrio y cierro los ojos con fuerza. Cuando los abro, vuelve a ser Ryan. «¡Cálmate, Kenna!».

Miro a ambos lados de la playa en busca de su tabla, pero no la veo. A lo mejor se le soltó la correa del pie y está flotando por alguna parte. Porque, claramente, no habría salido a nadar con estas condiciones climáticas, ¿verdad? En cualquier caso, a juzgar por el estado de sus piernas, tuvo que chocar contra las rocas. No quiero moverlo por si se ha dañado la columna vertebral, pero como otra ola llega y lo cubre hasta la cintura, lo agarro por debajo de las axilas y lo arrastro hacia la arena, en dirección a la orilla, donde empiezo a practicarle la reanimación cardiopulmonar comprimiéndole el cuerpo e insuflando aire en su boca helada.

La tormenta sigue preparándose. Los truenos resuenan con distinta intensidad. A veces son como un jumbo 747 que despega a tu lado, se aleja arañando el suelo lentamente y ruge sobre tu cabeza, produciendo un eco a su paso. Otras, son como un terrible accidente en una zona de construcción: algo —o alguien— que cae en picado desde una gran altura. Y otras, son como un repentino y ensordecedor chasquido acompañado por una gigantesca bifurcación que se extiende por el cielo como si el mundo entero fuera a partirse en dos.

Oigo la lluvia antes de sentirla, golpeando la arena con un furioso siseo; después, cae sobre mi cabeza y me empapa. A estas alturas, los truenos son casi constantes y los relámpagos se suceden varias veces por segundo como si fueran una luz estroboscópica.

Pasan varios minutos. «¡Respira, Ryan!», pienso, pero sigue inconsciente. Me pongo en pie con torpeza.

El agua helada me cala la ropa mientras regreso corriendo. Las lágrimas caen por mi rostro y se mezclan con la lluvia. Asciendo el sendero más y más rápido, con los pies descalzos resbalando sobre el barro. Al doblar la esquina, me choco con alguien que viene en dirección contraria: Clemente.

—¡Está muerto! —jadeo—. ¡Ryan!

Clemente se recupera enseguida del *shock* inicial.

—¿Dónde?

Recorremos a toda prisa la playa hasta su cuerpo y me quedo de pie mientras Clemente lo examina.

—He intentado... —jadeo, pero las lágrimas regresan.

Clemente me envuelve en sus brazos y me pongo a sollozar sobre su hombro, a punto de derrumbarme sobre él cuando las piernas me fallan. Lloro por la mujer y la hija de Ryan, pero también lloro por mí. Ahora mismo, estoy aterrada.

—¿Muerto? —repite Sky.

—¿Estás seguro? —pregunta Victor.

—Joder... —dice Jack, que se pasa la mano por la cabeza.

De vuelta en la playa, el viento azota nuestro pelo y nuestra ropa mientras permanecemos junto al cuerpo de Ryan.

Jack frunce el ceño.

—¿Estaba surfeando?

—Eso parece —respondo—. O nadando.

Jack hace un gesto hacia el mar, donde el viento revuelve

la superficie y forma picos puntiagudos, como si se tratara de claras de huevo montadas.

—¿Por qué saldría a surfear? Ayer también era una mierda.

Ryan solía ir temprano, antes que nosotros, y, dadas las tensiones vividas en los últimos días, no parece tan descabellado que prefiriera surfear solo. Pero Jack tiene razón, apenas hay olas de calidad esta mañana.

Ahora que la sorpresa inicial se está disipando, la parte lógica de mi cerebro se activa. Otra muerte que parece un trágico accidente: Ryan se cayó tratando de surfear una ola grande, se le soltó la correa de la tabla del tobillo —algo posible con olas de este tamaño y sobre todo si tenía el velcro gastado— y se ahogó antes de que la corriente lo devolviera de nuevo a la superficie. Su tabla podría aparecer en la costa a kilómetros de distancia. O quizá salió a nadar y chocó con las rocas.

Pero Ryan tenía intención de marcharse, y esto ya eleva la cuenta de fallecidos a tres: un suicidio, un ataque de tiburón y un ahogamiento. ¿Son tragedias aisladas o algo más? Bajo la mirada hacia el rostro de Ryan, como si sus labios pálidos fueran a darme la respuesta.

—Llevémoslo al claro —dice Sky.

—Voy a por unas palas —dice Victor, y se aleja correteando.

¿Palas? Miro a Sky, espantada.

—¿No iréis a enterrarlo?

—¿Qué otra cosa podemos hacer? —Su tono de voz es triste pero firme.

—¡Llamar a una ambulancia! —digo.

Me vuelvo hacia Clemente con la esperanza de que entre en razón.

—Es demasiado tarde para eso —dice cuidadosamente.

—O a la policía... —Incluso mientras lo digo, veo cuál es el problema. Ryan era un inmigrante ilegal, por lo que, en cuanto lo descubrieran, empezarían a investigarnos a los demás. Sky, en particular, no puede arriesgarse a que eso ocurra. Aunque la cuestión de los visados es el menor de sus problemas si alguno, como sospecho, lo asesinó. Incluso aunque la muerte de Ryan se declare un ahogamiento accidental, la bahía de

Sorrow saldrá en las noticias, que es lo último que ninguno de ellos quiere.

Nos quedamos allí de pie con la lluvia cayendo sobre nuestras cabezas. Estudio sus rostros: ¿alguno de ellos será un asesino? Los ojos de Sky se encuentran con los míos, como si adivinara lo que estoy pensando. ¿Vio a Ryan preparando su equipaje?

La lluvia empieza a caer torrencialmente; nunca la he visto descender con tanta fuerza. La playa está desierta y las gaviotas se han puesto a cubierto.

Cuando Victor regresa, Clemente, Jack, Sky y él levantan a Ryan por las extremidades y lo transportan por la arena, dejándonos a Mikki y a mí las últimas con las palas. Al adentrarnos en los árboles, una ola rompe alto en la playa y borra nuestras huellas. La arena mojada queda prístina, como si nunca hubiéramos estado allí.

El sendero está completamente embarrado. Victor empieza a silbar y los demás se unen a él: «Sweet Jane». Al principio me parece que vamos hacia el río, pero después giran por un sendero distinto. La lluvia sisea entre las hojas.

Sky se resbala y Jack deja caer el tobillo de Ryan y lo deposita sobre el barro para acudir en su ayuda; Victor empuja a Jack hacia atrás y es él el que la ayuda a levantarse; Jack se masajea el brazo mientras vuelven a sujetar a Ryan.

Un tronco con nudos que me resulta familiar llama mi atención, y, poco después, aparece el árbol con frutos naranjas al que se subió Ryan. Llegamos a un pequeño claro y depositamos su cuerpo allí. Esta debe de ser, más o menos, la zona en la que lo vi por primera vez, tumbado en el suelo.

—¿Qué árbol será para él? —pregunta Jack.

—¿Uno de limas? —propone Victor.

—O mejor un melocotonero —dice Mikki—. Le encantaba esa fruta.

Los escucho hablar, desconcertada, y me fijo en los frutos del árbol que Mikki tiene detrás. Son manzanas moradas como las que comimos hace poco: fruta de la tristeza. Se me revuelve el estómago cuando hago la conexión. «¡Por Sky!», dijeron todos mientras levantaban los pedazos de su manzana. Pensaba que estaban brindando a la salud de Sky —Greta— como su líder, pero, en realidad, era por la auténtica Sky: ese es su árbol. Lo plantaron sobre su tumba para que su cuerpo descompuesto alimentara la fruta… que yo me comí. Me entra una arcada que consigo disimular como si fuera una tos.

Clemente me ve asimilándolo todo y una expresión de culpabilidad pasa fugazmente por su rostro.

La lluvia cae repiqueteando sobre las hojas que tenemos encima. Una cucaburra observa, mojada y con aspecto alicaído, desde una rama cercana mientras excavan la tumba. Se turnan con las palas, y la forma experimentada en que lo hacen resulta aterradora. ¿Cuántas veces han hecho esto antes? Junto al manzano está lo que parece un ciruelo. Joder, creo que Elke también está enterrada en esta zona.

¿Por qué vendría aquí Ryan y se tumbaría sobre ellas? ¿Estaba apenado por su muerte? ¿O quería regodearse?

Sin soltar una sola lágrima y con total serenidad, Mikki entona «Sweet Jane». Con los ojos cerrados, se balancea en el sitio, elevando su clara y aguda voz por encima de los sonidos de las palas. Y sigue cantando cuando le toca excavar. Se ha vuelto una completa desconocida para mí.

La contemplo, paralizada. Tengo que aceptarlo: está tan involucrada con esta gente que ha pasado el punto de no retorno. No puedo salvarla, pero tengo que salvarme a mí misma; de lo contrario, corro el riesgo de acabar enterrada en este solitario lugar. Voy a robar uno de los vehículos y me marcharé.

Cuando han cavado el agujero, meten en él a Ryan. Los relámpagos iluminan sus caras. Seis amigos tristes, reunidos alrededor de una tumba. Pero con los ojos secos, todos y cada uno de ellos.

Victor da un paso adelante.

—Tú y yo no siempre nos llevábamos bien, pero pasamos buenos momentos. Espero que encuentres olas allí arriba, hermano.

Jack es el siguiente.

—Ryan, eras un buen tío. Siento haberme pasado contigo tantas veces. —Su voz flaquea.

Me fijo una vez más en que Jack es el que más emoción muestra de todos. Me siento fatal por abandonar a Mikki, pero al menos sé que Jack cuidará de ella. No es precisamente perfecto, pero creo que la protegerá.

Por la pinta que tiene, nos quedaremos aquí un buen rato, así que finjo que sollozo. Vuelven sus cabezas con desaprobación, pero llorar no me resulta complicado, porque mi tristeza es real. Un hombre inteligente yace, frío e inmóvil, en una tumba sin marcar en este lugar solitario. Lloro por la mujer de Ryan y, sobre todo, por su hija, que se criará sin él y nunca sabrá lo mucho que la quería o qué le pasó.

Agacho la cabeza, me llevo la mano a la boca y me desvanezco entre los arbustos. En cuanto estoy fuera de su vista, echo a correr con la certeza de que alguien vendrá detrás de mí a gritarme que pare, pero están demasiado absortos en la ceremonia como para darse cuenta.

Puede que sea la única oportunidad que tenga de escapar. Tengo el cuerpo helado por la lluvia y las rodillas me fallan unas cuantas veces mientras corro. Alcanzo el claro y compruebo por encima del hombro si alguien me ha seguido. Ni rastro, así que me meto en la tienda de Jack. ¿Dónde tendrá las llaves del coche? Su mochila negra de Quicksilver está en una esquina, pero no tiene más que bolsillos. Los miro uno a uno y, en el quinto, las encuentro.

En algunas zonas del sendero, el agua llega a la altura de los tobillos. Piso los charcos con las llaves fuertemente apretadas en la mano con la esperanza de mantenerlas secas. Me muero de ganas de escapar de este sitio. A mitad de camino, recuerdo que Jack dijo que tenía un neumático jodido y maldigo internamente, pero ya no me da tiempo a volver para buscar las llaves de los otros vehículos, así que espero que el neumático aguante lo suficiente como para trasladarme a la autovía.

¡Mierda! ¿Por qué no he cogido el móvil? Podría haberlo recargado en el coche de Jack y haber pedido ayuda en cuanto encontrara cobertura. Demasiado tarde; si consigo llegar a la gasolinera en la que paramos, pediré ayuda desde allí.

Sin aliento, llego donde están los vehículos y presiono el control remoto de la llave. La camioneta de Jack se abre con un clic y me meto de un salto. Los pantalones cortos, empapados, se aplastan cuando me siento. Es un coche automático; hace años que no conduzco uno, y a mi cerebro aterrado le lleva unos segundos recordar qué tiene que hacer. «D» para conducir. No… «R» para dar marcha atrás.

El chasis rebota arriba y abajo mientras retrocedo. El parabrisas está empapado de agua y tardo un poco en localizar los limpiaparabrisas. Menos mal que tiene tracción en las cuatro ruedas, porque la carretera está cubierta de barro y los baches están llenos de agua. Mientras doy la vuelta a una esquina con lentitud, miro hacia atrás por si alguien ha venido a por mí, pero la luna trasera está demasiado empañada como para ver nada. El motor ruge cuando asciendo por una pendiente; las ruedas derrapan cuando desciendo por otra. Al girar por otra curva, el corazón me da un vuelco: el paso sobre la pequeña cascada artificial. Cuando vinimos, solo tenía unos pocos metros de ancho, pero ahora se extiende hasta donde alcanza la vista. Mi pie duda sobre el acelerador. ¿Debería intentar cruzarla? Me siento tentada, pero me vienen a la cabeza una serie de visiones en las que me quedo atrapada en el vehículo y el agua me arrastra hasta el río.

Con el motor en marcha, salgo para ver qué profundidad tiene. El agua está fría y embarrada, y me cubre los tobillos y, después, las rodillas. La corriente tira de mí. Dos pasos más y me llegará a la altura de los muslos. No puedo conducir por aquí.

Respiro hondo varias veces. Tendré que intentarlo de nuevo cuando cese la lluvia. ¿Se habrán marchado ya del prado? Si me doy prisa, quizá regrese a la zona de las tiendas antes que ellos. Vadeo la corriente hasta el coche y me vuelvo a montar. El camino es estrecho, así que tendré que dar la vuelta en tres maniobras.

Con las ruedas resbalando sobre el suelo y los limpiaparabrisas lanzando destellos, termino realizando una docena de cuidadosas maniobras adelante y atrás. Cuando me paro en el lugar en el que estaba aparcado originalmente el coche, la rueda delantera se mete en un agujero y se niega a desplazarse. Pongo la palanca en la posición de dar marcha atrás y piso a fondo. El vehículo rebota hacia atrás y la guantera se abre de golpe y revela un fajo de billetes.

Me pregunto de inmediato si serán de Ryan. No, seguro que Jack y Mikki guardan algo de dinero aquí porque es más seguro que dejarlo en las tiendas. Me inclino para calcular aproximadamente cuánto hay y veo algo detrás: una cartera de color rosa chillón. Apago el motor y la cojo. Podría ser de Mikki, pero, de alguna manera, sé que no lo es; no es su estilo. Las manos me tiemblan cuando tiro del velcro. Dentro hay media docena de tarjetas y tan solo unos pocos dólares sueltos. Saco las tarjetas y, en una de ellas, aparece la foto de alguien conocido. Una pelirroja atractiva: Tanith O'Brien.

Capítulo 62

Kenna

Un sonido en el exterior me sobresalta. Hay alguien junto a la ventanilla empañada del acompañante. Cierro la guantera justo a tiempo.

La puerta se abre de golpe y Victor se inclina hacia el interior.

—¿Qué haces?

La lluvia me da de lleno en la cara. Tengo dos segundos para pensar la respuesta.

—Me ha venido la regla y no quería interrumpir la ceremonia. Mikki siempre guarda tampones en el coche.

Al menos, esto último es cierto. Hace años, a Mikki le bajó la regla de repente, la tienda más cercana estaba bastante lejos y encima llevaba puesto un bikini blanco. Le daba tanto pavor que le volviera a suceder que empezó a guardar tampones de emergencia en su coche, en el mío y en cualquier otro sitio posible.

—¿Y por qué lo has movido? —pregunta Victor con el ceño fruncido.

—Por el barro. Parecía que se iba a hundir, así que lo he echado un poco para atrás. —No sé si me cree o no—. ¿Puedes mirar detrás a ver si encuentras algún tampón?

Sin mediar palabra, cierra la puerta y va a la parte de atrás. Mientras rebusca, vuelvo a abrir la guantera. No sé si es consciente de lo de la cartera robada y, si es así, no quiero que sepa que lo sé.

«Por favor, que aparezca algún tampón». Mi historia será más creíble de esa forma. Por suerte, hay varios paquetes rosa

310

brillante. Los cojo, cierro la guantera y salgo de un salto a la lluvia.

—¡Bien! ¡Los encontré! ¡Mira!

—Vale.

Como imaginaba, a Victor le cuesta mirarme a los ojos. Cierra la puerta trasera y, durante el camino de vuelta, no dice nada más. La tormenta se ha alejado, pero el viento se ha intensificado. Nos llueve con fuerza mientras subimos por un pequeño montículo y el suelo resbala. Sobre el sendero han caído barro y piedras desde la colina. Avanzo con cuidado de una piedra a la siguiente.

Veo el destello de algo azul oscuro entre el barro, a la izquierda. Victor va delante de mí. Me detengo para mirar y, entrecerrando los ojos por la lluvia, distingo un logo que reconozco: el de la ola de Rip Curl. De inmediato, pienso lo peor: ¿otro cuerpo? Victor se vuelve para mirarme y sigo andando rápidamente.

«Respira, Kenna». Seguro que es alguna prenda que alguien tiró —o enterró— y que ahora la tormenta ha arrastrado colina abajo. Tal vez llevara años allí y no tuviera nada que ver con la Tribu.

Los demás, apiñados bajo la lona para protegerse de la lluvia, nos observan cuando llegamos.

—Toma —le digo a Jack, y le devuelvo las llaves de su coche.

Se las queda mirando, desconcertado.

—Me ha bajado la regla y sabía que Mikki tendría tampones en el coche. —Se los muestro a todos.

Jack y Clemente, de improviso, tienen «cosas muy importantes que hacer». Clemente se dirige a la barbacoa y Jack se encamina hacia su tienda. Victor parece sentirse incómodo, pero se queda, leal, junto a Sky.

—Los necesitaba con urgencia —digo—. La cosa se ha descontrolado un poco.

Eso es más que suficiente para Victor, que, prácticamente, sale huyendo para unirse a Clemente bajo la lluvia. Mikki no dice nada, pero estoy segura de que sabe que miento; me conoce demasiado bien. Sky tampoco parece convencida del todo, pero no dice nada, así que, con las piernas temblando, voy hacia las letrinas.

Estoy desesperada por volver al sendero y ver qué era la cosa azul, pero Sky no me quita ojo de encima durante el resto de la mañana. El almuerzo es un momento sombrío. Comemos de pie, arremolinados bajo la lona y sobre el suelo embarrado. Se nos está acabando la comida y Sky ha preparado un revuelto de berza que ha cogido del pequeño huerto de Ryan.

Jack aparta las partes verdes.

—¿Quién querría comerse esta mierda? Es la cosa más amarga del mundo. Mataría por un pastel de carne ahora mismo.

—Por un filete —dice Victor—. Un buen filete poco hecho.

Hay cierta amargura en la sonrisa de Jack. Podría ser por su dolor de espalda, pero sigue dejando entrever algo desagradable. Ahora que sé que mintió sobre lo de la cartera, estoy segura de que no se puede confiar en él. Entro en pánico al pensar que Mikki se casará con él en tan solo seis días.

Hace tanto frío que vamos ataviados con vaqueros y sudaderas. Las hojas y las ramitas se arremolinan alrededor de nuestras piernas; la lona repiquetea sobre nuestras cabezas; el viento agita la lluvia en una y otra dirección y nos golpea por todos los flancos. Siento la humedad hasta en los huesos. Lo único positivo es que está demasiado mojado para los mosquitos.

—Al menos, no tendremos que lavar los platos —comenta Jack—, mirad.

Coloca los platos bajo la lluvia y los restos desaparecen en un abrir y cerrar de ojos.

—Ojalá amaine el viento, así podríamos conseguir olas esta tarde —dice Sky, y, llamando la atención de Victor, añade—: De las grandes.

Hablar de surf cuando Ryan acaba de morir me parece un poco insensible, así que me giro hacia ella.

—No te da ninguna pena lo de Ryan, ¿verdad?

—Pues claro que me da pena —responde, parpadeando.

—Piensa en su familia, en su hija pequeña.

Frunce el ceño.

—¿Su hija? ¿Eso es lo que te contó?

—Sí, Ava, tiene tres años.

—Le pidió dinero a Victor porque su hijo estaba enfermo en casa. A Jack le dijo que tenía cáncer terminal. Era un mentiroso compulsivo, Kenna.

Me vuelvo hacia Victor.

—El tatuaje de su muñeca. Era una A por Ava.

—Me dijo que era por su mujer, Anna —me corrige.

—Le eché un vistazo a su pasaporte antes de que lo escondiera —dice Sky—. Y después, cuando volvimos a Sídney, lo busqué en internet. Estaba involucrado en una operación de uso de información privilegiada, o sea que si regresaba a Estados Unidos, terminaría en la cárcel.

—Entonces, ¿por qué dejasteis que se quedara con vosotros? —pregunto.

—Estafó a varias empresas millonarias para poder surfear durante dos años; me encanta esa clase de gente.

Los demás asienten.

—Y nos venía bien tenerlo aquí mientras permanecíamos en Sídney —comenta Sky.

Una tabla de surf se levanta del suelo y sale despedida contra un árbol. Victor maldice y sale corriendo a por ella.

Clemente camina, arriba y abajo, alrededor de las letrinas.

—Aquí se está más protegido —dice en voz alta.

Amontonamos las tablas alrededor de la pared y nos apresuramos a regresar bajo la lona.

—Eso me recuerda una cosa —digo—, ¿ha desaparecido alguna de las tablas de Ryan?

—No —responde Clemente con un gesto de la mano—. Solo tenía dos, y aquí siguen.

—Entonces, salió a nadar.

—Tiene pinta, sí.

Parece que esto lo preocupa tanto como a mí.

—No dejo de pensar en su familia —dice—, sean quienes sean.

—Lo sé. —Miro fijamente al suelo, deseando, de nuevo, estar en cualquier otra parte.

Exhala profundamente.

—A veces me pregunto qué hago aquí.

Mikki gira la cabeza en su dirección, sorprendida.

—¿Echas de menos tu casa?

—Ya no estoy seguro de dónde está mi casa, pero creo que estoy listo para pasar página.

Me fijo en la expresión de sorpresa de Mikki. «Cuidado, Clemente», pienso. Admitir ese tipo de cosas aquí es peligroso. Me doy cuenta de que Sky también lo ha oído y me sobresalto. Parece tan impresionada como Mikki.

—¿E ir a dónde? —pregunta Mikki.

—No tengo ni idea —responde él, suspirando.

Sky dirige una mirada de aversión hacia Clemente.

—Entonces, ¿vas a traicionar tus principios?

—Yo no he prometido nada —dice y se cruza de brazos.

—¿Cómo que no? —Sky se lo lleva hacia los árboles y se quedan allí, discutiendo. Estoy desesperada por saber qué dicen, pero no oigo nada con la lluvia. Victor los contempla, pensativo, y después se acerca a ellos.

Yo también quiero ir, pero Clemente es un hombre adulto que ya debería saber dónde se mete, de manera que me vuelvo hacia Mikki.

—¿Dónde está Jack?

—En nuestra tienda —responde—. Le duele la espalda.

—Hay un montón de dinero en la guantera de su coche —le digo, bajando la voz.

—Sí, es más seguro guardarlo allí.

—Es bastante.

—La última vez que fuimos a comprar, sacamos un poco.

Estudiándola cuidadosamente, le cuento lo de la cartera. «Por favor, que no esté involucrada en eso también…».

Mikki frunce el ceño.

—¡No me jodas! Presentía que pasaba algo. Dijo que estaba trabajando para su amigo, el de los paneles solares, ¿te acuerdas? Pero a lo mejor le dolía demasiado la espalda para eso; a veces le supera. Es una buena persona, te lo juro.

No sabría decir si realmente lo cree o no, pero me siento aliviada de que no lo supiera. Aun así, necesito comprobar las cosas que sí sabe. A su espalda, Clemente, Sky y Victor siguen discutiendo.

—En el prado… La mujer de Clemente, Sky, también está enterrada allí, ¿verdad? Y Elke.

—Sí —suspira.

Oírla confesarlo solo me hace caer más en la cuenta de que es una de ellos.

—¿Y te pareció bien? ¿No se te ocurrió acudir a la policía?

—¿De qué habría servido? No les habría devuelto la vida, y no fue culpa de nadie. ¿Qué habría hecho la policía?

Le hablo del objeto azul que he visto en el camino.

—Quiero saber qué es, ¿vienes conmigo?

Hace un gesto hacia la lluvia que cae torrencialmente.

—¿En serio? ¿Quieres ir ahora?

—Por favor, podría ser importante.

—Está bien —dice, suspirando.

El camino está cubierto de hojas. Nuestros pies descalzos se tropiezan y resbalan mientras nos apresuramos hacia el desplazamiento de tierra.

—Estaba por aquí —digo.

—¿Dónde?

Las ramas crujen y se parten sobre nuestras cabezas mientras examino de cerca el barro.

—O un poco más adelante —digo, y sigo caminando en un intento por recordarlo.

Mikki da un paso atrás asustada cuando una rama cae cerca de nosotras.

—¿Estás segura de que no era una flor o algo de la basura?

—Vi un logo de Rip Curl. —Pero ahora no lo encuentro.

Deambulamos de un lado a otro.

—¡Joder, sé que estaba por aquí!

¿Lo habrá movido alguien?

—Nos estamos empapando —dice Mikki, que se abraza a sí misma.

Me rindo.

—Vale.

Jack está en su tienda. Cuando Mikki se encara con él por lo de la cartera, lo admite al instante.

—Fue una estupidez, algo impulsivo. Conozco a un tío que me vende codeína, pero no es barato. Cuando era adolescente, robaba cosas cuando mi madre no tenía dinero suficiente para comprarnos comida. Nunca pensé que lo volvería a hacer.

Reflexiono sobre cómo mintió en lo de robarle a Tanith y en la facilidad con que lo creímos.

—¿A cuántas personas has robado?

—Solo a ella, lo juro.

Sonríe de forma avergonzada. Hay algo infantil en que se piense que puede hacer algo terrible, disculparse y que lo perdonen sin más.

Mikki lo abraza.

—Yo tengo dinero. Te compraré la codeína si hay que hacerlo, pero hablemos con tu doctora; tiene que ayudarte.

—¿Y qué hay de la cartera? —pregunto, alucinada con que Mikki le deje salirse con la suya tan fácilmente.

—La devolveremos por correo —dice Mikki.

—Si encontrarais alguna dirección, probablemente sea canadiense —comento.

—Podemos entregársela a la policía en cuanto volvamos a Sídney y decir que nos la encontramos.

Jack me mira a los ojos. Ahora no puedo evitar preguntarme qué más cosas habrá hecho.

Capítulo 63

Kenna

—¡Hora de surfear! —grita Sky—. El viento ha amainado.

Salgo a gatas de la tienda de Mikki y veo que Sky, Victor y Clemente se están poniendo los trajes de neopreno. Sigue lloviendo a cántaros.

—No irá en serio lo de ir a surfear con este tiempo, ¿verdad? —pregunto.

Las olas eran gigantescas esta mañana, por lo que ahora, sin el viento que echa a perder sus formas, lo serán incluso más.

—Pues claro que sí —dice Sky—. Nos pasamos todo el año entrenando para estas condiciones climatológicas.

Si siente tristeza por Ryan, no la veo por ninguna parte. Aunque puede que el surf sea la forma de lidiar con ello.

Jack sale de la tienda. Ya lleva el traje puesto y Mikki se está poniendo el suyo. Los miembros de la Tribu están más callados que nunca, pero enceran las tablas con caras de concentración y, ante la emoción de saltar al agua, apartan de su mente la conmoción del anuncio de que Clemente se va.

—¿Vienes, Kenna? —me pregunta Sky.

Por su voz, me doy cuenta de que me está retando: «¿Estás con nosotros o contra nosotros?». Eso es lo que realmente pregunta.

Mikki me lanza una mirada penetrante. No sé distinguir si realmente quiere surfear esas olas o no, pero los demás ya sospechan de mí —especialmente Victor— y tengo que mantener la ilusión de que soy una de ellos hasta que pueda marcharme de aquí.

—Pues claro —respondo.

—Tengo un traje de sobra para ti, si lo quieres —dice Sky.

—Soy escocesa, no necesito ningún traje —digo mientras fuerzo una sonrisa.

Clemente me sonríe y coge su tabla, aunque parece tenso y no sé si es por las olas o por el drama de antes. De uno en uno, los demás van desapareciendo por el sendero.

—¡Ahora os alcanzamos! —exclama Mikki.

Victor regresa corriendo.

—¡Se me olvidaba! —Se quita su pulsera con los colores de la bandera de Brasil y la lanza al interior de su tienda.

Cuando se ha marchado, Mikki me dice:

—No tienes que surfear.

Estoy indecisa. La última vez que surfeé olas tan grandes fue cuando Kasim murió, pero si Mikki va a hacerlo, tengo que ir con ella para vigilarla.

—Si tú vas, yo voy.

Mikki pasa los dedos por el cuello de mi camiseta.

—Las olas te la arrancarán. Ponte al menos una camiseta de surf.

—Buena idea.

Me ofrece una que saca de su tienda; tengo el estómago hecho un manojo de nervios cuando me la meto por la cabeza. Señalo el cielo plomizo.

—Al menos no nos hace falta crema solar.

Las gotas de lluvia relucen sobre las hojas. Azotadas por la tormenta, las delicadas flores color melocotón del arbusto que tenemos al lado se han marchitado, y los pétalos, bellísimos en su momento, ahora parecen una piel arrugada. Un hedor emana de ellos, rancio y podrido. Y las olas resuenan como si fueran truenos. Empiezo a notar las náuseas.

Cuando abandonamos la zona de los árboles, la lluvia nos cala por completo. Ha aparecido una bruma que no nos deja ver el mar hasta que avanzamos por la mitad de la playa. En los bajíos, una capa de espuma marrón flota adelante y atrás, y, en la distancia, a través de la niebla, vemos que las olas rompen y se elevan. Miro a Mikki. ¿De verdad vamos a surfear eso? Son más altas que cualquier ola que haya surfeado antes, pero Mikki parece ansiosa por llegar hasta ellas, así que no me queda otra opción.

En la orilla hay algas amontonadas que huelen a pescado y que engalanan un pez globo inflado que lleva tiempo muerto. Qué asco… El ojo que alcanzo a verle está abierto de par en par y tiene una expresión de estupor. ¿Se hincharán de esa manera cuando mueren, o era un último esfuerzo por mantenerse con vida?

A medida que nos acercamos a las rocas, veo a los demás: pequeñas figuras oscilan entre la bruma.

Mikki señala.

—¡Mira!

Hay una forma oscura delante, sobre la arena. Por un terrible instante creo que es otro cuerpo, pero cuando nos aproximamos, veo que se trata de un pequeño delfín. Mierda… ¿se ha quedado varado?

Mikki echa a correr hacia él y yo la sigo con la intención de empujarlo para que vuelva al agua. Pero, cuando lo alcanzamos, se me revuelve el estómago: le han arrancado la mitad de la cara de un mordisco.

Mikki se da la vuelta y, con la cabeza, hace un gesto hacia la orilla, donde el agua regresa hasta el mar, después se eleva y vuelve a romper.

—Esas orilleras* son brutales.

La palabra no deja de repetirse en mi cabeza. Todo en este lugar es brutal: las olas, la fauna, los humanos que lo habitan.

En silencio, continuamos hasta el cabo. Las olas rompen sobre las rocas y lanzan diminutas gotitas de agua al aire.

Mikki se ata la correa al tobillo.

—Sígueme.

Una vez más, me sorprende cómo hemos cambiado los roles: yo siempre era la líder y ella, la que me seguía. Definitivamente, el tiempo que ha pasado en la Bahía la ha cambiado; no parece asustada en absoluto. Aguanto la respiración mientras trepa por las rocas, salta al agua y saca la cabeza esquivando las olas que se acercan. No pienso entrar por ahí; las olas me lanzarán contra las rocas y me harán polvo.

¿Habrá resaca en el otro extremo de la playa? Me apresuro hacia el muro de roca y ahí está: un estrecho canal libre de olas.

* Olas que rompen muy cerca de la orilla. *(N. de la T.)*

Engancho la correa a mi tobillo y entro en el agua. La resaca me absorbe con un ímpetu alarmante y tira de mis pies, que desaparecen de debajo de mi cuerpo. Me coloco sobre la tabla y me agarro con fuerza mientras el mar me arrastra hacia dentro.

Es como si fuera a llevarme hasta Nueva Zelanda, pero, a mitad de camino, se acerca una serie de olas que vienen directas hacia mí. Las paso por debajo, dirigiendo con fuerza mi tabla bajo la superficie. Incluso bajo el agua noto el impacto de la ola al romper, pero me aferro a la tabla y emerjo de nuevo. La lluvia me golpea el rostro mientras remo hacia el cabo, pero me mantengo alerta en todo momento por si vinieran más olas. Aquí y allí, asomando entre las aguas como si fueran ataúdes, aparecen puntos negros vestidos de neopreno, pero no consigo diferenciar quién es quién; con los trajes puestos, todos parecen la misma persona.

La bruma se espesa el punto de que solo veo a unos metros de mí. Una enorme ola aparece de la nada. Me quedo paralizada, como un conejo que acaba de ver los faros delanteros de un coche. En el último segundo, me sumerjo y una masa de agua blanca cae sobre mi espalda y me sumerge hacia el fondo. Se me destaponan los oídos.

Cuando salgo a la superficie, otra gigantesca ola se eleva entre la bruma. Me deshago de la tabla y me meto bajo el agua. Mala idea... La ola me zarandea como si fuera un calcetín en una lavadora. Lucho por salir al exterior, consciente de que solo tendré unos segundos hasta que llegue la siguiente ola. Cojo una bocanada de aire y el agua me golpea. Solo me da tiempo a hacerme una bola, rodeándome la cabeza con los brazos para protegerla. Me entra agua salada a borbotones por la nariz y ya no soy capaz de distinguir dónde está la superficie. Nado en la dirección que me parece correcta, desesperada por tomar aire, pero es demasiado tarde: la siguiente ola me atrapa y vuelve a zarandearme.

Por fin, logro salir a la superficie y vuelvo a subirme a la tabla. Apenas he recuperado el aliento cuando se distingue la silueta de otra ola. Puedo tragármela o surfearla, pero esta segunda opción me parece mejor, de modo que me pongo a remar con fuerza. Mi tabla sale disparada hacia delante y me pongo en pie de un salto. No me atrevo a mirar a mi espalda, pero siento la potencia de la ola. «No te caigas, no te caigas»; si lo hiciera, me quedaría atrapada en la zona en la que rompen las olas, que lo harían a mi espalda y sobre mi cabeza.

Vislumbro una figura vestida de negro y me distraigo, me tambaleo y pierdo el equilibrio. Tomo aire y pongo los brazos alrededor de la cabeza mientras la ola cae potentemente sobre mí; después, nado hacia la superficie para respirar antes de que llegue la siguiente ola, pero, en cuanto mi cabeza sale al exterior, unas manos me agarran y vuelven a sumergirme. Al principio creo que intentan ayudarme, pero cuando me percato de que siguen sobre mis hombros, anulando todos mis intentos por salir a la superficie, me doy cuenta de lo que pasa.

Están tratando de ahogarme.

Me sacudo y tiro de las manos para tratar de soltarme. Una diminuta parte de mi cerebro recuerda que se supone que debo mantener la calma para conservar el oxígeno, pero me resulta imposible. Voy a morir en este lugar solitario, como cualquier otro mochilero desaparecido, y nadie sabrá nunca la verdad.

Desesperada por respirar, renuevo mis esfuerzos, pero esa persona está sobre mí y, por lo tanto, tiene ventaja. El deseo de abrir la boca es casi irresistible. Inconscientemente, sé que, si lo hago, tragaré agua y moriré, pero he pasado del miedo al verdadero pánico.

«El miedo nos impulsa; el pánico es mortal». El mantra de Sky se repite en mi cabeza como si fuera una cinta atascada. Soy incapaz de asimilar las palabras en mi estado actual, pero le dan a mi cerebro algo a lo que agarrarse. Una ola nos sacude y nos lanza hacia delante en un barullo de tablas y correas. Algo hecho de fibra de vidrio me golpea en la cadera (podría ser mi propia tabla o la suya, no tengo ni idea). En una docena de segundos romperá la siguiente ola, y se me ocurre una idea: pelear no me está sirviendo de nada, de modo que si me hago la muerta, quizá, la persona me suelte un poco y, cuando llegue la siguiente ola, esta me arrastrará con ella. La tabla vendrá detrás de mí, ralentizándome, por lo que alargo el brazo hacia la pierna, suelto el velcro para liberarla y me relajo.

La presión en mis pulmones aumenta. Me va a dar algo si no consigo coger aire pronto. Las manos me sacuden como si comprobaran mi estado y, entonces, llega la ola y me libero. Llevo los brazos hacia delante, mantengo el cuerpo rígido y buceo la ola. Cinco segundos, diez...

Levanto la cabeza y cojo una dulce y maravillosa bocanada de aire. La bruma sobre mis hombros oculta el océano, pero delante de mí se vislumbra la playa. Agotada, avanzo nadando como si fuera un perro; una ola aparece a mi espalda y me arrastra hasta tierra firme.

Aturdida y jadeando por coger aire, me pongo en pie con dificultad sobre la arena mojada. Mi tabla ha desaparecido de la vista. Con la lluvia golpeándome en el rostro, me lanzo hacia los árboles. Las ramas rechinan con el viento y no alcanzo a distinguir si alguien me persigue o no. Cuando llego a las tiendas, sigo corriendo sin detenerme a recoger mis cosas. El paso con la cascada artificial estaba demasiado inundado como para conducir sobre él, pero quizá la pueda vadear o incluso cruzar a nado. Después, tendré que andar bastante hacia la autovía, pero no me queda otra opción. Se han desprendido más rocas y barro sobre el camino; trepo sobre ellas. Cuando me acerco al lugar en el que vi el objeto con el logo de Rip Curl, miro ladera abajo hacia la izquierda y veo algo más.

Clemente está allí, cubierto de barro hasta los tobillos y sujetando una pala. A su lado está lo que solo puede ser una tumba a medio cavar.

Capítulo 64

Kenna

Doy la vuelta y corro de nuevo camino abajo. No voy a ningún sitio en particular, simplemente me limito a correr. Las ramas resuenan a mi espalda, no sé si a causa de la tormenta o porque me está persiguiendo.

—¡Kenna! —grita Clemente.

Sigo corriendo, descalza, y me escurro por todas partes. Un desvío aparece a mi izquierda. No quiero toparme con los demás, así que decido tomarlo... y me paro de golpe. Un canguro enorme bloquea el camino un poco más adelante. Está allí parado sobre sus patas traseras, moviendo sus orejas negras adelante y atrás con indecisión. Vuelvo sobre mis pasos y echo a correr por otro sendero distinto.

—¡Deja que te lo explique! —dice Clemente.

Corro más rápido, con el barro salpicándome las piernas, pero no sirve de nada porque no consigo librarme de Clemente. Las ramas me arañan la cara; los árboles dan bandazos y las hojas y ramitas salen volando y caen sobre mí. Me cubro la cabeza cuando una me pasa rozando.

No podré mantener el ritmo mucho más tiempo. Localizo un claro entre los matorrales, me lanzo hacia allí y me apretujo contra el tronco de un árbol para esconderme. Estoy jadeando, pero me tapo la boca con las manos para no hacer tanto ruido. La lluvia cae torrencialmente sobre mis hombros a través de las hojas.

—¡Kenna! —vuelve a gritar Clemente.

Me quedo a la espera, quieta y en silencio. Siento punzadas en la zona de los hombros donde las manos me han mantenido bajo el mar. No oigo nada salvo el sonido del agua; creo que Clemente se ha ido. Y ahora, ¿qué? No me atrevo a volver a los vehículos, pero ¿qué otra cosa puedo hacer? ¡El río! Si tuviera una tabla de surf, podría remar a través de él. En el claro hay un montón de tablas, ¿podría volver sin que nadie me viera para coger una? Entonces, me acuerdo de la corriente. La semana pasada, cuando llevaba días sin llover, ya era bastante fuerte, o sea que ahora, con estas lluvias torrenciales, estará embravecida y llena de deshechos que la tormenta habrá arrastrado hasta ella desde tierra firme. Sería mejor optar por el sendero que recorre lo alto del acantilado. Tendré que recorrer kilómetros para llegar a alguna carretera, pero seguro que hay alguna ruta. Con cuidado, salgo de detrás del árbol.

—Kenna.

Casi pego un brinco en el propio sitio. Ahí está Clemente, a pocos metros de distancia. Levanto las manos en actitud protectora, pero no se mueve.

—Antes he venido hasta aquí para ver qué altura tenía el agua de la inundación; estaba preocupado por mi coche. Y, de camino, he visto una bolsa en el barro.

¿Era eso realmente lo que he visto? Parece sincero, pero mantengo la cautela hasta que mi curiosidad puede conmigo.

—¿De quién era?

—De Elke. Era su mochila pequeña.

—¡Dios santo! ¿Tenía algo dentro?

—Todas sus cosas. Es evidente que le pasó algo. Quiero entregársela a la policía, quizá consigan sacar alguna huella. Como no quería que se la quedaran o que volviera a desaparecer, me escabullí mientras los demás surfeaban para enterrarla.

Todavía escéptica, me lo quedo mirando y lo estudio.

—¿Por qué no denunciaste su muerte hace seis meses?

—Sky no quería que la policía apareciera por aquí. Si la interrogaban, ¿qué nombre les daría? Las autoridades tienen la foto de mi mujer en sus sistemas por las protestas contra el cambio climático. Sky dijo que si los llamaba, les contaría que le había vendido la identidad de mi mujer. Además, pensaba que había sido una muerte por ataque de tiburón, ¿qué podía hacer la policía? —Clemente apoya la cabeza en el tronco de un árbol—. Ahora me arrepiento. Pienso en los padres de Elke todos los días.

Todavía no estoy segura de si le creo o no.

—Alguien ha intentado ahogarme —digo, porque, al menos, sé que no ha sido él.

—¿Qué? —Da un paso al frente con los ojos abiertos de par en par por la sorpresa.

Retrocedo. No puedo fiarme de él; no puedo fiarme de nadie.

—He tenido que hacerme la muerta para sobrevivir. Cuando finalmente me han soltado, las olas me han arrastrado hasta la playa y he echado a correr.

—*¡Mierda!** ¿Quién ha sido?

Me toco los hombros doloridos y me esfuerzo por recordar las manos que los presionaban. ¿Eran grandes o pequeñas? ¿Fuertes o débiles? No me acuerdo; estaban sucediendo demasiadas cosas a la vez.

—No lo sé. ¿Qué implica que hayas encontrado la mochila de Elke?

—Su cartera no está, así que, a lo mejor, alguien la robó. O puede que ocurriera algún tipo de accidente y alguien lo ocultara haciéndonos creer que Elke se había marchado.

Una ráfaga de viento golpea los árboles y nos empapa de agua.

—¿Y por qué tenía Ryan su pasaporte? —pregunto.

—No tengo ni idea. Elke le caía bien a todo el mundo —responde, con voz entrecortada.

—¿Crees que Sky se sentía amenazada por ella?

—No, se llevaban bien.

—¿Y qué hay de Victor?

Clemente se cruza de brazos y se frota los bíceps arriba y abajo.

—La noche antes de que Elke desapareciera, Sky se acostó con ella, así que siempre me lo he preguntado.

* En español en el original. *(N. de la T.)*

—¡Vaya! —Mi cabeza empieza a darle vueltas a esta información. Recuerdo la reacción que tuvo Victor la noche en que Sky se acostó con Jack—. ¿Crees que Victor se puso celoso?

Clemente me sonríe con tristeza.

—No lo sé, tal vez.

—Pero si parece que sois uña y carne.

—Lo somos —dice, y se pasa los dedos por el pelo mojado.

Joder... Si Clemente tiene razón y Victor va matando a gente por celos, entonces Jack corre peligro de convertirse en su siguiente víctima.

—Y Jack es adicto a la codeína —digo.

Clemente me mira con culpabilidad; él lo sabía.

—Jack nunca...

—¿Tú crees? ¿Y si tenía dolores y necesitaba el dinero? Ryan también necesitaba el dinero. —Aunque no me guste, pienso en la posibilidad de que fuera Mikki—. A lo mejor Elke se insinuó a Jack y a Mikki no le gustó. —Solo lo digo para cubrir todas las opciones, pero no lo pienso realmente: hasta donde sé, a Mikki ni siquiera le gusta tanto Jack.

—¿Y qué hay de mí? —pregunta Clemente.

—¿De verdad quieres que especule sobre ti?

—¿Por qué no?

Pienso en lo que Sky me contó sobre su mujer y me obligo a decirlo en voz alta.

—Podrías ser un monstruo. Podrías hacer que las mujeres se enamoren de ti y luego..., no sé, a lo mejor, cuando te quieren demasiado, te asustas. O las matas porque te pone a cien. O las quieres tanto que no lo puedes soportar, o te enamoras de ellas y quieren dejarte...

Clemente permanece quieto y en silencio.

—O podríais estar todos en el ajo —digo, cogiendo aire—. Sacrificaste a Elke y a tu mujer por el bien de la Tribu. Para robarles el dinero o la identidad, o porque tenían intención de marcharse.

Clemente me tiende la mano, pero la oscuridad de sus ojos me hace dar un paso atrás.

Una expresión extraña cruza por su rostro.

—Haces bien en temerme.

Retrocedo todavía más.

Clemente me mira directamente a los ojos.

—No maté a Elke, pero sí maté a mi mujer.

Capítulo 65

Kenna

Me recorre un escalofrío. Abro la boca, pero no sale nada. Después de todo esto, ¿resulta que ha sido él? Debería salir corriendo, pero las piernas no me funcionan y, en cualquier caso, es demasiado tarde.

—Tenía cáncer en tres zonas del cuerpo. —La voz de Clemente es tan baja que apenas lo escucho por encima de la tormenta—. Nos dijeron que era incurable, que se había extendido demasiado. Le quedaba un año de vida como máximo. —Tiene el pelo oscuro pegado al cuero cabelludo—. Una amiga suya había muerto de cáncer el año anterior. Mi mujer la ayudó a pasar por ello y, cuando murió, me dijo: «Si alguna vez me sucede eso, quiero acabar con ello antes de que sea demasiado tarde. Marcharme mientras todavía esté en la cresta de la ola». —Le falla la voz—. No quería que los demás lo supieran; que se compadecieran de ella.

Me lo imagino. La esencia de la Tribu es la fuerza, la vitalidad y el ser invencible, pero esto era algo contra lo que ninguno podía luchar.

—Así que la vida siguió adelante —continúa—. Pero empezó a notar los síntomas y, aunque antes nunca se había medicado mucho, comenzó a fumar marihuana. Pensaba que la ayudaría con el dolor.

—¿Y lo hizo?

—No, yo creo que no, solo la deprimía. Me alegré cuando Greta se hizo cargo de nuestras dietas y nos ayudó a dejar las drogas, el alcohol y toda la comida basura. Pensaba que sería bueno para el cáncer de Sky. —Se muerde el labio—. Pero perdió peso y empezó con... ¿cómo lo decís? Ah, sí, con las náuseas. Siguió surfeando, pero cada vez se cansaba más rápido. Una mañana que estábamos todos en las olas, Sky salió del agua antes que nadie. Pasados unos minutos, fui hacia la orilla para ver cómo estaba y la encontré colgando de ese árbol.

Me encojo por dentro al imaginarme lo horroroso que debió de ser encontrarla así.

—Había hecho una soga con la correa de su tabla de surf, pero era demasiado elástica. La nevera portátil estaba volcada debajo de ella; debió de caerse cuando Sky se lanzó, pero sus pies aún reposaban sobre ella, así que seguía con vida.

Contengo la respiración, asustada ante lo que está por venir.

—«Ayúdame», me dijo.

Cierro los puños de las manos. No quiero ni pensar en cómo va a terminar la historia.

—Fui hacia ella corriendo para bajarla. «No», me dijo. Sus pies estaban... —Hace un movimiento de pedaleo con las manos; después, cierra con fuerza los ojos, como si no soportara la imagen en su cabeza—. Estaba tratando de alejar la nevera dándole patadas, pero pesaba demasiado y quería que yo la moviera.

Hace una pausa de unos segundos para recomponerse. Noto lo doloroso que le resulta explicarlo con palabras.

—Era innegociable, tenía que respetar sus deseos. Me lo pidió y lo hice; la moví. Me tapé los oídos con las manos y salí huyendo.

El viento ruge a través de las hojas.

—Cuando volví, los demás la habían bajado del árbol y estaba muerta.

Respiro hondo unas cuantas veces mientras trato de asimilar todo esto.

—¿Y la enterraste donde está Ryan? —pregunto.

—Sí. —Clemente me observa a la espera de ver mi reacción.

—¿Y los demás? ¿Elke y Ryan?

Si también confiesa haberlos matado, no sé qué será de mí.

—No.

Suspiro.

—Solo a ella. ¿No es suficiente? —Su voz se quiebra.

Diluvia sobre nuestras cabezas y hombros y los dientes me castañetean. Me rodeo el torso con los brazos.

—Si me encontrara en esa situación y alguien me pidiera que lo hiciera, no sé si podría.

—Podrías, créeme. Si quisieras a esa persona, lo harías.

Los árboles son formas negras que dan brincos a su espalda. Ha anochecido pronto y la densa capa de nubes oculta la luna. Clemente se pasa una mano por el pelo.

—Siempre me he preguntado si hice lo correcto. ¿Tendría que haberle buscado alguna clase de tratamiento y, así, prolongar su vida? A lo mejor había alguna cura milagrosa. A lo mejor los médicos se equivocaban.

Destrozado, se apoya en el tronco de un árbol. Alargo la mano hacia la suya y le aprieto los dedos; están helados, como los míos.

—Los últimos días de su vida, las olas fueron espectaculares. —Se le quiebra la voz—. Me siento agradecido por ello. Los primeros recuerdos que tenía eran sobre el mar, y los últimos también lo fueron.

Le aprieto los dedos con más fuerza. Se deja caer contra el árbol.

—Y ahora, ¿qué? —pregunto.

—Volvamos a las tiendas —responde y toma aire.

—Alguien ha intentado ahogarme.

Clemente gira su mano y envuelve mis dedos con los suyos.

—Me quedaré contigo en todo momento. Además, ¿a dónde vamos a ir, si no?

Tiene razón. Necesitamos un sitio para guarecernos, así que no nos queda más remedio que volver al campamento. Me siento más segura con él a mi lado.

Hace un gesto hacia el cielo, cada vez más oscuro.

—Deberíamos irnos ya; de lo contrario, nunca daremos con el camino de vuelta.

Corremos entre los árboles y tropezamos sobre ramas y raíces.

—¡Espera! —jadeo—. ¿Qué hay de la mochila de Elke?

—Lo haré por la mañana —responde.

Llegamos al campamento casi sin aliento. Unas cabezas se asoman desde dentro de sus tiendas —Mikki, Jack, Victor y Sky—, protegiéndose los rostros de la lluvia con las manos.

—¿Dónde estabais? —exige saber Mikki.

—Alguien ha intentado ahogar a Kenna —responde Clemente.

Me estremezco porque yo no me habría encarado tan directamente con ellos. Clemente se acerca más a mí; su cuerpo irradia calor sobre mi cadera.

—¡Dios santo! —dice Mikki.

—¿Estás segura? —pregunta Jack.

Aparto el cuello de mi camiseta térmica para mostrarle el hombro; las marcas rojas se ven incluso con la luz tenue de su linterna.

Estudio detenidamente sus expresiones mientras les explico lo ocurrido. Uno de ellos sabe lo que pasó… La pobre Mikki está fuera de sí y mira a los demás de uno en uno preguntándose, como yo, cuál de ellos ha sido. Jack la envuelve protectoramente con un brazo y observa primero a Sky y luego a Victor.

Sky tiene la mejilla hinchada, además de un corte bajo el ojo.

—¿Qué te ha pasado en la cara? —le pregunto.

—Fui hacia donde rompen las olas y me di un golpe con la tabla —responde.

Analizo su expresión. ¿Ocurriría mientras forcejeaba conmigo?

—Las olas tenían bastante fuerza hoy —dice—. A Victor se le ha roto la correa del tobillo.

—Jack ha perdido una uña del pie y yo me he destrozado la espinilla. —Mikki levanta la pierna para mostrarme un moratón—. ¡Mira!

Una terrible sensación cruza mi mente, pero no, claro que no ha podido ser ella, es mi mejor amiga; no. De todos los demás, Sky parece la opción más probable. Ya he visto lo protectora que se vuelve con respecto a la Tribu.

—Vuelve a tu tienda —le digo a Mikki—. Te estás empapando.

—Ya estoy empapada —determina—. ¿Y qué hay de ti? ¡Alguien ha intentado ahogarte!

—Yo me quedaré con ella —interrumpe Clemente.

Mikki entreabre los ojos y me toma la mano.

—¿Puedo hablar contigo un segundo?

Me conduce hasta la parte de atrás de su tienda.

—¿Y si ha sido él? —pregunta en voz baja.

—Ya estaba en los árboles cuando he salido huyendo de la playa, así que no pasa nada —murmuro—. No ha podido ser él.

Tiene el pelo negro y largo pegado a la cara.

—Entonces, ¿quién ha sido?

Abro la boca para compartir mis sospechas sobre Sky, pero no digo nada. Ya no sé de parte de quién está Mikki.

—No tengo ni idea.

—Jack y yo podemos hacerte un hueco, o Jack puede dormir en la tienda de Clemente, no le importará.

—Confío en él. —Mientras lo digo, me asaltan las dudas. Clemente no había intentado ahogarme, pero en cuanto al resto de muertes… necesito tiempo y espacio para procesar todo lo que me ha contado.

—Vale —dice Mikki, claramente poco convencida—. He vuelto a dejar tu saco en tu tienda.

Y, dicho esto, volvemos con los demás.

—En la barbacoa queda comida —dice Sky.

—Gracias —respondo, y todos se retiran a sus respectivas tiendas.

Está demasiado oscuro para ver qué nos han dejado, pero creo que son judías, arroz y huevos. Engullo la comida a toda prisa; tengo tanto frío que estoy tiritando de arriba abajo. Recojo mi saco de dormir, Clemente abre la cremallera de su tienda y me lanzo al interior. Clemente me sigue, agazapado, y vuelve a cerrar la cremallera.

La lona ondea de tal forma que parece que la tienda esté a punto de despegar. El interior está completamente oscuro. El frío sobrepasa mi timidez y, con las manos congeladas, me quito la camiseta térmica y los pantalones cortos. Tengo la parte de arriba del bikini empapada, así que también me deshago de ella.

Oigo unos ruidos a mi lado. Clemente también se está desnudando y nuestros codos se chocan en el reducido espacio de la tienda.

—¿Quieres una camiseta seca? —me pregunta—. Toma.

Tanteo en la oscuridad hasta que noto la suavidad del algodón.

—Gracias —digo, y me la pongo.

—Dame tu ropa mojada.

Me meto en el saco de dormir. Tengo los dedos como témpanos, así que cierro el puño e intento calentarlos con el aliento.

—¿Todavía tienes frío? Ven aquí —dice, y un segundo después, añade—: si quieres.

En realidad me está preguntando si lo que me ha contado antes ha cambiado lo que siento por él. Todavía no lo he procesado todo, pero lo busco a tientas en la oscuridad y me rodea con sus brazos.

La lluvia cae sobre la lona creando lo que, ahora que estoy calentita y seca, me parece un sonido relajante. Clemente me acaricia el pelo; la delicadeza de este movimiento me produce un nudo en la garganta. El *shock* empieza a apoderarse de mí y caigo en la cuenta de que nunca había estado tan cerca de la muerte como esta tarde.

—Creo que ha sido Sky —susurro—. La que ha intentado ahogarme.

—Hablaremos con ella por la mañana —responde también en voz baja—. Exigiremos que nos cuente la verdad.

La suavidad de su camiseta sobre mi rostro y su familiar olor a almizcle hacen que me venga abajo. Empiezo a llorar de nuevo con grandes sollozos que sacuden mi cuerpo y Clemente me abraza con fuerza.

—Perdona —balbuceo, desde lo más profundo de su hombro—. ¿Te estoy aplastando?

Me aparto, pero Clemente vuelve a atraerme hacia su pecho.

—¿No has visto el tamaño de mi hombro?

Me río entre sollozos. Dado que soy incapaz de ver nada, todos mis sentidos se centran en el tacto. Clemente me acaricia la espalda y coloca su palma sobre los ángulos de mis omóplatos. Inhalo su aroma corporal y pienso en lo precaria que es nuestra existencia aquí. La vida es corta y el tiempo, un tesoro. Mi boca encuentra la suya en la oscuridad.

La lluvia empieza a caer con más fuerza y las ranas croan una escandalosa melodía, fuera de tono y desacompasada, parecida a las de los borrachos de los *pubs*.

Capítulo 66

Kenna

Al acordarme de todo, me despierto de un sobresalto. Unas manos sobre mis hombros que me ahogan; Ryan muerto... Entonces, siento el calor del cuerpo que está pegado a mi espalda.

—Hola —susurra Clemente.

Me rodea con un brazo y me atrae hacia sí. El viento sigue rugiendo en el exterior y la lona se agita sobre nuestras cabezas, lo que provoca que las gotas de la condensación nos caigan encima.

—Vaya, tienes el pelo mojado —digo mientras me doy la vuelta para mirarlo directamente.

Presiona la palma de su mano sobre la parte de la lona que tiene encima.

—Hay una gotera —anuncia.

No me sorprende; la tormenta ha sacudido la tienda durante toda la noche.

—¿Has dormido algo?

—Sí. —Su mirada gris e intensa no se aparta de mis ojos salvo para centrarse en mis labios.

Unos chasquidos en el exterior hacen que me tense, y Clemente se sienta para vestirse. No me apetece nada salir afuera... quiero quedarme aquí dentro, calentita y segura. Creo que el cerebro no me funciona como debería.

Clemente abre la mosquitera.

—No vayas a ninguna parte sin mí —señala.

Salgo a gatas tras él, ataviada tan solo con su camiseta y mis bragas. Mikki y Jack ya están levantados, pero no hay ni

335

rastro de Sky ni de Victor. Mikki me sonríe nerviosa; a juzgar por las bolsas oscuras bajo sus ojos y los de Jack, tampoco han dormido demasiado. Clemente espera en la entrada de mi tienda mientras me pongo unos pantalones cortos; después, con la lluvia cayendo abundantemente por todas partes, nos arremolinamos bajo el toldo impermeable para comernos unos plátanos algo pasados.

Los pájaros permanecen en silencio, como si protestaran por la tormenta, o quizá simplemente no los pueda escuchar por el rugido del viento. Hay tanta humedad en el ambiente que es como si tuviera la ropa empapada de nuevo. Si no fuera porque Clemente sostiene mi mano e irradia su calor, estaría congelada.

La cremallera de la tienda de Sky y Victor se abre y Clemente me aprieta la mano con más fuerza.

Sky sale a cuatro patas de su tienda y se restriega los ojos.

—¿Habéis visto a Victor?

—No —responde Clemente—. ¿Estará surfeando?

En un día como hoy es, prácticamente, la única razón por la que alguien madrugaría.

—Voy a ver si falta alguna de sus tablas. —Jack se pone en pie de un salto y rodea el bloque de las letrinas—. Sí, su tabla amarilla no está.

—Voy a la playa —anuncia Sky.

—Espera —dice Clemente—. Deberíamos ir todos; mantenernos juntos. —Suelta mi mano y baja la cremallera de su impermeable fino—. Póntelo, Kenna.

—Gracias, pero estoy bien. —Me está enseñando otra versión de sí mismo que no conocía.

Vuelve a darme la mano y, con las cabezas agachadas a causa de la lluvia, seguimos rápidamente a Sky. El sendero está cubierto de barro, y un olor a vegetación en descomposición llena mis pulmones.

El viento nos golpea cuando abandonamos la zona de los árboles. La bruma ha desaparecido y contengo la respiración ante la envergadura de las olas.

—Es imposible que Victor haya salido a surfear —apunta Jack—. ¿Cómo iba a remar, siquiera?

Los demás parecen igual de preocupados. Mientras nos protegemos los ojos de la lluvia, buscamos alguna figura diminuta en el agua, pero no hay ni rastro de él. Sky corretea hasta el borde del agua. La arena mojada está áspera bajo los pies. Alguien ha caminado por aquí antes que nosotros; las huellas están cubiertas de agua de mar y las corona una espuma sucia parecida a la de un capuchino.

Sky echa a correr. Entonces la veo: una forma oscura en la arena. ¡No!

Victor yace sobre su espalda, no muy lejos de donde encontramos a Ryan el día anterior. La correa rota de su tobillo está enrollada en la arena, pero no hay ni rastro de su tabla.

Sky alarga los brazos hacia él y cae de rodillas a su lado.

Clemente la aparta.

—Déjame a mí.

Una sensación de irrealidad me invade mientras Clemente empieza a actuar por inercia. Pasan los minutos y, al fin, Clemente se yergue sacudiendo la cabeza. Sky contempla el cuerpo sin vida de Victor mientras los demás permanecemos de pie, a su alrededor, en silencio y aturdidos.

Sky levanta la vista y nos mira. Hay turbación en su rostro, pero también culpabilidad. Todas esas veces que se metió con él por tener miedo… ahora que por fin le ha hecho caso y ha venido hasta aquí, debe de estar culpándose a sí misma. Sé lo que se siente al estar en esa posición. Todavía no ha roto a llorar; aún no lo ha asimilado. Las lágrimas llegarán más tarde.

Busco la tabla de Victor a ambos lados de la playa con la mirada. Que las correas se rompan surfeando olas grandes es algo común, pero empiezan a asaltarme las dudas y, por las miradas que intercambian Clemente y Jack, noto que están pensando lo mismo: otro «accidente». Estamos en un lugar peligroso —sobre todo ahora, con olas que nos doblan el tamaño—, pero estas últimas tragedias, ¿se deben a la naturaleza o a alguno de nosotros? Alguien intentó ahogarme, eso es lo único que sé a ciencia cierta.

Con una pequeña exclamación, Sky sostiene la muñeca de Victor con la pulsera de la bandera de Brasil. Se lleva las manos al rostro, baja la cabeza y sus hombros se sacuden.

—Nunca se la ponía en el agua —dice con un raro y tenso tono de voz—. Tenía miedo de perderla.

Se tapa la boca con las manos.

Mientras Mikki y Jack tratan de consolarla, me fijo en la pulsera. Como bien ha dicho Sky, Victor nunca la llevaba puesta en el agua, así que ¿por qué hoy sí? ¿Para que le diera suerte, como Sky parece asumir? ¿O alguien lo despertó, lo asesinó y lo arrastró hasta aquí? Clemente también la observa. Nuestras miradas se cruzan. ¿Está pensando lo mismo que yo?

Hace un gesto hacia el océano.

—Nadie sería capaz de remar en estas condiciones, así que ¿por qué se molestó, siquiera?

Jack asiente.

—Sí, para conseguir acceder hoy a la bahía habría hecho falta una moto de agua. ¡Oh, allí está su tabla! —Se acerca corriendo hacia los bajíos, donde la tabla se mece adelante y atrás, y regresa con ella; la sostiene en una extraña posición delante de él, como si fuera un regalo que no quiere.

Me castañetean los dientes. Todos estamos tiritando.

—Será mejor que volvamos al campamento —dice Clemente.

Sky camina a nuestro lado, a poca distancia, pero vuelve corriendo sobre sus pasos y se agacha junto a Victor. Cuando se aproxima de nuevo a nosotros, me fijo en que lleva la pulsera de la bandera de Brasil en la muñeca. Camina en silencio, con el rostro vuelto hacia la lluvia, que ya está amainando.

De vuelta en el claro, Clemente parte por la mitad las manzanas que quedan y las reparte.

—Necesitamos azúcar, por el *shock*.

Mientras mastico un trozo, me imagino los árboles de la fruta de la tristeza agitándose con el viento. Me siento como si estuviera a la espera de que pase algo más. Ahora mismo sospecho de todos ellos, incluso de Sky. Clemente le da una porción de manzana, pero esta se lo queda mirando como si no supiera qué hacer con él.

Somos cinco amigos apenados protegiéndonos de la lluvia. Los miro a la cara, de uno en uno. Jack disfruta, un poco más de lo debido, comiéndose su trozo de manzana; Clemente

parece demasiado sereno, y el estupor de Sky es tan despro-
porcionado que resulta exagerado. Incluso sospecho de Mikki,
cuyos ojos parecen extrañamente vacíos.

Jack le quita suavemente la manzana a Sky de la mano y se
la coloca delante de la boca.

—Come —le indica.

La intimidad de la escena resulta perturbadora. Jack no ha
perdido tiempo en ocupar el puesto de Victor tras su muerte,
pero Mikki no parece darse cuenta (o quizá le da igual).

—Tenemos que llamar a la policía —dice Clemente—.
Cuando deje de llover.

El pánico despierta en mi interior cuando recuerdo que
estamos atrapados. Hasta que el nivel del agua no baje, no
podremos comunicarnos con nadie.

—Se ha ahogado —dice Jack—. ¿Qué va a hacer la pasma?
¿De verdad quieres que vengan a husmear? Piénsalo bien, tío.
Tenemos tres cuerpos enterrados y todos estamos implicados
porque ayudamos a cavar sus tumbas.

Ayer, en la tienda de Mikki, Jack me recordaba a un niño
pequeño, pero ahora parece cualquier cosa salvo eso. Está tomando el control como nunca le había visto hacerlo.

Sky no participa en esta discusión; está completamente
abstraída. Si está fingiendo, reconozco que es una actriz impresionante. Deja su trozo de manzana sobre la barbacoa y se
marcha entre los árboles.

—¿Adónde vas? —le pregunto, pero no contesta.

Tras las letrinas, se oye un estruendo.

—¿Qué ha sido eso? —pregunta Jack.

—Las tablas de surf —responde Clemente.

Nos acercamos corriendo para comprobarlo. La tabla que
estaba en lo alto del montón se ha caído al suelo por el viento.
Es la de Clemente. Su correa se enreda en mi tobillo cuando
la recoge.

—¡Mierda! —exclamo mientras me pregunto cómo no me
he dado cuenta antes—. Victor es el único que es zurdo, los
demás somos diestros.

Se me quedan mirando como si se me hubiera ido la
cabeza.

—Cuando lo encontramos en la playa —digo—, tenía la correa de la tabla enganchada en el tobillo derecho.

—¿En serio? —Jack frunce el ceño.

—¿Estás segura? —pregunta Mikki.

—Sí, Kenna tiene razón —dice Clemente—. Ahora lo recuerdo.

Se quedan en silencio al percatarse de lo que esto significa: alguien le ató la correa después de que muriera.

Y solo hay una explicación posible para ello.

Capítulo 67

Kenna

Durante unos segundos, solo se escucha el sonido del agua al precipitarse.

—¡Sky! —la llamo, porque necesita oír esto, pero no hay respuesta, por lo que no debe de estar cerca.

Me vuelvo hacia los demás.

—¿Se os ocurre alguna razón plausible por la que Victor podría llevar la correa atada en la pierna incorrecta?

Nadie dice nada... porque no la hay.

Según tengo entendido, en ocasiones, los surfistas buenos cambian su postura en la tabla para coger olas con la pierna contraria —Mikki y yo lo intentamos una vez—, pero es lo típico que uno prueba con olas pequeñas. En un día como el de hoy, ni de lejos.

Se nota que empieza a cundir el pánico. Clemente permanece junto a mí, pero Mikki se ha apartado de Jack. Intento descifrar su expresión... ¿Acaso sospecha de él?

Jack está mirando a Clemente; una primera elección lógica, imagino, puesto que Victor es (era) un tipo grande entrenado en artes marciales, de manera que, quien lo matara, debería poseer una fuerza considerable.

—Clemente ha estado conmigo toda la noche —le explico a Jack—. Lo habría oído si hubiera salido de la tienda.

Mientras lo digo, sin embargo, me pregunto si es cierto. ¿Podría haberse escabullido, haber atraído a Victor hasta la playa y haberlo ahogado antes de volver a la tienda sin que lo viera nadie? Habría llegado empapado, pero podría haberse cambiado de ropa. Estaba tan cansada que a lo mejor no me he enterado.

Se me hace un nudo en la garganta. «Esta mañana tenía el pelo mojado», pienso. No, confío en él.

Empiezo a especular sobre Jack cuando recuerdo su pelea con Victor de hace tres días. Desde entonces, Jack parecía mostrarse cauto con él, pero tal vez solo pretendía ganar tiempo hasta poder vengarse. Pienso en cómo se comporta Jack en el agua: arranques agresivos durante un minuto y elegantes curvas al siguiente. Es evidente que tiene problemas, y he sido testigo de lo bien que miente.

Jack me pilla observándolo y se marcha a toda prisa hacia su tienda para buscar algo.

—Anoche me tomé un somnífero, ¿ves? —Levanta el blíster de aluminio como si así demostrara algo.

Es imposible que Mikki superara en fuerza a alguien del tamaño de Victor.

¿Y qué hay de Sky? He visto lo retorcida que es, y, además, es fuerte. No le habría resultado nada complicado volver a hurtadillas a su tienda y ponerse ropa seca.

Me sobresalto cuando una rama se parte detrás de mí. Los matorrales están en constante movimiento, y los árboles y arbustos no parar de chasquear. No dejo de pensar en que alguien va a aparecer de repente, pero no hay nadie; solo estamos nosotros. Debemos asumirlo, no podemos culpar a ningún desconocido de esto: el que ha matado a Victor está entre nosotros.

—La muerte de Ryan podría haber sido un accidente, y la de Elke, también —digo—. Pero con esta, no hay duda: tenemos que avisar a la policía.

La expresión del rostro de Jack cambia.

—Esconder un cuerpo es un delito. Teníamos un pacto.

Está realmente ansioso por que evitemos a las autoridades. Sí, tenían un acuerdo, pero se les ha ido de las manos. Clemente piensa claramente lo mismo que yo, pero Mikki parece indecisa.

—Voy a buscar a Sky —dice Jack—, quedaos aquí.

—¡Ten cuidado! —le grito.

—No os vayáis, ¿vale? —dice, y se aleja correteando.

Ahora que nos hemos quedado los tres solos, la tensión parece relajarse un poco. Clemente prepara café y yo echo cereales en unos cuencos; tendremos que tomarlos secos porque nos hemos quedado sin leche.

Le ofrezco uno a Mikki, pero lo rechaza.

—No puedo.

El labio inferior le tiembla. La rodeo con un brazo al recordar lo bien que se llevaba con Victor. Está disgustada, pero trata de hacerse la fuerte.

Jack desciende a toda prisa por el sendero.

—¡Se ha tirado! —exclama—. ¡Sky se ha tirado por el puto acantilado!

Capítulo 68

Kenna

Jadeando, Jack llega hasta nosotros.

—¡Por Dios! —Se lleva las manos a la cabeza—. ¡Me cago en la puta!

Lo miro, estupefacta.

—¿Se ha golpeado con las rocas? —pregunta Clemente.

—No he podido verlo —responde Jack sin aliento—. Tenemos que bajar y comprobar si está viva.

Clemente sacude la cabeza.

—Es imposible que...

Pero Jack sale corriendo hacia la playa. Clemente y yo estamos a punto de seguirlo cuando Mikki ahoga un grito que nos detiene al instante. Me vuelvo y veo que se abalanza sobre mí con un cuchillo en la mano. No tengo tiempo de apartarme, solo puedo levantar los brazos para protegerme. Clemente trata de interponerse, pero reacciona demasiado tarde; la tengo encima.

Es algo terrible de contemplar: mi mejor amiga, cuchillo en mano, apuntándome directamente con su extremo brillante.

—¡Ayúdame! —jadea.

Entonces me doy cuenta de que no dirige el cuchillo hacia mí, sino hacia sí misma, hacia su muñeca, donde tiene el tatuaje.

—¡Para! ¿Qué haces? —digo cuando consigo articular palabra.

—¡Quítamelo! —grita.

Agarro la mano en la que sostiene el cuchillo, pero no lo suelta. Jack, alejado de nosotros, se ha quedado petrificado, pero Clemente se lanza para ayudarme.

—¡Ha sido él! —susurra Mikki mientras mira aterrada en dirección a Jack—. Él ha matado a Victor.

Clemente es el primero en reaccionar.

—Yo me encargo —le grita a Jack—. Tú ve a la playa.

Jack se aleja de un salto.

Mikki está temblando. Lanza otra mirada con los ojos bien abiertos hacia la silueta de Jack, que desaparece poco a poco.

—Me dijo que me mataría si se lo contaba a alguien.

—¿Eh? —Todavía no me he recuperado de verla venir hacia mí con el cuchillo. No sabía que mi mejor amiga pudiera ser una actriz tan convincente.

—Espera, espera, más despacio —dice Clemente—. ¿Jack ha matado a Victor?

—Sí —responde Mikki—. Lo vi hacerlo.

Clemente y yo intercambiamos una mirada de espanto.

Mikki se rodea a sí misma con los brazos.

—Y ahora creo que también puede haberse cargado a Sky.

—¿Qué? —Es demasiada información.

—Volvamos a la parte de Victor —dice Clemente—. ¿Qué viste exactamente?

—Anoche oí un ruido junto a nuestra tienda —explica, trabándose con las palabras de lo rápido que quiere pronunciarlas—. Me asomé y vi a Jack y a Victor peleándose en el suelo. Las manos de Victor estaban alrededor de la garganta de Jack.

Recuerdo la expresión de ira que tenía Victor en el rostro ayer por la mañana.

—Salí corriendo para ayudar a Jack y, al hacerlo, creo que asusté a Victor, porque dejó de agarrarlo. Jack le dio la vuelta y le partió el cuello. Se escuchó un crujido y Victor se quedó inmóvil. Entonces Jack dijo: «Hay que hacer que parezca un accidente».

Los ojos de Mikki se desvían hacia el sendero por el que se ha ido Jack. Yo también lo compruebo para asegurarme de que se ha marchado de verdad. Entonces, prosigue con su relato.

—Cogió la tabla amarilla de Victor, cortó la correa y la ató alrededor de su tobillo. Después lo arrastró hasta la playa y me obligó a seguirlo con la tabla.

Clemente suspira profundamente.

—¡Guau! ¿Y por qué se estaban peleando?

—Imagino que por Sky —respondo.

—Sí, es probable. —Mikki se estremece—. La forma en la que mató a su amigo… con tanta facilidad. Claro que también es así en el agua. Cada vez que coge una ola es como si se convirtiera en otra persona.

—Ya, me he fijado —comento.

—Y no creo que Sky haya saltado. La habrá empujado —dice.

Me la quedo mirando.

—Pero ¿por qué haría eso?

—Supongo que lo descubrió; que adivinó que había matado a Victor. A lo mejor lo acusó y él decidió acabar con ella. —Mikki me agarra por la muñeca—. ¡Venga! ¡Tenemos que irnos!

Todavía estoy tratando de asimilarlo.

—El acantilado. ¿Crees que hay alguna posibilidad de que Sky haya…? —Mientras lo pregunto, recuerdo lo alta que era la caída.

Mikki sacude la cabeza y Clemente también.

Soy incapaz de imaginármelo. Que Jack haya podido hacer eso, días después de acostarse con ella… Entonces, otro pensamiento se forma en mi mente.

—¿Y qué hay de Ryan? ¿Creéis que Jack también lo empujó por el acantilado? Porque sus heridas…

Por la expresión de Clemente, sé que piensa que es probable. Después de todo, descubrí un fajo de billetes en el coche de Jack y en su momento me planteé que pudiera ser de Ryan. Y si Jack había matado a Ryan para robarle, ¿había hecho lo mismo con Elke? ¿Para financiar su adicción a la codeína? Todo empieza a encajar de una forma verdaderamente aterradora.

—¿Y a mí? —pregunto—. ¿Trató Jack de ahogarme?

Pero ¿por qué? De nuevo, la respuesta es obvia: estaba haciendo demasiadas preguntas. Había descubierto el dinero en su coche y sabía que era un ladrón. Debió de asustarse ante la perspectiva de que, tarde o temprano, fuera a averiguarlo todo.

—¡Joder! —exclama Clemente.

—Lo siento muchísimo —dice Mikki con el rostro compungido.

—No ha sido culpa tuya —digo, tratando de mantener la compostura.

Mikki vuelve a tirarme del brazo.

—Hay que largarse de aquí —dice.

Tiene razón; Jack podría regresar en cualquier momento.

—Pero la carretera está inundada —apunto—. No podemos ir a ninguna parte.

Clemente levanta la cabeza para mirar al cielo.

—Ahora llueve menos, a lo mejor podríamos cruzar cuando baje la marea. Es arriesgado, pero…

—¿Cuándo será eso? —pregunto.

Frunce el ceño mientras lo piensa.

—Antes, cuando hemos encontrado a Victor, ya estaba retrocediendo, de manera que el momento más bajo debería ser…

—Más o menos ahora mismo —dice Mikki.

—¡Coged todo lo que podáis! —ordena Clemente, y salimos disparadas hacia nuestras tiendas.

Meto lo que puedo en mi macuto mientras trato de asimilarlo todo. Me acuerdo de lo bien que ha interpretado Jack esta mañana su papel de amigo sobrecogido y apenado. La verdad es que me tenía completamente engañada.

Clemente me está esperando en la entrada de mi tienda.

—He cogido las llaves de su coche para que no nos siga, ¿qué opinas?

Registro en mi cabeza su expresión de culpabilidad.

—Sí, no podemos arriesgarnos.

Jack podrá ir caminando hacia la carretera cuando la inundación haya desaparecido para llamar a una grúa o para alquilar un coche. Así dispondremos de tiempo suficiente para escapar.

—También deberíamos llevarnos las llaves de Victor —propone Mikki.

—Las he buscado, pero no las he visto —dice Clemente.

Mikki suelta un taco.

—Rápido, vayámonos antes de que vuelva.

Nos apresuramos a través del barro. Mikki y Clemente van con una tabla bajo cada brazo y yo llevo bolsas en ambas manos. Los árboles que recorren el sendero se arquean tanto a causa del viento que estoy convencida de que van a arrancarse de cuajo del suelo, pero terminan irguiéndose de nuevo cuando las ráfagas se detienen y nos golpean.

Metemos todo en el maletero del coche de Clemente y me monto de un salto en la parte de atrás junto a Mikki. Las ruedas patinan cuando Clemente da marcha atrás.

Mikki se cubre el rostro con las manos.

—No sabía si debía contároslo, es mi prometido... era mi prometido.

Empieza a gimotear en silencio. Me quito el cinturón y me coloco en el asiento de en medio para poder atraerla hacia mí.

—Tranquila, nos marchamos. —Ya la había abrazado de esta manera antes: una vez en la que se retiró de una competición de surf porque las olas eran demasiado grandes.

Las ramas arañan la parte posterior del coche cuando Clemente gira para descender por el camino. No para de caer agua sobre la luna delantera, a pesar de que los limpiaparabrisas están activados a máxima potencia.

Miro por la luna trasera y veo una figura moviéndose.

—¡Joder! ¡Jack se está acercando!

Clemente pisa a fondo el acelerador y las ruedas derrapan.

A pie, Jack consigue avanzar más rápido que nosotros y se sitúa a nuestra altura por el lado derecho del coche.

—¡Frena! —grita y da varios puñetazos en la ventanilla del conductor.

Mikki chilla, aterrorizada. Hay ramas desparramadas por toda la pista de barro. Clemente sortea bruscamente las más grandes, pero pasa por encima del resto.

Jack abre de golpe la puerta de atrás. ¡Mierda! El barro me salpica mientras me estiro para tratar de cerrarla. Jack me agarra de la muñeca y tira de mí hacia delante. Estoy a punto de caerme.

Mikki grita y me sujeta por el otro brazo. Tiran de mí a un lado y a otro, entre los dos.

Apenas reconozco a Jack, con su hermoso rostro completamente arrugado y enseñando los dientes.

—¿Qué coño estáis haciendo? —grita.

—¡Acelera! —le digo a Clemente.

El coche sale disparado hacia delante, aunque patina sobre el barro. Consigo zafarme de Jack, agarro el picaporte de la puerta y la cierro rápidamente. Clemente aprieta un botón y oigo el sonido del cierre centralizado.

Jack sigue corriendo a nuestro lado.

—¡Parad de una puta vez!

Mikki gimotea. La atraigo más hacia mí y le tapo los oídos con las manos. No puedo ni imaginar cómo debe de sentirse al saber que ha estado durmiendo —y acostándose— con un asesino todo este tiempo.

Delante de nosotros aparece la pequeña cascada artificial. Clemente maldice.

—No sé si atravesarla más rápido o más despacio.

—No tengo ni idea —reconozco—. ¡Cuidado! ¡Estamos patinando sobre el agua!

Mientras lo digo, Clemente ya ha empezado a reducir la velocidad.

Jack da puñetazos en el lateral del coche.

—¡Parad, cabrones!

—Avísame si nos hundimos mucho —me pide Clemente.

—Vale —respondo.

Contemplo con inquietud cómo asciende el nivel del agua alrededor del vehículo.

Jack se queda un poco más rezagado; el agua le cubre las rodillas.

—Está por encima de las ruedas —informo.

—¡*Mierda!* ¿Sigo?

—Sí —digo, mirando a Mikki.

Entonces, el agua empieza a descender y la atravesamos por completo.

—¡Bien! —exclama Clemente—. ¡Lo hemos conseguido!

Me vuelvo y veo a Jack sobre el agua, detrás del coche, con los brazos cruzados. El alivio se apodera de mí; pronto estaremos de vuelta en la civilización.

* En español en el original. *(N. de la T.)*

—Joder, se nos ha olvidado la mochila de Elke —digo.

Clemente también maldice.

—Bueno, ya es demasiado tarde.

—Tenemos que llamar a la policía en cuanto tengamos cobertura. —El corazón me va a mil por hora.

Clemente y Mikki se quedan en silencio.

—Si es lo que quieres hacer... —comenta Clemente.

Me lo quedo mirando.

—¿No crees que debamos hacerlo?

—Odio decir esto, pero, por lo que nos contó Mikki, Jack y Victor se estaban peleando, ¿verdad? —pregunta mientras esquiva un bache—. Aunque demuestren que Jack lo mató, Jack podría argumentar que fue en defensa propia.

Mikki asiente.

—En cuanto al resto de las muertes, no creo que podamos justificar nada, no había testigos.

La consternación se apodera de mí cuando comprendo que tiene razón. Las probabilidades de sacar huellas de la mochila de Elke siempre han sido escasas.

Entonces, algo pasa por mi cabeza y me vuelvo hacia Mikki.

—Tu visado va a caducar, de manera que si la boda se ha cancelado...

—Sí —dice—. Tengo que abandonar el país.

—Ven a casa conmigo —le pido.

—Vale —responde en voz baja.

Es todo lo que he deseado hasta ahora, pero parece tan derrotada que se me rompe el corazón. Mi vuelo de vuelta no sale hasta dentro de dos semanas, pero compré un billete flexible; será mejor que nos marchemos cuanto antes para que Jack no pueda encontrarnos.

Me inclino hacia delante para darle mi móvil a Clemente.

—¿Puedes conectarlo para que mire los vuelos? Veré si queda algún billete libre para esta noche.

Clemente me mira por encima del hombro.

—Compra tres billetes.

—¿En serio? ¿Eso significa que...? —pregunto, sorprendida.

—Si te parece bien —añade.

Siento un pequeño vértigo al que rápidamente sobrepasan un cúmulo de emociones.

—Me parece bien.

Alarga el brazo hacia atrás para apretar mi mano. No sé qué supondrá todo esto, pero lo iremos viendo día a día.

Cada vez hay menos árboles, por lo que el río, cargado del agua marrón y embarrada de las inundaciones, ahora es visible entre las ramas a nuestra derecha.

De pronto, me acuerdo de algo.

—La casa de Bondi es tuya, ¿no?

Clemente titubea.

—Oficialmente, mi mujer sigue con vida, así que todavía está a su nombre.

—¿Y no puedes…?

—Piénsalo un poco —dice.

Tiene razón. Si la reclamara, tendría que denunciar su desaparición y le harían todo tipo de preguntas. En el peor de los casos, incluso podrían acusarlo de asesinato.

Clemente se incorpora a la autovía y pasamos un cartel: «Sídney, 300 km».

Vuelvo la cabeza para ver desaparecer el parque nacional por la luna trasera. La forma en que estas vistas me llegan al corazón es ridícula, sobre todo cuando llevo días intentando alejarme de este sitio, pero soy consciente de que nunca volveré a surfear olas como esas.

Capítulo 69

Sky

Me llamo Greta Nilsson y tengo miedo a las alturas.

Estoy sobre lo alto de un acantilado. Las olas parecen mucho más pequeñas desde aquí arriba. A cada lado, el parque nacional se prolonga más allá de hasta donde me alcanza la vista, con sus retales de naturaleza cambiante tambaleándose como si estuviera viva y con las tiendas de campaña escondidas en algún lugar bajo su manto de hojas.

¿Por qué me siento así? Como un globo al que alguien ha pinchado y, silbando, pierde todo su aire para desaparecer por completo de inmediato. Nunca fui consciente de que sintiera algo tan profundo por Victor.

Su pulsera brasileña; eso es lo que me ha guiado hasta el borde del acantilado. La toco. Esta sucia goma elástica tenía un valor sentimental para él, era un recuerdo de su hogar, y nunca se la ponía para surfear por miedo a perderla. Hoy, sin embargo, la llevaba a modo de amuleto para que le diera buena suerte. Pues menuda buena suerte... Las gotas de lluvia caen sobre mis mejillas como si fueran las lágrimas que no soy capaz de llorar.

El crujido de una rama llama mi atención, pero solo es el viento. Clemente y Jack han cuestionado que Victor saliera a surfear con estas condiciones tan adversas. Me ha dado la impresión de que me culpaban por ello, y tienen razón: todo esto es culpa mía. Todas esas veces en las que piqué a Victor por tener miedo...

Nuestras sesiones de terapia eran tanto para su beneficio como para el mío. Tras criarme con un padre violento, me acostumbré a hacer de víctima. Mi control sobre Victor —y sobre el resto de la Tribu— me daba un poder que nunca había experimentado y me permitía convertirme en otra persona.

Los demás no saben nada sobre el ultimátum que le di anoche a Victor. La tensión que siento en el pecho aumenta cuando recuerdo lo que ocurrió.

«Alguien ha intentado ahogarme», reveló Kenna mientras diluviaba. Supe al instante que había sido Victor, porque conmigo también lo había intentado, solo que conseguí darle un rodillazo en los huevos y regresar nadando a la orilla sin apenas aire en los pulmones. Desde entonces, había trabajado intensamente con él para asegurarme de que no volvía a ocurrir. Claramente, he fracasado.

—Fuiste tú, ¿a que sí? —le susurré a Victor en cuanto nos metimos en nuestra tienda.

Lo admitió de inmediato.

—Me siento muy avergonzado. —El sonido amortiguado de sus sollozos se escuchaba claramente en la oscuridad.

—Si Kenna hubiera muerto, nunca me lo habría perdonado —le digo—. ¿Y qué hay de Elke? ¿Fue cosa tuya, también?

Me juró que no había sido él. Se lo había preguntado muchas veces antes, porque tenía que haber sido él; ¿quién, si no?

—Pensaba que estabas mejorando.

—¡Estoy mejorando! —insistió.

—¡Demuéstralo!

Mis palabras resuenan en mi cabeza. Sé lo que tengo que hacer. Victor se enfrentó al peor de sus miedos, y eso mismo debo hacer yo ahora. Miro hacia abajo, hacia las olas distantes, y me preparo para lo que va a suceder.

Ninguno de los demás sabe que me dan miedo las alturas. Durante los últimos años, he escalado estos acantilados, cada vez más y más alto, y me he lanzado al vacío. En algunas ocasiones, hacerlo me ha asustado tanto que hasta he llegado a vomitar, pero acepto esas sensaciones. El miedo, ciertamente, te impulsa.

El acantilado está tan alto que no sé si podré saltar desde él. El impacto seguramente mataría a cualquiera que no sepa lo que hace o que se lance como no deba. Pero, en mi caso, cuando regresamos a Sídney y tengo acceso a internet, veo competiciones de saltos de gran altura y leo artículos sobre las técnicas a emplear para luego probarlas.

Coloco ambas manos sobre la barandilla, que rechina con mi peso, y paso por encima. Las náuseas revolotean en mi garganta y aprieto los labios. «El miedo te impulsa», me digo.

La única persona a quien le confesé mi miedo a las alturas fue a Elke. A ella también le sucedía. A veces deriva de una antigua experiencia traumática, pero la genética y el entorno también pueden influir. Elke y yo solíamos sentarnos aquí y hablar sobre ello. Terapia de exposición como ninguna otra.

Cuando Elke desapareció, pensé que había saltado, al menos hasta que me percaté de que su mochila tampoco estaba.

Avanzo hasta que mis dedos están sobre el borde. Las piedrecitas se precipitan y atraviesan el aire. Me obligo a ver cómo aterrizan. Algunas rebotan sobre la superficie de la roca y otras se hacen añicos. Solo una de ellas, la afortunada, cae al mar. Empiezo a marearme y me agarro a la barandilla para no precipitarme.

Oigo otro ruido procedente del camino: una ramita que se parte. ¡Alguien viene! Tengo que darme prisa, hacerlo antes de que cualquiera trate de detenerme. Pero mis dedos no quieren desprenderse de la barandilla.

«Venga, ¡céntrate!», me animo. Para cuando llegue abajo, habré caído a ochenta kilómetros por hora. El impacto será brutal, como estrellarse contra el cemento. Pero sé lo que tengo que hacer: mantener los dedos de los pies algo flexionados y abrazarme cuando golpee el agua.

Me suelto de la barandilla. Puedo controlar el ritmo de mis respiraciones, pero no el de mi corazón, que late a toda velocidad a pesar de todos mis intentos por tranquilizarlo. Miro el océano por última vez.

Y salto.

Capítulo 70

Kenna

Dos días después

Clemente y yo estamos en un pintoresco y diminuto hostal de Cornualles, con suelos de madera que crujen, ropa de cama de encaje blanco y ventanas por las que corre el aire y se ve el mar. Está bajando la calle en la que viven mis padres. Mañana les presentaré a Clemente, pero ahora mismo, por primera vez, estamos los dos solos tras una puerta cerrada con llave.

Clemente —descalzo, ataviado con unos vaqueros y una sudadera con capucha de Billabong— me mira desde el otro extremo de la habitación. A juzgar por la expresión de su cara, está tan nervioso como yo. Desde que nos conocimos, siempre ha habido algo entre nosotros, una atracción inexplicable que se intensifica a medida que paso más tiempo con él. Hacía tiempo que nos merecíamos un momento como este, pero, ahora que por fin ha llegado, es como si nos diera miedo aprovecharlo.

—Ven aquí —dice, y sonríe.

Avanzo hasta que me tiene entre sus brazos. Coloca sus manos a ambos lados de mi cara y me besa.

Por primera vez en años, siento ilusión por el futuro, aunque dudo que nunca vuelva a ser como la persona que era antes de ir a la Bahía. Durante el largo vuelo de vuelta a Reino Unido, hicimos planes. Clemente quiere estudiar para convertirse en paramédico aquí, en Inglaterra, y yo recogeré todas mis cosas de Londres y volveré a trabajar como fisioterapeuta deportiva aquí, en Cornualles. Mikki recuperará su trabajo como instructora de surf en la tienda de sus padres.

Tras un momento incómodo en el aeropuerto, en el que Mikki pareció creer que Clemente seguiría su propio camino —hacia Bristol, para ver a su hermano, o a donde fuera—, Clemente alquiló un coche, puesto que el mío seguía en el sur de Londres y el de Mikki estaba en casa de sus padres, y nos trajo aquí. En cuanto dejó a Mikki, se volvió hacia mí. ¿Quería pasar la noche con él? Pues claro que sí, mis padres podían esperar.

Coloca sus manos alrededor de mi cabeza, cubriéndome los oídos, y me obliga a estar presente en el momento de modo que no soy consciente de nada más que de la presión de su boca sobre la mía.

Ansiosa por querer tocar su piel, le quito la sudadera y la camiseta. Cuando aprieta su cuerpo contra el mío, siento el calor de su erección a través de sus vaqueros y tiro de la cintura.

—Quítatelos.

Clemente frena mi mano.

—No vayas tan rápido —dice, y me besa, tierna y dulcemente, a lo largo de la mandíbula y de la garganta durante unos minutos más.

Sky me dijo que Clemente tenía grietas en sus cimientos, pero ¿acaso no nos sucede a todos? Ha pasado por un montón de cosas y todavía sigue en pie. Tiene una coraza prácticamente irrompible que me costará horrores atravesar —hasta ahora solo he visto retazos de lo que hay bajo ella—, pero eso forma parte de la atracción que sentimos, y me muero de ganas de conocerlo mejor.

Se aparta bruscamente.

—Deberíamos tener una cita. Deja que te invite a cenar.

—He esperado dos semanas para tenerte tras una puerta cerrada.

Disimula una sonrisa.

—Apenas nos conocemos.

Pienso en todas las cosas por las que hemos pasado: la desconfianza y las acusaciones, seguidas de una crisis tras otra. Según dicen, lo que no te mata, te hace más fuerte, y, en nuestro caso, parece completamente cierto.

—No, yo creo que te conozco bastante bien.

—¿Ah, sí? ¿Cuál es mi comida favorita?

—Ni idea, pero eso es solo un detalle. No tiene importancia.

Se apoya en la pared.

—Los helados. ¿Y la tuya?

Distraída por su pecho desnudo, tardo unos segundos en responder.

—El chocolate.

—¿Ves? No lo sabía. ¿Y cuál es la que menos te gusta?

—La berza.

Lo digo sin pensar, pero mi voz flaquea cuando me acuerdo de Ryan, que la cultivaba.

—Yo odio los langostinos. No es muy habitual en un español, pero no me gustan —dice, con cara de asco.

Me hace gracia y me acerco.

—¿Por qué?

—No lo sé. Son muy blanditos.

—¿No te gustan las cosas blanditas? —Le doy con el codo en la suave piel oliva de uno de sus bíceps—. ¿Es porque tú no lo eres?

—Tal vez.

Exploro con las yemas de los dedos su pecho y sus hombros. Recorro sus pectorales, bajo por sus abdominales y rodeo sus costados hasta llegar a la parte baja de su espalda.

—¿Qué haces? —pregunta.

—Compruebo si hay algo blandito.

En sus ojos se refleja su brillante sonrisa.

—Ahora mismo no hay nada blandito, créeme.

Nos miramos.

—Tienes suerte de que sepa mantener el control —susurra.

—Me encanta que mantengas el control, es excitante.

Y lo sería todavía más si consiguiera que lo perdiera.

Capítulo 71

Mikki

Probablemente habréis oído hablar de los gatos y los perros a los que solo les gusta una persona; la típica mascota antisocial que odia a todo el mundo salvo a su dueño. Pues bien, a las personas les pasa lo mismo. Algunas tienen docenas de amigos y otras solo tienen a un amigo especial. Yo pertenezco a la segunda categoría: me gusta tener solo un amigo especial, y prefiero que a esa persona le ocurra lo mismo; no se me da bien compartir.

El primer día en que Kenna asistió a mi colegio, trepamos por las barras del patio. Intrépida y atrevida, Kenna no se parecía a nadie que hubiera conocido antes. Quería ser tan valiente como ella. Algunas de las otras niñas se acercaron para preguntarnos si podían venir con nosotras, pero yo la quería toda para mí.

—A Kenna no le caéis bien —les dije—. Solo le caigo bien yo.

El mensaje se fue difundiendo y los demás no tardaron en dejarnos en paz.

La semana antes de su undécimo cumpleaños, Kenna trajo unas invitaciones al colegio. Me dolió que quisiera celebrarlo con otras veinte personas, como si conmigo no tuviera suficiente. Le conté a todo el mundo que solo los invitaba porque sus padres la habían obligado, y ninguno de ellos acudió a la fiesta. Kenna se molestó, pero al final reconoció que lo de invitarlos había sido idea de su madre.

—No te preocupes —le dije—. Me tienes a mí.

Hacía meses que le gustaba un chico realmente insoportable llamado Toby Wines. Le dije que no estaba interesada, pero él no paraba de merodear a nuestro alrededor. Cuando fuimos a la cantera, siguió a Kenna hasta la cornisa que había en lo más alto, y yo subí detrás de él. Los bordes afilados de la roca de esquisto parecían cuchillas bajo mis pies descalzos. Toby vacilaba sobre la cornisa; si yo tenía miedo, él estaba aterrado. Por la expresión de su rostro, no iba a saltar ni en un millón de años, de manera que lo ayudé empujando la roca de esquisto, que se deslizó en cascada alrededor de los tobillos de Toby y lo tiró por el borde.

A lo largo de nuestra adolescencia, Kenna tuvo una sucesión de novios. Solía decirle que Fulanito era «un muermo» o que Menganito no paraba de «coquetear con todas», de manera que nunca tuvo nada serio con ninguno de ellos. Yo misma tuve un par de novios, pero no podían compararse con Kenna. Su intrepidez me salpicaba y me convertía en una persona distinta cuando estaba con ella; era alguien más valiente y más fuerte.

Con veinte años, Kenna y yo nos mudamos juntas. Ella estaba saliendo con un idiota llamado Connor al que había conocido surfeando y que, al poco, se vino a vivir con nosotras. Cuando me harté de él, le dije a Kenna que había intentado sobrepasarse conmigo y ella lo echó de casa.

Todo iba genial hasta que conoció a Kasim.

—Es mi alma gemela —me dijo.

Hacía todo lo posible por incluirme en sus planes, invitándome a que los acompañara allá adonde fueran, pero ser la tercera en discordia era incómodo. Las cosas que compartía conmigo, ahora las compartía con él, y no lo soportaba. Solo quería que desapareciera. Y, entonces, un día, lo hizo.

Capítulo 72

Kenna

Un odioso pitido me despierta de un sobresalto. Tras dos semanas sin escucharlo, tardo unos segundos en reconocer el sonido de mi móvil. Lo busco a tientas.

—¿Diga?

—¡Vamos a surfear! —Es la voz de Mikki—. He comprobado las cámaras y hay buenas olas. ¿Nos vemos en diez minutos?

Me siento como si fuera medianoche, pero la luz que entra por el borde de las cortinas opacas indica lo contrario. Maldito *jet lag*... A mi lado, Clemente tiene los ojos abiertos y el rostro a la altura de la almohada. Las actividades de anoche me han dejado atontada, y lo único que me apetece hacer ahora mismo es acurrucarme de nuevo entre sus brazos.

Pero no quiero decirle que no a Mikki. Cuando salía con Kasim, lo hice en demasiadas ocasiones porque quería pasar más tiempo con él. Además, nunca olvidaré el momento en el que Mikki se vino abajo en la Bahía y rompió a llorar por haberme mudado a Londres. Hasta ese instante, no me había dado cuenta de lo mucho que significa nuestra amistad para ella. Para mí también es lo más importante del mundo, así que mi intención es ser una mejor amiga en el futuro.

—Genial. —Hago un esfuerzo por centrarme—. Estoy en el hostal de Little Abberton con Clemente. Nos hará falta café y algo de desayuno.

—Yo me encargo —dice.

—Y también un traje de neopreno.

—Vale. Puedes utilizar el que tengo de repuesto, y también te llevaré una tabla.

—Gracias. —Todas mis tablas siguen en el garaje de mis padres. Espero que el traje de neopreno de Clemente sirva para las temperaturas que tenemos aquí en esta época del año. Mi entusiasmo crece por momentos—. ¿Dónde vamos a surfear?

Mikki titubea.

—Las olas de Sandy Point son demasiado grandes. El lugar más cercano con buenas condiciones es Archer's Cove.

Me estremezco. Es la playa en la que murió Kasim. Miro a Clemente y me sonríe; puedo hacerlo.

—Perfecto —digo.

Compruebo mi Instagram mientras Clemente se pelea con su neopreno. Reviso todos los mensajes y notificaciones de las últimas dos semanas y localizo una petición con un mensaje de alguien a quien no sigo, y la acepto.

«¡Espero estar escribiendo a la Kenna correcta! No sé cuándo recibirás esto, pero solo queríamos pedirte disculpas por desaparecer de esa manera. No te ofendas, pero no nos gustó mucho el ambiente que se respiraba. Nos marchamos corriendo mientras dormías. Dale las gracias al chico español por ayudarnos con las tiendas. Tanith».

Clemente ve la expresión de mi rostro.

—¿Qué pasa?

—Nada —digo, aunque me siento fatal por haber sospechado de él.

Clemente parece abstraído mientras bajamos las escaleras.

—No paro de pensar en los padres de Elke. Quizá podría contactar con ellos, contarles que surfeaba con ella y que creo que se ahogó. Permitirles… —Se calla mientras busca las palabras.

—¿Pasar página? —sugiero.

—Sí. Es mejor que piensen que fue un accidente y que su hija murió haciendo algo que le apasionaba a que se imaginen algo peor.

Recuerdo la forma en que la madre de Elke me agarró del brazo, como si fuera una mujer aferrándose a un tronco para no ahogarse mientras desciende rápidamente por un río.

—Creo que es buena idea.

Mikki nos espera fuera, apoyada sobre su coche con un traje extra de neopreno y una bolsa con comida. Nos enseña su muñeca. La polilla está cubierta de un brillante tono turquesa.

—¡Hala! —digo—. ¡Una mariposa!

—Sí, anoche di con un lugar que cerraba tarde.

Nos reímos ante la ridiculez de la situación: ¡una polilla que se convierte en una mariposa!

—Espera —digo—. ¿No se supone que no puedes sumergir el tatuaje en el agua?

Mikki pone los ojos en blanco.

—Como si eso fuera posible.

Cuando subo al coche, es como en los viejos tiempos, aunque mejor aún, porque Clemente también está aquí. Comemos mientras Mikki conduce.

Las olas aparecen en el horizonte, y son más grandes de lo que esperaba.

—Joder… —digo en voz baja.

Clemente me aprieta cariñosamente la mano y le devuelvo el gesto, absorbiendo parte de la calma que emana. Para cuando Mikki entra en el aparcamiento, he recuperado el control.

Enceramos nuestras tablas y recorremos a toda prisa la arena de la playa.

—Mentalízate —me dice Mikki cuando una ola rompe en la orilla.

Contengo un grito cuando el agua helada rodea mis tobillos.

—¡*Mierda!* —exclama Clemente en español.

—¡Nenaza! —dice Mikki mientras le da un codazo suave en las costillas.

Por fin tengo un novio que le cae bien. Se siente cómoda con él de una forma en la que nunca lo estuvo con Kasim.

Capítulo 73

Mikki

Como fotógrafo de surf, las tablas volaban alrededor de Kasim con frecuencia. ¿Qué supondría, por tanto, una más? La primera vez que intenté llevármelo por delante, se sumergió por debajo de mí. La segunda, solo le corté en una oreja. A la tercera fue la vencida: le golpeé en la cabeza con la tabla y se hundió como una piedra.

No había previsto que Kenna se viniera abajo de esa manera. Pensé que las cosas volverían a ser como antes de que lo conociera, pero se encerró en sí misma, le dio la espalda al surf y se mudó a Londres.

Cornualles no era lo mismo sin ella, así que decidí empezar una nueva vida y conseguí un visado de trabajo para Australia. Elke se hospedaba en el mismo hostal para mochileros que yo y conectamos desde el principio. Me encantaba haber encontrado a una nueva mejor amiga: una surfista empedernida con una vena aventurera que me recordaba muchísimo a Kenna.

Conocimos a Jack y a Clemente en el bar que había bajo el hostal. Elke se insinuó a Clemente, de manera que cuando Jack hizo lo mismo conmigo, le seguí el juego. Nos llevaron a la Bahía y no podíamos creer la suerte que habíamos tenido.

Pero Elke empezó a pasar cada vez más tiempo con Clemente y lo invitaba a todos los sitios a los que íbamos, de modo que nunca teníamos ni un segundo para nosotras. Una mañana temprano la invité a nadar conmigo: las dos solas. No quiso, solo le apetecía estar en la cama con Clemente.

—Apenas nos vemos ya —me quejé.

Elke accedió a venir de mala gana.

—Tienes un problema —me dijo mientras la luz empezaba a asomar por el horizonte—. No puedo seguir así, eres demasiado…

—Buscó la palabra adecuada—, dependiente. Déjame en paz.

No tenía intención de matarla, pero me sentía muy dolida.

Tras arrastrar su cuerpo para que se lo llevara la resaca del mar, me enteré de que Ryan me había visto desde lo alto del acantilado y de que había escondido su mochila y su pasaporte antes de que yo pudiera echarles mano. Me propuso un trato: se le habían acabado los ahorros, de manera que, o le pagaba todos los meses, o les contaría a los demás lo que había presenciado. Como no me pidió demasiado, al menos al principio, me pareció bien.

Después de que Elke desapareciera, Clemente quiso avisar a un equipo de búsqueda. Por suerte, la tormenta consiguió que resultara imposible contactar con nadie. No me esperaba que el cuerpo de Elke volviera a aparecer en la playa, pero, cuando lo hizo, los tiburones ya habían dado buena cuenta de él y ninguno de los demás sospechó nada.

Las palabras de Elke eran como una losa en mi cabeza. Como Sky ya me estaba ayudando con mis miedos, le comenté que quería ser menos posesiva e introvertida.

Mientras tanto, Ryan empezaba a convertirse en un problema. No paraba de pedirme dinero y me di cuenta de que, en algún momento, no podría seguir pagándole.

Me resultó extraño que Kenna volviera a aparecer. Acababa de conseguir desengancharme de ella —olvidarla, prácticamente, salvo por nuestras llamadas telefónicas esporádicas—, y aun así aquí estaba, deseosa de que todo fuera como antes. Y yo también lo quería, como una loca, pero nunca pensé que se quedaría. Entonces vi cómo la miraba Clemente y comprendí que existía un gran peligro. Si empezaban a salir juntos, volvería a perderla. Sentía debilidad por Clemente —mantenía sus emociones a raya, como yo, y nunca hacía preguntas incómodas—, pero no podía permitir que se interpusiera entre Kenna y yo. Le insinué a Kenna que era un tipo peligroso, pero esto no parecía echarla atrás.

Un día, Ryan me pidió tres mil dólares; era demasiado.

—Tengo el pasaporte de Elke —me recordó—, lo que demuestra que nunca abandonó el país. Si no me pagas, se lo enviaré por correo a la policía junto con tu nombre.

Ryan tenía tan pocas ganas de atraer a la policía a la Bahía como yo, pero conocía mi dirección en Sídney y no podía arriesgarme. Le di trescientos dólares, que era todo lo que tenía hasta que fui al cajero, y lo seguí hasta el acantilado. Tan solo hizo falta un empujoncito.

Capítulo 74

Kenna

Nunca pensé que volvería a surfear en Archer's Cove —sobre todo con olas de esta envergadura—, pero siento que estoy preparada. A lo mejor los métodos de Sky sí que servían para algo, después de todo. Me muerdo el labio. De todas las muertes, la suya es la que más me cuesta aceptar. Estaba tan llena de vida que no me parece posible que ya no esté en este mundo.

Hay una pequeña multitud en el agua: una docena de surfistas con *shortboards* y expresiones serias, un par de tipos más mayores sobre sus *longboards* y una mujer en un avanzado estado de gestación sobre una *bodyboard*. Remamos para acercarnos a ellos.

No tardamos en estar sentados sobre nuestras tablas con el frío mar de Cornualles dando vueltas alrededor de nuestras cinturas.

—Oye, ¿recuerdas el apartamento de Muscat Street? —dice Mikki—. Llamé anoche y podemos ir a visitarlo esta tarde.

—Qué bien —digo. Nos pasamos la mitad del vuelo mirando alquileres por la zona, y no había muchas opciones disponibles.

Vuelvo a mirar de reojo el tatuaje de Mikki, que asoma por debajo de la manga de su traje de neopreno. Le pega más que el anterior; ahora es una persona mucho más segura, dentro y fuera del agua. La bahía de Sorrow consiguió cambiarla. Y a mí también, en apenas diez días: no solo me ayudó a aceptar la muerte de Kasim, sino que me devolvió la pasión por el surf, me permitió volver a aceptar riesgos y fortaleció mi amistad con Mikki. Nunca olvidaré mi estancia en Sorrow ni a las personas que conocí allí. En mi cabeza, Ryan, Victor y Sky —veloces, áureos y fuertes— siguen cogiendo olas.

Y en cuanto a Jack... odio que siga deambulando por ahí.

Clemente agarra mi tabla y la acerca a la suya.

—¿Estás bien?

—Sky y Ryan —digo—. ¿De verdad crees que Jack los empujó? Sky estaba muy disgustada por lo de Victor... ¿No te parece que podría haber saltado? Y Ryan pudo haberse caído mientras trataba de alcanzar su caja metálica.

Clemente aprieta la mandíbula.

—Lo único que sabemos al cien por cien es que mató a Victor.

—¿Y qué hay de mí? ¿De verdad piensas que Jack trató de ahogarme?

Los ojos de Clemente se oscurecen y recuerdo lo unidos que estaban.

—Trato de no pensar en ello.

Mikki no está lejos de nosotros y nos observa con atención.

—Yo también trato de no pensarlo. Ahora dejad de cotorrear o no cogeréis ni una sola ola.

Una se acerca justo en ese momento y me lanzo a por ella, solo consigo un par de giros antes de que se cierre y me arroje de cabeza al agua helada. No tenía intención de volver a engancharme al surf, pero no me importa, hay cosas peores a las que ser adicto.

Remo de nuevo hasta Mikki y Clemente.

—Me ha tirado.

—Lo he visto —dice Clemente riéndose.

Yo también me río. No quiero una pareja que me tenga entre algodones. Quiero a alguien que me recoja cuando me caiga y me diga que lo vuelva a intentar. A diferencia de Kasim, Clemente no me frena, sino todo lo contrario: me inspira a que me esfuerce más.

Mikki nos mira con una expresión de preocupación, y lo entiendo. Tenía sus dudas acerca de él —sobre el suicidio de su mujer en especial (y con razón, por lo visto, aunque no me corresponde a mí contárselo)— y no quiere que me hagan daño.

«No pasa nada», quiero decirle. «Puedes fiarte de él. Todo va a ir de maravilla».

Pero desvía la mirada hacia el horizonte. Durante un largo instante, contempla fijamente las oscuras líneas que se forman en él como si le costara tomar alguna decisión.

Finalmente, se vuelve hacia Clemente y le habla con un extraño tono de voz agudo.

—Solo para que lo sepas, te estoy avisando…

Se me pone la piel de gallina. Esa voz no me gusta ni un pelo, me recuerda a cómo cantó en el funeral de Ryan, con la pala en la mano y entonando notas agudas por encima del ruido de la tormenta. «Para, Mikki, me estás asustando».

Pero no ha terminado. Clava sus ojos en Clemente y sigue hablando.

—Será mejor que la trates bien. —Y emite una extraña risilla cuando dice—: De lo contrario, te mataré.

Capítulo 75

Mikki

Victor me caía muy bien… hasta unas horas antes de que muriera.

Alguien había intentado ahogar a Kenna mientras surfeábamos y, al parecer, casi lo consigue. Permanecí tumbada en mi tienda de campaña, con el saco de dormir pegado a las piernas, completamente impactada.

Entonces, Jack soltó la primicia.

—Creo que ha sido Victor —susurró—. A mí me lo hizo el año pasado. Se le partió la correa del tobillo y perdió su tabla. Cuando fui remando hasta él, se puso como un loco y me agarró. Tuve que quitarme a ese cabronazo de encima a golpes.

Cuantas más vueltas le daba, más probable me parecía. Después de todo, aquel día había ocurrido lo mismo con su correa. Cualquiera habría perdido los papeles al verse sin tabla y al acecho de semejantes olas. El cabreo empezó a aumentar en mi interior. La lluvia tamborileaba sobre la lona tan escandalosamente y con tanta fuerza como los latidos de mi corazón.

Debí de quedarme dormida en algún momento, porque un ruido en el exterior de la tienda, que no parecía ser producto de la tormenta, me despertó.

—¿Jack? —pregunté dando palmaditas sobre el espacio que me rodeaba, pero no estaba.

Salí a gatas de la tienda. La lluvia, helada, me caló por completo y me espabiló de golpe. Con la poca luz que había, vi a Jack y Victor peleándose sobre el barro. Victor tenía las manos alrededor de la garganta de Jack. Chapoteé sobre el suelo mojado con los pies descalzos y me interpuse entre ellos. Conseguí agarrar a Victor del cuello, a pesar del frío y resbaladizo barro bajo mis rodillas.

Las manos de Victor abandonaron la garganta de Jack y trató de apartar mi brazo. Se dobló y retorció, y terminamos cayendo sobre el barro de lado, pero no lo solté. Victor llevaba meses enseñándome jiu-jitsu y había hecho bien su trabajo. Jack, que seguía con el rostro rojo como un tomate y respirando con dificultad, lo sujetaba. Formábamos un buen equipo, Jack y yo.

Le apreté el cuello con más fuerza.

—¿Qué haces? —susurró Jack—. ¡Mikki, para! ¡Lo vas a matar!

Pero había estado a punto de ahogar a mi Kenna. Apreté lo más fuerte que pude.

Una expresión de horror apareció en los ojos de Victor. Siempre que luchábamos en los entrenamientos se contenía absurdamente conmigo, temeroso de hacerme daño al verme como alguien diminuto y delicado. Me imaginaba lo que cruzaba por su mente ahora mismo: «Pensaba que la pequeña Mikki era un conejillo, pero es una gata».

No solté a Victor hasta que dejó de moverse.

—Me cago en la puta... —Jack se llevó ambas manos a la cabeza—, ¡te lo has cargado!

—Has empezado tú —le recordé.

—Solo había salido a mear —dijo—. ¡Ha salido de la nada y me ha atacado!

Me sentía tranquila y en calma, pensando en cuál sería mi próximo movimiento, como cuando surfeaba. Debía parecer un accidente. Teníamos que arrastrarlo hasta la playa y hacer que pareciera que había salido a surfear. Me dirigí hacia la zona de la barbacoa a por un cuchillo. Jack dio un respingo cuando lo vio, como si temiera que fuera a utilizarlo con él. Fingí no darme cuenta.

—Coge la tabla más grande que tenga —le ordené—. Ahora extiende la correa para el tobillo.

La correa de la tabla de Victor era nueva. Mientras cortaba el cordón, me fijé en la forma en que Jack me miraba. Se estaba planteando si también habría matado a Ryan y a Elke. Agradecí que no me lo preguntara, de la misma manera que yo no le preguntaba nunca de dónde salía el dinero que parecía caerle del cielo.

Jack arrastró el cuerpo de Victor por el sendero y yo lo seguí con la tabla. Las olas eran como atronadoras montañas de color azul oscuro. Metimos a Victor en los bajíos para quitarle la mayor parte del barro —la lluvia se encargaría del resto— y después los colocamos, a él y a su tabla, en la playa. Le apreté precipitadamente la correa rota alrededor del tobillo... incorrecto. Todavía me martirizo por ese error.

Jack lucía una expresión pensativa mientras volvíamos hacia el claro.

—No puedo casarme contigo —susurró una vez estuvimos de nuevo en nuestra tienda—. Lo siento.

Aquello echaba a perder mi oportunidad de conseguir el permiso de residencia en Australia, pero, para entonces, Kenna y Clemente nos habían anunciado sus intenciones de abandonar la Bahía.

Por la mañana, cuando Kenna se dio cuenta de que la correa de Victor estaba enganchada en el tobillo incorrecto, supe que no tardaría en empezar a sospechar del resto de muertes. Necesitaba culpar a alguien, y rápido.

Al principio, Sky parecía la candidata perfecta. Kenna la odiaba abiertamente desde que se había acostado con Jack, ajena al hecho de que había sido idea mía que lo hicieran como parte de mi programa de mejora personal, para probar si era capaz de compartirlo con otra persona o no. Pero no confiaba en que Jack fuera a respaldarme y a que fuera a mantener el pico cerrado sobre lo que habíamos hecho. Cuando anunció que Sky había saltado desde el acantilado, vi una ocasión clara para alejarme de él y cambié mi estrategia. Y funcionó de maravilla, porque me trajo de vuelta a Cornualles con Kenna.

No había previsto que Clemente fuera a venir con nosotras. Me siento indecisa con respecto a que él esté aquí. Nunca había visto a Kenna tan feliz. Y quiero que lo sea, de verdad, solo que no estoy segura de poder compartirla con nadie.

Capítulo 76

Sky

La playa de Bondi nunca había estado tan repleta de gente. Me pregunto dónde estarán ahora mismo Kenna, Mikki y Clemente. En el otro extremo del mundo, imagino.

El sol, bajo sobre el horizonte, se refleja en mis ojos. A lo lejos, un surfista realiza un giro de 180 grados sobre una ola y lanza un rastro de gotitas de agua al aire. La silueta de su espalda ancha sobre el fondo dorado hace que, por un instante, me parezca que se trata de Victor. Pero, evidentemente, no es él. Todavía me sorprende lo mucho que lo echo de menos. ¿Cómo pudo pillarme tan desprevenida?

Las olas se suceden con varios surfistas subidos en ellas. El oleaje del ciclón ha llegado hasta aquí y se eleva de dos a dos metros y medio, condiciones que por norma general me pondrían nerviosa, pero que ahora no me importan, pues me siento invencible desde que salté del acantilado. Me torcí el tobillo y me hice daño en las costillas cuando entré en el agua, lo que me impidió surfear durante unos días, pero valió la pena; el recuerdo me dará fuerzas durante meses. La parte más complicada fue salir nadando con las grandes olas y el pecho y el tobillo magullados. Jack me estaba esperando en la playa con aspecto frenético. Me alucinó enterarme de que los demás se habían marchado. Sabía que Clemente tenía intención de irse, pero ¿salir pitando de esa manera, llevándose a Mikki y a Kenna con él, sin ni siquiera despedirse? La frialdad de sus acciones me destrozó. Si Jack no hubiera estado allí para apoyarme, no sé qué habría hecho. Ahora lo contemplo mientras rema para coger una ola, con sus fuertes antebrazos atravesando el agua, y hago un gesto de disgusto cuando se salta el turno y le roba la ola a otra persona.

Jack ha sido un buen amigo esta semana. Me ayudó a arrastrar el cuerpo de Victor hasta el prado y a enterrarlo. Para entonces, las costillas me estaban matando y el *shock* empezaba a afectarme, de modo que, de vuelta en el claro, cuando me ofreció su último blíster de codeína, el gesto me pareció increíblemente romántico. Cuando me condujo hasta su tienda, entré con él. Desde entonces, llevo perdiéndome en la calidez de su cuerpo todas las noches.

«Solo una cara bonita», esa es la expresión que invadió mi mente la primera vez que vi a Jack. Me fijé en cómo me miraba, pero parte de la razón por la que me deseaba es porque yo no sentía lo mismo. No estaba acostumbrado a que las mujeres fueran inmunes a él y, aunque me gustaba sentirme deseada por un tío con un atractivo tan convencional, no creía que fuera mi tipo.

Estoy empezando a cambiar de opinión.

—No creo en las relaciones —le advertí ayer, tal y como hice con Victor hace mucho tiempo. Fui testigo del dolor, físico y mental, que mi padre le infligía a mi madre, lo que la lanzó a la bebida, y, además, me enorgullezco de ser lo suficientemente fuerte como para no necesitar a nadie.

—Me parece bien —respondió.

Por mucho que la Tribu fingiera mostrarse de acuerdo con nuestra política de compartir, sabía que les costaba. Los seres humanos estamos programados para ser egoístas. Si nos gusta algo, queremos que sea nuestro exclusivamente, lo que también se aplica a las parejas. Jack era el único al que de verdad parecía no importarle.

Victor sabía que mi padre me había hecho daño. Se lo conté en un momento de debilidad y me arrepentí desde entonces, porque intentaba que yo hablara de ello cuando en realidad lo que quería era olvidarlo. Jack es una persona muy distinta; le gusta quedarse en lo superficial, así que no tengo intención de contarle nada sobre mi pasado.

Anoche traje un cuchillo a la cama.

Jack se apartó de mí en cuanto lo vio.

—¿Qué coño haces?

—Relájate —le dije—, es un experimento. Te duele la espalda, ¿no? Veamos qué ocurre si te inflijo otra clase de dolor. A ver si aleja tus pensamientos de tu espalda.

Durante la siguiente media hora, tanto a causa del cuchillo como de mi boca, diría que tuve éxito.

Antes lo había visto hablando con un par de mochileros; ricos, esperemos. Tenemos que encontrar nuevos miembros para la Tribu cuanto antes, porque Northy y Deano estarán esperando su cuota el mes que viene.

Este fin de semana trabajo en el club nocturno en el que Mikki solía hacerlo. Está a años luz de mi antiguo empleo en Suecia, donde tenía mi propia oficina inmaculada y un buen sueldo, pero del que, gracias a la poca fuerza de voluntad de mis pacientes y a los hombres que también trabajaban en mi consulta y conspiraron contra mí, me despidieron. Todavía oigo sus voces en mi cabeza: «No tiene empatía, no está capacitada para ejercer esta profesión, es un peligro para todos los que están a su alrededor...».

La ira se agolpa en mi estómago cada vez que pienso en ellos, pero, en el fondo, fue lo mejor que me pudo pasar. Si me hubiera quedado en Suecia, nunca habría descubierto la Bahía.

Una ola se avecina sobre mí. Ajusto la correa de mi tobillo y me tumbo en la tabla para remar. Hago un gesto de dolor a causa de mis costillas —a lo mejor sí que están rotas y no solamente magulladas—, pero otra docena de surfistas ya están remando para coger la ola. ¡Mierda! Me imagino las olas de la bahía de Sorrow rompiendo sin que nadie las surfee. Me muero de ganas por volver.

Algunas personas dicen que la Bahía está maldita, y entiendo por qué lo piensan; es cierto, posee una energía anómala. Los árboles tienen una forma de elevarse sobre ti y de cubrirte con su fría y oscura sombra, y los acantilados y las olas parecen extrañamente malévolas en ocasiones. Pero los sitios salvajes atraen a las personas salvajes. Victor, Ryan y Elke conocían los riesgos, y me inclino a creer que sus muertes fueron simples y trágicos accidentes.

Además, si verdaderamente hay una maldición, merece la pena. ¿Dónde, si no, voy a encontrar semejantes olas sin nadie alrededor?

Agradecimientos

Quiero dar las gracias a mi increíble agente, Kate Burke, por sus fantásticos consejos editoriales y de escritura una vez más, así como por su inagotable apoyo y ánimo durante estos últimos dos años. Me siento increíblemente afortunada de tenerte como agente. También doy las gracias a mi agente de derechos de televisión y cine, Julian Friedmann, por su experiencia y entusiasmo en la venta de mi obra. A James Pusey y a Hana Murrell, de derechos de traducción, por vender mi primer libro, *Temblor*, a tantos territorios diferentes, y al resto del equipo de la agencia Blake Friedmann.

A mis increíbles editoras, Jennifer Doyle, de Headline UK, Danielle Dieterich, de Penguin Putnam en Estados Unidos, y Rebecca Saunders, de Hachette Australia, por su increíble ayuda editorial, su meticulosa atención a los detalles, su infinita paciencia y por ser fantásticas a la hora de trabajar con ellas. Os estoy muy agradecida por haber invertido tanto tiempo y esfuerzo en este libro. Gracias también a Alara Delfosse, Joe Yule, Rebecca Bader, Chris Keith-Wright y al resto del equipo de Headline, y a los miembros de Putnam y Hachette Australia.

También quiero dar las gracias a todos los autores que leyeron y proporcionaron reseñas para esta novela y para *Temblor*. A todos los *blogueros* y críticos que reseñan mi obra.

A Sue Cunningham, la primera lectora de este libro y de mis demás proyectos, por sus consejos, su apoyo moral y por estar siempre a mi lado. A los muchos amigos escritores que me ayudaron, apoyaron y animaron, entre ellos Anna Downes, Lucy Clarke, Sarah Pearse, Roz Nay, May Cobb, Samantha M Bailey, Kyle Perry, Emma Haughton, Sharyn Swanepoel, Amy McCulloch, Gabriel Dylan, Kirsty Eagar, Ann Gosslin,

JA Andrews, Rebecca Papin, Jessica Payne, Tobie Carter, Kelly Malacko, Terry Holman, David Thomas y tantos otros.

A los escritores de Brissie, por acogerme en su pandilla, incluidos Poppy Gee, Grant Ison, Rahnia Collins y Ray See.

A mis hijos, Lucas y Daniel. Y a su padre, por ser un padre increíble y por su apoyo. A Jon, gracias por todo. A todos mis amigos por su infinito apoyo moral a lo largo de dos años difíciles, incluidos Jodie, Anita, Celine, Mandy, Anne y Mick.

Al ayuntamiento de Gold Coast y al personal de la biblioteca por su fabuloso sistema. El amable personal del Coolangatta me da una calurosa bienvenida cada vez que los visito.

A todos los amantes del surf, estéis donde estéis.

Y a mis lectores. Muchas gracias por elegir este libro. Espero que lo hayáis disfrutado.

Principal de los Libros le agradece la atención
dedicada a *La bahía,* de Allie Reynolds.
Esperamos que haya disfrutado de la lectura
y le invitamos a visitarnos
en www.principaldeloslibros.com,
donde encontrará más información
sobre nuestras publicaciones.

Si lo desea, también puede seguirnos
a través de Facebook, Twitter o Instagram
utilizando su teléfono móvil
para leer los siguientes códigos QR: